E.T.A. Hoffmann

Gespenster in der Friedrichstadt

Berlinische Geschichten

Herausgegeben
und mit einem Nachwort
von
Günter de Bruyn

MORGENBUCH VERLAG

Die Deutsche Bibliothek – CIP-Einheitsaufnahme

Hoffmann, E.T.A.:
Gespenster in der Friedrichstadt / E.T.A. Hoffmann. Hrsg. und mit einem Nachw. von Günter de Bruyn. – 2. Aufl. – Berlin: Morgenbuch-Verl., 1996
(Märkischer Dichtergarten)
ISBN 3-371-00341-8

2. Auflage 1996

Gesamtherstellung: Ebner Ulm
ISBN 3-371-00341-8

Ritter Gluck

Eine Erinnerung aus dem Jahre 1809

Der Spätherbst in Berlin hat gewöhnlich noch einige schöne Tage. Die Sonne tritt freundlich aus dem Gewölk hervor, und schnell verdampft die Nässe in der lauen Luft, welche durch die Straßen weht. Dann sieht man eine lange Reihe, buntgemischt – Elegants, Bürger mit der Hausfrau und den lieben Kleinen in Sonntagskleidern, Geistliche, Jüdinnen, Referendare, Freudenmädchen, Professoren, Putzmacherinnen, Tänzer, Offiziere usw. durch die Linden nach dem Tiergarten ziehen. Bald sind alle Plätze bei Klaus und Weber besetzt; der Mohrrüben-Kaffee dampft, die Elegants zünden ihre Zigaros an, man spricht, man streitet über Krieg und Frieden, über die Schuhe der Mad. Bethmann, ob sie neulich grau oder grün waren, über den geschlossenen Handelsstaat und böse Groschen usw., bis alles in einer Arie aus Fanchon zerfließt, womit eine verstimmte Harfe, ein paar nicht gestimmte Violinen, eine lungensüchtige Flöte und ein spasmatischer Fagott sich und die Zuhörer quälen. Dicht an dem Geländer, welches den Weberschen Bezirk von der Heerstraße trennt, stehen mehrere kleine runde Tische und Gartenstühle; hier atmet man freie Luft, beobachtet die Kommenden und Gehenden, ist entfernt von dem kakophonischen Getöse jenes vermaledeiten Orchesters: da setze ich mich hin, dem leichten Spiel meiner Fantasie mich überlassend, die mir befreundete Gestalten zuführt, mit denen ich über Wissenschaft, über Kunst, über alles, was dem Menschen am teuersten sein soll, spreche. Immer bunter und bunter wogt die Masse der Spaziergänger bei mir vorüber, aber nichts stört mich, nichts kann meine fantastische Gesellschaft verscheuchen. Nur das verwünschte Trio eines höchst niederträchtigen Walzers reißt mich aus der Traumwelt. Die kreischende Oberstimme der Violine und Flöte und des Fagotts schnarrenden Grundbaß allein höre ich; sie gehen auf und ab, fest aneinander haltend in Oktaven, die das Ohr zerschneiden, und unwillkürlich wie jemand, den ein brennender Schmerz ergreift, ruf' ich aus:

»Welche rasende Musik! die abscheulichen Oktaven!« – Neben mir murmelt es:

»Verwünschtes Schicksal! schon wieder ein Oktavenjäger!«

Ich sehe auf und werde nun erst gewahr, daß, von mir unbemerkt, an demselben Tische ein Mann Platz genommen hat, der seinen Blick starr auf mich richtet, und von dem nun mein Auge nicht wieder loskommen kann.

Nie sah ich einen Kopf, nie eine Gestalt, die so schnell einen so tiefen Eindruck auf mich gemacht hätten. Eine sanft gebogene Nase schloß sich an eine breite, offene Stirn mit merklichen Erhöhungen über den buschigen, halbgrauen Augenbraunen, unter denen die Augen mit beinahe wildem, jugendlichem Feuer (der Mann mochte über fünfzig sein) hervorblitzten. Das weich geformte Kinn stand in seltsamem Kontrast mit dem geschlossenen Munde, und ein skurriles Lächeln, hervorgebracht durch das sonderbare Muskelspiel in den eingefallenen Wangen, schien sich aufzulehnen gegen den tiefen, melancholischen Ernst, der auf der Stirn ruhte. Nur wenige graue Löckchen lagen hinter den großen, vom Kopfe abstehenden Ohren. Ein sehr weiter, moderner Überrock hüllte die große hagere Gestalt ein. So wie mein Blick auf den Mann traf, schlug er die Augen nieder und setzte das Geschäft fort, worin ihn mein Ausruf wahrscheinlich unterbrochen hatte. Er schüttete nämlich aus verschiedenen kleinen Düten mit sichtbarem Wohlgefallen Tabak in eine vor ihm stehende große Dose und feuchtete ihn mit rotem Wein aus einer Viertelsflasche an. Die Musik hatte aufgehört; ich fühlte die Notwendigkeit ihn anzureden.

»Es ist gut, daß die Musik schweigt«, sagte ich; »das war ja nicht auszuhalten.«

Der Alte warf mir einen flüchtigen Blick zu und schüttete die letzte Düte aus.

»Es wäre besser, daß man gar nicht spielte«; nahm ich nochmals das Wort. »Sind Sie nicht meiner Meinung?«

»Ich bin gar keiner Meinung«, sagte er. »Sie sind Musiker und Kenner von Profession ...«

»Sie irren; beides bin ich nicht. Ich lernte ehemals Klavierspielen und Generalbaß wie eine Sache, die zur guten Erziehung gehört, und da sagte man mir unter anderem, nichts mache einen widrigern Effekt, als wenn der Baß mit der Oberstimme in Oktaven fortschreite. Ich nahm das damals auf Autorität an und habe es nachher immer bewährt gefunden.«

»Wirklich?« fiel er mir ein, stand auf und schritt langsam und bedächtig nach den Musikanten hin, indem er öfters, den Blick in die Höhe gerichtet, mit flacher Hand an die Stirn klopfte wie jemand, der irgend eine Erinnerung wecken will. Ich sah ihn mit den Musikanten sprechen, die er mit gebietender Würde behandelte. Er kehrte zurück, und kaum hatte er sich gesetzt, als man die Ouverture der Iphigenia in Aulis zu spielen begann.

Mit halbgeschlossenen Augen, die verschränkten Arme auf den Tisch gestützt, hörte er das Andante; den linken Fuß leise bewegend, bezeichnete er das Eintreten der Stimmen: jetzt erhob er den Kopf – schnell warf er den Blick umher – die linke Hand mit auseinandergespreizten Fingern, ruhte auf dem Tische, als greife er einen Akkord auf dem Flügel, die rechte Hand hob er in die Höhe: es war ein Kapellmeister, der dem Orchester das Eintreten des andern Tempos angibt – die rechte Hand fällt und das Allegro beginnt! – Eine brennende Röte fliegt über die blassen Wangen; die Augenbraunen fahren zusammen auf der gerunzelten Stirn, eine innere Wut entflammt den wilden Blick mit einem Feuer, das mehr und mehr das Lächeln wegzehrt, das noch um den halbgeöffneten Mund schwebte. Nun lehnt er sich zurück, hinauf ziehen sich die Augenbraunen, das Muskelspiel auf den Wangen kehrt wieder, die Augen erglänzen, ein tiefer innerer Schmerz löst sich auf in Wollust, die alle Fibern ergreift und krampfhaft erschüttert – tief aus der Brust zieht er den Atem, Tropfen stehen auf der Stirn; er deutet das Eintreten des Tutti und andere Hauptstellen an; seine rechte Hand verläßt den Takt nicht, mit der linken holt er sein Tuch hervor und fährt damit über das Gesicht. – So belebte er das Skelett, welches jene paar Violinen von der Ouverture gaben, mit Fleisch und Farben. Ich hörte die sanfte, schmelzende Klage, womit die Flöte emporsteigt, wenn der Sturm der Violinen und Bässe ausgetobt hat und der Donner der Pauken schweigt; ich hörte die leise anschlagenden Töne der Violoncelle, des Fagotts, die das Herz mit unnennbarer Wehmut erfüllen: das Tutti kehrt wieder, wie ein Riese hehr und groß schreitet das Unisono fort, die dumpfe Klage erstirbt unter seinen zermalmenden Tritten. –

Die Ouverture war geendigt; der Mann ließ beide Arme herabsinken und saß mit geschlossenen Augen da wie jemand, den eine übergroße Anstrengung entkräftet hat. Seine Flasche war leer: ich füllte sein Glas mit Burgunder, den ich unterdessen hatte geben lassen. Er seufzte tief auf, er schien aus einem Traume zu erwachen. Ich nötigte ihn zum Trinken; er tat es ohne Umstände, und indem er das volle Glas mit einem Zuge hinunterstürzte, rief er aus: »Ich bin mit der Aufführung zufrieden! das Orchester hielt sich brav!«

»Und doch«, nahm ich das Wort, »doch wurden nur schwache Umrisse eines mit lebendigen Farben ausgeführten Meisterwerks gegeben.«

»Urteile ich richtig? – Sie sind kein Berliner!«

»Ganz richtig; nur abwechselnd halte ich mich hier auf.«

»Der Burgunder ist gut: aber es wird kalt.«

»So lassen Sie uns ins Zimmer gehen und dort die Flasche leeren.«

»Ein guter Vorschlag. – Ich kenne Sie nicht: dafür kennen Sie mich aber auch nicht. Wir wollen uns unsere Namen nicht abfragen; Namen sind zuweilen lästig. Ich trinke Burgunder, er kostet mich nichts, wir befinden uns wohl bei einander, und damit gut.«

Er sagte dies alles mit gutmütiger Herzlichkeit. Wir waren ins Zimmer getreten; als er sich setzte, schlug er den Überrock auseinander, und ich bemerkte mit Verwunderung, daß er unter demselben eine gestickte Weste mit langen Schößen, schwarzsamtne Beinkleider und einen ganz kleinen silbernen Degen trug. Er knöpfte den Rock sorgfältig wieder zu.

»Warum fragten Sie mich, ob ich ein Berliner sei?« begann ich.

»Weil ich in diesem Falle genötigt gewesen wäre, Sie zu verlassen.«

»Das klingt rätselhaft.«

»Nicht im mindesten, sobald ich Ihnen sage, daß ich – nun, daß ich ein Komponist bin.«

»Noch immer errate ich Sie nicht.«

»So verzeihen Sie meinen Ausruf vorhin: denn ich sehe, Sie verstehen sich ganz und gar nicht auf Berlin und auf Berliner.«

Er stand auf und ging einigemal heftig auf und ab; dann trat er ans Fenster und sang kaum vernehmlich den Chor der Priesterinnen aus der Iphigenia in Tauris, indem er dann und wann bei dem Eintreten der Tutti an die Fensterscheiben klopfte. Mit Verwundern bemerkte ich, daß er gewisse andere Wendungen der Melodien nahm, die durch Kraft und Neuheit frappierten. Ich ließ ihn gewähren. Er hatte geendigt und kehrte zurück zu seinem Sitz. Ganz ergriffen von des Mannes sonderbarem Benehmen und den fantastischen Äußerungen eines seltenen musikalischen Talents, schwieg ich. Nach einer Weile fing er an:

»Haben Sie nie komponiert?«

»Ja; ich habe mich in der Kunst versucht: nur fand ich alles, was ich, wie mich dünkte, in Augenblicken der Begeisterung geschrieben hatte, nachher matt und langweilig; da ließ ich's denn bleiben.«

»Sie haben unrecht getan; denn schon, daß Sie eigne Versuche verwarfen, ist kein übles Zeichen Ihres Talents. Man lernt Musik als Knabe, weil's Papa und Mama so haben wollen; nun wird darauflos geklimpert und gegeigt: aber unvermerkt wird der Sinn empfänglicher für Melodie. Vielleicht war das halb vergessene Thema eines Liedchens, welches man nun anders sang, der erste eigne Gedanke, und dieser Embryo, mühsam genährt von fremden Kräften, genas zum Riesen, der alles um sich her aufzehrte und in sein Mark und Blut verwandelte! – Ha, wie ist es möglich, die tausenderlei Arten, wie man zum Komponieren kommt, auch nur anzudeuten! – Es ist eine breite Heerstraße, da tummeln sich alle herum und jauchzen und schreien: wir sind Geweihte! wir sind am Ziel! – Durchs elfenbeinerne Tor kommt man ins Reich der Träume: wenige sehen das Tor einmal, noch wenigere gehen durch! – Abenteuerlich sieht es hier aus. Tolle Gestalten schweben hin und her, aber sie haben Charakter – eine mehr wie die andere. Sie lassen sich auf der Heerstraße nicht sehen: nur hinter dem elfenbeinernen Tor sind sie zu finden. Es ist schwer, aus diesem Reiche zu kommen; wie vor Alzinens Burg versperren die Ungeheuer den Weg – es wirbelt – es dreht sich – viele verträumen den Traum im Reiche der Träume – sie zerfließen im Traum – sie werfen keinen Schatten mehr, sonst würden sie am Schatten gewahr werden den Strahl, der durch dies Reich fährt; aber nur wenige, erweckt aus dem Traume, steigen empor und schreiten durch das Reich der Träume – sie kommen zur Wahrheit – der höchste Moment ist da: die Berührung mit dem Ewigen, Unaussprechlichen! – Schaut die Sonne an, sie ist der Dreiklang, aus dem die Akkorde Sternen gleich herabschießen und Euch mit Feuerfaden umspinnen. – Verpuppt im Feuer liegt Ihr da, bis sich Psyche emporschwingt in die Sonne.« –

Bei den letzten Worten war er aufgesprungen, warf den Blick, warf die Hand in die Höhe. Dann setzte er sich wieder und leerte schnell das ihm eingeschenkte Glas. Es entstand eine Stille, die ich nicht unterbrechen mochte, um den außerordentlichen Mann nicht aus dem Geleise zu bringen. Endlich fuhr er beruhigter fort:

»Als ich im Reich der Träume war, folterten mich tausend Schmerzen und Ängste! Nacht war's, und mich schreckten die grinsenden Larven der Ungeheuer, welche auf mich einstürmten und mich bald in den Abgrund des Meeres versenkten, bald hoch in die Lüfte emporhoben. Da fuhren Lichtstrahlen durch die Nacht, und die Lichtstrahlen waren Töne, welche mich umfingen mit lieblicher Klarheit. – Ich erwachte von meinen Schmerzen und sah ein großes, helles Auge, das blickte in eine Orgel, und wie es blickte, gingen Töne hervor und schimmerten und umschlangen sich in herrlichen Akkorden, wie ich sie nie gedacht hatte. Melodien strömten auf und nieder, und ich schwamm in diesem Strom und wollte untergehen: da blickte das Auge mich an und hielt mich empor über den brausenden Wellen. – Nacht wurde es wieder, da traten zwei Kolosse in glänzenden Harnischen auf mich zu: Grundton und Quinte! sie rissen mich empor, aber das Auge lächelte: Ich weiß, was deine Brust mit Sehnsucht erfüllt; der sanfte, weiche Jüngling, Terz, wird unter die Kolosse treten; du wirst seine süße Stimme hören, mich wiedersehen, und meine Melodien werden dein sein.« –

Er hielt inne.

»Und Sie sahen das Auge wieder?«

»Ja, ich sah es wieder! – Jahrelang seufzt' ich im Reich der Träume – da – ja da! – Ich saß in einem herrlichen Tal und hörte zu, wie die Blumen miteinander sangen. Nur eine Sonnenblume schwieg und neigte traurig den geschlossenen Kelch zur Erde. Unsichtbare Bande zogen mich hin zu ihr – sie hob ihr Haupt – der Kelch schloß sich auf, und aus ihm strahlte mir das Auge entgegen. Nun zogen die Töne wie Lichtstrahlen aus meinem Haupte zu den Blumen, die begierig sie einsogen. Größer und größer wurden der Sonnenblume Blätter – Gluten strömten aus ihnen hervor – sie umflossen mich – das Auge war verschwunden, und ich im Kelche.«

Bei den letzten Worten sprang er auf und eilte mit raschen, jugendlichen Schritten zum Zimmer hinaus. Vergebens wartete ich auf seine Zurückkunft: ich beschloß daher, nach der Stadt zu gehen.

Schon war ich in der Nähe des Brandenburger Tores, als ich in der Dunkelheit eine lange Figur hinschreiten sah und alsbald meinen Sonderling wiedererkannte. Ich redete ihn an:

»Warum haben Sie mich so schnell verlassen?«

»Es wurde zu heiß, und der Euphon fing an zu klingen.«

»Ich verstehe Sie nicht!«

»Desto besser.«

»Desto schlimmer, denn ich möchte Sie gern ganz verstehen.«

»Hören Sie denn nichts?«

»Nein.«

»– Es ist vorüber! – Lassen Sie uns gehen. Ich liebe sonst nicht eben die Gesellschaft; aber – Sie komponieren nicht – Sie sind kein Berliner.« –

»Ich kann nicht ergründen, was Sie so gegen die Berliner einnimmt? Hier, wo die Kunst geachtet und in hohem Maße ausgeübt wird, sollt' ich meinen, müßte einem Manne von Ihrem künstlerischen Geiste wohl sein!«

»Sie irren! – Zu meiner Qual bin ich verdammt, hier wie ein abgeschiedener Geist im öden Raume umherzuirren.«

»Im öden Raume, hier in Berlin?«

»Ja, öde ist's um mich her, denn kein verwandter Geist tritt auf mich zu. Ich stehe allein.«

»Aber die Künstler! die Komponisten!«

»Weg damit! Sie kritteln und kritteln – verfeinern alles bis zur feinsten Meßlichkeit; wühlen alles durch, um nur einen armseligen Gedanken zu finden; über dem Schwatzen von Kunst, von Kunstsinn, und was weiß ich – können sie nicht zum Schaffen kommen, und wird ihnen einmal so zu Mute, als wenn sie ein paar Gedanken ans Tageslicht befördern müßten: so zeigt die furchtbare Kälte ihre weite Entfernung von der Sonne – es ist lappländische Arbeit.«

»Ihr Urteil scheint mir viel zu hart. Wenigstens müssen Sie die herrlichen Aufführungen im Theater befriedigen.«

»Ich hatte es über mich gewonnen, einmal wieder ins Theater zu gehen, um meines jungen Freundes Oper zu hören – wie heißt sie gleich? – Ha, die ganze Welt ist in dieser Oper! Durch das bunte Gewühl geputzter Menschen ziehen die Geister des Orkus – alles hat hier Stimme und allmächtigen Klang – Teufel, ich meine ja Don Juan! – Aber nicht die Ouverture, welche prestissimo, ohne Sinn und Verstand abgespult wurde, konnt' ich überstehen; und ich hatte mich bereitet dazu durch Fasten und Gebet, weil ich weiß, daß der Euphon von diesen Massen viel zu sehr bewegt wird und unrein anspricht!«

»Wenn ich auch eingestehen muß, daß Mozarts Meisterwerke größtenteils auf eine kaum erklärliche Weise hier vernachlässigt werden, so erfreuen sich doch Glucks Werke gewiß einer würdigen Darstellung.«

»Meinen Sie? – Ich wollte einmal Iphigenia in Tauris hören. Als ich ins Theater trete, höre ich, daß man die Ouverture der Iphigenia in Aulis spielt. Hm – denke ich, ein Irrtum; man gibt *diese* Iphigenia! Ich erstaune, als nun das Andante eintritt, womit die Iphigenia in Tauris anfängt, und der Sturm folgt. Zwanzig Jahre liegen dazwischen! Die ganze Wirkung, die ganze wohlberechnete Exposition des Trauerspiels geht verloren. Ein stilles Meer – ein Sturm – die Griechen werden ans Land geworfen, die Oper ist da! – Wie? hat der Komponist die Ouverture ins Gelag hineingeschrieben, daß man sie, wie ein Trompeterstückchen, abblasen kann wie und wo man will?«

»Ich gestehe den Mißgriff ein. Indessen, man tut doch alles, um Glucks Werke zu heben.«

»Ei ja!« sagte er kurz und lächelte dann bitter und immer bittrer. Plötzlich fuhr er auf, und nichts vermochte ihn aufzuhalten. Er war im Augenblicke wie verschwunden, und mehrere Tage hintereinander suchte ich ihn im Tiergarten vergebens. – –

Einige Monate waren vergangen, als ich an einem kalten regnichten Abende mich in einem entfernten Teile der Stadt verspätet hatte und nun nach meiner Wohnung in der Friedrichsstraße eilte. Ich mußte bei dem Theater vorbei; die rauschende Musik, Trompeten und Pauken erinnerten mich, daß gerade Glucks Armida gegeben wurde, und ich war im Begriff hineinzugehen, als ein sonderbares Selbstgespräch dicht an den Fenstern, wo man fast jeden Ton des Orchesters hört, meine Aufmerksamkeit erregte.

»Jetzt kömmt der König – sie spielen den Marsch – o paukt, paukt nur zu! – 's ist recht munter! ja ja, sie müssen ihn heute eilfmal machen – der Zug hat sonst nicht Zug genug. – Ha ha – maestoso – schleppt euch, Kinderchen. – Sieh, da bleibt ein Figurant mit der Schuhschleife hängen. – Richtig, zum zwölften Mal! und immer auf die Dominante hinausgeschlagen. – O ihr ewigen Mächte, das endet nimmer! Jetzt macht er sein Kompliment – Armida dankt ergebenst. – Noch einmal? – Richtig, es fehlen noch zwei Soldaten! Jetzt wird ins Recitativ hinein gepoltert. – Welcher böse Geist hat mich hier festgebannt?«

»Der Bann ist gelöst«, rief ich. »Kommen Sie!«

Ich faßte meinen Sonderling aus dem Tiergarten – denn niemand anders war der Selbstredner – rasch beim Arm und zog ihn mit mir fort. Er schien überrascht und folgte mir schweigend. Schon waren wir in der Friedrichsstraße, als er plötzlich still stand.

»Ich kenne Sie«, – sagte er. »Sie waren im Tiergarten – wir sprachen viel – ich habe Wein getrunken – habe mich erhitzt – nachher klang der Euphon zwei Tage hindurch – ich habe viel ausgestanden – es ist vorüber!«

»Ich freue mich, daß der Zufall Sie mir wieder zugeführt hat. Lassen Sie uns näher miteinander bekannt werden. Nicht weit von hier wohne ich; wie wär' es ...«

»Ich kann und darf zu niemand gehen.«

»Nein, Sie entkommen mir nicht; ich gehe mit Ihnen.«

»So werden Sie noch ein paar hundert Schritte mit mir laufen müssen. Aber Sie wollten ja ins Theater?«

»Ich wollte Armida hören, aber nun –«

»Sie sollen *jetzt* Armida hören! kommen Sie!« – Schweigend gingen wir die Friedrichsstraße hinauf; rasch bog er in eine Querstraße ein, und kaum vermochte ich ihm zu folgen, so schnell lief er die

Straße hinab, bis er endlich vor einem unansehnlichen Hause still stand. Ziemlich lange hatte er gepocht, als man endlich öffnete. Im Finstern tappend erreichten wir die Treppe und ein Zimmer im obern Stock, dessen Türe mein Führer sorgfältig verschloß. Ich hörte noch eine Türe öffnen; bald darauf trat er mit einem angezündeten Lichte hinein und der Anblick des sonderbar ausstaffierten Zimmers überraschte mich nicht wenig. Altmodisch reich verzierte Stühle, eine Wanduhr mit vergoldetem Gehäuse und ein breiter, schwerfälliger Spiegel gaben dem Ganzen das düstere Ansehn verjährter Pracht. In der Mitte stand ein kleines Klavier, auf demselben ein großes Dintenfaß von Porzellan, und daneben lagen einige Bogen rastriertes Papier. Ein schärferer Blick auf diese Vorrichtung zum Komponieren überzeugte mich jedoch, daß seit langer Zeit nichts geschrieben sein mußte; denn ganz vergelbt war das Papier, und dickes Spinnengewebe überzog das Dintenfaß. Der Mann trat vor einen Schrank in der Ecke des Zimmers, den ich noch nicht bemerkt hatte, und als er den Vorhang wegzog, wurde ich eine Reihe schön gebundener Bücher gewahr mit goldenen Aufschriften: Orfeo, Armida, Alceste, Iphigenia usw., kurz, Glucks Meisterwerke sah ich beisammenstehen.

»Sie besitzen Glucks sämtliche Werke?« rief ich.

Er antwortete nicht, aber zum krampfhaften Lächeln verzog sich der Mund, und das Muskelspiel in den eingefallenen Backen verzerrte im Augenblick das Gesicht zur schauerlichen Maske. Starr den düstern Blick auf mich gerichtet, ergriff er eins der Bücher – es war Armida – und schritt feierlich zum Klavier hin. Ich öffnete es schnell und stellte den zusammengelegten Pult auf; er schien das gern zu sehen. Er schlug das Buch auf, und – wer schildert mein Erstaunen! ich erblickte rastrierte Blätter, aber mit keiner Note beschrieben.

Er begann: »Jetzt werde ich die Ouverture spielen!

Wenden Sie die Blätter um und zur rechten Zeit!« – Ich versprach das, und nun spielte er herrlich und meisterhaft mit vollgriffigen Akkorden das majestätische Tempo di Marcia, womit die Ouverture anhebt, fast ganz dem Original getreu: aber das Allegro war nur mit Glucks Hauptgedanken durchflochten. Er brachte so viele neue geniale Wendungen hinein, daß mein Erstaunen immer wuchs. Vorzüglich waren seine Modulationen frappant, ohne grell zu werden, und er wußte den einfachen Hauptgedanken so viele melodiöse Melismen anzureihen, daß jene immer in neuer, verjüngter Gestalt wiederzukehren schienen. Sein Gesicht glühte; bald zogen sich die Augenbraunen zusammen und ein lang verhaltener Zorn wollte gewaltsam losbrechen, bald schwamm das Auge in Tränen tiefer Wehmut. Zuweilen sang er, wenn beide Hände in künstlichen Melismen arbeiteten, das Thema mit einer angenehmen Tenorstimme; dann wußte er auf ganz besondere Weise mit der Stimme den dumpfen Ton der anschlagenden Pauke nachzuahmen. Ich wandte die Blätter fleißig um, indem ich seine Blicke verfolgte. Die Ouverture war geendet, und er fiel erschöpft mit geschlossenen Augen in den Lehnstuhl zurück. Bald raffte er sich aber wieder auf und indem er hastig mehrere leere Blätter des Buchs umschlug, sagte er mit dumpfer Stimme:

»Alles dieses, mein Herr, habe ich geschrieben, als ich aus dem Reich der Träume kam. Aber ich verriet Unheiligen das Heilige, und eine eiskalte Hand faßte in dies glühende Herz! Es brach nicht; da wurde ich verdammt, zu wandeln unter den Unheiligen wie ein abgeschiedener Geist – gestaltlos, damit mich niemand kenne, bis mich die Sonnenblume wieder emporhebt zu den Ewigen. – Ha – jetzt lassen Sie uns Armidens Szene singen!«

Nun sang er die Schlußszene der Armida mit einem Ausdruck, der mein Innerstes durchdrang. Auch hier wich er merklich von dem eigentlichen

Originale ab: aber seine veränderte Musik war die Glucksche Szene gleichsam in höherer Potenz. Alles, was Haß, Liebe, Verzweiflung, Raserei in den stärksten Zügen ausdrücken kann, faßte er gewaltig in Tönen zusammen. Seine Stimme schien die eines Jünglings, denn von tiefer Dumpfheit schwoll sie empor zur durchdringenden Stärke. Alle meine Fibern zitterten – ich war außer mir. Als er geendet hatte, warf ich mich ihm in die Arme und rief mit gepreßter Stimme: »Was ist das? wer sind Sie?« –

Er stand auf und maß mich mit ernstem, durchdringendem Blick; doch als ich weiter fragen wollte, war er mit dem Lichte durch die Tür entwichen und hatte mich im Finstern gelassen. Es hatte beinahe eine Viertelstunde gedauert; ich verzweifelte, ihn wieder zu sehen und suchte, durch den Stand des Klaviers orientiert, die Türe zu öffnen, als er plötzlich in einem gestickten Galakleide, reicher Weste, den Degen an der Seite, mit dem Lichte in der Hand hereintrat.

Ich erstarrte; feierlich kam er auf mich zu, faßte mich sanft bei der Hand und sagte sonderbar lächelnd: *»Ich bin der Ritter Gluck!«*

Die Abenteuer der Silvesternacht

Vorwort des Herausgebers

Der reisende Enthusiast, aus dessen Tagebuche abermals ein Callotsches Fantasiestück mitgeteilt wird, trennt offenbar sein inneres Leben so wenig vom äußeren, daß man beider Grenzen kaum zu unterscheiden vermag. Aber eben, weil du, günstiger Leser! diese Grenze nicht deutlich wahrnimmst, lockt der Geisterseher dich vielleicht herüber, und unversehens befindest du dich in dem fremden Zauberreiche, dessen seltsame Gestalten recht in dein äußeres Leben treten und mit dir auf du und du umgehen wollen wie alte Bekannte. Daß du sie wie diese aufnehmen, ja daß du, ihrem wunderbarlichen Treiben ganz hingegeben, manchen kleinen Fieberschauer, den sie, stärker dich fassend, dir erregen könnten, willig ertragen mögest, darum bitte ich, günstiger Leser! recht von Herzen. Was kann ich mehr für den reisenden Enthusiasten tun, dem nun einmal überall, und so auch am Silvesterabend in Berlin, so viel Seltsames und Tolles begegnet ist?

1. Die Geliebte

Ich hatte den Tod, den eiskalten Tod im Herzen, ja aus dem Innersten, aus dem Herzen heraus stach es wie mit spitzigen Eiszapfen in die glutdurchströmten Nerven. Wild rannte ich, Hut und Mantel vergessend, hinaus in die finstre stürmische Nacht! – Die

Turmfahnen knarrten, es war, als rühre die Zeit hörbar ihr ewiges furchtbares Räderwerk und gleich werde das alte Jahr wie ein schweres Gewicht dumpf hinabrollen in den dunklen Abgrund. – Du weißt es ja, daß diese Zeit, Weihnachten und Neujahr, die euch allen in solch heller herrlicher Freudigkeit aufgeht, mich immer aus friedlicher Klause hinauswirft auf ein wogendes tosendes Meer. Weihnachten! das sind Festtage, die mir in freundlichem Schimmer lange entgegenleuchten. Ich kann es nicht erwarten – ich bin besser, kindlicher als das ganze Jahr über, keinen finstern, gehässigen Gedanken nährt die der wahren Himmelsfreude geöffnete Brust; ich bin wieder ein vor Lust jauchzender Knabe. Aus dem bunten vergoldeten Schnitzwerk in den lichten Christbuden lachen mich holde Engelgesichter an, und durch das lärmende Gewühl auf den Straßen gehen, wie aus weiter Ferne kommend, heilige Orgelklänge: »denn es ist uns ein Kind geboren!« – Aber nach dem Feste ist alles verhallt, erloschen der Schimmer im trüben Dunkel. Immer mehr und mehr Blüten fallen jedes Jahr verwelkt herab, ihr Keim erlosch auf ewig, keine Frühlingssonne entzündet neues Leben in den verdorrten Ästen. Das weiß ich recht gut, aber die feindliche Macht rückt mir das, wenn das Jahr sich zu Ende neigt, mit hämischer Schadenfreude unaufhörlich vor. »Siehe«, lispelt's mir in die Ohren, »siehe, wieviel Freuden scheiden in diesem Jahr von dir, die nie wiederkehren, aber dafür bist du auch klüger geworden und hältst überhaupt nicht mehr viel auf schnöde Lustigkeit, sondern wirst immer mehr ein ernster Mann – gänzlich ohne Freude.« Für den Silvesterabend spart mir der Teufel jedesmal ein ganz besonderes Feststück auf. Er weiß im richtigen Moment, recht furchtbar höhnend, mit der scharfen Kralle in die Brust hineinzufahren und weidet sich an dem Herzblut, das ihr entquillt. Hülfe findet er überall, so wie gestern der Justizrat ihm wacker zur Hand ging. Bei *dem* (dem Justizrat meine ich) gibt es am Silvesterabend immer große Gesellschaft, und dann will er zum lieben Neujahr jedem eine besondere Freude bereiten, wobei er sich so ungeschickt und täppisch anstellt, daß alles Lustige, was er mühsam ersonnen, untergeht in komischem Jammer. – Als ich ins Vorzimmer trat, kam mir der Justizrat schnell entgegen, meinen Eingang ins Heiligtum, aus dem Tee und feines Räucherwerk herausdampfte, hindernd. Er sah überaus wohlgefällig und schlau aus, er lächelte mich ganz seltsam an, sprechend: »Freundchen, Freundchen, etwas Köstliches wartet Ihrer im Zimmer – eine Überraschung sonder gleichen am lieben Silvesterabend – erschrecken Sie nur nicht!« – Das fiel mir aufs Herz, düstre Ahnungen stiegen auf, und es war mir ganz beklommen und ängstlich zu Mute. Die Türen wurden geöffnet, rasch schritt ich vorwärts, ich trat hinein, aus der Mitte der Damen auf dem Sofa strahlte mir *ihre* Gestalt entgegen. *Sie* war es – *Sie* selbst, die ich seit Jahren nicht gesehen, die seligsten Momente des Lebens blitzten in *einem* mächtigen zündenden Strahl durch mein Inneres – kein tötender Verlust mehr – vernichtet der Gedanke des Scheidens! – Durch welchen wunderbaren Zufall sie hergekommen, welches Ereignis sie in die Gesellschaft des Justizrats, von dem ich gar nicht wußte, daß er sie jemals gekannt, gebracht, an das alles dachte ich nicht – ich hatte sie wieder! – Regungslos, wie von einem Zauberschlag plötzlich getroffen, mag ich dagestanden haben; der Justizrat stieß mich leise an: »Nun Freundchen – Freundchen?« Mechanisch trat ich weiter, aber nur *sie* sah ich, und der gepreßten Brust entflohen mühsam die Worte: »Mein Gott – mein Gott, Julie hier?« Ich stand dicht am Teetisch, da erst wurde mich Julie gewahr. Sie stand auf und sprach in beinahe fremden Ton: »Es freut mich recht sehr, Sie hier zu sehen – Sie sehen recht wohl aus!« – und damit setzte sie sich wieder und fragte die neben ihr sitzende Dame: »Haben wir künftige Woche interessantes Theater zu erwarten?« – Du nahst dich der herrlichen Blume, die in süßen heimischen Düften dir entgegenleuchtet, aber sowie du dich beugst, ihr liebliches Antlitz recht nahe zu schauen, schießt aus den schimmernden Blättern heraus ein glatter, kalter Basilisk und will dich töten mit feindlichen Blicken! – *Das* war mir jetzt geschehen! – Täppisch verbeugte ich mich gegen die Damen, und damit dem Giftigen auch noch das Alberne hinzugefügt werde, warf ich, schnell zurücktretend, dem Justizrat, der dicht hinter mir stand, die dampfende Tasse Tee aus der Hand in das zierlich gefaltete Jabot. Man lachte über des Justizrats Unstern und wohl noch mehr über meine Tölpelhaftigkeit. So war alles zu gehöriger Tollheit vorbereitet, aber ich ermannte mich in resignierter Verzweiflung. Julie hatte nicht gelacht, meine irren Blicke trafen sie, und es war, als ginge ein Strahl aus herrlicher Vergangenheit, aus dem Leben voll Liebe und Poesie zu mir herüber. Da fing einer an im Nebenzimmer auf dem Flügel zu fantasieren, das brachte die ganze Gesellschaft in Bewegung. Es hieß, jener sei ein fremder großer Virtuose namens Berger, der ganz göttlich spiele, und dem man aufmerksam zuhören müsse. »Klappre nicht so gräßlich mit den Teelöffeln, Minchen«, rief der Justizrat und lud, mit sanft gebeugter Hand nach der Tür zeigend und einem süßen: »Eh bien!«, die Damen ein, dem Virtuosen näher zu treten. Auch Julie war aufgestanden und schritt langsam nach dem Nebenzimmer. Ihre ganze Gestalt hat etwas Fremdartiges angenommen, sie schien mir größer, herausgeformter in fast üppiger Schönheit, als sonst. Der besondere Schnitt ihres weißen, faltenreichen Kleides, Brust, Schultern und Nacken nur halb verhüllend, mit weiten bauschigen, bis an die Ellbogen reichenden Ärmeln, das vorn an der Stirn gescheitelte, hinten in vielen Flechten sonderbar heraufgenestelte Haar gab ihr etwas Altertümliches, sie war beinahe anzusehen wie die Jungfrauen auf den Gemälden von Mieris – und doch auch wieder war es mir, als hab' ich irgendwo deutlich mit hellen Augen das Wesen gesehen, in das Julie verwandelt. Sie hatte die Handschuhe herabgezogen, und selbst die künstlichen um die Handgelenke gewundenen Armgehänge fehlten nicht, um durch die völlige Gleichheit der Tracht jene dunkle Erinnerung immer lebendiger und farbiger hervorzurufen. Julie wandte sich, ehe sie in das Nebenzimmer trat, nach mir herum, und es war mir, als sei das engelschöne, jugendliche Gesicht verzerrt zum höhnenden Spott; etwas Entsetzliches, Grauenvolles regte sich in mir wie ein alle Nerven durchzuckender Krampf. »O er spielt himmlisch!« lispelte eine durch süßen Tee begeisterte Demoiselle, und ich weiß selbst nicht, wie es kam, daß ihr Arm in dem meinigen hing, und ich sie, oder vielmehr sie mich, in das Nebenzimmer führte. Berger ließ gerade den wildesten Orkan daher brausen; wie donnernde Meereswellen stiegen und sanken die mächtigen Akkorde, das tat mir wohl! – Da stand Julie neben mir und sprach mit süßerer, lieblicherer Stimme als je: »Ich wollte, *du* säßest am Flügel und sängest milder von vergangener Lust und Hoffnung!« – Der Feind war von mir gewichen, und in dem einzigen Namen Julie! wollte ich alle Himmelsseligkeit aussprechen, die in mich gekommen. – Andere dazwischentretende Personen hatten sie aber von mir entfernt. – Sie vermied mich nun sichtlich, aber es gelang mir, bald ihr Kleid zu berühren, bald dicht bei ihr ihren Hauch einzuatmen, und mir ging in tausend blinkenden Farben die vergangene Frühlingszeit auf. – Berger hatte den Orkan ausbrausen lassen, der Himmel war hell worden, wie kleine goldne Morgenwölkchen zogen liebliche Melodien daher und verschwebten im Pianissimo. Dem Virtuosen wurde reichlich verdienter Beifall zu teil, die Gesellschaft wogte durcheinander, und so kam es, daß ich unversehens dicht vor Julien stand. Der Geist wurde mächtiger in mir, ich wollte sie festhalten, sie umfassen im wahnsinnigen Schmerz der Liebe, aber das verfluchte Gesicht eines geschäftigen Bedienten drängte sich zwischen uns hinein, der, einen großen Präsentierteller hinhaltend, recht widrig rief: »Befehlen Sie?« – In der Mitte der mit dampfendem Punsch gefüllten Gläser stand ein zierlich geschliffener Pokal voll desselben Getränkes, wie es schien. Wie *der* unter die gewöhnlichen Gläser kam, weiß *jener* am besten, den ich allmählich kennen lerne; er macht, wie der Clemens im Oktavian daherschreitend, mit einem Fuß einen angenehmen Schnörkel und liebt ungemein rote Mäntelchen und rote Federn. Diesen fein geschliffenen und seltsam blinkenden Pokal nahm Julie und bot ihn mir dar, sprechend: »Nimmst du denn noch so gern wie sonst das Glas aus meiner Hand?« – »Julia – Julia«, seufzte ich auf. Den Pokal erfassend berührte ich ihre zarten Finger, elektrische Feuerstrahlen blitzten durch alle Pulse und Adern – ich trank und trank – es war mir, als knisterten und leckten kleine blaue Flämmchen um Glas und Lippe. Geleert war der Pokal, und ich weiß selbst nicht, wie es kam, daß ich in dem nur von einer Alabasterlampe erleuchteten Kabinett auf der Ottomane saß – Julie – Julie neben mir, kindlich und fromm mich anblikkend wie sonst. Berger war aufs neue am Flügel, er spielte das Andante aus Mozarts sublimer Esdur-Sinfonie, und auf den Schwanenfittichen des Gesanges regte und erhob sich alle Liebe und Lust meines höchsten Sonnenlebens. – Ja es war Julie – Julie selbst, engelschön und mild – unser Gespräch, sehnsüchtige Liebesklage, mehr Blick als Wort, ihre Hand ruhte in der meinigen. – »Nun lasse ich dich nimmer, deine Liebe ist der Funke, der in mir glüht, höheres Leben in Kunst und Poesie entzündend – ohne dich – ohne deine Liebe alles tot und starr – aber bist du denn nicht auch gekommen, damit du mein bleibest immerdar?« – In dem Augenblick schwankte eine tölpische, spinnenbeinichte Figur mit heraussstehenden Froschaugen herein und rief, recht widrig kreischend und dämisch lachend: »Wo der Tausend ist denn meine Frau geblieben?« Julie stand auf und sprach mit fremder Stimme: »Wollen wir nicht zur Gesellschaft gehen? mein Mann sucht mich. – Sie waren wieder recht amüsant, mein Lieber, immer noch bei Laune wie vormals, menagieren Sie sich nur im Trinken« – und der spinnenbeinichte Kleinmeister griff nach ihrer Hand; sie folgte ihm lachend in den Saal. – »Auf ewig verloren!« schrie ich auf – »Ja gewiß, Codille, Liebster!« meckerte eine l'Hombre spielende Bestie. Hinaus – hinaus rannte ich in die stürmische Nacht. –

2. *Die Gesellschaft im Keller*

Unter den Linden auf und ab zu wandeln mag sonst ganz angenehm sein, nur nicht in der Silvesternacht bei tüchtigem Frost und Schneegestöber. Das fühlte ich Barköpfiger und Unbemäntelter doch zuletzt, als durch die Fieberglut Eisschauer fuhren. Fort ging es über die Opernbrücke, bei dem Schlosse vorbei – ich bog ein, lief über die Schleusenbrücke bei der Münze vorüber. – Ich war in der Jägerstraße dicht am Thiermannschen Laden. Da brannten freundliche Lichter in den Zimmern; schon wollte ich hinein, weil zu sehr mich fror, und ich nach einem tüchtigen Schluck starken Getränkes durstete; eben strömte eine Gesellschaft in heller Fröhlichkeit heraus. Sie sprachen von prächtigen Austern und dem guten Eilferwein. »Recht hatte jener doch«, rief einer von ihnen, wie ich beim Laternenschein bemerkte, ein stattlicher Ulanenoffizier, »recht hatte jener doch, der voriges Jahr in Mainz auf die verfluchten Kerle schimpfte, welche Anno 1794 durchaus nicht mit dem Eilfer herausrükken wollten.« – Alle lachten aus voller Kehle. Unwillkürlich war ich einige Schritte weiter gekommen, ich blieb vor einem Keller stehen, aus dem ein einsames Licht herausstrahlte. Fühlte sich der Shakespearsche Heinrich nicht einmal so ermattet und demütig, daß ihm die arme Kreatur Dünnbier in den Sinn kam? In der Tat, mir geschah gleiches, meine Zunge lechzte nach einer Flasche guten englischen Biers. Schnell fuhr ich in den Keller hinein. »Was beliebt?« kam mir der Wirt, freundlich die Mütze rückend, entgegen. Ich forderte eine Flasche guten englischen Biers nebst einer tüchtigen Pfeife guten Tabaks und befand mich bald in solch einem sublimen Philistrismus, vor dem selbst der Teufel Respekt hatte und von mir abließ. – O Justizrat! hättest du mich gesehen, wie ich aus deinem hellen Teezimmer herabgestiegen war in den dunkeln Bierkeller, du hättest dich mit recht stolzer verächtlicher Miene von mir abgewendet und gemurmelt: »Ist es denn ein Wunder, daß ein solcher Mensch die zierlichsten Jabots ruiniert?«

Ich mochte ohne Hut und Mantel den Leuten etwas verwunderlich vorkommen. Dem Manne schwebte eine Frage auf den Lippen, da pochte es ans Fenster, und eine Stimme rief herab: »Macht auf, macht auf, ich bin da!« Der Wirt lief hinaus und trat bald wieder herein, zwei brennende Lichter hoch in den Händen tragend, ihm folgte ein sehr langer, schlanker Mann. In der niedrigen Tür vergaß er sich zu bücken und stieß sich den Kopf recht derb; eine barettartige schwarze Mütze, die er trug, verhinderte Beschädigung. Er drückte sich auf ganz eigene Weise der Wand entlang und setzte sich mir gegenüber, indem die Lichter auf den Tisch gestellt wurden. Man hätte beinahe von ihm sagen können, daß er vornehm und unzufrieden aussähe. Er forderte verdrießlich Bier und Pfeife und erregte mit wenigen Zügen einen solchen Dampf, daß wir bald in einer Wolke schwammen. Übrigens hatte sein Gesicht so etwas

Charakteristisches und Anziehendes, daß ich ihn trotz seines finstern Wesens sogleich liebgewann. Die schwarzen reichen Haare trug er gescheitelt und von beiden Seiten in vielen kleinen Locken herabhängend, so daß er den Bildern von Rubens glich. Als er den großen Mantelkragen abgeworfen, sah ich, daß er in eine schwarze Kurtka mit vielen Schnüren gekleidet war, sehr fiel es mir aber auf, daß er über die Stiefeln zierliche Pantoffeln gezogen hatte. Ich wurde das gewahr, als er die Pfeife ausklopfte, die er in fünf Minuten ausgeraucht. Unser Gespräch wollte nicht recht von statten gehen, der Fremde schien sehr mit allerlei seltenen Pflanzen beschäftigt, die er aus einer Kapsel genommen hatte und wohlgefällig betrachtete. Ich bezeigte ihm meine Verwunderung über die schönen Gewächse und fragte, da sie ganz frisch gepflückt zu sein schienen, ob er vielleicht im botanischen Garten oder bei Boucher gewesen. Er lächelte ziemlich seltsam und antwortete: »Botanik scheint nicht eben Ihr Fach zu sein, sonst hätten Sie nicht so – « Er stockte, ich lispelte kleinlaut: »albern« – »gefragt«, setzte er treuherzig hinzu. »Sie würden«, fuhr er fort, »auf den ersten Blick Alpenpflanzen erkannt haben, und zwar, wie sie auf dem Tschimborasso wachsen.« Die letzten Worte sagte der Fremde leise vor sich hin, und du kannst denken, daß mir dabei gar wunderlich zu Mute wurde. Jede Frage erstarb mir auf den Lippen; aber immer mehr regte sich eine Ahnung in meinem Innern, und es war mir, als habe ich den Fremden nicht sowohl oft *gesehen* als oft *gedacht*. Da pochte es aufs neue ans Fenster, der Wirt öffnete die Tür, und eine Stimme rief: »Seid so gut, Euern Spiegel zu verhängen.« – »Aha!« sagte der Wirt, »da kommt noch recht spät der General Suwarow.« Der Wirt verhing den Spiegel, und nun sprang mit einer täppischen Geschwindigkeit, schwerfällig hurtig, möcht' ich sagen, ein kleiner dürrer Mann herein in einem Mantel von ganz seltsam bräunlicher

Farbe, der, indem der Mann in der Stube herumhüpfte, in vielen Falten und Fältchen auf ganz eigene Weise um den Körper wehte, so daß es im Schein der Lichter beinahe anzusehen war, als führen viele Gestalten aus- und ineinander wie bei den Enslerschen Fantasmagorien. Dabei rieb er die in den weiten Ärmeln versteckten Hände und rief: »Kalt! – kalt – o wie kalt! In Italia ist es anders, anders!« Endlich setzte er sich zwischen mir und dem Großen, sprechend: »Das ist ein entsetzlicher Dampf – Tabak gegen Tabak – hätt' ich nur eine Prise!« – Ich trug die spiegelblank geschliffene Stahldose in der Tasche, die du mir einst schenktest, die zog ich gleich heraus und wollte dem Kleinen Tabak anbieten. Kaum erblickte er *die*, als er mit beiden Händen darauf zufuhr und, sie wegstoßend, rief: »Weg – weg mit dem abscheulichen Spiegel!« Seine Stimme hatte etwas Entsetzliches, und als ich ihn verwundert ansah, war er ein andrer worden. Mit einem gemütlichen jugendlichen Gesicht sprang der Kleine herein, aber nun starrte mich das todblasse, welke, eingefurchte Antlitz eines Greises mit hohlen Augen an. Voll Entsetzen rückte ich hin zum Großen. »Ums Himmelswillen, schauen Sie doch«, wollt' ich rufen, aber der Große nahm an allem keinen Anteil, sondern war ganz vertieft in seine Tschimborassopflanzen, und in dem Augenblick forderte der Kleine: »Wein des Nordens«, wie er sich preziös ausdrückte.Nach und nach wurde das Gespräch lebendiger. Der Kleine war mir zwar sehr unheimlich, aber der Große wußte über geringfügig scheinende Dinge recht viel Tiefes und Ergötzliches zu sagen, unerachtet er mit dem Ausdruck zu kämpfen schien, manchmal auch wohl ein ungehöriges Wort einmischte, das aber oft der Sache eben eine drollige Originalität gab, und so milderte er, mit meinem Innern sich immer mehr befreundend, den übeln Eindruck des Kleinen. Dieser schien wie von lauter Springfedern getrieben, denn er rückte auf dem Stuhle hin und her, gestikulierte viel mit den Händen, und wohl rieselte mir ein Eisstrom durch die Haare über den Rücken, wenn ich es deutlich bemerkte, daß er wie aus zwei verschiedenen Gesichtern heraussah. Vorzüglich blickte er oft den Großen, dessen bequeme Ruhe sonderbar gegen des Kleinen Beweglichkeit abstach, mit dem alten Gesicht an, wiewohl nicht so entsetzlich als zuvor mich. – In dem Maskenspiel des irdischen Lebens sieht oft der innere Geist mit leuchtenden Augen aus der Larve heraus, das Verwandte erkennend, und so mag es geschehen sein, daß wir drei absonderliche Menschen im Keller uns auch so angeschaut und erkannt hatten. Unser Gespräch fiel in jenen Humor, der nur aus dem tief bis auf den Tod verletzten Gemüte kommt. »Das hat auch seinen Haken«, sagte der Große. »Ach Gott«, fiel ich ein, »wie viel Haken hat der Teufel überall für uns eingeschlagen, in Zimmerwänden, Lauben, Rosenhecken, woran vorbeistreifend wir etwas von unserm teuern Selbst hängen lassen. Es scheint, Verehrte! als ob uns allen auf diese Weise schon etwas abhanden gekommen, wiewohl mir diese Nacht vorzüglich Hut und Mantel fehlte. Beides hängt an einem Haken in des Justizrats Vorzimmer, wie Sie wissen!« Der Kleine und der Große fuhren sichtlich auf, als träfe sie unversehens ein Schlag. Der Kleine schaute mich recht häßlich mit seinem alten Gesichte an, sprang aber gleich auf einen Stuhl und zog das Tuch fester über den Spiegel, während der Große sorgfältig die Lichter putzte. Das Gespräch lebte mühsam wieder auf, man erwähnte eines jungen wackern Malers namens Philipp und des Bildes einer Prinzessin, das er mit *dem* Geist der Liebe und *dem* frommen Sehnen nach dem Höchsten, wie der Herrin tiefer heiliger Sinn es ihm entzündet, vollendet hatte. »Zum Sprechen ähnlich und doch kein Porträt, sondern ein *Bild*«, meinte der Große. »Es ist so ganz wahr«, sprach ich, »man möchte sagen, wie aus dem Spiegel gestohlen.« Da sprang der Kleine wild auf, mit dem alten Gesicht und funkelnden Augen mich anstarrend, schrie er: »Das ist albern, das ist toll, wer vermag aus dem Spiegel Bilder zu stehlen? – wer vermag das? meinst du vielleicht der Teufel? – Hoho Bruder, der zerbricht das Glas mit der tölpischen Kralle, und die feinen weißen Hände des Frauenbildes werden auch wund und bluten. Albern ist das. Heisa! – zeig mir das Spiegelbild, das gestohlene Spiegelbild, und ich mache dir den Meistersprung von tausend Klafter hinab, du betrübter Bursche!« – Der Große erhob sich, schritt auf den Kleinen los und sprach: »Mache Er sich nicht so unnütz, mein Freund! sonst wird Er die Treppe hinaufgeworfen, es mag wohl miserabel aussehen mit Seinem eignen Spiegelbilde.« – »Ha ha ha ha!« lachte und kreischte der Kleine in tollem Hohn, »ha ha ha – meinst du? meinst du? Hab' ich doch meinen schönen Schlagschatten, o du jämmerlicher Geselle, hab' ich doch meinen Schlagschatten!« – Und damit sprang er fort, noch draußen hörten wir ihn recht hämisch meckern und lachen: »hab' ich doch meinen Schlagschatten!« Der Große war, wie vernichtet, totenbleich in den Stuhl zurückgesunken, er hatte den Kopf in beide Hände gestützt, und aus der tiefsten Brust atmete schwer ein Seufzer auf. »Was ist Ihnen?« fragte ich teilnehmend. »O mein Herr«, erwiderte der Große, »jener böse Mensch, der uns so feindselig erschien, der mich bis hieher, bis in meine Normalkneipe, verfolgte, wo ich sonst einsam blieb, da höchstens nur etwa ein Erdgeist unter dem Tisch aufduckte und Brotkrümchen naschte – jener böse Mensch hat mich zurückgeführt in mein tiefstes Elend. Ach – verloren, unwiderbringlich verloren habe ich meinen – Leben Sie wohl!« – Er stand auf und schritt mitten durch die Stube zur Tür hinaus. Alles blieb hell um ihn – er warf keinen Schlagschatten. Voll Entzücken rannte ich nach – »Peter Schlemihl – Peter Schlemihl!«* rief ich freudig, aber *der* hatte die Pantoffeln weggeworfen. Ich sah, wie er über den Gendarmesturm hinwegschritt und in der Nacht verschwand.

Als ich in den Keller zurück wollte, warf mir der Wirt die Tür vor der Nase zu, sprechend: »Vor solchen Gästen bewahre mich der liebe Herrgott!« –

3. Erscheinungen

Herr Mathieu ist mein guter Freund und sein Türsteher ein wachsamer Mann. Der machte mir gleich auf, als ich im goldnen Adler an der Hausklingel zog. Ich erklärte, wie ich mich aus einer Gesellschaft fortgeschlichen ohne Hut und Mantel, im letztern stecke aber mein Hausschlüssel, und die taube Aufwärterin herauszupochen, sei unmöglich. Der freundliche Mann (den Türsteher mein' ich) öffnete ein Zimmer, stellte die Lichter hin und wünschte mir eine gute Nacht. Der schöne breite Spiegel war verhängt, ich weiß selbst nicht, wie ich darauf kam, das Tuch herabzuziehen und beide Lichter auf den Spiegeltisch zu setzen. Ich fand mich, da ich in den Spiegel schaute, so blaß und entstellt, daß ich mich kaum selbst wiedererkannte. – Es war mir, als schwebe aus des Spiegels tiefstem Hintergrunde eine dunkle Gestalt hervor; sowie ich fester und fester Blick und Sinn darauf richtete, entwickelten sich in seltsam magischem Schimmer deutlicher die Züge eines holden Frauenbildes – ich erkannte Julien. Von inbrünstiger Liebe und Sehnsucht befangen seufzte ich laut auf: »Julia! Julia!« Da stöhnte und ächzte es hinter den Gardinen eines Bettes in des Zimmers äußerster Ecke. Ich horchte auf, immer ängstlicher wurde das

* »Peter Schlemihls wundersame Geschichte«, mitgeteilt von Adelbert von Chamisso und herausgegeben von Friedrich Baron de la Motte Fouqué. Nürnberg bei J. L. Schrag. 1814

Stöhnen. Juliens Bild war verschwunden, entschlossen ergriff ich ein Licht, riß die Gardinen des Bettes rasch auf und schaute hinein. Wie kann ich dir denn das Gefühl beschreiben, das mich durchbebte, als ich den Kleinen erblickte, der mit dem jugendlichen, wiewohl schmerzlich verzogenen Gesicht dalag und im Schlaf recht aus tiefster Brust aufseufzte: »Giulietta! – Giulietta!« – Der Name fiel zündend in mein Inneres – das Grauen war von mir gewichen, ich faßte und rüttelte den Kleinen recht derb, rufend: »he – guter Freund, wie kommen Sie in mein Zimmer, erwachen Sie und scheren Sie sich gefälligst zum Teufel!« – Der Kleine schlug die Augen auf und blickte mich mit dunklen Blicken an: »Das war ein böser Traum«, sprach er, »Dank sei Ihnen, daß Sie mich weckten.« Die Worte klangen nur wie leise Seufzer. Ich weiß nicht, wie es kam, daß der Kleine mir jetzt ganz anders erschien, ja daß der Schmerz, von dem er ergriffen, in mein eignes Innres drang, und all' mein Zorn in tiefer Wehmut verging. Weniger Worte bedurfte es nur, um zu erfahren, daß der Türsteher mir aus Versehen dasselbe Zimmer aufgeschlossen, welches der Kleine schon eingenommen hatte, daß ich es also war, der unziemlich eingedrungen den Kleinen aus dem Schlafe aufstörte.

»Mein Herr«, sprach der Kleine, »ich mag Ihnen im Keller recht toll und ausgelassen vorgekommen sein, schieben Sie mein Betragen darauf, daß mich, wie ich nicht leugnen kann, zuweilen ein toller Spuk befängt, der mich aus allen Kreisen des Sittigen und Gehörigen hinaustreibt. Sollte Ihnen denn nicht zuweilen Gleiches widerfahren?« – »Ach Gott ja«, erwiderte ich kleinmütig, »nur noch heute Abend, als ich Julien wiedersah.« – »Julia?« krächzte der Kleine mit widriger Stimme, und es zuckte über sein Gesicht hin, das wieder plötzlich alt wurde. »O lassen Sie mich ruhen – verhängen Sie doch gütigst den Spiegel, Bester!« – dies sagte er ganz matt aufs Kissen zurückblickend. »Mein Herr«, sprach ich, »der Name meiner auf ewig verlornen Liebe scheint seltsame Erinnerungen in Ihnen zu wecken, auch variieren Sie merklich mit Dero angenehmen Gesichtszügen. Doch hoffe ich mit Ihnen ruhig die Nacht zu verbringen, weshalb ich gleich den Spiegel verhängen und mich ins Bett begeben will.« Der Kleine richtete sich auf, sah mich mit überaus milden, gutmütigen Blicken seines Jünglingsgesichts an, faßte meine Hand und sprach, sie leise drückend: »Schlafen Sie ruhig, mein Herr, ich merke, daß wir Unglücksgefährten sind. – Sollten Sie auch? – Julia – Giulietta – Nun dem sei, wie ihm wolle, Sie üben eine unwiderstehliche Gewalt über mich aus – ich kann nicht anders, ich muß Ihnen mein tiefstes Geheimnis entdecken – dann hassen, dann verachten Sie mich.« Mit diesen Worten stand der Kleine langsam auf, hüllte sich in einen weißen weiten Schlafrock und schlich leise und recht gespensterartig nach dem Spiegel, vor den er sich hinstellte. Ach! – rein und klar warf der Spiegel die beiden Lichter, die Gegenstände im Zimmer, mich selbst zurück, die Gestalt des Kleinen war nicht zu sehen im Spiegel, kein Strahl reflektierte sein dicht herangebogenes Gesicht. Er wandte sich zu mir, die tiefste Verzweiflung in den Mienen, er drückte meine Hände: »Sie kennen nun mein grenzenloses Elend,« sprach er, »Schlemihl, die reine gute Seele, ist beneidenswert gegen mich Verworfenen. Leichtsinnig verkaufte er seinen Schlagschatten aber ich! – ich gab mein Spiegelbild *ihr* – *ihr*! – oh – oh – oh!« – So tief aufstöhnend, die Hände vor die Augen gedrückt wankte der Kleine nach dem Bette, in das er sich schnell warf. Erstarrt blieb ich stehen, Argwohn, Verachtung, Grauen, Teilnahme, Mitleiden, ich weiß selbst nicht, was sich alles für und wider den Kleinen in meiner Brust regte. Der Kleine fing indes bald an, so anmutig und melodiös zu schnarchen, daß ich der narkotischen Kraft dieser Töne nicht widerstehen konnte.

Schnell verhing ich den Spiegel, löschte die Lichter aus, warf mich so wie der Kleine ins Bett und fiel bald in tiefen Schlaf. Es mochte wohl schon Morgen sein, als ein blendender Schimmer mich weckte. Ich schlug die Augen auf und erblickte den Kleinen, der im weißen Schlafrock, die Nachtmütze auf dem Kopf, den Rücken mir zugewendet, am Tische saß und bei beiden angezündeten Lichtern emsig schrieb. Er sah recht spukhaft aus, mir wandelte ein Grauen an; der Traum erfaßte mich plötzlich und trug mich wieder zum Justizrat, wo ich neben Julien auf der Ottomane saß. Doch bald war es mir, als sei die ganze Gesellschaft eine spaßhafte Weihnachtsausstellung bei Fuchs, Weide, Schoch oder sonst, der Justizrat eine zierliche Figur von Dragant mit postpapiernem Jabot. Höher und höher wurden die Bäume und Rosenbüsche. Julie stand auf und reichte mir den kristallnen Pokal, aus dem blaue Flammen emporleckten. Da zog es mich am Arm, der Kleine stand hinter mir mit dem alten Gesicht und lispelte: »Trink nicht, trink nicht – sieh sie doch recht an! – hast du sie nicht schon gesehen auf den Warnungstafeln von Breughel, von Callot oder von Rembrandt?« – Mir schauerte vor Julien, denn freilich war sie in ihrem faltenreichen Gewande mit den bauschigen Ärmeln, in ihrem Haarschmuck so anzusehen wie die von höllischen Untieren umgebenen lockenden Jungfrauen auf den Bildern jener Meister. »Warum fürchtest du dich denn«, sprach Julie, »ich habe dich und dein Spiegelbild doch ganz und gar.« Ich ergriff den Pokal, aber der Kleine hüpfte wie ein Eichhörnchen auf meine Schultern und wehte mit dem Schweife in die Flammen, widrig quiekend: »Trink nicht – trink nicht.« Doch nun wurden alle Zuckerfiguren der Ausstellung lebendig und bewegten komisch die Händchen und Füßchen, der dragantne Justizrat trippelte auf mich zu und rief mit einem ganz feinen Stimmchen: »Warum der ganze Rumor, mein Bester? warum der ganze Rumor? Stellen Sie sich doch nur auf Ihre lieben Füße, denn schon lange bemerke ich, daß Sie in den Lüften über Stühle und Tische wegschreiten.« Der Kleine war verschwunden, Julie hatte nicht mehr den Pokal in der Hand. »Warum wolltest du denn nicht trinken?« sprach sie, »war denn die reine herrliche Flamme, die dir aus dem Pokal entgegenstrahlte, nicht der Kuß, wie du ihn einst von mir empfingst?« Ich wollte sie an mich drücken, Schlemihl trat aber dazwischen, sprechend: »Das ist Mina, die den Raskal geheiratet.« Er hatte einige Zuckerfiguren getreten, die ächzten sehr. – Aber bald vermehrten diese sich zu Hunderten und Tausenden und trippelten um mich her und an mir herauf im bunten häßlichen Gewimmel und umsummten mich wie ein Bienenschwarm. – Der dragantne Justizrat hatte sich bis zur Halsbinde heraufgeschwungen, die zog er immer fester und fester an. »Verdammter dragantner Justizrat!« schrie ich laut und fuhr auf aus dem Schlafe. Es war heller lichter Tag, schon eilf Uhr mittags. »Das ganze Ding mit dem Kleinen war auch wohl nur ein lebhafter Traum«, dachte ich eben, als der mit dem Frühstück eintretende Kellner mir sagte, daß der fremde Herr, der mit mir in einem Zimmer geschlafen, am frühen Morgen abgereiset sei und sich mir sehr empfehlen lasse. Auf dem Tische, an dem nachts der spukhafte Kleine saß, fand ich ein frisch beschriebenes Blatt, dessen Inhalt ich dir mitteile, da es unbezweifelt des Kleinen wundersame Geschichte ist.

4. Die Geschichte vom verlornen Spiegelbilde

Endlich war es doch so weit gekommen, daß Erasmus Spikher den Wunsch, den er sein Leben lang im Herzen genährt, erfüllen konnte. Mit frohem Herzen und wohlgefülltem Beutel setzte er sich in den Wagen, um die nördliche Heimat zu verlassen und nach dem schönen warmen Welschland zu reisen. Die liebe fromme Hausfrau vergoß tausend Tränen, sie hob den kleinen Rasmus nachdem sie ihm Nase und Mund sorgfältig geputzt, in den Wagen hinein, damit der Vater zum Abschiede ihn noch sehr küsse. »Lebe wohl, mein lieber Erasmus Spikher«, sprach die Frau schluchzend, »das Haus will ich dir gut bewahren, denke fein fleißig an mich, bleibe mir treu und verliere nicht die schöne Reisemütze, wenn du, wie du wohl pflegst, schlafend zum Wagen herausnickst.« – Spikher versprach das. –

In dem schönen Florenz fand Erasmus einige Landsleute, die voll Lebenslust und jugendlichen Muts in den üppigen Genüssen, wie sie das herrliche Land reichlich darbot, schwelgten. Er bewies sich ihnen als ein wackrer Kumpan, und es wurden allerlei ergötzliche Gelage veranstaltet, denen Spikhers besonders muntrer Geist und das Talent, dem tollen Ausgelassenen das Sinnige beizufügen, einen eignen Schwung gaben. So kam es denn, daß die jungen Leute (Erasmus, erst siebenundzwanzig Jahr alt, war wohl dazu zu rechnen) einmal zur Nachtzeit in eines herrlichen, duftenden Gartens erleuchtetem Boskett ein gar fröhliches Fest begingen. Jeder, nur nicht Erasmus, hatte eine liebliche Donna mitgebracht. Die Männer gingen in zierlicher altteutscher Tracht, die Frauen waren in bunten leuchtenden Gewändern, jede auf andere Art ganz fantastisch gekleidet, so daß sie erschienen wie liebliche wandelnde Blumen. Hatte diese oder jene zu dem Saitengelispel der Mandolinen ein italienisches Liebeslied gesungen, so stimmten die Männer unter dem lustigen Geklingel der mit Syrakuser gefüllten Gläser einen kräftigen deutschen Rundgesang an. – Ist ja doch Italien das Land der Liebe. Der Abendwind säuselte wie in sehnsüchtigen Seufzern, wie Liebeslaute durchwallten die Orange- und Jasmindüfte das Boskett, sich mischend in das lose neckhafte Spiel, das die holden Frauenbilder, all' die kleinen zarten Buffonerien, wie sie nur den italienischen Weibern eigen, aufbietend, begonnen hatten. Immer reger und lauter wurde die Lust. Friedrich, der Glühendste vor allen, stand auf, mit einem Arm hatte er seine Donna umschlungen, und das mit perlendem Syrakuser gefüllte Glas mit der andern Hand hoch schwingend, rief er: »Wo ist denn Himmelslust und Seligkeit zu finden als bei euch, ihr holden, herrlichen italienischen Frauen, ihr seid ja die Liebe selbst. – Aber du, Erasmus«, fuhr er fort, sich zu Spikher wendend, »scheinst das nicht sonderlich zu fühlen, denn nicht allein, daß du aller Verabredung, Ordnung und Sitte entgegen keine Donna zu unserm Feste geladen hast, so bist du auch heute so trübe und in dich gekehrt, daß, hättest du nicht wenigstens tapfer getrunken und gesungen, ich glauben würde, du seist mit einemmal ein langweiliger Melancholikus geworden.« – »Ich muß dir gestehen, Friedrich«, erwiderte Erasmus, »daß ich mich auf *die* Weise nun einmal nicht freuen kann. Du weißt ja, daß ich eine liebe, fromme Hausfrau zurückgelassen habe, die ich recht aus tiefer Seele liebe, und an der ich ja offenbar einen Verrat beginge, wenn ich im losen Spiel auch nur für einen Abend mir eine Donna wählte. Mit euch unbeweibten Jünglingen ist das ein andres, aber ich als Familienvater« – Die Jünglinge lachten hell auf, da Erasmus bei dem Worte »Familienvater« sich bemühte, das jugendliche gemütliche Gesicht in ernste Falten zu ziehen, welches denn eben sehr possierlich herauskam. Friedrichs Donna ließ sich das, was Erasmus teutsch gesprochen, in das Italienische übersetzen, dann wandte sie sich ernsten Blickes zum Erasmus und sprach, mit aufgehobenem Finger leise drohend: »Du kalter, kalter Teutscher! – verwahre dich wohl, noch hast du Giulietta nicht gesehen!«

In dem Augenblick rauschte es beim Eingange des Bosketts, und aus dunkler Nacht trat in den lichten Kerzenschimmer hinein ein wunderherrliches

Frauenbild. Das weiße, Busen, Schultern und Nacken nur halb verhüllende Gewand mit bauschigen bis an die Ellbogen streifenden Ärmeln floß in reichen breiten Falten herab, die Haare vorn an der Stirn gescheitelt, hinten in vielen Flechten heraufgenestelt. – Goldene Ketten um den Hals, reiche Armbänder um die Handgelenke geschlungen, vollendeten den altertümlichen Putz der Jungfrau, die anzusehen war, als wandle ein Frauenbild von Rubens oder dem zierlichen Mieris daher. »Giulietta!« riefen die Mädchen voll Erstaunen. Giulietta, deren Engelsschönheit alle überstrahlte, sprach mit süßer lieblicher Stimme: »Laßt mich doch teilnehmen an euerm schönen Fest, ihr wackern teutschen Jünglinge. Ich will hin zu jenem dort, der unter euch ist so ohne Lust und ohne Liebe.« Damit wandelte sie in hoher Anmut zum Erasmus und setzte sich auf den Sessel, der neben ihm leer geblieben, da man vorausgesetzt hatte, daß auch er eine Donna mitbringen werde. Die Mädchen lispelten untereinander: »Seht, o seht, wie Giulietta heute wieder so schön ist!« und die Jünglinge sprachen: »Was ist denn das mit dem Erasmus, er hat ja die Schönste gewonnen und uns nur wohl verhöhnt?« Dem Erasmus war bei dem ersten Blick, den er auf Giulietta warf, so ganz besonders zu Mute geworden, daß er selbst nicht wußte, was sich denn so gewaltsam in seinem Innern rege. Als sie sich ihm näherte, faßte ihn eine fremde Gewalt und drückte seine Brust zusammen, daß sein Atem stockte. Das Auge fest geheftet auf Giulietta, mit erstarrten Lippen saß er da und konnte kein Wort hervorbringen, als die Jünglinge laut Giuliettas Anmut und Schönheit priesen. Giulietta nahm einen vollgeschenkten Pokal und stand auf, ihn dem Erasmus freundlich darreichend; *der* ergriff den Pokal, Giuliettas zarte Finger leise berührend. Er trank, Glut strömte durch seine Adern. Da fragte Giulietta scherzend: »Soll ich denn Eure Donna sein?« Aber Erasmus warf sich wie im Wahnsinn vor Giulietta nieder, drückte ihre beiden Hände an seine Brust und rief: »Ja, *du* bist es, *dich* habe ich geliebt immerdar, *dich*, du Engelsbild! – dich habe ich geschaut in meinen Träumen, *du* bist mein Glück, meine Seligkeit, mein höheres Leben!« – Alle glaubten, der Wein sei dem Erasmus zu Kopf gestiegen, denn so hatten sie ihn nie gesehen, er schien ein anderer worden. »Ja, du – du bist mein Leben, du flammst in mir mit verzehrender Glut. Laß mich untergehen – untergehen, nur in dir, nur du will ich sein«, – so schrie Erasmus, aber Giulietta nahm ihn sanft in die Arme; ruhiger geworden setzte er sich an ihre Seite, und bald begann wieder das heitre Liebesspiel in munteren Scherzen und Liedern, das durch Giulietta und Erasmus unterbrochen worden. Wenn Giulietta sang, war es, als gingen aus tiefster Brust Himmelstöne hervor, nie gekannte, nur geahnte Lust in allen entzündend. Ihre volle wunderbare Kristallstimme trug eine geheimnisvolle Glut in sich, die jedes Gemüt ganz und gar befing. Fester hielt jeder Jüngling seine Donna umschlungen, und feuriger strahlte Aug' in Auge. Schon verkündete ein roter Schimmer den Anbruch der Morgenröte, da riet Giulietta das Fest zu enden. Es geschah. Erasmus schickte sich an Giulietta zu begleiten, sie schlug das ab und bezeichnete ihm das Haus, wo er sie künftig finden könne. Während des teutschen Rundgesanges, den die Jünglinge noch zum Beschluß des Festes anstimmten, war Giulietta aus dem Boskett verschwunden; man sah sie hinter zwei Bedienten, die mit Fackeln voranschritten, durch einen fernen Laubgang wandeln. Erasmus wagte nicht, ihr zu folgen. Die Jünglinge nahmen nun jeder seine Donna unter den Arm und schritten in voller heller Lust von dannen. Ganz verstört und im Innern zerrissen von Sehnsucht und Liebesqual folgte ihnen endlich Erasmus, dem sein kleiner Diener mit der Fackel vorleuchtete. So ging er, da die Freunde ihn verlassen, durch eine entlegene Straße, die nach seiner Wohnung führte. Die Morgenröte war hoch heraufgestiegen, der Diener stieß die Fackel auf dem Steinpflaster aus, aber in den aufsprühenden Funken stand plötzlich eine seltsame Figur vor Erasmus, ein langer dürrer Mann mit spitzer Habichtsnase, funkelnden Augen, hämisch verzogenem Munde, im feuerroten Rock mit strahlenden Stahlknöpfen. *Der* lachte und rief mit unangenehm gellender Stimme: »Ho, ho! – Ihr seid wohl aus einem alten Bilderbuch herausgestiegen mit Euerm Mantel, Euerm geschlitzten Wams und Euerm Federnbarett. – Ihr seht recht schnakisch aus, Hr. Erasmus, aber wollt Ihr denn auf der Straße der Leute Spott werden? Kehrt doch nur ruhig zurück in Euern Pergamentband.« – »Was geht Euch meine Kleidung an«, sprach Erasmus verdrießlich und wollte, den roten Kerl beiseite schiebend, vorübergehen, *der* schrie ihm nach: »Nun, nun – eilt nur nicht so, zur Giulietta könnt Ihr doch jetzt gleich nicht hin.« Erasmus drehte sich rasch um. »Was sprecht Ihr von Giulietta«, rief er mit wilder Stimme, den roten Kerl bei der Brust packend. *Der* wandte sich aber pfeilschnell und war, ehe Erasmus sich's versah, verschwunden. Erasmus blieb ganz verblüfft stehen, mit dem Stahlknopf in der Hand, den er dem Roten abgerissen. »Das war der Wunderdoktor, Signor Dapertutto; was der nur von Euch wollte?« sprach der Diener, aber dem Erasmus wandelte ein Grauen an, er eilte sein Haus zu erreichen. –

Giulietta empfing den Erasmus mit all' der wunderbaren Anmut und Freundlichkeit, die ihr eigen. Der wahnsinnigen Leidenschaft, die den Erasmus entflammt, setzte sie ein mildes, gleichmütiges Betragen entgegen. Nur dann und wann funkelten ihre Augen höher auf, und Erasmus fühlte, wie leise Schauer aus dem Innersten heraus ihn durchbebten, wenn sie manchmal ihn mit einem recht seltsamen Blicke traf. Nie sagte sie ihm, daß sie ihn liebe, aber ihre ganze

Art und Weise mit ihm umzugehen, ließ es ihn deutlich ahnen, und so kam es, daß immer festere und festere Bande ihn umstrickten. Ein wahres Sonnenleben ging ihm auf; die Freunde sah er selten, da Giulietta ihn in andere fremde Gesellschaft eingeführt. –

Einst begegnete ihm Friedrich, der ließ ihn nicht los, und als der Erasmus durch manche Erinnerung an sein Vaterland und an sein Haus recht mild und weich geworden, da sagte Friedrich: »Weißt du wohl, Spikher, daß du in recht gefährliche Bekanntschaft geraten bist? Du mußt es doch wohl schon gemerkt haben, daß die schöne Giulietta eine der schlauesten Courtisanen ist, die es je gab. Man trägt sich dabei mit allerlei geheimnisvollen, seltsamen Geschichten, die sie in gar besonderm Lichte erscheinen lassen. Daß sie über die Menschen, wenn sie will, eine unwiderstehliche Macht übt und sie in unauflösliche Bande verstrickt, seh' ich an dir, du bist ganz und gar verändert, du bist ganz der verführerischen Giulietta hingegeben, du denkst nicht mehr an deine liebe fromme Hausfrau.« – Da hielt Erasmus beide Hände vors Gesicht, er schluchzte laut, er rief den Namen seiner Frau. Friedrich merkte wohl, wie ein innerer harter Kampf begonnen. »Spikher«, fuhr er fort, »laß uns schnell abreisen.« – »Ja, Friedrich«, rief Spikher heftig, »du hast recht. Ich weiß nicht, wie mich so finstre gräßliche Ahnungen plötzlich ergreifen, – ich muß fort, noch heute fort.« – Beide Freunde eilten über die Straße, quer vorüber schritt Signor Dapertutto, *der* lachte dem Erasmus ins Gesicht und rief: »Ach, eilt doch, eilt doch nur schnell, Giulietta wartet schon, das Herz voll Sehnsucht, die Augen voll Tränen. – Ach, eilt doch, eilt doch!« Erasmus wurde wie vom Blitz getroffen. »Dieser Kerl«, sprach Friedrich, »dieser Ciarlatano ist mir im Grunde der Seele zuwider, und daß *der* bei Giulietta aus und ein geht und ihr seine Wunderessenzen verkauft« – »Was!« rief

Erasmus, »dieser abscheuliche Kerl bei Giulietta – bei Giulietta?« – »Wo bleibt Ihr aber auch so lange, alles wartet auf Euch, habt Ihr denn gar nicht an mich gedacht?« so rief eine sanfte Stimme vom Balkon herab. Es war Giulietta, vor deren Hause die Freunde, ohne es bemerkt zu haben, standen. Mit einem Sprunge war Erasmus im Hause. »Der ist nun einmal hin und nicht mehr zu retten«, sprach Friedrich leise und schlich über die Straße fort. –

Nie war Giulietta liebenswürdiger gewesen, sie trug diesselbe Kleidung als damals in dem Garten, sie strahlte in voller Schönheit und jugendlicher Anmut. Erasmus hatte alles vergessen, was er mit Friedrich gesprochen, mehr als je riß ihn die höchste Wonne, das höchste Entzücken unwiderstehlich hin, aber auch noch niemals hatte Giulietta so ohne allen Rückhalt ihm ihre innigste Liebe merken lassen. Nur *ihn* schien sie zu beachten, nur für *ihn* zu sein. – Auf einer Villa, die Giulietta für den Sommer gemietet, sollte ein Fest gefeiert werden. Man begab sich dahin. In der Gesellschaft befand sich ein junger Italiener von recht häßlicher Gestalt und noch häßlicheren Sitten, *der* bemühte sich viel um Giulietta und erregte die Eifersucht des Erasmus, der voll Ingrimm sich von den andern entfernte und einsam in einer Seitenallee des Gartens auf- und abschlich. Giulietta suchte ihn auf. »Was ist dir? – bist du denn nicht ganz mein?« Damit umfing sie ihn mit den zarten Armen und drückte einen Kuß auf seine Lippen. Feuerstrahlen durchblitzten ihn, in rasender Liebeswut drückte er die Geliebte an sich und rief: »Nein, ich lasse dich nicht, und sollte ich untergehen im schmachvollsten Verderben!« Giulietta lächelte seltsam bei diesen Worten, und ihn traf jener sonderbare Blick, der ihm jederzeit innern Schauer erregte. Sie gingen wieder zur Gesellschaft. Der widrige junge Italiener trat jetzt in die Rolle des Erasmus; von Eifersucht getrieben stieß er allerlei spitze beleidigende Reden gegen

Teutsche und insbesondere gegen Spikher aus. *Der* konnte es endlich nicht länger ertragen; rasch schritt er auf den Italiener los. »Haltet ein«, sprach er, »mit Euern nichtswürdigen Sticheleien auf Teutsche und auf mich, sonst werfe ich Euch in jenen Teich, und Ihr könnt Euch im Schwimmen versuchen.« In dem Augenblick blitzte ein Dolch in des Italieners Hand, da packte Erasmus ihn wütend bei der Kehle und warf ihn nieder, ein kräftiger Fußtritt ins Genick, und der Italiener gab röchelnd seinen Geist auf. – Alles stürzte auf den Erasmus los, er war ohne Besinnung – er fühlte sich ergriffen, fortgerissen. Als er wie aus tiefer Betäubung erwachte, lag er in einem kleinen Kabinett zu Giuliettas Füßen, die das Haupt über ihn herabgebeugt ihn mit beiden Armen umfaßt hielt. »Du böser, böser Teutscher«, sprach sie unendlich sanft und mild, »welche Angst hast du mir verursacht! Aus der nächsten Gefahr habe ich dich errettet, aber nicht sicher bist du mehr in Florenz, in Italien. Du mußt fort, du mußt mich, die dich so sehr liebt, verlassen.« Der Gedanke der Trennung zerriß den Erasmus in namenlosem Schmerz und Jammer. »Laß mich bleiben«, schrie er, »ich will ja gern den Tod leiden, heißt denn sterben mehr als leben ohne dich?« Da war es ihm, als rufe eine leise ferne Stimme schmerzlich seinen Namen. Ach! es war die Stimme der frommen teutschen Hausfrau. Erasmus verstummte, und auf ganz seltsame Weise fragte Giulietta: »Du denkst wohl an dein Weib? – Ach, Erasmus, du wirst mich nur zu bald vergessen.« – »Könnte ich nur ewig und immerdar ganz dein sein«, sprach Erasmus. Sie standen gerade vor dem schönen breiten Spiegel, der in der Wand des Kabinetts angebracht war, und an dessen beiden Seiten helle Kerzen brannten. Fester, inniger drückte Giulietta den Erasmus an sich, indem sie leise lispelte: »Laß mir dein Spiegelbild, du innig Geliebter, es soll mein und bei mir bleiben immerdar.« – »Giulietta«, rief Erasmus verwundert, »was meinst du denn? – mein Spiegelbild?« – Er sah dabei in den Spiegel, der ihn und Giulietta in süßer Liebesumarmung zurückwarf. »Wie kannst du denn mein Spiegelbild behalten«, fuhr er fort, »das mit mir wandelt überall und aus jedem klaren Wasser, aus jeder hellgeschliffenen Fläche mir entgegentritt.« – »Nicht einmal«, sprach Giulietta, »nicht einmal diesen Traum deines Ichs, wie er aus dem Spiegel hervorschimmert, gönnst du mir, der du sonst mein mit Leib und Leben sein wolltest? Nicht einmal dein unstetes Bild soll bei mir bleiben und mit mir wandeln durch das arme Leben, das nun wohl, da du fliehst, ohne Lust und Liebe bleiben wird?« Die heißen Tränen stürzten der Giulietta aus den schönen dunklen Augen. Da rief Erasmus wahnsinnig vor tötendem Liebesschmerz: »Muß ich denn fort von dir? – muß ich fort, so soll mein Spiegelbild dein bleiben auf ewig und immerdar. Keine Macht – der Teufel soll es dir nicht entreißen, bis du mich selbst hast mit Seele und Leib.« – Giuliettas Küsse brannten wie Feuer auf seinem Munde, als er dies gesprochen, dann ließ sie ihn los und streckte sehnsuchtsvoll die Arme aus nach dem Spiegel. Erasmus sah, wie sein Bild unabhängig von seinen Bewegungen hervortrat, wie es in Giuliettas Arme glitt, wie es mit ihr im seltsamen Duft verschwand. Allerlei häßliche Stimmen meckerten und lachten in teuflischem Hohn; erfaßt von dem Todeskrampf des tiefsten Entsetzens sank er bewußtlos zu Boden, aber die fürchterliche Angst – das Grausen riß ihn auf aus der Betäubung, in dicker dichter Finsternis taumelte er zur Tür hinaus, die Treppe hinab. Vor dem Hause ergriff man ihn und hob ihn in einen Wagen, der schnell fortrollte. »Dieselben haben sich etwas alteriert, wie es scheint«, sprach der Mann, der sich neben ihn gesetzt hatte, in teutscher Sprache, »Dieselben haben sich etwas alteriert, indessen wird jetzt alles ganz vortrefflich gehen, wenn Sie sich nur mir ganz überlassen wollen. Giuliettchen hat schon das ihrige getan und mir Sie empfohlen. Sie sind auch ein recht lieber junger Mann und inklinieren erstaunlich zu angenehmen Späßen, wie sie uns, mir und Giuliettchen, sehr behagen. Das war mir ein recht tüchtiger teutscher Tritt in den Nacken. Wie dem Amoroso die Zunge kirschblau zum Halse heraushing – es sah recht possierlich aus, und wie er so krächzte und ächzte und nicht gleich abfahren konnte – ha – ha –ha –« Die Stimme des Mannes war so widrig höhnend, sein Schnickschnack so gräßlich, daß die Worte Dolchstichen gleich in des Erasmus Brust fuhren. »Wer Ihr auch sein mögt«, sprach Erasmus, »schweigt, schweigt von der entsetzlichen Tat, die ich bereue!« – »Bereuen, bereuen!« erwiderte der Mann, »so bereut Ihr auch wohl, daß Ihr Giulietta kennen gelernt und ihre süße Liebe erworben habt?« – »Ach, Giulietta, Giulietta!« seufzte Erasmus. »Nun ja«, fuhr der Mann fort, »so seid Ihr nun kindisch, Ihr wünscht und wollt, aber alles soll auf gleichem glatten Wege bleiben. Fatal ist es zwar, daß Ihr Giulietta habt verlassen müssen, aber doch könnte ich wohl, bliebet Ihr hier, Euch allen Dolchen Eurer Verfolger und auch der lieben Justiz entziehen.« Der Gedanke, bei Giulietta bleiben zu können, ergriff den Erasmus gar mächtig. »Wie wäre das möglich?« fragte er. – »Ich kenne«, fuhr der Mann fort, »ein sympathetisches Mittel, das Eure Verfolger mit Blindheit schlägt, kurz, welches bewirkt, daß Ihr ihnen immer mit einem andern Gesichte erscheint und sie Euch niemals wieder erkennen. Sowie es Tag ist, werdet Ihr so gut sein, recht lange und aufmerksam in irgend einen Spiegel zu schauen, mit Euerm Spiegelbilde nehme ich dann, ohne es im mindesten zu versehren, gewisse Operationen vor, und Ihr seid geborgen, Ihr könnt dann leben mit Giulietta ohne alle Gefahr in aller Lust und Freudigkeit.« – »Fürchterlich, fürchterlich!« schrie Erasmus auf. »Was ist denn fürchterlich, mein Wertester?« fragte der Mann höhnisch. »Ach, ich – habe, ich – habe«, fing Erasmus an – »Euer Spiegelbild sitzen lassen«, fiel der Mann schnell ein, »sitzen lassen bei Giulietta? – ha, ha, ha! Bravissimo, mein Bester! Nun könnt Ihr durch Fluren und Wälder, Städte und Dörfer laufen, bis Ihr Euer Weib gefunden nebst dem kleinen Rasmus und wieder ein Familienvater seid, wiewohl ohne Spiegelbild, worauf es Eurer Frau auch weiter wohl nicht ankommen wird, da sie Euch leiblich hat, Giulietta aber nur Euer schimmerndes Traum-Ich!« – »Schweige, du entsetzlicher Mensch«, schrie Erasmus. In dem Augenblick nahte sich ein fröhlich singender Zug mit Fackeln, die ihren Glanz in den Wagen warfen. Erasmus sah seinem Begleiter ins Gesicht und erkannte den häßlichen Doktor Dapertutto. Mit einem Satz sprang er aus dem Wagen und lief dem Zuge entgegen, da er schon in der Ferne Friedrichs wohltönenden Baß erkannt hatte. Die Freunde kehrten von einem ländlichen Mahle zurück. Schnell unterrichtete Erasmus Friedrichen von allem, was geschehen, und verschwieg nur den Verlust seines Spiegelbildes. Friedrich eilte mit ihm voran nach der Stadt, und so schnell wurde alles Nötige veranstaltet, daß, als die Morgenröte aufgegangen, Erasmus auf einem raschen Pferde sich schon weit von Florenz entfernt hatte. – Spikher hat manches Abenteuer aufgeschrieben, das ihm auf seiner Reise begegnete. Am merkwürdigsten ist der Vorfall, welcher zuerst den Verlust seines Spiegelbildes ihm recht seltsam fühlen ließ. Er war nämlich gerade, weil sein müdes Pferd Erholung bedurfte, in einer großen Stadt geblieben und setzte sich ohne Arg an die stark besetzte Wirtstafel, nicht achtend, daß ihm gegenüber ein schöner klarer Spiegel hing. Ein Satan von Kellner, der hinter seinem Stuhle stand, wurde gewahr, daß drüben im Spiegel der Stuhl leer geblieben, und sich nichts von der darauf sitzenden Person reflektiere. Er teilte seine Bemerkung dem Nachbar des Erasmus mit, *der* seinem Nebenmann, es lief durch die ganze Tischreihe ein Gemurmel und Geflüster, man sah den Erasmus an, dann in den Spiegel. Noch hatte Erasmus gar nicht bemerkt, daß ihm das alles galt, als ein ernsthafter Mann vom Tische aufstand, ihn vor den Spiegel führte, hineinsah und dann, sich zur Gesellschaft wendend, laut rief: »Wahrhaftig, er hat kein Spiegelbild!« – »Er hat kein Spiegelbild – er hat kein Spiegelbild!« schrie alles durcheinander; »ein mauvais sujet, ein homo nefas, werft ihn zur Tür hinaus!« – Voll Wut und Scham flüchtete Erasmus auf sein Zimmer; aber kaum war er dort, als ihm von Polizei wegen angekündigt wurde, daß er binnen einer Stunde mit seinem vollständigen, völlig ähnlichen Spiegelbilde vor der Obrigkeit erscheinen oder die Stadt verlassen müsse. Er eilte von dannen, vom müßigen Pöbel, von den Straßenjungen verfolgt, die ihm nachschrieen: »da reitet er hin, der dem Teufel sein Spiegelbild verkauft hat, da reitet er hin!« – Endlich war er im Freien. Nun ließ er überall, wo er hinkam, unter dem Vorwande eines natürlichen Abscheus gegen jede Abspiegelung, alle Spiegel schnell verhängen, und man nannte ihn daher spottweise General Suwarow, der ein gleiches tat. –

Freudig empfing ihn, als er seine Vaterstadt und sein Haus erreicht, die liebe Frau mit dem kleinen Rasmus, und bald schien es ihm, als sei in ruhiger, friedlicher Häuslichkeit der Verlust des Spiegelbildes wohl zu verschmerzen. Es begab sich eines Tages, daß Spikher, der die schöne Giulietta ganz aus Sinn und Gedanken verloren, mit dem kleinen Rasmus spielte; *der* hatte die Händchen voll Ofenruß und fuhr damit dem Papa ins Angesicht. »Ach, Vater, Vater, wie hab' ich dich schwarz gemacht, schau' mal her!« So rief der Kleine und holte, ehe Spikher es hindern konnte, einen Spiegel herbei, den er, ebenfalls hineinschauend, dem Vater vorhielt. – Ach gleich ließ er den Spiegel weinend fallen und lief schnell zum Zimmer hinaus. Bald darauf trat die Frau herein, Staunen und Schreck in den Mienen. »Was hat mir der Rasmus von dir erzählt«, sprach sie. »Daß ich kein Spiegelbild hätte, nicht wahr, mein Liebchen?« fiel Spikher mit erzwungenem Lächeln ein und bemühte sich zu beweisen, daß es zwar unsinnig sei zu glauben, man könne überhaupt sein Spiegelbild verlieren, im ganzen sei aber nicht viel daran verloren, da jedes Spiegelbild doch nur eine Illusion sei, Selbstbetrachtung zur Eitelkeit führe, und noch dazu ein solches Bild das eigne Ich spalte in Wahrheit und Traum. Indem er so sprach, hatte die Frau von einem verhängten Spiegel, der sich in dem Wohnzimmer befand, schnell das Tuch herabgezogen. Sie schaute hinein, und als träfe sie ein Blitzstrahl, sank sie zu Boden. Spikher hob sie auf, aber kaum hatte die Frau das Bewußtsein wieder, als sie ihn mit Abscheu von sich stieß. »Verlasse mich«, schrie sie, »verlasse mich, fürchterlicher Mensch! Du bist es nicht, du bist nicht mein Mann, nein – ein höllischer Geist bist du, der mich um meine Seligkeit bringen, der mich verderben will. – Fort, verlasse mich, du hast keine Macht über mich, Verdammter!« Ihre Stimme gellte durch das Zimmer, durch den Saal, die Hausleute liefen entsetzt herbei, in voller Wut und Verzweiflung stürzte Erasmus zum Hause hinaus. Wie von wilder Raserei getrieben rannte er durch die einsamen Gänge des Parks, der sich bei der Stadt befand. Giuliettas Gestalt stieg vor ihm auf in Engelsschönheit, da rief er laut: »Rächst du dich so, Giulietta, dafür, daß ich dich verließ und dir statt meines Selbst nur mein Spiegelbild gab? Ha, Giulietta, ich will ja dein sein mit Leib und Seele, *sie* hat mich verstoßen, *sie*, der ich dich opferte. Giulietta, Giulietta, ich will ja dein sein mit Leib und Leben und Seele.« – »Das können Sie ganz füglich, mein Wertester« sprach Signor Dapertutto, der auf einmal in seinem scharlachroten Rocke mit den blitzenden Stahlknöpfen dicht neben ihm stand. Es waren Trostesworte für den unglücklichen Erasmus, deshalb achtete er nicht Dapertuttos hämisches, häßliches Gesicht, er blieb stehen und fragte mit recht kläglichem Ton: »Wie soll ich sie denn wieder finden, sie, die wohl auf immer für mich verloren ist!« – »Mit nichten«, erwiderte Dapertutto, »sie ist gar nicht weit von hier und sehnt sich erstaunlich nach Ihrem werten Selbst, Verehrter, da doch, wie Sie einsehen, ein Spiegelbild nur eine schnöde Illusion ist. Übrigens gibt sie Ihnen, sobald sie sich Ihrer werten Person, nämlich mit Leib, Leben und Seele, sicher weiß, Ihr angenehmes Spiegelbild glatt und unversehrt dankbarlichst zurück.« – »Führe mich zu ihr – zu ihr hin!« rief Erasmus, »wo ist sie?« – »Noch einer Kleinigkeit bedarf es«, fiel Dapertutto ein, »bevor Sie Giulietta sehen und sich ihr gegen Erstattung des Spiegelbildes ganz ergeben können. Dieselben vermögen nicht so ganz über Dero werte Person zu disponieren, da Sie noch durch gewisse Bande gefesselt sind, die erst gelöset werden müssen. – Dero liebe Frau nebst dem hoffnungsvollen Söhnlein« – »Was soll das?« – fuhr Erasmus wild auf. »Eine unmaßgebliche Trennung dieser Bande«, fuhr Dapertutto fort, »könnte auf ganz leicht menschliche Weise bewirkt werden. Sie wissen ja von Florenz aus, daß ich wundersame Medikamente geschickt zu bereiten weiß, da hab' ich denn hier so ein Hausmittelchen in der Hand. Nur ein paar Tropfen dürfen *die* genießen, welche Ihnen und der lieben Giulietta im Wege sind, und sie sinken ohne schmerzliche Gebärde lautlos zusammen. Man nennt das zwar sterben, und der Tod soll bitter sein; aber ist denn der Geschmack bittrer Mandeln nicht lieblich, und nur *diese* Bitterkeit hat *der* Tod, den dieses Fläschchen verschließt. Sogleich nach dem fröhlichen Hinsinken wird die werte Familie einen angenehmen Geruch von bittern Mandeln verbreiten. – Nehmen Sie, Geehrtester.« – Er reichte dem Erasmus eine kleine Phiole hin.* »Entsetzlicher Mensch«, schrie dieser, »vergiften soll ich Weib und Kind?« – »Wer spricht denn von Gift«, fiel der Rote ein, »nur ein wohlschmeckendes Hausmittel ist in der Phiole enthalten. Mir stünden andere Mittel, Ihnen Freiheit zu schaffen, zu Gebote, aber durch Sie selbst möcht' ich so ganz natürlich, so ganz menschlich wirken, das ist nun einmal meine Liebhaberei. Nehmen Sie getrost, mein Bester!« – Erasmus hatte die Phiole in der Hand, er wußte selbst nicht wie. Gedankenlos rannte er nach Hause in sein Zimmer. Die ganze Nacht hatte die Frau unter tausend Ängsten und Qualen zugebracht, sie behauptete fortwährend, der Zurückgekommene sei nicht ihr Mann, sondern ein höllischer Geist, der ihres Mannes Gestalt angenommen. Sowie Spikher ins Haus trat, floh alles scheu zurück, nur der kleine Rasmus wagte es, ihm nahe zu treten und kindisch zu fragen, warum er denn sein Spiegelbild nicht mitgebracht habe, die Mutter würde sich darüber zu Tode grämen. Erasmus starrte den Kleinen wild an, er hatte noch Dapertuttos Phiole in der Hand. Der Kleine trug seine Lieblingstaube auf dem Arm, und so kam es, daß diese mit dem Schnabel sich der Phiole näherte und an dem Pfropfe pickte; sogleich ließ sie den Kopf sinken, sie war tot. Entsetzt sprang Erasmus auf. »Verräter«, schrie er, »du sollst mich nicht verführen zur Höllentat!« – Er schleuderte die Phiole durch das offene Fenster, daß sie auf dem Steinpflaster des Hofes in tausend Stücke zersprang. Ein lieblicher Mandelgeruch stieg auf und verbreitete sich bis ins Zimmer. Der kleine Rasmus war erschrokken davongelaufen. Spikher brachte den ganzen Tag

* Dapertuttos Phiole enthielt gewiß rektifiziertes Kirschlorbeerwasser, sogenannte Blausäure. Der Genuß einer sehr geringen Quantität dieses Wassers (weniger als eine Unze) bringt die beschriebenen Wirkungen hervor. Horns »Archiv für mediz. Erfahrung«. 1813, Mai bis Dezember, Seite 510.

von tausend Qualen gefoltert zu, bis die Mitternacht eingebrochen. Da wurde immer reger und reger in seinem Innern Giuliettas Bild. Einst zersprang ihr in seiner Gegenwart eine Halsschnur von jenen kleinen roten Beeren aufgezogen, die die Frauen wie Perlen tragen. Die Beeren auflesend verbarg er schnell eine, weil sie an Giuliettas Halse gelegen, und bewahrte sie treulich. *Die* zog er jetzt hervor, und sie anstarrend, richtete er Sinn und Gedanken auf die verlorne Geliebte. Da war es, als ginge aus der Perle der magische Duft hervor, der ihn sonst umfloß in Giuliettas Nähe. »Ach, Giulietta, dich nur noch ein einzigesmal sehen und dann untergehen in Verderben und Schmach.« – Kaum hatte er diese Worte gesprochen, als es auf dem Gange vor der Tür leise zu rischeln und rascheln begann. Er vernahm Fußtritte – es klopfte an die Tür des Zimmers. Der Atem stockte dem Erasmus vor ahnender Angst und Hoffnung. Er öffnete. Giulietta trat herein in hoher Schönheit und Anmut. Wahnsinnig vor Liebe und Lust schloß er sie in seine Arme. »Nun bin ich da, mein Geliebter«, sprach sie leise und sanft, »aber sieh, wie getreu ich dein Spiegelbild bewahrt!« Sie zog das Tuch vom Spiegel herab, Erasmus sah mit Entzücken sein Bild der Giulietta sich anschmiegend; unabhängig von ihm selbst warf es aber keine seiner Bewegungen zurück. Schauer durchbebten den Erasmus. »Giulietta«, rief er, »soll ich denn rasend werden in der Liebe zu dir? – Gib mir das Spiegelbild, nimm mich selbst mit Leib, Leben und Seele.« – »Es ist noch etwas zwischen uns, lieber Erasmus«, sprach Giulietta, »du weißt es – hat Dapertutto dir nicht gesagt« – »Um Gott, Giulietta«, fiel Erasmus ein, »kann ich nur auf diese Weise dein werden, so will ich lieber sterben.« – »Auch soll dich«, fuhr Giulietta fort, »Dapertutto keineswegs verleiten zu solcher Tat. Schlimm ist es freilich, daß ein Gelübde und ein Priestersegen nun einmal so viel vermag, aber lösen mußt du das Band, was dich bindet, denn sonst wirst du niemals gänzlich mein, und dazu gibt es ein anderes besseres Mittel, als Dapertutto vorgeschlagen.« – »Worin besteht das?« fragte Erasmus heftig. Da schlang Giulietta den Arm um seinen Nacken, und den Kopf an seine Brust gelehnt, lispelte sie leise: »Du schreibst auf ein kleines Blättchen deinen Namen Erasmus Spikher unter die wenigen Worte: Ich gebe meinem guten Freunde Dapertutto Macht über meine Frau und über mein Kind, daß er mit ihnen schalte und walte nach Willkür und löse das Band, das mich bindet, weil ich fortan mit meinem Leibe und mit meiner unsterblichen Seele angehören will der Giulietta, die ich mir zum Weibe erkoren, und der ich mich noch durch ein besonderes Gelübde auf immerdar verbinden werde.« Es rieselte und zuckte dem Erasmus durch alle Nerven. Feuerküsse brannten auf seinen Lippen, er hatte das Blättchen, das ihm Giulietta gegeben, in der Hand. Riesengroß stand plötzlich Dapertutto hinter Giulietta und reichte ihm eine metallene Feder. In dem Augenblick sprang dem Erasmus ein Äderchen an der linken Hand, und das Blut spritzte heraus. »Tunke ein, tunke ein – schreib', schreib'«, krächzte der Rote. – »Schreib', schreib', mein ewig, einzig Geliebter«, lispelte Giulietta. Schon hatte er die Feder mit Blut gefüllt, er setzte zum Schreiben an – da ging die Tür auf, eine weiße Gestalt trat herein, die gespenstisch starren Augen auf Erasmus gerichtet, rief sie schmerzvoll und dumpf: »Erasmus, Erasmus, was beginnst du – um des Heilandes willen, laß ab von gräßlicher Tat!« – Erasmus, in der warnenden Gestalt sein Weib erkennend, warf Blatt und Feder weit von sich. – Funkelnde Blitze schossen aus Giuliettas Augen, gräßlich verzerrt war das Gesicht, brennende Glut ihr Körper. »Laß ab von mir, Höllengesindel, du sollst keinen Teil haben an meiner Seele. In des Heilandes Namen, hebe dich von mir hinweg, Schlange – die Hölle glüht aus dir.« – So schrie Erasmus und stieß mit kräftiger Faust Giulietta, die ihn noch immer umschlungen hielt, zurück. Da gellte und heulte es in schneidenden Mißtönen, und es rauschte wie mit schwarzen Rabenfittichen im Zimmer umher. – Giulietta – Dapertutto verschwanden im dicken stinkenden Dampf, der wie aus den Wänden quoll, die Lichter verlöschend. Endlich brachen die Strahlen des Morgenrots durch die Fenster. Erasmus begab sich gleich zu seiner Frau. Er fand sie ganz milde und sanftmütig. Der kleine Rasmus saß schon ganz munter auf ihrem Bette; sie reichte dem erschöpften Mann die Hand, sprechend: »Ich weiß nun alles, was dir in Italien Schlimmes begegnet, und bedaure dich von ganzem Herzen. Die Gewalt des Feindes ist sehr groß, und wie er denn nun allen möglichen Lastern ergeben ist, so stiehlt er auch sehr und hat dem Gelüst nicht widerstehen können, dir dein schönes, vollkommen ähnliches Spiegelbild auf recht hämische Weise zu entwenden. – Sieh doch einmal in jenen Spiegel dort, lieber, guter Mann!« – Spikher tat es, am ganzen Leibe zitternd, mit recht kläglicher Miene. Blank und klar blieb der Spiegel, kein Erasmus Spikher schaute heraus. »Diesmal«, fuhr die Frau fort: »ist es recht gut, daß der Spiegel dein Bild nicht zurückwirft, denn du siehst sehr albern aus, lieber Erasmus. Begreifen wirst du aber übrigens wohl selbst, daß du ohne Spiegelbild ein Spott der Leute bist und kein ordentlicher, vollständiger Familienvater sein kannst, der Respekt einflößt der Frau und den Kindern. Rasmuschen lacht dich auch schon aus und will dir nächstens einen Schnauzbart malen mit Kohle, weil du das nicht bemerken kannst. Wandre also nur noch ein bißchen in der Welt herum und suche gelegentlich dem Teufel dein Spiegelbild abzujagen. Hast du's wieder, so sollst du mir recht herzlich willkommen sein. Küsse mich (Spikher tat es) und nun – glückliche Reise! Schicke dem Rasmus dann und wann ein Paar neue Höschen, denn er rutscht sehr auf den Knieen und braucht dergleichen viel. Kommst du aber nach Nürnberg, so füge einen bunten Husaren hinzu und einen Pfefferkuchen als liebender Vater. Lebe recht wohl, lieber Erasmus!« – Die Frau drehte sich auf die andere Seite und schlief ein. Spikher hob den kleinen Rasmus in die Höhe und drückte ihn ans Herz; der schrie aber sehr, da setzte Spikher ihn wieder auf die Erde und ging in die weite Welt. Er traf einmal auf einen gewissen Peter Schlemihl, der hatte seinen Schlagschatten verkauft; beide wollten Kompagnie gehen, so daß Erasmus Spikher den nötigen Schlagschatten werfen, Peter Schlemihl dagegen das gehörige Spiegelbild reflektieren sollte; es wurde aber nichts daraus.

Ende der Geschichte vom verlornen Spiegelbilde.

Postskript des reisenden Enthusiasten

– Was schaut denn dort aus jenem Spiegel heraus? – Bin ich es auch wirklich? – O Julie – Giulietta – Himmelsbild – Höllengeist – Entzücken und Qual – Sehnsucht und Verzweiflung. – Du siehst, mein lieber Theodor Amadäus Hoffmann! daß nur zu oft eine fremde dunkle Macht sichtbarlich in mein Leben tritt und, den Schlaf um die besten Träume betrügend, mir gar seltsame Gestalten in den Weg schiebt. Ganz erfüllt von den Erscheinungen der Silvesternacht glaube ich beinahe, daß jener Justizrat wirklich von Dragant, sein Tee eine Weihnachts- oder Neujahrsausstellung, die holde Julie aber jenes verführerische Frauenbild von Rembrandt oder Callot war, das den unglücklichen Erasmus Spikher um sein schönes ähnliches Spiegelbild betrog. Vergib mir das!

Ein Fragment aus dem Leben dreier Freunde

Am zweiten Pfingsttag war das sogenannte Webersche Zelt, ein öffentlicher Ort im Berliner Tiergarten, von Menschen allerlei Art und Gattung so überfüllt, daß Alexander nur durch unablässiges Rufen und Verfolgen dem verdrießlichen, durch die Menge hin- und hergedrängten Kellner einen kleinen Tisch abzutrotzen vermochte, den er unter die schönen Bäume hinten heraus auf den Platz am Wasser stellen ließ und woran er mit seinen beiden Freunden Severin und Marzell, die unterdessen, nicht ohne strategische Künste, Stühle erbeutet, in der gemütlichsten Stimmung von der Welt sich hinsetzten. Erst seit wenigen Tagen hatte jeder sich in Berlin eingefunden, Alexander aus einer entfernten Provinz, um die Erbschaft einer alten Tante, die unverheiratet gestorben, in Empfang zu nehmen, Marzell und Severin, um die Zivilverhältnisse wieder anzuknüpfen, die sie, den eben beendigten Feldzug mitmachend, so lange aufgegeben. Heute wollten sie sich des Wiedersehens und Wiederfindens recht erfreuen, und, wie es zu geschehen pflegt, nicht der ereignisreichen Vergangenheit, nein! des nächsten Augenblicks, des eben bestehenden Tuns und Treibens im Leben wurde zuerst gedacht.

»Wahrhaftig«, sprach Alexander, indem er die dampfende Kaffeekanne ergriff und den Freunden einschenkte, »wahrhaftig, wenn ihr mich sehen solltet in der abgelegenen Wohnung der verstorbenen

Tante, wie ich morgens in finsterm Schweigen pathetisch die hohen, mit düstern Tapeten behängten Zimmer durchwandle, wie dann Jungfer Anne, die Haushälterin der Seligen, ein kleines gespenstisches Wesen, hineinkeucht und hüstelt, die zinnernen Präsentierteller mit dem Frühstück in den zitternden Armen tragend, das sie mit einem seltsamen rückwärts ausgleitenden Knix auf den Tisch stellt und dann, ohne ein Wort zu reden, seufzend und auf zu weiten Pantoffeln schlarrend, wie das Bettelweib von Locarno, sich wegbegibt; wie Kater und Mops, mich mit ungewissen Blicken von der Seite anschielend, ihr folgen, wie ich dann allein, von einem melancholischen Papagei angeschnurrt, von nickenden Pagoden dumm angelächelt, eine Tasse nach der andern einschlürfe und kaum wage, das jungfräuliche Gemach, in dem sonst nur Bernstein- und Mastix-Opfer galten, durch schnöden Tabaksqualm zu entweihen – ja, wenn ihr mich so sehen solltet, ihr müßtet mich durchaus was weniges für verhext, für eine Art Merlin halten. Ich kann euch sagen, daß nur die leidige Bequemlichkeit, die ihr schon so oft mir vorwarfet, daran schuld ist, daß ich gleich, ohne mich nach einer andern Wohnung umzusehen, in das öde Haus der Tante zog, das die pedantische Gewissenhaftigkeit des Testamentsvollziehers zu einem recht unheimlichen Aufenthalt gemacht hat. So wie die wunderliche Person, die ich kaum gekannt, es verordnete, blieb alles bis zu meiner Ankunft in unverändertem Zustande. Neben dem in schneeweißen Linnen und meergrüner Seide prangenden Bette steht noch das kleine Taburett, auf dem, wie sonst, das ehrbare Nachtkleid mit der stattlichen vielbebänderten Haube liegt, unten stehen die grandiosen gestickten Pantoffeln, und eine silberne hellpolierte Sirene als Henkel irgendeines unentbehrlichen Geschirrs funkelt unter der mit weißen und bunten Blumen bestreuten Bettdecke hervor. Im Wohnzimmer liegt die unvollendete Näherei, die die Selige kurz vor ihrem Hinscheiden unternahm, Arndts ›Wahres Christentum‹ aufgeschlagen daneben; was aber für mich wenigstens das Unheimliche und Grauliche vollendet, ist, daß in ebendemselben Zimmer das lebensgroße Bild der Tante hängt, wie sie sich vor fünfunddreißig bis vierzig Jahren in vollem Brautschmuck malen ließ, und daß, wie mir die Jungfer Anne unter vielen Tränen erzählt hat, sie in ebendiesem vollständigen Brautschmuck begraben worden ist.«

»Welch eine eigne Idee!« sprach Marzell.

»Die aber sehr nahe liegt«, fiel ihm Severin ins Wort, »da verstorbene Jungfrauen Christusbräute sind, und ich hoffe, daß niemand so ruchlos sein wird, diesen auch der bejahrten Jungfrau geziemenden frommen Glauben zu belächeln, wiewohl ich nicht verstehe, warum sich die Tante früher gerade als Braut malen ließ.«

»So wie mir erzählt worden«, nahm Alexander das Wort, »war die Tante einmal wirklich versprochen, ja, der Hochzeittag war da, und sie erwartete in vollem Brautschmuck den Bräutigam, der aber ausblieb, weil er für gut gefunden hatte, mit einem Mädchen, die er früher geliebt, an demselben Tage die Stadt zu verlassen. Die Tante zog sich das sehr zu Gemüte, und ohne im mindesten verwirrten Verstandes zu sein, feierte sie von Stund an den Tag des verfehlten Ehestandes auf eigne Weise. Sie legte nämlich frühmorgens den vollständigen Brautstaat an, ließ, wie es damals geschehen, in dem sorgfältig gereinigten Putzzimmer ein kleines, mit vergoldetem Schnitzwerk verziertes Nußbaum-Tischchen stellen, darauf Schokolade, Wein und Gebackenes für zwei Personen servieren und harrte, indem sie seufzend und leise klagend im Zimmer auf und ab ging, bis zehn Uhr abends des Bräutigams. Dann betete sie eifrig, ließ sich entkleiden und ging still in sich gekehrt zu Bette.»

»Das kann nun«, sprach Marzell, »mich bis in das Innerste rühren. Weh dem Treulosen, der der Armen diesen nie zu verwindenden Schmerz bereitete.«

»Die Sache«, erwiderte Alexander, »hat eine Kehrseite. Den Mann, den du treulos schiltst und der es bleibt, mochte er auch Gründe dazu haben, wie er wollte, warnte doch wohl zuletzt ein guter Genius, oder, wenn du willst, ein besserer Sinn wurde Meister über ihn. Er hatte nur nach der Tante schnödem Mammon getrachtet, denn er wußte, daß sie herrschsüchtig, zänkisch, geizig, kurz, ein arger Quälgeist war.«

»Mag das sein«, sprach Severin, indem er die Pfeife auf den Tisch legte und mit übereinandergeschränkten Armen sehr ernst und nachdenklich vor sich hinschaute, »mag das sein, aber konnte denn die stille rührende Totenfeier, die resignierte, nur ins Innere hineintönende Klage um den Treulosen anders als aus einem tiefen, zarten Gemüte kommen, dem jene irdischen Gebrechen, wie du sie der armen Tante vorwirfst, fremd sein müssen? Ach! wohl oft mag jene Verbitterung, der wir, hart im Leben angegriffen, kaum zu widerstehen vermögen, wohl oft mag sie mißgestaltet hervorgetreten sein, daß es auf alles, was die Alte umgab, so verstörend wirkte; aber ein Jahr voll Plage hätte jener wiederkehrende fromme Tag für mich wenigstens gut gemacht.«

»Ich gebe dir recht, Severin«, sprach Marzell; »die alte Tante, der der Herr eine fröhliche Urständ geben möge, kann nicht so böse gewesen sein, wie Alexander, doch nur von Hörensagen, behauptet. Mit im Leben und durch das Leben verbitterten Personen mag ich indessen auch nicht viel zu tun haben; und es ist besser, daß Freund Alexander sich an der Geschichte von der Hochzeits-Totenfeier der Alten erbaut und die gefüllten Kisten und Kasten durchstöbert oder das reiche Inventarium beäugelt, als daß er die verlassene Braut lebendig, im Brautschmuck des Geliebten harrend, um ihren Schokoladentisch wandeln sieht.«

Heftig setzte Alexander die Tasse Kaffee, die er an den Mund gebracht, ohne zu trinken, wieder auf den Tisch und rief, indem er die Hände zusammenschlug: »Herr des Himmels! bleibe mir weg mit solchen Gedanken und Bildern, es ist mir wahrhaftig hier im lieben hellen Sonnenschein so zumute, als werde mitten aus jener Gruppe von jungen Mädchen dort die alte Tante im Brautschmuck recht gespenstisch hervorgucken.«

»Dieses grauliche Gefühl«, sprach Severin leise lächelnd und die kleinen blauen Wölkchen aus der Pfeife, die er wieder genommen, schnell weghauchend, »dieses grauliche Gefühl ist die gerechte Strafe deines Frevels, da du von der Seligen, die dir im Tode Gutes erzeigt, schlecht gesprochen.«

»Wißt ihr wohl, Leute«, fing Alexander wiederum an, »wißt ihr wohl, daß es mir scheint, als wäre die Luft in meiner Wohnung so von dem Geist und Wesen der alten Jungfer imprägniert, daß man nur ein paarmal vierundzwanzig Stunden drin gewesen sein darf, um selbst etwas davon wegzubekommen?«

Marzell und Severin schoben in dem Augenblick ihre leeren Tassen Alexander hin, der mit Geschicklichkeit und Umsicht den Zucker in gehörigem Verhältnis verteilte, ebenso mit Kaffee und Milch verfuhr und also weiter sprach: »Schon daß mir das meiner Art und Weise ganz fremde Talent des Kaffeeeinschenkens mit einem Mal zugekommen; daß ich, als gält' es der Übung meines Berufs, gleich die Kanne ergriff, daß ich des geheimen Verhältnisses der Süße und der Bitterkeit mächtig bin, daß ich kein Tröpfchen vergieße, schon das muß euch, ihr Leute, besonders und geheimnisvoll vorkommen, aber ihr werdet noch mehr erstaunen, wenn ich euch sage, daß sich bei mir ein besonderes Wohlgefallen an blankgescheuertem Zinn und Kupfer, an Linnen, an silberner Gerätschaft, an Porzellan und Gläsern, kurz an einer eingerichteten Wirtschaft, wie sie im Nachlaß der Tante vorhanden, eingefunden hat. Ich schaue das alles mit einer gewissen Behaglichkeit an, und mir ist es plötzlich so, als sei es hübsch, mehr zu besitzen als ein Bett, einen Tisch, einen Schemel, einen Leuchter und ein Tintenfaß! – Mein Herr Testamentsvollzieher lächelt und meint, ich dürfe nun nachgerade heiraten, ohne mich um etwas anders zu bekümmern als um die Braut und um den Prediger. Im Herzen meint er denn nun wohl weiter, daß die Braut nicht weit zu suchen sein dürfte. Er hat nämlich selbst ein Töchterlein, ein ganz kleines putziges Ding mit großen Augen, die noch kindlich und kindisch tut, wie Gurli mit naiven Redensarten um sich wirft und herumhüpft wie eine Bachstelze. Das mag nun vor sechzehn Jahren ihr vermöge der kleinen Elfenfigur recht gut gestanden haben, aber jetzt im zweiunddreißigsten Jahre wird einem ganz bange und unheimlich dabei.«

»Ach«, rief Severin, »und doch ist diese verderbliche eigene Mystifikation so natürlich! – Wo ist der Punkt zu finden, in dem ein Mädchen, das sich durch irgendeine Eigentümlichkeit im Leben festgestellt hat, plötzlich sich selbst sagen soll: Ich bin nicht mehr das, was ich war; die Farben, in die ich mich sonst putzte, sind frisch und jugendlich geblieben, aber mein Antlitz ist verbleicht! Darum – man dulde! – man ertrage! Mir flößt ein solches, doch nur in harmloser Verirrung befangenes Mädchen Gefühle der tiefsten Wehmut ein, und schon deshalb könnte ich mich tröstend ihr anschmiegen.«

»Du merkst, Alexander«, sprach Marzell, »daß Freund Severin heute in seiner duldsamen Stimmung ist. Erst hat er sich der alten Tante angenommen, jetzt flößt ihm deines Testamentsvollziehers – es ist ja doch wohl der Kriegsrat Falter – ja, jetzt flößt ihm

Falters zweiunddreißigjähriges Alräunchen, die ich recht gut kenne, wehmütige Gefühle ein, und er wird dir gleich raten, sie zur Frau zu nehmen, um sie nur der unheimlichen Naivität zu entreißen, denn der wird sie, wenigstens hinsichts deiner, gleich nach dem Jawort entsagen. Aber tu es nicht, denn die Erfahrung lehrt, daß kleine naive Personen der Art bisweilen oder vielmehr gar oft, etwas kätzlicher Natur sind und aus dem Samtpfötchen, womit sie dich vor dem Priestersegen streichelten, bald nachher bei schicklicher Gelegenheit gar nicht unebne Krallen hervorspringen lassen.«

»Herr des Himmels!« unterbrach Alexander den Freund, »Herr des Himmels! welch Geschwätz! Weder Falters naives zweiunddreißigjähriges Alräunchen noch sonst ein Gegenstand, sei er zehnmal so hübsch und jung und reizend als sie, kann mich verlocken, die goldenen Jahre jugendlicher Freiheit, die ich nun erst, da mir Geld und Gut zugefallen, recht nutzen will, mir selbst mutwillig zu verderben. In der Tat, die alte bräutliche Tante wirkt so spukhaft auf mich ein, daß ich unwillkürlich mit dem Worte Braut ein unheimliches, grauliches freudestörendes Wesen verbinde.«

»Ich bedaure dich«, sprach Marzell, »was mich betrifft, so fühle ich, denke ich mir ein bräutlich geschmücktes Mädchen, süße heimliche Schauer mich durchbeben, und sehe ich solch ein Wesen dann wirklich, so ist es mir, als müsse mein Geist sie mit einer höhern Liebe, die nichts gemein hat mit dem Irdischen, umfassen.«

»O, ich weiß es schon«, erwiderte Alexander, »du verliebst dich in der Regel in alle Bräute, und oft steht in dem Sanktuario, das du phantastischerweise in deinem Innern angelegt, wohl auch schon die Geliebte eines andern.«

»Er liebt mit den Liebenden«, sprach Severin, »und darum liebe ich ihn so herzlich!«

»Ich werde ihm«, rief Alexander lachend, »die alte Tante über den Hals schicken und so mich von einem Spuk befrein, der mir lästig ist. – Ihr schaut mich mit fragenden Blicken an? – Nun ja doch! – die alte Jungfernnatur läßt sich in mir auch dadurch verspüren, daß ich an einer ganz unerträglichen Gespensterfurcht leide und mich gebärde wie ein kleiner Bube, den die Wartfrau mit irgendeinem Mummel ängstigt. Es passiert mir nämlich nichts Geringeres, als daß ich oft am hellen Tage, vorzüglich in der Mittagsstunde, wenn ich in die großen Kisten und Kasten schaue, dicht neben mir der alten Tante spitze Nase erblicke und ihre langen dürren Finger, wie sie hineinfahren in die Wäsche, in die Kleider und darin wühlen. – Nehme ich wohlgefällig ein Kesselchen herab oder eine Kasserolle, so schütteln sich die übrigen, und ich denke, nun wird die gespenstische Hand mir gleich ein anderes Kesselchen oder Kasserollchen präsentieren. Da werfe ich alles beiseite und renne, ohne mich umzuschauen, nach dem Zimmer zurück und singe oder pfeife durchs geöffnete Fenster auf die Straße heraus, worüber sich Jungfer Anne sichtlich ärgert. Daß nun aber die Tante in der Tat jede Nacht punkt zwölf Uhr umherwandelt, steht fest.«

Marzell lachte lauf auf, Severin blieb ernst und rief: »Erzähle nur; am Ende läuft's auf eine Abgeschmacktheit hinaus, denn wie solltest du bei deiner entsetzlichen Aufklärung zum Geisterseher werden.«

»Nun, Severin«, fuhr Alexander fort, »und du, Marzell, ihr wißt beide, daß niemand sich mehr gesträubt hat gegen allen Gespensterglauben, als ich. Niemals in meinem Leben bis jetzt ist mir das mindeste Außerordentliche begegnet, und selbst die sonderbare, Sinn und Geist in körperlichem Schmerz lähmende Angst, die die Nähe des fremden geistigen Prinzips aus einer andern Welt verursachen soll, blieb mir fremd. Hört aber nur, was mir geschah in der ersten Nacht, als ich eingetroffen.«

»Erzähle leise«, sprach Marzell, »denn mich dünkt, hier unsere Nachbarschaft müht sich zuzuhören und zu verstehen.«

»Das soll sie«, erwiderte Alexander, »um so weniger, als ich eigentlich auch euch meine Gespenstergeschichte verschweigen wollte. Doch – ich will nun einmal erzählen! Also! –Jungfer Anne empfing mich, ganz in Schmerz und Trauer aufgelöst. Den silbernen Armleuchter in der zitternden Hand, ächzte und keuchte sie vor mir her durch die öden Zimmer bis ins Schlafgemach.

Hier mußte der Postknecht meinen Koffer absetzen. Der Kerl, indem er das reichliche Trinkgeld mit einem: Schön Dank sehr weitläufig, den breiten Rock zurückschlagend, in die Hosentasche hineinschob, sah sich mit lachendem Gesicht im Zimmer um, bis sein Blick auf das hochaufgetürmte Bett mit den meergrünen Gardinen fiel, von dem ich schon vorhin sprach. Tausend – tausend! rief er nun, da wird der Herr schön ruhen, besser wie im Postwagen, und da liegt ja auch schon Schlafrock und Mützchen. – Der Ruchlose meinte der Tante ehrbares Nachtkleid. Jungfer Anne ließ, wie zusammensinkend, beinahe den silbernen Leuchter fallen, ich ergriff ihn schnell und leuchtete dem Postknecht hinaus, der sich mit einem schelmischen Blick auf die Alte entfernte. Als ich zurückkam zitterte und bebte Jungfer Anne, sie glaubte, nun würde das Entsetzliche geschehen, nämlich ich würde sie fortschicken und ohne Umstände das jungfräuliche Bett einnehmen. Sie lebte auf, als ich höflich und bescheiden erklärte, daß ich nicht gewohnt sei, in solchen weichen Betten zu schlafen, und daß sie mir, so gut es ginge, ein schlichtes Lager im Wohnzimmer bereiten möge. Das Entsetzliche unterblieb auf diese Weise, doch das Unerhörte geschah, nämlich Jungfer Annas gramverschrumpftes Gesicht heiterte sich auf, wie seitdem nicht mehr, zum holdseligen Lächeln; sie tauchte herab zur Erde mit ihren langen knochendürren Armen, fingerte geschickt die niedergetretenen Hinterteile der Pantoffeln herauf an die spitzen Fußhacken, und trippelte mit einem leisen, halb furchtsamen, halb freudigen: Sehr wohl, mein geehrter junger Herr! zur Tür hinaus. Da ich gedenke langen Schlaf zu tun, bitt' ich um Kaffee erst zur neunten Stunde. So beinahe mit Wallensteins Worten entließ ich die Alte. Todmüde, wie ich war, glaubt' ich vom Schlaf gleich überwältigt zu werden, doch ihm widerstanden die mannigfaltigen Ideen und Gedanken, die sich in mir zu kreuzen begannen. Erst jetzt trat mich der schnelle Wechsel meiner Lage recht lebendig an. Erst jetzt, das neue Besitztum wirklich besitzend und in ihm verweilend, wurde es mir klar, daß, aus drückender Bedürftigkeit herausgerissen, das Leben sich mir in wohltuender Behaglichkeit erschließe. Des Nachtwächters widrige Pfeife quäkte – eilf – zwölf – ich war so munter, daß ich das Picken meiner Taschenuhr, daß ich das leise Zirpen eines Heimchens vernahm, das sich irgendwo eingenistet haben mußte. Aber mit dem letzten Schlage zwölf einer aus der Ferne dumpf tönenden Turmuhr fing es an, in dem Zimmer mit leisen abgemessenen Tritten auf- und abzuwandeln, und bei jedem Tritt ließ sich ein ängstliches Seufzen und Stöhnen hören, das steigend und steigend den herzzerschneidenden Lauten eines von der Todesnot bedrängten Wesens zu gleichen begann. Dabei schnüffelte und kratzte es an der Tür des Nebenzimmers, und ein Hund winselte und jammerte wie in menschlichen Tönen. Ich hatte den alten Mops, der Tante Liebling, schon abends vorher bemerkt, seine Klage vernahm ich jetzt unstreitig. Ich fuhr auf von meinem Lager; ich blickte mit offenen starren Augen in das vom Nachtschimmer matt erleuchtete Gemach hinein; alles, was darin stand, sah ich deutlich, nur keine auf- und abwallende Gestalt, und doch vernahm ich die Tritte, und doch seufzte und stöhnte es wie zuvor, dicht vor meinem Lager vorbei. Da ergriff mich plötzlich jene Angst der Geisternähe, die ich nie gekannt; ich fühlte, wie kalter Schweiß auf der Stirn tropfte, und wie, in seinem Eise gefroren, mein Haar sich emporspießte. Nicht vermögend, ein Glied zu rühren, den Mund zum Schrei des Entsetzens zu öffnen, strömte das Blut rascher in den hüpfenden Pulsen und erhielt den innern Sinn wach, der nur nicht über die äußern, wie im Todeskrampf erstarrten Organe zu gebieten vermochte. Plötzlich schwiegen die Tritte, sowie das Stöhnen; dagegen hüstelte es dumpf, die Türe eines Schrankes knarrte auf, es klapperte wie mit silbernen Löffeln; dann war es, als würde eine Flasche geöffnet und in den Schrank gestellt, wie wenn jemand etwas verschluckt – ein seltsames widriges Räuspern – ein lang gedehnter Seufzer. – In dem Augenblick wankte eine lange weiße Gestalt aus der Wand hervor; ich ging unter in dem Eisstrom des tiefsten Entsetzens, mir schwanden die Sinne. –

Ich erwachte mit dem Ruck des aus der Höhestürzens; diese gewöhnliche Traumerscheinung kennt ihr alle, aber das eigene Gefühl, das mich nun erfaßte, vermag ich kaum euch zu beschreiben. Ich mußte mich erst darauf besinnen, wo ich mich befand, dann war es mir, als sei etwas Entsetzliches mit mir vorgegangen, dessen Erinnerung ein langer tiefer Todesschlaf weggelöscht hätte. Endlich kam mir alles nach und nach in den Sinn, indessen hielt ich es für einen spukhaften Traum, der mich geneckt. Als ich nun aufstand, fiel mir zuerst das Bild der bräutlich geschmückten Jungfrau, ein lebensgroßes Kniestück, ins Auge, und kalter Schauer fröstelte mir den Rükken herab, denn es war mir, als sei diese Gestalt mit lebhaften kennbaren Zügen in der Nacht auf- und abgeschritten; doch der Umstand, daß sich in dem ganzen Zimmer kein einziger Schrank befand, bestätigte es mir aufs neue , daß ich nur geträumt habe. Jungfer

Anna brachte den Kaffee, sie blickte mir länger und länger ins Gesicht und sprach dann: Ei du lieber Gott, wie sehen Sie doch so krank und blaß aus, es ist Ihnen doch nichts passiert? – Weit entfernt, der Alten nur das mindeste von meinem Spuk merken zu lassen, gab ich vor, daß ein heftiges Brustdrücken mich nicht habe schlafen lassen. Ei, lispelte die Alte, das ist der Magen, das ist der Magen, ei, ei, dafür wissen wir Rat! – Und damit schlarrte die Alte auf die Wand zu, öffnete eine von mir nicht bemerkte Tapetentür, und ich sah in einen Schrank, in welchem sich Gläser, kleine Flaschen und ein paar silberne Löffel befanden. Nun nahm die Alte klappernd und klirrend einen Löffel herab, dann öffnete sie eine Flasche, tröpfelte etwas von dem darin enthaltenen Saft in den Löffel, setzte sie wieder in den Schrank und wankte auf mich zu. Ich schrie auf vor Entsetzen, denn der vorigen Nacht spukhafte Erscheinungen traten ins Leben. Nun, nun, schnarrte die Alte mit seltsam schmunzelndem Gesicht, nun, nun, lieber junger Herr! es ist ja nur eine tüchtige Medizin; die selige Mamsell litt auch am Magen und nahm dergleichen öfters! Ich ermannte mich und schluckte das kräftig brennende Magenelixier hinunter. Mein Blick war starr auf das Bild der Braut gerichtet, das gerade über dem Wandschrank hing. Wen stellt das Bild dort vor? fragte ich die Alte. Ei du mein lieber Gott, das ist ja die selige Mamsell Tante! erwiderte die Alte, indem ihr die Tränen aus den Augen stürzten. Der Mops fing an zu winseln wie in der Nacht, und mit Mühe das innere Erbeben beherrschend, mit Mühe Fassung erringend, sprach ich: Jungfer Anna, ich glaube, die selige Tante war in voriger Nacht um zwölf Uhr an dem Wandschrank dort und nahm Tropfen? Die Alte schien gar nicht verwundert, sondern sprach leise, indem eine seltsame Totenbleiche den letzten Lebensfunken aus dem verschrumpften Gesicht weglöschte: Haben wir denn heute wieder

Kreuzeserfindungstag? Der dritte Mai ist ja längst vorüber! – Es war mir nicht möglich, weiter zu fragen; die Alte entfernte sich, ich zog mich schnell an, ließ das Frühstück unberührt stehen und rannte hinaus in das Freie, um nur den grauenhaften träumerischen Zustand, der sich meiner aufs neue bemächtigen wollte, los zu werden. Ohne daß ich es befohlen, hatte die Alte am Abend mein Bett in ein freundliches Kabinett nach der Straße heraus getragen. Ich habe kein Wort weiter über den Spuk mit der Alten gesprochen, noch viel weniger dem Kriegsrat etwas davon erzählt, tut mir den Gefallen und schweigt auch darüber, sonst gäb' es nur ein ärgerliches Geschwätz, ein Erkundigen und Fragen ohn' End' und Ziel und wohl gar lästige Nachforschungen geisterkundiger Dilettanten. Selbst in meinem Kabinett glaub' ich jede Nacht Punkt zwölf Uhr die Tritte und das Stöhnen zu hören, doch will ich noch einige Tage dem Grauen widerstehen und dann zusehen, wie ich ohne vielen Rumor das Haus verlassen und eine andere Wohnung finden kann.« –

Alexander schwieg, und erst nach einigen Sekunden hob Marzell an: »Das mit der alten spukhaften Tante ist wunderbar und graulich genug, aber so sehr ich daran glaube, daß ein fremdes geistiges Prinzip sich uns auf diese oder jene Weise kundtun kann, so läuft mir doch deine Geschichte zu sehr ins Gemeinmaterielle; die Tritte, das Seufzen und Stöhnen, alles das lasse ich gelten, aber daß die Selige wie im Leben Magentropfen zu sich nimmt, das gemahnt mich an jene nach dem Tode wiederkehrende Frau, die wie ein Kätzchen am verschlossenen Fenster herumklirrte.«

»Das ist nun«, sprach Severin, »wieder eine uns ganz eigene Mystifikation, daß wir, nachdem wir die mögliche Kundmachung des fremden geistigen Prinzips durch wenigstens scheinbares Einwirken auf unsere äußeren Sinne festgestellt, nun auch gleich diesem Prinzip eine gehörige Edukation geben und es darüber belehren wollen, was ihm anständig sei oder nicht. Nach deiner Theorie, lieber Marzell, darf ein Geist mit Pantoffeln einhergehen, seufzen, stöhnen, nur keine Flasche öffnen oder gar ein Schlückchen nehmen. Hier ist nun zu bemerken, daß unser Geist im Traum an das höhere, nur in Ahnungen sich gestaltende Sein oft Gemeinplätze des befangenen Lebens hängt, dieses aber dadurch auf bittere Weise zu ironisieren weiß. Kann diese Ironie, die tief in der ihrer Entartung sich bewußten Natur liegt, nicht auch der entpuppten, der Traumwelt entzogenen Psyche eigen sein, wenn ihr Rückblicke in den verlassenen Körper vergönnt sind? So würde das lebhafte Wollen und Einwirken des fremden geistigen Prinzips, welches den Wachenden im Wachen in die Traumwelt führt, jede Erscheinung bedingen, die er mit äußeren Sinnen wahrzunehmen glaubt, und es wäre doch komisch, wenn wir diesen Erscheinungen irgendeine sittliche Norm nach unserer Art geben wollten. Merkwürdig ist es, daß Nachtwandler, aktive Träumer, oft in den gemeinsten Funktionen des Lebens befangen sind; denkt nur an jenen, der in jeder Vollmondnacht sein Pferd aus dem Stalle zog, es sattelte, wieder absattelte, in den Stall zurückführte und dann das verlassene Bett suchte. – Alles, was ich sage, sind nur membra disjecta, ich meine aber nur« –

»Du glaubst also doch an die alte Tante?« unterbrach der ziemlich erblaßte Alexander den Freund.

»Was wird er nicht glauben«, rief Marzell, »bin ich denn nicht auch ein Gläubiger, wiewohl kein so ausgemachter entschiedener Visionär wie unser Severin? Nun will ich's aber auch länger nicht verhehlen, daß mich in meiner Wohnung ein beinahe noch ärgerer Spuk, als wie ihn Freund Alexander erfuhr, bis auf den Tod erschreckt hat.«

»Ist es mir denn besser gegangen?« murmelte Severin.

»Gleich, nachdem ich angekommen«, fuhr Marzell fort, »mietete ich in der Friedrichstraße ein nettes möbliertes Zimmer; wie Alexander warf ich mich todmüde aufs Lager; doch kaum mochte ich wohl eine Stunde geschlafen haben, als es mir wie ein heller Schein auf die geschlossenen Augenlider brannte. Ich öffnete die Augen und – denkt euch mein Entsetzen! Dicht vor meinem Bette steht eine lange hagere Figur mit todbleichem, graulich verzogenem Gesicht und starrt mich an mit hohlen gespenstischen Augen. Ein weißes Hemde hängt der Gestalt um die Schultern, so daß die Brust ganz entblößt ist, die mir blutig erscheint; in der linken Hand trägt sie einen Armleuchter mit zwei angezündeten Kerzen, in der rechten ein großes, mit Wasser gefülltes Glas. – Sprachlos starrte ich das gespenstische Unwesen an, das Leuchter und Glas mit schauerlich winselnden Tönen in großen Kreisen zu schwingen begann. Wie es Alexander beschrieben, so packte auch mich die Gespensterfurcht. – Langsamer und langsamer schwang das Gespenst Leuchter und Glas, bis beides still stand. Nun war es mir, als flüstre ein leiser Gesang durch das Zimmer, da entfernte sich die Gestalt mit seltsam grinsendem Lächeln langsamen Schrittes durch die Türe. Lange dauerte es, bis ich mich ermannte, schnell aufsprang und die Türe, die ich, wie ich nun bemerkte, vor dem Schlafengehen zu verschließen vergessen, abriegelte. Wie oft war es mir im Felde geschehen, daß unvermutet ein fremder Mensch vor meinem Bette stand, wenn ich die Augen aufschloß; nie hatte mich das erschreckt; daß hier also etwas Außerordentliches, und zwar Gespenstisches vorwalten müsse, davon war ich fest überzeugt. Am andern Morgen wollte ich zu meiner Wirtin herab, um ihr zu erzählen, welch eine grauliche Erscheinung mir den Schlaf verstört habe. Indem ich zur Stube heraus in den Flur trat, öffnete sich die Tür mir gegenüber, und eine hagere große Gestalt, in einen weiten

Schlafrock gewickelt, kam mir entgegen. Im ersten Augenblick erkannte ich das totenbleiche Gesicht und die hohlen düstern Augen des Unholds von der vorigen Nacht her, und unerachtet ich nun wohl wußte, daß das Gespenst bei ähnlicher Gelegenheit geprügelt oder herausgeworfen werden könne, so fühlte ich doch die Schauer der Nacht in mir nachbeben, und ich wollte schnell die Treppe herabschlüpfen. Der Mann vertrat mir aber den Weg, faßte mich sanft bei der Hand und fragte, indem ein gutmütiges Lächeln sein Gesicht überflog, mit leisem freundlichen Ton: O, mein sehr werter Herr Nachbar! wie haben Sie doch diese Nacht in der neuen Wohnung zu ruhen beliebt? – Ich stand gar nicht an, ihm mein Abenteuer ausführlich zu erzählen und hinzuzufügen, daß ich glaube, er selbst sei die Gestalt gewesen, und daß ich mich nun freue, ihn nicht im Wahn eines Überfalls in feindlicher Stadt, woran ich leicht denken können vom Feldzuge her, auf empfindliche Weise verjagt zu haben. In der Zukunft vermöge ich nicht dafür zu stehen. Während meiner Erzählung schüttelte der Mann lächelnd mit dem Kopf und sprach, als ich geendet, sehr sanft: O, mein wertester Herr Nachbar, nehmen Sie es doch ja nur nicht übel! – Ei, ei! – ja, ich dachte gleich, daß es so kommen müßte, und ich wußte ja auch schon heute morgen, daß es so gekommen war, denn ich befand mich so wohl, so im Innersten beruhigt. – Ich bin ein etwas ängstlicher Mann, wie sollte das aber auch anders sein! – Auch sagt man, daß übermorgen – mit dieser Wendung ging er über zu gewöhnlichen Stadtneuigkeiten, denen andere Notizen folgten, die für den Fremden oder Angekommenen von Wert sein mußten, und die er lebendig und oft nicht ohne Würze feiner Ironie vorzutragen wußte. Ich kam, da mich nun der Mann recht zu interessieren anfing, jedoch wieder zurück auf die Begebenheit der Nacht und bat ihn, mir nur ohne weitere Umstände zu sagen, was ihn vermocht haben könne, auf so seltsame unheimliche Weise meinen Schlaf zu verstören. Ach, nehmen Sie es doch nur ja nicht übel, wertester Herr Nachbar, so fing er aufs neue an, daß ich mich, ohne es einmal recht zu wissen, erdreistet. Es war nur, um von Dero Gesinnungen gegen mich unterrichtet zu sein, ich bin ein ängstlicher Mann; eine neue Nachbarschaft kann mir hart zusetzen, ehe ich weiß, wie ich daran bin mit ihr. – Ich versicherte dem sonderbaren Menschen, daß ich bis jetzt kein Wort von allem verstehe; da nahm er mich bei der Hand und führte mich in sein Zimmer. Warum soll ich es Ihnen verhehlen, lieber Herr Nachbar, sprach er, indem er mit mir in das Fenster trat, warum es ableugnen, welch eine sonderbare Gabe mir inwohnt? Gott ist mächtig in den Schwachen, und so wurde mir armen, jedem Pfeil der Widersacher bloßgestellten Mann zum Schutz und Trutz die wunderbare Kraft verliehen, unter gewissen Bedingungen in das Innerste der Menschen zu schauen und ihre geheimsten Gedanken zu erraten. Ich ergreife nämlich dies reine sonnenhelle, mit destilliertem Wasser gefüllte Glas (er nahm einen Pokal von der Fensterbank herab, es war derselbe, den er vorige Nacht in der Hand trug), richte Sinn und Gedanken auf die Person, deren Inneres ich zu erraten strebe, und bewege das Glas in bestimmten, mir nur bewußten Schwingungen hin und her. Alsbald steigen kleine Bläschen im Glase auf und nieder, die sich wie die Folie eines Spiegels formen, und bald ist es, als wenn, indem ich hineinschaue, mein eigener innerer Geist sich vernehmbar und leserlich darin abspiegle, wiewohl ein höheres Bewußtsein Bild und Abspiegelung für jenes fremde Wesen auf das der Sinn gerichtet war, anerkennt. Oft, wenn mich die Annäherung eines fremden, noch unerforschten Wesens zu sehr ängstigt, kommt es, daß ich zur Nachtzeit operiere, und dies ist wohl in voriger Nacht der Fall gewesen; denn gestehen muß ich offenherzig, daß Sie mir gestern abend nicht wenig Unruhe verursachten. – Plötzlich schloß mich der wunderliche Mann in seine Arme, indem er wie begeistert ausrief: Aber welche Freude, daß ich so bald Ihre gütigen Gesinnungen für mich erkannte. O mein bester, wertester Herr Nachbar, sollte ich mich denn irren – nicht wahr? wir verlebten schon glückliche vergnügte Tage auf Ceylon; es kann kaum zweihundert Jahre her sein? – Nun verwickelte sich der Mann in die wunderlichsten Kombinationen, ich wußte zur Genüge, wen ich vor mir hatte, und war froh, als ich, nicht ohne Mühe, mich von ihm losgewunden. Auf nähere Nachfrage bei der Wirtin erfuhr ich dann, daß mein Nachbar, so lange als vielseitig ausgebildeter Gelehrter und tüchtiger Geschäftsmann geschätzt, vor kurzer Zeit in tiefe Melancholie verfiel, in der er wähnte, daß jeder feindliche Absichten gegen ihn in sich trage und ihn auf diese oder jene Weise zu verderben suche, bis er mit einem Male das Mittel gefunden zu haben glaubte, seine Feinde zu erkennen und sich gegen sie sicher zu stellen, worauf er in den jetzigen heitern beruhigten Zustand des fixen Wahnsinns überging. Er sitzt beinahe den ganzen Tag am Fenster und experimentiert mit dem Glase; sein ursprünglich guter harmloser Charakter offenbart sich aber darin, daß er beinahe jedesmal gute Gesinnungen zu erkennen glaubt, und daß er, erscheint ihm irgendein Charakter zweifelhaft oder bedenklich, nicht zornig wird, sondern nur in sanfte Traurigkeit gerät. Daher ist sein Wahnsinn auch ganz unschädlich, und sein älterer Bruder, der ihn bevormundet, mag ihn ruhig ohne genauere Aufsicht für sich wohnen lassen, wo es ihm gefällt.«

»Deine Erscheinung«, sprach Severin, »gehört also recht eigentlich in Wagners ›Gespensterbuch‹, da sich die Erklärung, wie alles natürlich zugegangen, und wie deine Phantasie das Beste dabei getan hat, ebenso wie in den gemeinen Geschichten jenes nüchternsten aller Bücher, langweilig nachschleppt.«

»Willst du«, erwiderte Marzell, »durchaus nur Gespenster, so hast du recht, übrigens ist aber mein Wahnsinniger, mit dem ich jetzt auf dem besten Fuß von der Welt stehe, eine höchst interessante Erscheinung, und nur das einzige gefällt mir nicht, daß er anfängt, auch andern fixen Ideen Raum zu geben, z. B. daß er König auf Amboina gewesen, in Gefangenschaft geraten und funfzig Jahre hindurch als Paradiesvogel für Geld gezeigt worden ist. So was kann zur Tollheit führen. Ich erinnere mich eines Menschen, der im ruhigen friedlichen Wahnsinn jede Nacht als Mond schien, sofort aber in Tollheit geriet, als er auch des Tages als Sonne aufgehen wollte.«

»Aber, ihr Leute!« rief Alexander, »was sind das heute für Gespräche hier mitten unter tausend geputzten Feiertagsgästen im hellen Sonnenschein? – Nun fehlte es noch, daß Severin, der mir auch zu düster und zu nachdenkend aussieht, noch viel Graulicheres als wir in diesen Tagen erlebt hätte und es uns auftischte.«

»In der Tat«, fing Severin an, »Gespenster habe ich nicht gesehen, aber wohl ist mir die unbekannte, unheimliche Macht so nahe getreten, daß ich schmerzlich die Bande gefühlt habe, womit sie mich und uns alle umstrickt hält.«

»Hab' ich's nicht gleich gedacht«, sprach Alexander zu Marzell, »daß Severins eigene Stimmung in irgend etwas Besonderem ihren Grund finden müsse?«

»Wir werden sogleich viel Fabelhaftes hören«, erwiderte Marzell lachend, worauf Severin bemerkte: »Hat Alexanders selige Tante Magentropfen eingenommen, hat der geheime Sekretär Nettelmann, denn das ist der Wahnsinnige, den ich längst kenne, Marzells gute Gesinnungen in einem Glase Wasser erblickt, so wird es mir doch erlaubt sein, einer seltsamen Ahnung zu erwähnen, die geheimnisvollerweise, als Blumenduft gestaltet, mir ins Leben trat. –

Ihr wißt, daß ich in dem entfernteren Teil des Tiergartens dem Hofjäger nahe wohne. Gleich den ersten Tag, als ich angekommen – – –«

In dem Augenblick wurde Severin durch einen alten, sehr wohlgekleideten Mann unterbrochen, der höflich bat, ihm doch durch weniges Vorrücken des Stuhls freien Durchgang zu verschaffen. Severin stand auf, und der Alte führte freundlich grüßend eine ältliche Dame, die seine Frau schien, vorüber; ihnen folgte ein ungefähr zwölfjähriger Knabe. Severin wollte sich eben wieder hinsetzen, als Alexander leise rief: »Halt, das Mädchen dort scheint noch zur Familie zu gehören!« Die Freunde erblickten eine wunderherrliche Gestalt, die mit zögernden ungewissen Schritten, mit rückwärtsgewandtem Kopf sich näherte. Augenscheinlich suchte sie jemanden wiederzufinden, den sie vielleicht vorübergehend bemerkt hatte. Gleich darauf schlüpfte auch ein junger Mann durch die Menge dicht an sie heran und drückte ein Zettelchen ihr in die Hand, das sie schnell im Busen verbarg. Der Alte hatte unterdessen nicht weit von den Freunden einen soeben verlassenen Tisch in Beschlag genommen und demonstrierte dem flüchtigen Kellner, den er bei der Jacke festhielt, sehr weitläufig, was er alles herbringen solle; die Frau klopfte sorglich den Staub von den Stühlen, und so gewahrten sie die Zögerung der Tochter nicht, die, ohne Severins Artigkeit, der noch immer mit zurückgeschobenem Stuhl stehen geblieben, im mindesten zu beachten, jetzt schnell sich zu ihnen gesellte. Sie setzte sich so, daß die Freunde ihr trotz des tiefen Strohhuts gerade in das wunderliebliche Gesicht, in die dunkel-sehnsüchtigen Augen blicken konnten. In ihrem ganzen Wesen, in jeder Bewegung lag etwas unendlich Anmutiges, Reizendes; sie war nach der letzten Mode sehr geschmackvoll, für den Spaziergang beinahe zu elegant gekleidet, und doch war an irgendeine Ziererei, wie sie sonst sehr geputzten Mädchen wohl eigen, gar nicht zu denken. Die Mutter grüßte eine entfernt sitzende Dame, und beide standen auf, sich annähernd zum Gespräch; der Alte trat unterdessen an die Laterne und zündete sich die Pfeife an. Diesen Augenblick benutzte das Mädchen, das Papierchen aus dem Busen zu ziehen und den Inhalt schnell zu lesen. Da sahen die Freunde, wie das Blut der Armen in das Gesicht stieg, wie große Tränen in den schönen Augen perlten, wie der Busen vor innerer Beklemmung sich hob und senkte. Sie zerriß das kleine Papier in hundert kleine Stücke und gab eins nach dem andern langsam, als sei jedes eine schöne, schwer aufzugebende Hoffnung, dem Winde preis. Die Alten kehrten wieder. Der Vater sah dem Mädchen scharf in die verweinten Augen und schien zu fragen: »Was hast du denn?« Das Mädchen sprach einige sanft klagende Worte, die die Freunde freilich nicht verstehen konnten, da sie aber gleich ein Tuch hervorzog und an die Backe hielt, so mußte sie wohl Zahnschmerzen vorschützen. Ebendeshalb kam es aber den Freunden besonders vor, daß der Alte, der überhaupt ein etwas karikiert ironisches Gesicht hatte, possierliche Mienen schnitt und so laut lachte. Keiner, weder Alexander, Marzell noch Severin, hatte bis jetzt ein Wort gesprochen, sondern unverwandt das holde Kind, das irgendeinen großen Schmerz erfahren, angeschaut. Der Knabe nahm jetzt auch Platz, und die Schwester wechselte den Sitz so, daß sie jetzt den Freunden den Rücken zukehrte.

Nun war der Zauber gelöst, und Alexander fing an, indem er aufstand und Severin leise auf die Schulter klopfte: »Ei, Freund Severin, wo ist die Geschichte von der in Blumenduft sich gestaltenden Ahnung? wo ist der geheime Sekretär Nettelmann – die selige Tante, wo sind unsere tiefen Gespräche geblieben? – Ei, was ist uns denn jetzt allen erschienen, das uns die Zunge bindet und unsere Augen so verstarrt?«

»Ich sage so viel«, sprach Marzell mit einem dumpfen Seufzer, »daß das Mädchen dort das holdeste, wunderherrlichste Engelskind ist, das ich jemals sah.«

»Ach!« fiel Severin, noch tiefer und schmerzlicher seufzend ein, »ach, und dieses Himmelswesen in irdischem Leiden befangen und duldend.«

»Vielleicht«, sprach Marzell, »in diesem Augenblick unzart von roher Faust berührt!«

»Das meine ich auch«, versetzte Alexander, »und sehr würde es mich erlustigen und befriedigen, wenn ich jenen großen hasenfüßigen Lümmel prügeln könnte, der ihr den fatalen Zettel gab. Unstreitig war es nämlich der ersehnte Geliebte, der ihr statt der ungezwungenen Annäherung an die Familie irgendeiner abgeschmackten Eifersüchtelei oder sonstiger dummer Liebesfehde halber schnöde Worte brieflich einhändigte.«

»Aber Alexander«, fiel Marzell ihm ungeduldig ins Wort, »wie kannst du nur so ohne alle Menschenkenntnis, so ganz erbärmlich beobachten? Deine Prügel würden den seiner Breite halber freilich einladenden Rücken eines höchst unschuldigen harmlosen Briefträgers treffen. Lasest du es denn nicht in dem dümmlich lächelnden Gesicht, sahst du es denn nicht an der ganzen Manier, ja selbst am Gange, daß der junge Mensch nur Überbringer, nicht Briefsteller war? – Man mag es nun anfangen, wie man will, gibt man eigne Worte im eignen Namen ab, so steht der Inhalt leserlich auf dem Gesicht! – Wenigstens ist das Gesicht allemal die kurze Inhaltsanzeige, die den offiziellen Berichten vorgesetzt wird, und die immer sagen muß, worauf es ankommt. Und es müßte dann die heilloseste, auch leicht zu erkennende Ironie sein, wie sollte man sonst der Geliebten in solch gebückter Botenstellung ein Briefchen überreichen, wie der junge Mensch es tat? Es scheint gewiß, daß das Mädchen den heimlich Geliebten, den sie nicht sehen darf oder kann, hier anzutreffen hoffte. Er wurde unabwendbar verhindert, oder auch, wie Alexander meint, irgendeine dumme Liebesfehde hielt ihn zurück. Er schickte den Freund mit dem Briefchen ab. Mag es nun aber sein, was es will, mir hat die Szene das Herz zerschnitten.«

»Ach, Freund Marzell«, nahm Severin das Wort, »und doch gibst du diesem tief in die Brust schneidenden Schmerz, wie ihn die Arme litt, solche gemeine Ursache? – Nein! – sie liebt heimlich – vielleicht wider den Willen des Vaters, alle Hoffnung war auf ein Ereignis gestellt, das heute – heute den Ausschlag geben sollte. Es ist fehlgeschlagen! – Alles vorbei – untergegangen der Hoffnungsstern – begraben alles Glück des Lebens! Saht ihr wohl, mit welchem in das Innerste dringenden Blick der hoffnungslosesten Wehmut das Mädchen den unglückseligen Brief, wie Ophelia die Strohblumen, wie Emilia Galotti die Rose, in hundert Stückchen zerpflückte und in die Luft verstreute? – Ach, ich hätte blutige Tränen weinen mögen, als, wie im entsetzlich höhnenden Spott, der Wind die Todesworte in luftigen Wellen fortkräuselte! Ist denn kein Trost auf Erden für das holde, süße Himmelskind?«

»Nun, Severin«, rief Alexander, »du bist wieder gut im Zuge. Das Trauerspiel ist fertig! Nein, nein! wir wollen der Holden alle Hoffnungen, alles Lebensglück lassen, und ich glaube, sie zweifelt selbst noch nicht daran, da sie mir jetzt sehr gefaßt zu sein scheint. Seht nur, wie sorglich sie die neuen weißen Handschuhe auf das weiße Tuch bettet, und mit wie vieler Behaglichkeit sie den Kuchen in die Teetasse einstippt – wie sie dem Alten freundlich zunickt, der ihr einigen Rum in die Tasse tröpfelt – der Junge beißt recht bengelhaft in das große Butterbrot hinein! – Pump! da liegt es im Tee, der ihm ins Gesicht spritzt – die Alten lachen – seht, seht, wie sich das Mädchen vor Lachen schüttelt.«

»Ach«, unterbrach Severin den Beobachter, »ach, das ist ja eben das Entsetzliche, daß die Arme den tiefen zerstörenden Schmerz im Innern mit des Lebens gemeiner Außenseite verhüllen muß. Und dann! – ist es, im Innern verstört, nicht leichter zu lachen, als gleichgültig zu scheinen?«

»Ich bitte dich, Severin«, sprach Marzell, »schweige, denn wir regen unsere Gefühle, lassen wir das Mädchen nicht aus den Augen, nur auf eine uns verderbliche Weise auf.«

Alexander stimmte der Äußerung Marzells ganz bei, und nun mühten sie die Freunde, ein heiteres, von Gegenstand auf Gegenstand launicht springendes Gespräch zu beginnen. Dies gelang ihnen auch insofern, als mit vielem Geräusch die unbedeutendsten Dinge aufs Tapet gebracht und unendlich interessant gefunden wurden. Alles, was jeder sprach, hatte aber wirklich solch besondere Farbe, solch besondern Ton, der niemals zur Sache paßte, so daß die Worte nur ganz was anders bedeutende Chiffern schienen. Sie beschlossen, den herrlichen Tag des Wiedersehens mit einem kalten Punsch zu feiern, und fielen schon bei dem dritten Glase einander weinend in die Arme.

Das Mädchen stand auf, ging an die Barriere des Wassers und schaute hinübergelehnt mit recht wehmütigen Blicken den fliehenden Wolken nach. »Eilende Wolken, Segler der Lüfte!« – fing Marzell mit süßlich klagender Stimme an, aber Severin stürzte das Glas hinunter, und, es hart auf den Tisch niederstoßend, erzählte er von einem Schlachtfelde, das er im hellen Mondschein durchwandelt, und wie ihn die bleichen Toten mit lebendig funkelnden Augen angestarrt hätten. »Gott behüte und bewahre«, schrie Alexander, »was ficht dich an? Bruder!« –

Das Mädchen setzte sich eben wieder an den Tisch, mit einem Ruck sprangen die drei Freunde auf und hielten eine Art Wettlauf bis an die Barriere;

durch einen gewagten Sprung über zwei Stühle kam aber Alexander den Freunden zuvor und lehnte sich richtig gerade an derselben Stelle an, wo das Mädchen gestanden, behauptete auch diesen Platz hartnäckig, unerachtet Marzell von der einen, Severin von der anderen Seite unter dem Vorwande freundschaftlicher Umarmungen ihn wegzuziehen strebten. Severin sprach nun sehr feierlich und mystisch über die Wolken und ihren Zug, erklärte auch lauter, als gerade nötig, die Bilder, die sich formten; Marzell, ohne auf ihn zu hören, verglich Bellevue mit einer römischen Villa und fand, unerachtet er durch die Schweiz und durch Franken zurückgekommen, die öde Gegend mit den gleich Kniegalgen hervorragenden Blitzableitern an den Pulverhäusern, die er funkelnde Sterne tragende Masten nannte, üppig reich und romantisch. Alexander begnügte sich damit, den schönen Abend und den reizenden Aufenthalt im Weberschen Zelt zu loben.

Die Familie schien aufbrechen zu wollen, denn der Alte klopfte die Pfeife aus, die Frauenzimmer packten die Strickzeuge ein, und der Knabe suchte und rief nach seiner Mütze, die ihm endlich der muntere Hauspudel, der so lange damit gespielt, dienstfertig apportierte. Die Freunde wurden kleinlauter, die Familie grüßte freundlich, da fuhren sie, sich schnell und heftiger als nötig bückend, mit den Köpfen zusammen, daß es merklich krachte. Indem sie sich darüber wundern wollten, war die Familie auf und davon. Nun schlichen sie in mürrischem Schweigen zurück zum kalten Punsch, den sie miserabel fanden. Die bilderreichen Wolken verhauchten im gestaltlosen, dunkeln Nebel, Bellevue wurde wieder Bellevue, jeder Blitzableiter ein Blitzableiter und das Webersche Zelt eine ordinäre Kneipe. Da überdem beinahe kein Mensch mehr da war, eine unangenehme Kühle eintrat und sogar die Pfeifen nicht mehr recht brennen wollten, schlichen die Freunde in einem Gespräch, das wie ein abgebranntes Licht nur hin und wieder einmal noch aufloderte, fort.

Severin trennte sich schon im Tiergarten von ihnen, um seine Wohnung zu suchen, und Marzell ließ auch, in die Friedrichstraße einbiegend, den Freund allein nach seinem weit entlegenen Hause zur seligen Tante wandeln. Eben dieser Entlegenheit ihrer Wohnungen halber hatten die Freunde einen öffentlichen Ort in der Stadt gewählt, wo sie sich an bestimmten Tagen und Stunden sehen wollten. Es geschah auch so; sie kamen aber mehr, um das sich gegebene Wort zu halten, als aus innerm Antriebe. Vergebens blieb alles Mühen, den gemütlichen traulichen Ton, der sonst unter ihnen herrschte, wieder zu finden. Es war, als trage jeder etwas im Innern, das alle Lust, alle Freiheit verstöre, und das er wie ein düsteres verderbliches Geheimnis bewahren müsse. Nach weniger Zeit war Severin plötzlich aus Berlin verschwunden. Alexander klagte kurz darauf mit einer Art von Verzweiflung, daß er vergebens um Verlängerung seines Urlaubs gebeten; daß er, ohne mit der Regulierung der Erbschaft zustande gekommen zu sein, fortreisen und seine herrliche bequeme Wohnung verlassen müsse.

»Aber«, frage Marzell, »mich dünkt, du fandest ja deine Wohnung so unheimlich, ist es dir nicht lieb, wieder ins Freie zu kommen, und wie ist es mit dem alten Spuk der seligen Tante?«

»Ach«, rief Alexander verdrießlich, »die spukt längst nicht mehr. – Ich kann dich versichern, daß ich mich recht nach häuslicher Ruhe sehne, und wahrscheinlich nehme ich bald meinen Abschied, um der Kunst und Literatur ungestört nachhängen zu können.«

Alexander mußte auch in der Tat in wenigen Tagen fort. Bald darauf brach der Krieg aufs neue aus, und plötzlich war Marzell, der, statt den frühern Plan zu verfolgen, wieder Kriegsdienste genommen, auch fort zur Armee. So trennten sich die drei Freunde aufs neue, ehe sie sich noch im eigentlichen Sinne des Worts wiedergefunden hatten.

Zwei Jahre waren vergangen, als gerade am zweiten Pfingstfeiertage Marzell, der abermals den Kriegsdienst verlassen hatte und nach Berlin zurückgekehrt war, im Weberschen Zelt über die Barriere gelehnt, mancherlei Gedanken nachhängend, in die Spree hinabsah. Es klopfte ihm jemand leise auf die Schulter, und als er um sich blickte, standen Alexander und Severin vor ihm.

»So muß man die Freunde suchen und finden«, rief Alexander, indem er Marzell voll inniger Freude umarmte. »Mir«, fuhr Alexander fort, »mir nichts weniger träumend, als einen von euch gerade heute wiederzusehen, wandelte ich eines Geschäfts halber durch die Linden, dicht vor mir geht eine Gestalt – ich traue meinen Augen nicht – ja, es ist Severin! – Ich rufe, er dreht sich um, der meinigen gleich ist seine Freude, ich lade ihn ein in meine Wohnung, er schlägt es mir rund ab, weil ihn ein unwiderstehlicher Trieb fortjagt nach dem Weberschen Zelt. Was kann ich anders tun, als mein Geschäft aufgeben und gleich mit ihm gehen. Seine Ahnung hat ihn nicht betrogen, er wußte im Geist, daß du hier sein würdest.«

»In der Tat«, fiel Severin ein, »es war mir in der Seele ganz deutlich, daß ich Alexander sowohl als dich hier treffen müsse, und nicht erwarten konnte ich das freudige Wiedersehen.«

Die Freunde umarmten sich aufs neue. »Findest du nicht, Alexander«, sprach Marzell, »daß Severins kränkliche Blässe ganz verschwunden ist? Er sieht wunderbar frisch und gesund aus, und die fatalen finsteren Wolkenschatten liegen gar nicht mehr auf der freien Stirne.«

»Dasselbe«, erwiderte Severin, »möchte ich von dir

behaupten, mein lieber Marzellus. Denn sahst du gleich nicht krank aus, wie ich, der ich es wirklich war an Leib und Gemüt, so beherrschte die eigene Verstimmung im Innern dich doch so ganz und gar, daß sie dein jugendliches munteres Gesicht schier in das eines grämlichen Alten verwandelte. Ich glaube, wir sind beide durchs Fegfeuer gegangen, und am Ende auch wohl Alexander. Hatte der nicht auch zuletzt all seine Heiterkeit verloren und machte solch ein verdammtes Arzeneigesicht, auf dem man hätte lesen mögen: Alle Stunden einen Eßlöffel voll? Mag ihn nun die selige Tante so geängstet oder, wie ich beinahe glaube, etwas anderes geplagt haben, aber so wie wir ist er erstanden.«

»Du hast recht«, fiel Marzell ein, »aber je mehr ich den Burschen ansehe, desto klarer wird es mir, was Geld und Gut vermag auf dieser Erde. Hat der Mensch jemals solch rote Backen, solch rundliches Kinn gehabt? Glänzt er nicht vor Wohlbehaglichkeit? Sprechen nicht diese süß gezogenen Lippen: Der Rostbeef war delikat und der Burgunder von der feinsten Sorte!«

Severin lachte. »Bemerke«, fuhr Marzell weiter fort, indem er Alexandern bei beiden Armen erfaßte und sanft herumdrehte, »bemerke gefälligst dies superfeine Tuch des modernen Fracks, diese blendend weiße, sauber gefältete Wäsche, diese reiche Uhrkette mit siebenhundert goldnen Petschaften! – Nein sage, Junge! wie bist du zu dieser enormen, dir ganz fremden Eleganz gekommen? – Gott weiß, ich glaube gar, der üppige Mensch, von dem wir sonst, wie Falstaff vom Friedensrichter Schaal, sagten, daß er füglich in eine Aalhaut gepackt werden könne, fängt an, sich ganz rundlich zu formen. – Sage, was ist mit dir vorgegangen?«

»Ei«, erwiderte Alexander, indem eine leise Röte sein Gesicht überflog, »ei, was ist an meiner Gestalt weiter Verwunderliches? Seit einem Jahr habe ich dem königlichen Dienst entsagt und lebe froh und heiter.«

»Eigentlich«, fing Severin, der nicht viel auf Marzell gehört, sondern nachdenklich gestanden, jetzt wie erwachend an, »eigentlich verließen wir uns recht unfreundlich, gar nicht wie es alten Freunden ziemt.«

»Du vorzüglich«, sprach Alexander, »denn du liefst davon, ohne einem Menschen etwas zu sagen.«

»Ach«, erwiderte Severin, »ich war damals in großer Narrheit befangen, so wie du und Marzell, denn« – er stockte plötzlich, und die Freunde sahen sich mit funkelndem Blick an, wie Leute, die derselbe Gedanke gleich einem elektrischen Schlage durchblitzt. Sie waren nämlich unter Severins Worten Arm in Arm vorgeschritten und standen gerade an dem Tisch, wo vor zwei Jahren am Pfingstfeiertage das schöne, holde Himmelskind saß, das allen die Köpfe verrückte. »Hier – hier saß sie«, sprach es jedem aus den Augen, es war so, als wenn sie an demselben Tisch Platz nehmen wollten; Marzell rückte schon die Stühle ab, doch gingen sie schweigend weiter, und Alexander ließ einen Tisch gerade an die Stelle setzen, wo sie vor zwei Jahren saßen. Schon war der bestellte Kaffee da, und noch sprach keiner ein Wort; Alexander schien der beklommenste von allen. Der Kellner, Zahlung erwartend, blieb stehen, er blickte bald den einen, bald den andern der stummen Gäste verwundert an, er rieb sich die Hände, er hüstelte, endlich frug er mit gedämpfter Stimme: »Befehlen Sie vielleicht Rum, meine Herren?« Da schauten sich die Freunde an und brachen dann plötzlich in ein unmäßiges Gelächter aus. »Ach du meine Güte, mit denen ist es nicht recht!« rief der Kellner, bestürzt zwei Schritte rückwärts springend.

Alexander beschwichtigte den Erschrockenen durch Zahlung, und nachdem er sich wieder hingesetzt, fing Severin an: »Das, was ich erst weiter ausführen wollte, haben wir alle drei mimisch dargestellt, und der beruhigende Schluß nebst Nutzanwendung lag in unserm recht aus dem Innern herausströmenden Lachen! – Heute vor zwei Jahren fingen wir uns in großer Narrheit, wir schämen uns ihrer und sind davon totaliter geheilt.«

»In der Tat«, sprach Marzell, »das freilich wunderhübsche Mädchen hatte uns allen die Köpfe sattsam verrückt.«

»Wunderhübsch, ja wunderhübsch«, lächelte Alexander behaglich. »Aber«, fuhr er mit etwas ängstlich beklommenem Ton fort, »du behauptest, Severin, daß wir alle von der Narrheit, das heißt, von dem tollen Verliebtsein in jenes uns unbekannt gebliebene Mädchen geheilt sind, aber ich setze den Fall, daß sie ebenso schön, ebenso anmutig im ganzen Wesen in diesem Augenblick wieder hier erschiene und sich dort an jenen Platz setzte, würden wir nicht aufs neue in die alte Torheit verfallen?«

»Für mich«, nahm Severin das Wort, »kann ich wenigstens einstehen, denn ich bin auf eine sehr empfindliche Weise geheilt worden.«

»Mir«, sprach Marzell, »ist es nicht besser gegangen, denn toller kann niemand in der Welt mystifiziert werden als ich es wurde bei näherer Bekanntschaft mit der unvergleichlichen Dame.«

»Unvergleichliche Dame, nähere Bekanntschaft!« – fiel Alexander ihm heftig ins Wort.

»Nun ja, leugnen mag ich es nicht«, fuhr Marzell fort, »daß jenem Abenteuer hier – beinahe mag ich's so nennen – ein kleiner Roman in einem Bande, eine Posse in einem Akt folgte.«

»Ist es mir denn besser gegangen«, sprach Severin; »hatte aber, o Marzellus, dein Roman einen Band, deine Posse einen Akt, so spielte ich nur ein Duodezbändchen, nur eine Szene durch.«

Alexander war blutrot im Gesicht geworden, Schweißtropfen standen ihm auf der Stirne, er holte kurz Atem, wühlte in dem wohlgekräuselten Toupet, kurz aller Merkmale der heftigsten innern Erregung konnte er, sichtlichen Anstrengens unerachtet, so wenig Herr werden, daß Marzell fragte: »Aber sage mir nur, Bruder, was hast du? was geht in dir vor?«

»Was wird es anders sein«, sprach Severin lachend, »als daß er in die Dame, der wir entsagt, noch bis über die Ohren verliebt ist und uns nicht traut oder wohl gar Wunder denkt, wie unsere Romane beschaffen waren, und plötzlich eifersüchtig wird, ohne im mindesten Ursache dazu zu haben, denn wenigstens ich bin garstig gemißhandelt worden.«

»Ich auf gewisse Weise ebenfalls«, sprach Marzell, »und ich schwöre dir zu, Alexander, daß der Funke, der damals in meine Seele fiel, völlig zum Niewiederaufglimmen verlöscht ist, du kannst also getrost die Dame lieben, soviel du willst.«

»Meinetwegen auch«, setzte Severin hinzu.

Alexander, völlig aufgeheitert, lachte nun sehr, indem er sprach: »In gewisser Art habt ihr mich richtig beurteilt, aber dann seid ihr auch wieder auf ganz falschem Wege. Hört also: Leugnen mag ich es gar nicht, daß, gedenkend des verhängnisvollen Nachmittags, jenes holde Mädchen in all ihrem wunderbaren Liebreiz mir so lebendig vor Augen stand, daß ich ihre anmutige Stimme zu hören, ihre weiße, zarte, nach mir ausgestreckte Hand erfassen zu können glaubte. Da war es, als könne ich nur sie mit der ganzen Gewalt der höchsten, im Innern brennenden Leidenschaft lieben, als könne ich nur in ihrem Besitz glücklich sein – und das wäre denn doch ein großes Unglück.«

»Wieso? – warum?« riefen Marzell und Severin heftig.

»Weil«, erwiderte Alexander gelassen, »weil ich seit einem Jahr verheiratet bin!«

»Du? verheiratet? seit einem Jahre?« – so schrieen die Freunde, indem sie die Hände zusammenschlugen und dann hell auflachten. »Wer ist deine Ehehälfte? – ist sie schön? – reich? –arm? – jung? – alt? –wie – wo – wann – was –«

»Ich bitte euch«, fuhr Alexander kleinlaut fort, indem er, die linke Hand auf den Tisch gestützt, mit der rechten, an deren kleinem Finger neben einem Chrysopas der Trauring blitzte, den Löffel ergriff und den Kaffee, tief in die Tasse guckend, umrührte, – »ich bitte euch, verschont mich mit allen Fragen, und wollt ihr mir obendrein einen recht herzlichen Gefallen erzeigen, so erzählt mir hübsch, was euch nach jenem Abenteuer mit der Dame geschah.«

»Ei, ei, Bruder«, sprach Marzell, »mir scheint, als ob du übel angekommen seist. Sollte der Teufel dich geplagt haben, gar Falters goldgelbes Alräunchen –«

»Hast du mich lieb«, fiel ihm Alexander ins Wort, »so quäle mich nicht mit Fragen, sondern erzähle mir deinen Roman.«

»Da haben wir den Spuk«, rief Severin ganz verdrießlich, »zu seinen Tellern und Schüsseln, Kesseln und Kasserollen hat er eine Frau, gleichviel welche, stellen zu müssen geglaubt, blindlings zugegriffen, und nun sitzt er da, Reue und verbotene Liebe im Herzen – wozu nun freilich sein glaues Aussehen nicht recht passen will. Was sagt denn die selige Tante mit ihren Magentropfen dazu?«

»Die ist sehr zufrieden mit mir«, sprach Alexander sehr ernsthaft, »aber«, fuhr er fort, »wollt ihr mir die Stunde des Wiedersehens nicht auf immer verbittern, wollt ihr mich nicht mit Gewalt von euch forttreiben, so hört auf mit Fragen und erzählt.«

Alexanders Betragen kam den Freunden ganz wunderlich vor, doch merkten sie wohl, daß sie den tief Verwundeten nicht mehr reizen dürften, Marzell fing daher den gewünschten Roman ohne weiteres in folgender Art an:

»Es steht fest, daß heute vor zwei Jahren ein hübsches Mädchen auf den ersten Blick uns allen dreien die Köpfe verrückte, daß wir uns wie junge verliebte Hasenfüße betrugen und den Wahnsinn, der uns befangen, nicht loswerden konnten. Nacht und Tag, wo ich ging und stand, verfolgte mich des Mädchens Gestalt, sie schritt mit mir zum Kriegsminister, sie trat mir aus dem Schreibpult des Präsidenten entgegen und verwirrte durch ihren holden Liebesblick meine wohlstudierten Reden, so daß man mitleidig fragte, ob ich noch an meiner Kopfwunde litte. Sie wiederzusehn, war all mein Ziel und rastloses Streben. Ich lief wie ein Briefträger von Morgen bis Abend durch die Straßen, schaute nach allen Fenstern hübscher Leute, aber umsonst – umsonst. – Jeden Nachmittag war ich im Tiergarten, hier im Weberschen Zelt.«

»Ich auch! ich auch!« riefen Severin und Alexander.

»Ich habe euch wohl gesehen, aber sorglich vermieden«, sprach Marzell.

»Geradeso haben wir es auch gemacht«, riefen die Freunde und alle drei zusammen im Tutti: »o wir Esel!«

»Alles, alles war vergebens«, fuhr Marzell fort, »aber ich hatte keine Rast, keine Ruhe. Gerade die Überzeugung, daß die Unbekannte schon liebe, daß ich in hoffnungslosem Schmerz vergehen werde, wenn ich ihr näher gekommen, mein Unglück recht mit leiblichen Augen schauen würde, nämlich ihren trostlosen Jammer um den Verlornen, ihre Sehnsucht, ihre Treue, gerade das fachte das Feuer in mir erst recht an. Severins tragische Deutung jenes Moments hier im Tiergarten kam mir in den Sinn, und indem ich alles nur mögliche Liebesunglück auf das Mädchen häufte, war ich selbst immer der noch Unglücklichere. In den schlaflosen Nächten, ja selbst auf einsamen Spaziergängen spann ich die seltsamsten, verwickeltsten Romane aus, in der natürlicherweise die Unbekannte, der Geliebte und ich die Hauptrollen spielten. Welche Szenen waren zu abenteuerlich, um sie nicht in meinen Roman zu bringen? – Ich gefiel mir erstaunlich als Heros in resignierter Liebesnot! – Wie gesagt, ich durchstrich unsinnigerweise ganz Berlin, um sie, die meine Gedanken, mein ganzes Ich beherrschte, wiederzufinden. So bin ich auch eines Vormittags, es mochte schon zwölf Uhr sein, in die Neue Grünstraße geraten, die ich, in mir vertieft, durchwandle, da tritt mir ein junger, sauber gekleideter Mann in den Weg und frägt mich, höflich den Hut rückend, ob ich nicht wisse, wo hier der Geheime Rat Asling wohne. Ich verneine es, doch der Name Asling fällt mir auf. Asling – Asling! Da fällt es mir mit einem Mal schwer aufs Herz, daß ich, ganz befangen von meiner romanesken Liebe, eines Briefs an den Geheimen Rat Asling ganz vergessen habe, den mir sein im Hospital zu Deutz wundliegender Neffe mitgab, mich aufs dringendste bittend, ihn selbst zu besorgen. Ich beschließe, den unverzeihlich verschobenen Auftrag zur Stelle auszurichten, sehe, daß der junge Mann, von einem Diener aus dem nahen Laden zurechtgewiesen, in das ansehnliche Haus dicht vor mir hineingeht, und folge ihm. Der Bediente führt mich ins Vorzimmer und bittet mich einen Augenblick zu warten, da der Herr Geheime Rat soeben mit einem fremden Herrn spreche. Er läßt mich allein, ich betrachte gedankenlos die großen Kupferstiche an den Wänden, da öffnet sich die Tür hinter mir, ich drehe mich um und erblicke – sie! – sie selbst! das holde Himmelskind aus dem Tiergarten. Ich mag euch nun gar nicht beschreiben, wie mir zumute wurde, aber so viel ist gewiß, daß mir aller Lebensatem verging – daß ich keines Wortes mächtig war, daß ich glaubte, nun werde ich gleich leblos der Holden zu Füßen sinken.«

»Ei, ei«, rief Alexander etwas betreten, »da warst du ja wohl in der Tat gar arg verliebt, Bruder!«

»Wenigstens«, fuhr Marzell fort, »konnte in diesem Augenblick das Gefühl der wahnsinnigsten Liebe nicht heftiger wirken. Meine Erstarrung muß deutlich auf meinem Gesicht, in meiner ganzen Stellung kennbar gewesen sein, denn Pauline schaute mich betroffen an, und da ich nun keine Silbe hervorbrachte und sie mein Betragen für Dummheit oder Tölpelei halten mußte, fragte sie endlich, indem ein leises ironisches Lächeln ihr Gesicht überflog: Sie warten gewiß auf meinen Vater? Mit tiefer Scham, die ich nun über mich selbst empfand, kam mir volles Bewußtsein wieder. Ich raffte mich mit aller Kraft zusammen, mit höflicher Verbeugung nannte ich meinen Namen und erwähnte des Auftrags, den ich an den Geheimen Rat auszurichten hatte. Da rief Pauline laut und freudig: O, mein Gott – mein Gott, Nachrichten vom Vetter! Sie waren bei ihm, Sie sprachen ihn? Ich traue seinen Briefen nicht, immer schreibt er von völliger Herstellung! Sagen Sie nur gleich das Schmerzhafteste heraus! Nicht wahr, er bleibt verkrüppelt, der Arme? – Ich versicherte dagegen wie ich es mit Recht tun konnte, daß die Schußwunde, da beinahe die Kniescheibe zerschmettert, allerdings gefährlich gewesen sei, und man mit Amputation gedroht habe, alle Gefahr sei indessen nicht allein vorüber, sondern auch Hoffnung da, daß der junge vollkräftige Mann in einiger Zeit die Krücke würde wegwerfen können, die er jetzt wohl mehrere Monate hindurch werde brauchen müssen. An Paulinens Anblick, an den Zauber ihrer Nähe gewöhnt, durch das Erzählen jener Tatsachen ermutigt, gelang es mir, dem Bericht von dem Zustande des wunden Neffen die Erzählung des Gefechts, das ich, mit ihm in einem Bataillon dienend, bestand, und in welchem er die Wunde erhielt, zuzufügen. Ihr wißt es wohl, daß in solcher Exaltation man der lebensvollsten, farbenreichsten Darstellung mächtig ist, ja wohl selbst mehr als nötig in jenen emphatischen Stil gerät, der seine volle Wirkung auf junge Mädchen niemals verfehlt. Ebenso werdet ihr wohl glauben, daß ich nicht gerade von der Stellung der Truppen, von dem kunstreichen Plan des Manövers, von maskierten Angriffen –versteckten Hinterhalten von Batterien – vom Debouchieren und Entwickeln der Kavalleriemassen usw. sprach, sondern vielmehr all die kleinen, Herz und Gemüt ergreifenden Einzelheiten, die im Felde so häufig sich darbieten, heraushob. Gestehen muß ich, daß manches Ereignis, das ich kaum beachtet, sich jetzt in der Erzählung als höchst wunderbar und rührend gestaltete, und so geschah es, daß Pauline bald vor Schauer und Schreck verblaßte, bald mild und fromm durch die Tränen, die ihr in den Augen standen, lächelte. Ach sprach sie endlich, als ich einen Augenblick schwieg, Sie standen so regungslos, so in Gedanken vertieft da, als ich eintrat, gewiß weckte jenes Schlachtstück dort irgendeine sehr schmerzhafte Erinnerung! – Wie ein glühender Pfeil durchfuhr es mein Inneres, ich muß blutrot geworden sein bei diesen Worten Paulinens. Ich gedachte, sprach ich mit einem wahrscheinlich recht kläglichen Seufzer, ich gedachte eines Augenblicks, der der seligste meines Lebens war, unerachtet ich auf den Tod verwundet wurde. – Aber doch wieder ganz geheilt, fragte Pauline mit inniger Teilnahme; gewiß traf Sie eine böse Kugel im Augenblick, als der glorreichste Sieg entschieden? – Mir wurde etwas albern zumute, doch unterdrückte ich dies Gefühl, und ohne aufzublicken, sondern zur Erde schauend wie ein gescholtener Bube, sprach ich sehr leise und dumpf: Ich hatte schon das Glück, Sie zu sehen, mein Fräulein! Nun ging das Gespräch auf erbauliche Weise weiter, indem Pauline anfing: Ich wüßte doch in der Tat nicht. – Nur wenige Tage sind es her – der herrlichste Frühlingshauch ging über die Erde hin und erquickte Geist und Gemüt, ich feierte mit zwei meiner mir im Innersten verwandten Freunde das Fest des Wiedersehens nach langer Trennung! – Das muß recht hübsch gewesen sein! – Ich sah Sie, mein Fräulein! – In der Tat? – ach! das war gewiß im Tiergarten! – Am zweiten Pfingstfeiertag im Weberschen Zelt! Ja, ja, ganz recht, ich war da mit Vater und Mutter! Es gab viel Leute, ich amüsierte mich recht gut, aber Sie habe ich gar nicht gesehen! – Die vorige Albernheit kam wieder mit aller Stärke, ihr gemäß war ich im Begriff, etwas sehr Abgeschmacktes zu sagen, als der Geheime Rat hereintrat, dem Pauline in voller Freude gleich verkündete, daß ich Briefe vom Vetter brächte. Der Alte schrie jubelnd auf: Was! Briefe von Leopold! Lebt er? Wie geht's mit der Wunde? Wann kann er reisen? – Und damit packte er mich bei der Rockklappe und zog mich in sein Zimmer. Pauline folgte, er rief nach Frühstück, er hörte nicht auf mit Fragen. Kurz! zwei volle Stunden mußte ich bleiben, und als ich endlich in steigender Beklommenheit, da Pauline sich dicht neben mir gesetzt und mir fortwährend mit kindlicher Unbefangenheit in die Augen schaute, mich losriß, lud mich der Alte mit herzlicher Umarmung ein, nur so oft hinzukommen – vorzüglich zur Teestunde – als ich wollte. Nun war ich also, wie es oft in der Feldschlacht zu ergehen pflegt, unversehens mitten im Feuer. Wollt' ich euch nun meine Qualen schildern, wie ich oft, von unwiderstehlichem Zauber befangen, nach dem Hause, das mir so verderblich schien, hineilte, wie ich die Klinke, die ich schon in der Hand hatte, wieder fahren ließ und nach Hause lief, wieder zurückkehrte, das Haus umkreiste und dann in einer Art von Verzweiflung hineinstürzte, dem Sommervogel gleich, der nicht lassen kann von der Lichtflamme, die ihm zuletzt den freiwilligen Tod gibt – wahrhaftig, ihr würdet lachen, da ihr wohl das Geständnis erwartet, daß ich mich damals auf die ärgste Weise selbst mystifizierte. Beinahe jeden Abend, wenn ich den Geheimen Rat besuchte, fand ich mehrere Gesellschaft da, und ich muß gestehen, daß ich mich nirgends behaglicher gefühlt als dort, unerachtet ich, mein eigener Dämon, mir geistige Rippenstöße gab und in die Ohren schrie: Du liebst ja unglücklich, du bist ja ein verlorner Mensch! – Jedesmal kam ich verliebter und unglücklicher nach Hause. Aus Paulinens frohem unbefangenen Betragen merkt' ich bald, daß von einem Liebesunglück nicht die Rede sein könne, und manche Anspielungen der Gäste deuteten offenbar dahin, daß sie versprochen sei und bald heiraten werde. Überhaupt herrschte in des Geheimen Rats Zirkel eine gar herrliche gemütliche Lustigkeit, die er selbst, ein lebenskräftiger jovialer Mann, auf die ungezwungendste Weise zu entzünden wußte. Oft schienen größer angelegte Späße Stoff zum Lachen zu geben, die nur, da sie, vielleicht auf Persönlichkeiten sich beziehend, mich als Fremden nicht ansprechen konnten, verschwiegen wurden. So erinnere ich mich, daß ich einst, als ich nach langem Kampfe sehr spät abends eintrat, den Alten und Paulinen, von jungen Mädchen umgeben in der Ecke stehend erblickte. Der Alte las etwas vor, und ein schallendes Gelächter folgte, als er geendet. Zu meiner Verwunderung hatte er eine große weiße, mit einem ungeheuern Nelkenstrauß geschmückte Schlafmütze in der Hand, die setzte er, nachdem er noch einige Worte gesprochen, auf und nickte seltsam mit dem Kopfe hin und her, worauf alle aufs neue in ein unmäßiges Gelächter ausbrachen.«

»Teufel – Teufel!« rief hier Severin, indem er sich heftig vor die Stirne schlug.

»Was hast du? – was hast du, Herr Bruder?« riefen die Freunde besorgt.

»Nichts, nichts – nicht das mindeste, fahr nur fort, lieber Bruder! – nachher, nachher! – jetzt nur weiter.« Dies erwiderte Severin, nicht ohne bitter in sich hinein zu lachen, Marzell erzählte weiter.

»Sei es nun, daß die Kameradschaft mit dem Neffen oder daß die aus meiner beständigen Exaltation sich erzeugende besondere Art meines ganzen Wesens meiner Unterhaltung, mir selbst ein besonderes Interesse gab, kurz, der Alte gewann mich in kurzer Zeit sehr lieb, vorzüglich müßte ich aber ganz verblendet gewesen sein, hätte ich nicht merken sollen, daß Pauline mich vor allen andern jungen Männern, die sie umgaben, ganz besonders auszeichnete.«

»Wirklich, wirklich?« fragte Alexander mit betrübtem Ton.

»In der Tat war es so«, fuhr Marzell fort, »und ihr mußte ich ja schon deshalb näher getreten sein, weil sie, wie jedes nur irgend sinnige Mädchen, mit einem feinen Takt aus allem, was ich sprach, was ich tat, den vollstimmigen Hymnus ihres wunderbaren Liebreizes heraushören, die tiefste Adoration ihres ganzen, mit glühender Liebe erfaßten Wesens herausfühlen mußte. – Unbeachtet ließ sie oft ihre Hand minutenlang in der meinigen ruhen, sie erwiderte ihren leisen Druck, ja, als einmal in fröhlichem Übermute nach den Tönen eines alten Flügels sich die Mädchen zu drehen anfingen, flog sie in meinen Arm, und ich fühlte ihren Busen glutvoll beben und ihren süßen Liebeshauch an meinen Wangen. – Ich war außer mir! – Feuer brannte auf meinen Lippen – ich hatte sie geküßt.«

»Donnerwetter!« schrie hier Alexander, wie besessen aufspringend und sich mit beiden Fäusten in die Haare fahrend.

»Schäme dich, schäme dich, Ehemann«, sprach Severin, indem er ihn auf den Stuhl niederdrückte, »du bist, hol' mich der Teufel, noch in Paulinen verliebt, schäme dich, Ehemann – armer, ins Joch gebeugter Ehemann.«

»So fahre nur fort«, sprach Alexander wie trostlos, »es werden noch schöne Dinge kommen, merk' ich schon.«

»Ihr könnt euch nach diesem allen«, sprach Marzell weiter, »meine Stimmung wohl denken. Ich wurde, so glaubt' ich, von tausend Qualen zerrissen, ich steigerte mich herauf zum höchsten Heroismus, ich wollte mit einem Zuge den vollen verderblichen Giftbecher leeren und dann fern von der Geliebten mein Leben aushauchen. Das heißt mit andern Worten, ich wollte ihr meine Liebe gestehen und dann sie meiden – wenigstens bis zum Hochzeitstage, da konnt' ich denn, wie es geschrieben steht in vielen Büchern, halb versteckt hinter einem Kirchenpfeiler die Trauung mit ansehen und nach dem unglücklichen Ja! mit vielem Geräusch der Länge lang ohnmächtig zu Boden sinken, von mitleidigen Bürgersleuten herausgetragen werden usw. Von diesen Ideen ganz erfüllt, ganz wahnsinnig, lief ich eines Tages früher als gewöhnlich zum Geheimen Rat. – Ich treffe Paulinen allein im Zimmer – noch ehe sie recht erschrecken kann über mein verstörtes Wesen, stürze ich ihr zu Füßen, ergreife ihre Hände, drücke sie an meine Brust – gestehe ihr, daß ich sie bis zur hellen Raserei liebe, und nenne mich, indem ich einen Strom von Tränen vergieße, den unglücklichsten, dem bittersten Tode geweihten Menschen, da sie nicht mein werden könne, da sie Herz und Hand dem glücklichen Nebenbuhler früher geschenkt. Pauline ließ mich austoben, hob mich dann auf, nötigte mich mit holdem Lächeln neben sich aufs Sofa und fragte mit rührend sanfter Stimme: Was ficht Sie an? lieber – lieber Marzell! beruhigen Sie sich doch nur, Sie sind in einer Stimmung, die mich ängstet! – Ich wiederholte, wiewohl besonnener, alles, was ich gesagt, da sprach Pauline: Aber wie kommt es Ihnen denn in den Sinn, daß ich schon liebe, ja daß ich schon versprochene Braut sein soll? Es ist nicht das mindeste davon wahr, ich kann es versichern. Als ich dagegen behauptete, daß ich schon seit dem ersten Augenblick, als ich sie sah, auf das klarste überzeugt worden sei, daß sie liebe, und sie immer mehr in mich drang, doch mich nur deutlicher zu erklären, so erzählte ich ihr ganz treuherzig unsere ganze famöse Geschichte vom Pfingstfeiertage im Weberschen Zelt. Kaum habe ich geendet, da springt Pauline auf und hüpft mit lautem Gelächter in der Stube umher und ruft: Nein, das ist zu arg! – nein, solche Träume – solche Einbildungen – nein, das ist zu arg! – Ich bleibe ganz verdutzt sitzen; Pauline kehrt zu mir zurück, faßt meine beiden Hände und schüttelt sie, wie wenn man jemanden aus tiefem Traum wecken will. Nun horchen Sie wohl auf, fängt sie, kaum vermögend, das Lachen zu unterdrücken, an, der junge Mensch, den Sie für den Liebesboten hielten, war ein Diener aus dem Bramigkschen Laden, das Billettchen, das er mir brachte, von Herrn Bramigk selbst. Er, der gefälligste, artigste Mann von der Welt, hatte mir versprochen, ein allerliebstes Pariser Hütchen, dessen Modell ich gesehen, zu verschreiben und mir Nachricht zu geben, wenn es angekommen. Ich wollte es gerade den andern Tag, als Sie mich bei Weber sahen, zu einem Singetee – Sie wissen, daß hier so eine Abendgesellschaft heißt, bei der man Tee trinkt, um zu singen, und singt, um Tee zu trinken, – also da wollt' ich ihn aufsetzen. Der Hut war wirklich angekommen, aber durch die Schuld des Versenders so übel zugerichtet, daß er ohne gänzliches Umarbeiten nicht getragen werden konnte. Das war die fatale Nachricht, die mir Tränen auspreßte! Ich mocht's dem Vater gar nicht merken lassen, aber er wußte den Grund meines tiefen Kummers bald auszuforschen und lachte mich derb aus. Daß ich die Gewohnheit habe, in derlei Fällen mein Tuch an die Backe zu bringen, bemerkten Sie längst. – Pauline lachte aufs neue, aber mir fröstelte es eiskalt durch Mark und Glieder, ein Glutstrom folgte, und es war, als riefe es im Innern: Alberne törichte, widrige Putznärrin!«

»Hoho, das ist zu grob und unwahr«, unterbrach Alexander den Erzähler ganz erzürnt, »doch nur weiter!« setzte er gelassener hinzu.

»Nicht beschreiben«, fuhr Marzell fort, »nicht beschreiben kann ich euch mein Gefühl. Ich war aus dem Traum erwacht, in dem mich ein böser Geist geneckt, ich wußte es, daß niemals ich Paulinen liebte, und daß nur eine unbeschreibliche narrenhafte Täuschung der Spuk war, der mich so toll umhergetrieben. Kaum vermochte ich ein Wort zu sprechen, vor innerm Verdruß zitterte ich am ganzen Leibe, und als Pauline erschrocken fragte, was mir wäre, schützte ich eine plötzliche Kränklichkeit vor, die ich nicht zum Ausbruch kommen lassen dürfte, und rannte wie ein gehetztes Wild von dannen. Als ich über den Gendarmesplatz kam, stellte sich gerade ein Trupp Freiwilliger zum Abmarsch, da stand es klar vor meiner Seele, was ich tun müsse, mich selbst zu beschwichtigen und die ärgerliche Geschichte zu vergessen. Statt nach Hause zu gehen, lief ich augenblicklich zu der Behörde, die meine Wiedereinstellung bewirkte. In zwei Stunden war alles abgemacht, nun lief ich nach Hause, zog meine Uniform an, packte meinen Tornister, nahm mein Seitengewehr und meine Büchse und ging zur Wirtin, um ihr meinen Koffer in Verwahrung zu geben. Indem ich mit ihr sprach, ließ sich ein Gespräch auf der Treppe hören. Ach, jetzt werden sie ihn bringen, sprach die Wirtin und öffnete die Türe. Da sah ich zwischen zwei Männern den wahnsinnigen Nettelmann herabkommen. Er hatte eine hohe Krone von Goldpapier aufgesetzt und trug ein langes Lineal, auf das er einen vergoldeten Apfel gespießt, als Zepter in der Hand. Er ist nun wieder König von Amboina geworden, flüsterte die Wirtin, und machte in der letzten Zeit solche tolle Streiche, daß ihn der Bruder nach der Charité bringen lassen muß. Im Vorübergehen erkannte mich Nettelmann, lächelte mit gnädigem Stolz auf mich herab und sprach: Jetzt, nachdem die Bulgaren, durch meinen Feldherrn, den vormaligen Hauptmann Tellheim, geschlagen, kehre ich zurück in meine beruhigten Staaten. – Ohne daß ich Miene machte zu sprechen, setzte er, mit der Hand abwehrend hinzu: Schon gut – schon gut – ich weiß, was Er sagen will, mein Lieber! Nichts weiter, ich war mit Ihm zufrieden, ich habe es gern getan! Nehm Er die Wenigkeit als ein Zeichen meiner Gnade und Affektion! – Mit diesen Worten drückte er mir ein paar Gewürznelken, die er aus der Westentasche hervorgesucht, in die Hand. Nun hoben ihn die Männer in den Wagen, der unterdessen vorgefahren. Als er fortrollte, traten mir die Tränen in die Augen. Kommen Sie gesund, freudig und siegreich in unsere Stadt zurück, rief die Wirtin, mir treuherzig die Hand schüttelnd. Mit mannigfachen schmerzlichen Gefühlen in der aufgeregten Brust rannte ich fort in die Nacht hinein und erreichte in weniger Zeit den Trupp der lustige Kriegslieder singenden Kameraden.«

»Also bist du überzeugt, Bruder«, fragte Alexander, »daß deine Liebe zu Paulinen nur Selbsttäuschung war?«

»Wie von meinem Leben«, erwiderte Marzell, »und wenn du nur ein bißchen Menschenkenntnis zu Rate ziehst, wirst du auch finden, daß die plötzliche Sinnesänderung, als ich erfuhr, daß ich keinen Nebenbuhler hatte, sonst nicht möglich war. – Übrigens liebe ich jetzt ernstlich, und unerachtet ich über deinen Ehestand so gelacht, Alexander, weil du mir, nimm's nicht übel, als Paterfamilias gar zu schnakisch vorkommst, so hoffe ich doch bald in einer schönern Gegend, als die unsrige, ein holdes Mädchen als Braut heimführen zu können.«

»In der Tat«, rief Alexander ganz erfreut, »in der Tat! O du lieber scharmanter Bruder!« Er umarmte den Marzell mit Heftigkeit.

»Nun seht doch«, sprach Severin, »wie er sich freut, daß ein anderer ihm seine tollen Streiche nachahmt. Nein, was mich betrifft, so umfängt mich der Gedanke an den Ehestand mit unheimlichem Grauen. Doch nun will ich euch meine Geschichte mit Fräulein Paulinen auftischen zu eurer Ergötzlichkeit.«

»Was hast du denn mit Paulinen vorgehabt?« fragte Alexander verdrießlich.

»Nicht viel«, erwiderte Severin, »gegen Marzells ausführliche, mit psychologischer Ein- und Ansicht vorgetragene Geschichte ist die meinige nur ein dürftiger magerer Schwank. – Ihr wißt, daß ich mich vor zwei Jahren in einer ganz besonderen Stimmung befand. Wohl mochte es meine physische Kränklichkeit sein, die mich ganz und gar zum empfindelnden Geisterseher umschuf. Ich schwamm in einem bodenlosen Meer von Ahnungen und Träumen. Ich glaubte, wie ein persischer Magier, den Gesang der Vögel zu verstehen, ich hörte in dem Rauschen des Waldes bald tröstende, bald warnende Stimmen, ich sah mich selbst in den Wolken wandeln. So geschah es, daß ich einst in einer abgelegenen wilden Partie des Tiergartens, auf einer Moosbank sitzend, in einen Zustand geriet, den ich nur dem wunderbaren Delirieren, das dem Einschlafen vorherzugehen pflegt, vergleichen kann. Mir war es, als würde ich plötzlich von süßem Rosenduft umwallt, indessen erkannte ich bald, daß der Rosenduft ein holdes Wesen sei, das ich schon längst bewußtlos mit glühender inbrünstiger Liebe umfangen. Ich wollte sie mit leiblichen Augen erschauen, aber da legte es sich wie eine große dunkelrote Nelke über meine Stirn, und ihr Duft, wie mit brennenden Strahlen den Hauch der Rose wegsengend, betäubte meine Sinne, so daß ein bitter schmerzliches Gefühl mich durchdrang, welches laut werden wollte in tief klagenden Akzenten. Wie wenn der Abendwind mit leisem Fittich die Äolsharfe anschlägt und den Zauber löst, von dem bestrickt ihre Töne im Innern schliefen, so klang es durch den Wald, aber nicht meine Klage war das, sondern die Stimme jenes Wesens, das, wie ich, von der Nelke zum Sterben berührt worden. – Erlaßt es mir, mein

Traumgesicht zum indischen Mythos zu formen und zu ründen, genug, Ros' und Nelke wurden mir Leben und Tod, und all meine Tollheit, die ich heut vor zwei Jahren ausließ, kam hauptsächlich davon her, daß ich in dem Himmelskinde, das dort drüben saß, und das sich leiblicherweise jetzt als Fräulein Pauline Asling gestaltet hat, das ätherischem Rosenduft entkeimte Wesen zu erkennen glaubte, dessen Liebesglut sich mir erschlossen. Ihr erinnert euch, daß ich gleich im Tiergarten euch verließ, um nach meiner Wohnung zu eilen, aber eine ganz deutliche bestimmte Ahnung sagte mir, daß, wenn ich mit Anstrengung fort- und hinliefe durch das Leipziger Tor und dann nach den Linden, ich die sehr langsam davonschreitende Familie am Ausgang derselben oder in der Nähe des Schlosses antreffen würde. Nun rannte ich fort, und zwar nicht da, wo ich glaubte, wohl aber in der Breiten Straße, in die ich unwillkürlich hineingefahren, sah ich die Familie, sah ich das wunderbare Bild vor mir herwandeln. Ich folgte von weitem und erfuhr auf diese Weise noch denselben Abend die Wohnung der Geliebten. Ihr werdet wahrscheinlich sehr lachen, daß ich in der Grünstraße – ich sage in der Grünstraße, einen geheimnisvollen Nelken- und Rosenduft zu verspüren glaubte. – Ja! so weit ging mein Wahnsinn! Übrigens gebärdete ich mich jetzt ganz wie ein verliebter Knabe, der wider die Forstordnung die schönsten Bäume mit dem Einschneiden verschlungener Namenszüge ruiniert, ein verdorrtes Blumenblatt, das der Geliebten entfiel, in sieben Papiere gewickelt, auf dem Herzen trägt usw. Das heißt, ich fing, wie es jener allemal tut, damit an, des Tages zwölf-, funfzehn-, zwanzigmal vorbeizulaufen und, stand sie am Fenster, ohne zu grüßen, mit Blicken hinaufzustarren, die seltsam genug gewesen sein müssen. Sie bemerkte mich, und der Himmel mag wissen wie ich dazu kam, mir einzubilden, daß sie mich verstehe, ja daß sie sich ihres psychischen Einwirkens auf mich in jener Blumenvision bewußt sei und nun in mir den erkenne, über den die feindselige Nelke dunkle Schleier warf, als er sie, die ihm tief im Innern als Liebesstern aufgegangen, voll inbrünstiger Sehnsucht erfassen wollte. Selbigen Tages setzte ich mich hin und schrieb an sie. Ich erzählte ihr meine Vision, wie ich sie dann im Weberschen Zelt gesehen und als das Traumbild erkannt habe, wie ich wisse, daß sie schon zu lieben vermeine, daß aber in dieser Hinsicht irgend etwas Bedrohliches in ihr Leben getreten sei. Es könne, sagte ich ferner, kein Wahn sein, daß auch sie in gleichem Traumesahnen unsere psychiche Verwandtschaft, unsere Liebe erkannt, doch vielleicht habe ihr nun erst meine Vision deutlich erschlossen, was tief in ihrem eignen Innern geruht. Aber damit das froh und freudig ins Leben trete, damit ich mit freier Brust mich ihr nahen könne, flehe ich sie an, künftigen Tages in der zwölften Stunde am Fenster zu erscheinen und als deutliches Wahrzeichen unsers Liebesglücks frisch blühende Rosen an der Brust zu tragen. Sei sie aber in feindlicher Täuschung von einem andern Wesen unwiderstehlich verlockt, wäre mein Sehnen hoffnungslos, verwerfe sie mich ganz und gar, so solle sie zur selbigen Stunde statt der Rosen Nelken an die Brust stecken. – Der Brief mag ein tolles, unsinniges Stück Arbeit gewesen sein, das kann ich mir jetzt wohl denken. Ich schickte ihn mit solch sicherer Botschaft ab, daß ich überzeugt sein konnte, er werde in die rechten Hände gelangen. – Voll innerer Angst und Beklemmung gehe ich den andern Tag nach der Grünstraße – ich nähere mich dem Hause des Geheimen Rats – ich sehe eine weiße Gestalt am Fenster – das Herz schlägt mir, als wolle es die Brust zersprengen – ich stehe dicht vor dem Hause – da öffnet der Alte – er war die weiße Gestalt – das Fenster – er hat eine hohe, weiße Nachtmütze auf, einen ungeheuren Nelkenstrauß daran befestigt – er nickt sehr freundlich heraus, so daß die Blumen seltsam schwanken und zittern – er wirft mir mit süßlich lächelnder Miene Kußhändchen zu. – In dem Augenblick werde ich auch Paulinen gewahr, wie sie verstohlen hinter der Gardine hervorsieht. – Sie lacht – sie lacht! – wie verzaubert war ich bewegungslos stehengeblieben, aber nun rannte ich fort – fort wie toll! – Nun! ihr könnt denken! – zweifelt ihr wohl daran, daß ich durch diesen hämischen Spott gänzlich geheilt war? – Doch die Scham ließ mich nicht rasten. Wie Marzell es später tat, ging ich schon damals zur Armee, und nur ein böses Verhängnis hat es gewollt, daß wir niemals zusammentrafen.«

Alexander lachte unmäßig über den humoristischen Alten.

»Also diese Geschichte war es«, sprach Marzell, »welche der Geheime Rat damals vortrug, und wahrscheinlich war das, was er vorlas, dein exzentrischer Brief.«

»Daran ist gar nicht zu zweifeln«, erwiderte Severin; »und unerachtet ich jetzt das Lächerliche meines Beginnens sehr wohl einsehe, unerachtet ich dem Alten recht gebe und ihm für die angewandte schneidende Arznei danken muß, so erfüllt mich mein Abenteuer doch noch immer mit tiefem Verdruß, und ich mag bis jetzt deshalb keine Nelken leiden.«

»Nun«, sprach Marzell, »wir haben beide hinlänglich für unsere Torheit gebüßt. Alexander, der, wie er scheint, nun erst, da wir's überstanden, in Paulinen verliebt ist, war der Vernünftigste von uns allen, und daher blieb er frei von weiterer Narrheit und hat nichts davon aufzutischen.«

»Dafür«, rief Severin, »kann er uns erzählen, wie er zur Frau kam.«

»Ach, lieber Bruder«, nahm Alexander das Wort, »was kann ich viel mehr von meiner Heiratsgeschichte sagen, als, ich sah sie, verliebte mich, und sie wurde meine Braut, meine Frau. Doch das einzige mag vielleicht einigermaßen interessieren, wie die selige Tante sich dabei benahm.«

»Nun? nun?« fragten die Freunde voll Neugierde.

»Ihr werdet euch erinnern«, fuhr Alexander fort, »daß ich damals mit dem größten Widerwillen Berlin und vorzüglich auch das durch den graulichen Spuk mir unheimlich gewordene Hause verließ. Das hing so zusammen. Einst an einem hellen Morgen, nachdem ich die Nacht wieder durch das Hin- und Hertappen, welches diesmal bis in mein Kabinett hineindringen zu wollen schien, recht arg verstört worden, lieg' ich abgemattet und verdrießlich im Fenster, ich sehe gedankenlos die Straße herab, da wird schrägüber in dem großen Hause ein Fenster geöffnet, und ein wunderhübsches Mädchen in einem zierlichen Morgenkleide schaut heraus. So sehr mir Pauline gefallen, so fand ich doch dies Gesichtchen unendlich viel anziehender. Mein Blick blieb starr auf sie geheftet, sie sah endlich herüber, sie mußte mich bemerken, ich grüßte, und sie dankte mit unbeschrieblicher Anmut. Durch Jungfer Anne erfuhr ich gleich, wer drüben wohne, und mein Entschluß stand fest, auf irgendeine Weise die Bekanntschaft der Familie zu machen und so dem holden lieblichen Wesen, das meinen ganzen Sinn gefangen hatte, näher zu treten. Es war eigen, daß, da ich nun all meine Gedanken auf das Mädchen gerichtet hatte, da ich mich in süßen Träumen des schönsten Liebesglücks verlor, der unheimliche Spuk der Tante ausblieb. – Jungfer Anna, der ich so liebreich begegnet, als es nur in meinen Kräften stand, und die alle Scheu abgelegt hatte, erzählte mir oft viel von der Seligen, sie war untröstlich, daß die Verstorbene, die doch ein solch gottseliges, frommes Leben geführt, keine Ruhe im Grabe habe, und schob alle Schuld auf den ruchlosen Bräutigam und den unverwindlichen Schmerz jenes unglücklichen Hochzeittages, an dem der Bräutigam ausblieb. Nun verkündigte ich ihr mit vieler Freude, daß ich nichts mehr höre. Ach du lieber Gott, rief sie weinerlich, wenn nur erst Kreuzes-Erfindungstag vorüber wäre. – Was ist das mit dem Kreuzes-Erfindungstag? fragte ich schnell. – Ach du lieber Gott, sprach Jungfer Anne weiter, das ist ja eben der unglückliche Hochzeittag. Sie wissen, lieber Herr, daß die selige Mamsell gerade am dritten April dahinschied. Acht Tage darauf wurde sie begraben. Die Stuben wurden bis auf das große Zimmer und das daranstoßende Kabinett versiegelt. So mußte ich dann in diesen Gemächern hausen, unerachtet mir, selbst wußt' ich nicht warum, dies ängstlich und graulich war. Kaum brach nun am Kreuzes-Erfindungstage der Morgen an, als mir eine eiskalte Hand über das Gesicht fuhr und ich ganz deutlich der Seligen Stimme vernahm, welche sprach: Steh' auf, steh' auf, Anna! es ist Zeit, daß du mich schmückest, der Bräutigam kommt! Voller Schreck sprang ich aus dem Bette und zog mich rasch an. Es war alles still, und nur eine schneidende Zugluft blies durch den Kamin. Mimi winselte und jammerte unaufhörlich, und selbst Hans, wie es sonst gar nicht Katzennatur ist, ächzte vernehmlich und drückte sich scheu in die Ekken. Nun war es, als würden Kommoden und Schränke geöffnet, als rausche es mit seidenen Kleidern, und dabei sang es ein Morgenlied. Ach, lieber Herr! – alles hörte ich deutlich, und doch sah ich niemanden, die Angst wollte mich ganz übermannen, aber ich kniete in die Ecke des Zimmers und betete eifrig. Nun war es, als würde ein Tischchen gerückt, als würden Gläser und Tassen darauf gesetzt – und es ging im Zimmer auf und ab! – Ich konnte kein Glied rühren, und – was soll ich denn nun noch weiter sagen – wie jedesmal an jenem Unglückstage, hörte ich die selige Mamsell herumgehen und stöhnen und seufzen und beten, bis die Uhr zehn schlug, da vernahm ich wieder ganz deutlich die Worte: Geh nur zu Bette, Anne! es ist aus! – Aber da fiel ich auch bewußtlos zur Erde nieder, und so fanden mich am andern Morgen die Leute im Hause, welche, da ich mich gar nicht blicken lassen, glaubten, mir sei etwas zugestoßen, und die verschlossene Türe aufbrechen ließen. Niemanden als Ihnen, lieber Herr, habe ich indessen erzählt, was mir an jenem Tage geschehen.

Nach dem, was ich erfahren, durfte ich gar nicht daran zweifeln, daß alles sich so, wie Jungfer Anne erzählte, zugetragen, und ich war froh, daß ich nicht früher angekommen und so den argen graulichen Spuk mit zu bestehen gehabt hatte. – Gerade jetzt, als ich den Spuk verbannt glaubte, als in der Nachbarschaft mir süße Hoffnungen aufgingen, mußte ich fort, und daher kam die Verstimmung, die ihr an mir bemerktet. – Nicht sechs Monate waren verflossen, als ich meinen Abschied erhalten hatte und wiederkehrte. Es gelang mir sehr bald, die Bekanntschaft jener nachbarlichen Familie zu machen, und ich fand das Mädchen, die mir auf den ersten Blick so reizend, so anmutig erschien, bei näherer Bekanntschaft immer anziehender in allem ihren Wesen und Tun, so daß nur in der innigsten Verbindung mit ihr mein Lebensglück blühen konnte. Ich weiß nicht, wie es kam, daß ich durchaus glaubte, sie liebe schon einen andern, und diese Meinung wurde bestätigt, als einst von einem jungen Mann die Rede war, bei dessen Erwähnung das Mädchen, helle Tränen in den Augen, schnell aufstand und sich entfernte. – Demunerachtet tat ich mir gar keinen Zwang an, sondern ließ ihr, ohne geradezu von Liebe zu sprechen, in vollem Maß die innige Zuneigung merken, die mich an sie fesselte. Es schien, als würde sie mir mit jedem Tage gewogener, mit recht lieblicher Behaglichkeit nahm sie die Huldigungen auf, die sich in tausend kleinen, ihr wohlgefälligen Galanterien aussprachen.«

»Niemals«, fiel hier Marzell dem erzählenden Alexander in die Rede, »niemals hätt' ich das alles dem ungeschickten Menschen zugetraut; er ist Geisterseher und eleganter Liebhaber zugleich, aber indem er es erzählt, glaube ich daran und sehe ihn, wie er alle Laden durchläuft, um irgendeine gewünschte Putzware zu erbeuten, wie er atemlos bei Bouché ankommt, um den schönsten Rosen- und Nelkenstock.«

»Fort mit den unseligen Blumen«, schrie Severin; und Alexander erzählte also weiter: »Glaubt nicht, daß ich ungeschickterweise mit kostbaren Geschenken anrückte; daß dies in dem Hause nicht angebracht sei, sagte mir bald mein inneres richtiges Gefühl, dagegen knüpfte ich gering scheinende Aufmerksamkeiten an meine Person und erschien niemals, ohne ein gewünschtes Stickmuster, ein neues Lied, ein noch nicht gelesenes Taschenbuch usw. in der Tasche zu tragen. Kam ich nicht jeden Vormittag auf ein halbes Stündchen herüber, so wurde ich vermißt. – Kurz, was will ich euch denn mit solcher Umständlichkeit ermüden – mein Verhältnis mit dem Mädchen ging in jene behagliche Vertraulichkeit über, die zum offnen Geständnis der Liebe und zur Heirat führt. – Ich wollte mir den letzten Wolkenschatten vertreiben, sprach daher einst in einer gemütlichen Stunde geradezu von der vorgefaßten Meinung, daß sie schon liebe oder wenigstens geliebt habe, und erwähnte aller Umstände, die diese Meinung genährt hatten, vorzüglich aber gedachte ich jenes jungen Mannes, dessen Andenken ihr Tränen auspreßte. Gestehen will ich's Ihnen, sprach das Mädchen, daß das längere Zusammensein mit jenem Manne, der plötzlich als Fremder in unser Haus eintrat, meiner Ruhe hätte gefährlich werden können, ja daß ich eine heftige Neigung für ihn in mir aufkeimen spürte, und deshalb kann ich noch jetzt nicht ohne tiefes Mitleid, das mir Tränen entlockt, des Unglücks, das ihn auf ewig von mir schied, gedenken. – Des Unglücks, das ihn verbannte? fragte ich neugierig. – Ja, erzählte das Mädchen weiter, nie kannte ich einen Mann, der so wie er durch sein ganzes Wesen, durch sein Gespräch Sinn und Gemüt zu beherrschen wußte, aber nicht leugnen konnte ich, daß er, wie mein Vater fortwährend behauptete, sich beständig in einem besonders exaltierten Zustande befand. Dies schrieb ich dem durch uns unbekannte Ursachen – vielleicht durch den Krieg, den er mitgemacht, tief erregten Innern, der Vater dagegen dem Genuß geistiger Getränke zu. Ich hatte recht, das lehrte der Erfolg. Er überraschte mich einst allein und offenbarte eine Stimmung, die ich erst für den Ausbruch der leidenschaftlichsten Liebe, dann aber, als er, wie von Frost geschüttelt, an allen Gliedern zitternd, unter unverständlich ausgestoßenen Lauten davonrannte, für Wahnsinn halten mußte. Es war so. Zufällig hatte er einmal Straße und Nummer seiner Wohnung genannt, die ich im Gedächtnis behalten. Als er mehrere Wochen ausgeblieben, schickte der Vater hin; die Wirtin, oder vielmehr der Hausknecht, der die dort möblierte Zimmer Bewohnenden zu bedienen pflegte, und den unser Diener gerade antraf, ließ aber auf die Erkundigung sagen, der sei längst toll und nach der Charité gebracht worden. Er müsse über das Lotteriespiel verrückt geworden sein, denn er habe geglaubt, König von der Ambe zu sein.«

»Gott im Himmel«, schrie Marzell erschreckt, »das war Nettelmann – Ambe – Amboina.«

»Es kann«, sprach Severin sehr leise und dumpf, »auch eine besondere Verwechslung stattgefunden haben – mir gehn Lichter auf! – Doch nur weiter!«

Alexander blickte den Severin wehmütig lächelnd an und fuhr dann fort: »Ich war beruhigt, und bald kam es denn dahin, daß das holde Mädchen meine Braut und der Hochzeittag anberaumt wurde. Ich wollte das Haus, in dem der Spuk sich dann und wann wieder vernehmen ließ, verkaufen, der Schwiegervater riet mir's ab, und so kam es, daß ich ihm die ganze Geschichte von dem graulichen Umgehn der alten Tante erzählte. – Er wurde, sonst ein gar lebenskräftiger, jovialer Mann, sehr nachdenklich, und, wie ich es gar nicht erwartet hatte, sprach er: In alter Zeit hatten wir einen frommen schlichten Glauben, wir erkannten das Jenseits, aber auch die Blödigkeit unserer Sinne, dann kam die Aufklärung, die alles so klar machte, daß man vor lauter Klarheit nichts sah und sich am nächsten Baume im Walde die Nase stieß, jetzt soll das Jenseits erfaßt werden mit hinübergestreckten Armen von Fleisch und Bein. Behalten Sie das Haus und lassen Sie mich machen! – Ich erstaunte, als der Alte die Haustrauung in dem großen Zimmer meiner Wohnung am Kreuz-Erfindungstage, ich erstaunte noch mehr, als er alles in dem Zimmer so anordnete, wie es die selige Tante getan. Jungfer Anna schlich mit vor Angst zerstörtem Gesicht leise betend umher. Die geschmückte Braut – der Geistliche kam, nichts Befremdendes ließ sich hören oder blicken. Als aber der Segen gesprochen, da ging es wie ein leiser sanfttönender Hauch durchs Zimmer, und ich, meine Braut, der Geistliche, alle Anwesende hatten nach einstimmiger Aussage in demselben Augenblick ein unbeschreibliches Wohlsein gefühlt, das uns mit elektrischer Wärme durchdrang. – Seit der Zeit habe ich keinen Spuk verspürt, außer heute, da das lebhafte Andenken an die holde Pauline in meine Ehe einen neuen Spuk gebracht.«

Dies sprach Alexander, seltsam lächelnd und sich umschauend. »O du großer Tor«, rief Marzell. »Ich wollte nicht, daß sie heute wieder hier erschiene, wer weiß, was mir geschähe.«

Es waren unterdessen viele Spaziergänger angelangt und hatten Tische und Stühle eingenommen, nur den Platz nicht, wo vor zwei Jahren die Aslingsche Familie saß.

»Eine recht seltsame Ahnung«, fing Severin an,

»geht durch mein Inneres, indem ich jenen verhängnisvollen Platz dort anschaue, es ist mir, als ob –«

In dem Augenblick schritt der Geheime Rat Asling, seine Frau am Arme, vorüber, Pauline folgte, anmutig und wunderherrlich anzuschauen, wie vor zwei Jahren. So wie damals schien sie mit rückwärts gewandtem Kopf jemanden ausspähen zu wollen. Da fiel ihr Alexander ins Auge, der aufgestanden war. »Ach, da bist du ja schon!« rief sie freudig, indem sie auf ihn zusprang.

Er faßte sie bei der Hand und sprach zu den Freunden: »Das ist, Herzensbrüder, mein liebes Weiblein Pauline!«

Das öde Haus

– Man war darüber einig, daß die wirklichen Erscheinungen im Leben oft viel wunderbarer sich gestalten als alles, was die regste Fantasie zu erfinden trachte. »Ich meine«, sprach Lelio, »daß die Geschichte davon hinlänglichen Beweis gibt, und daß eben deshalb die sogenannten historischen Romane, worin der Verfasser in seinem müßigen Gehirn bei ärmlichem Feuer ausgebrütete Kindereien den Taten der ewigen, im Universum waltenden Macht beizugesellen sich unterfängt, so abgeschmackt und widerlich sind.« »Es ist«, nahm Franz das Wort, »die tiefe Wahrheit der unerforschlichen Geheimnisse, von denen wir umgeben, welche uns mit einer Gewalt ergreift, an der wir den über uns herrschenden, uns selbst bedingenden Geist erkennen.« »Ach!« fuhr Lelio fort, »die Erkenntnis, von der du sprichst! – Ach, das ist ja eben die entsetzlichste Folge unserer Entartung nach dem Sündenfall, daß diese Erkenntnis uns fehlt!« »Viele«, unterbrach Franz den Freund, »viele sind berufen und wenige auserwählt! Glaubst du denn nicht, daß das Erkennen, das beinahe noch schönere Ahnen der Wunder unseres Lebens manchem verliehen ist wie ein besonderer Sinn? Um nur gleich aus der dunklen Region, in die wir uns verlieren könnten, heraufzuspringen in den heitren Augenblick, werf' ich euch das skurrile Gleichnis hin, daß Menschen, denen die Sehergabe, das Wunderbare zu schauen, mir wohl wie die Fledermäuse bedünken wollen, an denen der gelehrte Anatom Spalanzani einen vortrefflichen sechsten Sinn entdeckte, der als schalkhafter Stellvertreter nicht allein alles, sondern viel mehr ausrichtet als alle übrigen Sinne zusammengenommen.« »Ho ho«, rief Franz lächelnd, »so wären denn die Fledermäuse eigentlich recht die gebornen natürlichen Somnambulen! Doch in dem heitern Augenblick, dessen du gedachtest, will ich Posto fassen und bemerken, daß jener sechste bewundrungswürdige Sinn vermag an jeder Erscheinung, sei es Person, Tat oder Begebenheit, sogleich dasjenige Exzentrische zu schauen, zu dem wir in unserm gewöhnlichen Leben keine Gleichung finden und es daher wunderbar nennen. Was ist denn aber gewöhnliches Leben? – Ach, das Drehen in dem engen Kreise, an den unsere Nase überall stößt, und doch will man wohl Courbetten versuchen im taktmäßigen Paßgang des Alltagsgeschäfts. Ich kenne jemanden, dem jene Sehergabe, von der wir sprechen, ganz vorzüglich eigen scheint. Daher kommt es, daß er oft unbekannten Menschen, die irgend etwas Verwunderliches in Gang, Kleidung, Ton, Blick haben, tagelang nachläuft, daß er über eine Begebenheit, über eine Tat, leichthin erzählt, keiner Beachtung wert und von niemanden beachtet, tiefsinnig wird, daß er antipodische Dinge zusammenstellt und Beziehungen herausfantasiert, an die niemand denkt.« Lelio rief laut: »Halt, halt, das ist ja unser Theodor, der ganz was Besonderes im Kopfe zu haben scheint, da er mit solch seltsamen Blicken in das Blaue herausschaut.« »In der Tat«, fing Theodor an, der so lange geschwiegen, »in der Tat waren meine Blicke seltsam, solang darin der Reflex des wahrhaft Seltsamen, das ich im Geiste schaute. Die Erinnerung eines unlängst erlebten Abenteuers« – »O erzähle, erzähle«, unterbrachen ihn die Freunde. »Erzählen«, fuhr Theodor fort, »möcht' ich wohl, doch muß ich zuvörderst dir, lieber Lelio, sagen, daß du die Beispiele, die meine Sehergabe dartun sollten, ziemlich schlecht wähltest. Aus Eberhards Synonymik mußt du wissen, daß *wunderlich* alle Äußerungen der Erkenntnis und des Begehrens genannt werden, die sich durch keinen vernünftigen Grund rechtfertigen lassen, *wunderbar* aber dasjenige heißt, was man für unmöglich, für unbegreiflich hält, was die bekannten Kräfte der Natur zu übersteigen oder, wie ich hinzufüge, ihrem gewöhnlichen Gange entgegen zu sein scheint. Daraus wirst du entnehmen, daß du vorhin rücksichts meiner angeblichen Sehergabe das Wunderliche mit dem Wunderbaren verwechseltest. Aber gewiß ist es, daß das anscheinend Wunderliche aus dem Wunderbaren sproßt, und daß wir nur oft den wunderbaren Stamm nicht sehen, aus dem die wunderlichen Zweige mit Blättern und Blüten hervorsprossen. In dem Abenteuer, das ich euch mitteilen will, mischt sich beides, das Wunderliche und Wunderbare, auf, wie mich dünkt, recht schauerliche Weise.« Mit diesen Worten zog Theodor sein Taschenbuch hervor, worin er, wie die Freunde wußten, allerlei Notizen von seiner Reise her eingetragen hatte, und erzählte, dann und wann in dies Buch hineinblickend, folgende Begebenheit, die der weiteren Mitteilung nicht unwert scheint:

Ihr wißt (so fing Theodor an), daß ich den ganzen vorigen Sommer in ***n zubrachte. Die Menge alter Freunde und Bekannten, die ich vorfand, das freie gemütliche Leben, die mannigfachen Anregungen der Kunst und der Wissenschaft, das alles hielt mich fest. Nie war ich heitrer, und meiner alten Neigung, oft allein durch die Straßen zu wandeln und mich an jedem ausgehängten Kupferstich, an jedem Anschlagzettel zu ergötzen oder die mir begegnenden Gestalten zu betrachten, ja wohl manchem in Gedanken das Horoskop zu stellen, hing ich hier mit Leidenschaft nach, da nicht allein der Reichtum der ausgestellten Werke der Kunst und des Luxus sondern der Anblick der vielen herrlichen Prachtgebäude unwiderstehlich mich dazu antrieb. Die mit Gebäuden jener Art eingeschlossene Allee, welche nach dem ***ger Tore führt, ist der Sammelplatz des höheren, durch Stand oder Reichtum zum üppigeren Lebensgenuß berechtigten Publikums. In dem Erdgeschoß der hohen breiten Paläste werden meistenteils Waren des Luxus feilgeboten, indes in den obern Stockwerken Leute der beschriebenen Klasse hausen. Die vornehmsten Gasthäuser liegen in dieser Straße, die fremden Gesandten wohnen meistens darin, und so könnt ihr denken, daß hier ein besonderes Leben und Regen mehr als in irgend einem andern Teile der Residenz stattfinden muß, die sich eben auch hier volkreicher zeigt, als sie es wirklich ist. Das Zudrängen nach diesem Orte macht es, daß mancher sich mit einer kleineren Wohnung, als sein Bedürfnis eigentlich erfordert, begnügt, und so kommt es, daß manches von mehreren Familien bewohnte Haus einem Bienenkorbe gleicht. Schon oft war ich die Allee durchwandelt, als mir eines Tages plötzlich ein Haus ins Auge fiel, das auf ganz wunderliche seltsame Weise von allen übrigen abstach. Denkt euch ein niedriges, vier Fenster breites, von zwei hohen schönen Gebäuden eingeklemmtes Haus, dessen Stock über dem Erdgeschoß nur wenig über die Fenster im Erdgeschoß des nachbarlichen Hauses hervorragt, dessen schlecht verwahrtes Dach, dessen zum Teil mit Papier verklebte Fenster, dessen farblose Mauern von gänzlicher Verwahrlosung des Eigentümers zeugen. Denkt euch, wie solch ein Haus zwischen mit geschmackvollem Luxus ausstaffierten Prachtgebäuden sich ausnehmen muß. Ich blieb stehen und bemerkte bei näherer Betrachtung, daß alle Fenster dicht verzogen waren, ja daß vor die Fenster des Erdgeschosses eine Mauer aufgeführt schien, daß die gewöhnliche Glocke an dem Torwege, der an der Seite angebracht zugleich zur Haustüre diente, fehlte, und daß an dem Torwege selbst nirgends ein Schloß, ein Drücker zu entdecken war. Ich wurde überzeugt, daß dieses Haus ganz unbewohnt sein müsse, da ich niemals, niemals, so oft und zu welcher Tageszeit ich auch vorübergehen mochte, auch nur die Spur eines menschlichen Wesens darin wahrnahm. Ein unbewohntes Haus in dieser Gegend der Stadt! Eine wunderliche Erscheinung, und doch findet das Ding vielleicht darin seinen natürlichen einfachen Grund, daß der Besitzer, auf einer lange dauernden Reise begriffen oder auf fernen Gütern hausend, dies Grundstück weder vermieten noch veräußern mag, um, nach ***n zurückkehrend, augenblicklich seine Wohnung dort aufschlagen zu können. – So dacht' ich, und doch weiß ich selbst nicht, wie es kam, daß, bei dem öden Hause vorüberschreitend, ich jedesmal wie festgebannt stehen bleiben und mich in ganz verwunderliche Gedanken nicht sowohl vertiefen als verstricken mußte. – Ihr wißt es ja alle, ihr wackern Kumpane meines fröhlichen Jugendlebens, ihr wißt es ja alle, wie ich mich von jeher als Geisterseher gebärdete und wie *mir* nur einer wunderbaren Welt seltsame Erscheinungen ins Leben treten wollten, die ihr mit derbem Verstande wegzuleugnen wußtet! – Nun! zieht nur eure schlauen spitzfündigen Gesichter, wie ihr wollt, gern zugestehen darf ich ja, daß ich oft mich selbst recht arg mystifiziert habe, und daß mit dem öden Hause sich dasselbe ereignen zu wollen schien, aber – am Ende kommt die Moral, die euch zu Boden schlägt, horcht nur auf! – Zur Sache! – Eines Tages und zwar in der Stunde, wenn der gute Ton gebietet, in der Allee auf und ab zu gehen, stehe ich, wie gewöhnlich in tiefen Gedanken hinstarrend, vor dem öden Hause. Plötzlich bemerke ich, ohne gerade hinzusehen, daß jemand neben mir sich hingestellt und den Blick auf mich gerichtet hatte. Es ist Graf P., der sich schon in vieler Hinsicht als mir geistesverwandt kundgetan hat, und sogleich ist mir nichts gewisser, als daß auch ihm das Geheimnisvolle des Hauses aufgegangen war. Um so mehr fiel es mir auf, daß, als ich von dem seltsamen Eindruck sprach, den dies verödete Gebäude hier in der belebtesten Gegend der Residenz auf mich gemacht hatte, er sehr ironisch lächelte, bald war aber alles erklärt. Graf P. war viel weiter gegangen als ich, aus manchen Bemerkungen, Kombinationen usw. hatte er die Bewandtnis herausgefunden, die es mit dem Hause hatte, und eben diese Bewandtnis lief auf eine solche ganz seltsame Geschichte heraus, die nur die lebendigste Fantasie des Dichters ins Leben treten lassen konnte. Es wäre wohl recht, daß ich euch die Geschichte des Grafen, die ich noch klar und deutlich im Sinn habe, mitteilte, doch schon jetzt fühle ich mich durch das, was sich wirklich mit mir zutrug, so gespannt, daß ich unaufhaltsam fortfahren muß. Wie war aber dem guten Grafen zu Mute, als er mit der Geschichte fertig, erfuhr, daß das verödete Haus nichts anders enthalte als die Zuckerbäckerei des Konditors, dessen prachtvoll eingerichteter Laden dicht anstieß. Daher waren die Fenster des Erdgeschosses, wo die Öfen eingerichtet, vermauert und die zum Aufbewahren des Gebacknen im obern Stock bestimmten Zimmer mit dikken Vorhängen gegen Sonne und Ungeziefer verwahrt. Ich erfuhr, als der Graf mir dies mitteilte, so wie er die Wirkung des Sturzbades, oder es zupfte wenigstens der allem Poetischen feindliche Dämon den Süßträumenden empfindlich und schmerzhaft bei der Nase. – Unerachtet der prosaischen Aufklärung mußte ich doch noch immer vorübergehend nach dem öden Hause hinschauen, und noch immer gingen im leisen Frösteln, das mir durch die Glieder bebte, allerlei seltsame Gebilde von dem auf, was dort verschlossen. Durchaus konnte ich mich nicht an den Gedanken der Zuckerbäckerei, des Marzipans, der Bonbons, der Torten, der eingemachten Früchte usw. gewöhnen. Eine seltsame Ideenkombination ließ mir das alles erscheinen wie süßes beschwichtigendes Zureden. Ungefähr: »Erschrecken Sie nicht, Bester! wir alle sind liebe, süße Kinderchen, aber der Donner wird gleich ein bißchen einschlagen.« Dann dachte ich wieder: »Bist du nicht ein recht wahnsinniger Tor, daß du das Gewöhnlichste in das Wunderbare zu ziehen trachtest, schelten deine Freunde dich nicht mit Recht einen überspannten Geisterseher?« – Das Haus blieb, wie es bei der angeblichen Bestimmung auch nicht anders sein konnte, immer unverändert, und so geschah es, daß mein Blick sich daran gewöhnte und die tollen Gebilde, die sonst ordentlich aus den Mauern hervorzuschweben schienen, allmählich verschwanden. Ein Zufall weckte alles, was eingeschlummert, wieder auf. – Daß, unerachtet ich mich, so gut es gehen wollte, ins Alltägliche gefügt hatte, ich doch nicht unterließ, das fabelhafte Haus im Auge zu behalten, das könnt ihr euch bei meiner Sinnesart, die nun einmal mit frommer ritterlicher Treue am Wunderbaren festhält, wohl denken. So geschah es, daß ich eines Tages, als ich wie gewöhnlich zur Mittagsstunde in der Allee lustwandelte, meinen Blick auf die verhängten Fenster des öden Hauses richtete. Da bemerkte ich, daß die Gardine an dem letzten Fenster dicht neben dem Konditorladen sich zu bewegen begann. Eine Hand, ein Arm kam zum Vorschein. Ich riß meinen Operngucker heraus und gewahrte nun deutlich die blendend weiße, schön geformte Hand eines Frauenzimmers, an deren kleinem Finger ein Brillant mit ungewöhnlichem Feuer funkelte, ein reiches Band blitzte an dem in üppiger Schönheit geründeten Arm. Die Hand setzte eine hohe, seltsam geformte Kristallflasche hin auf die Fensterbank und verschwand hinter dem Vorhange. Erstarrt blieb ich stehen, ein sonderbar bänglich wonniges Gefühl durchströmte mit elektrischer Wärme mein Inneres, unverwandt blickte ich herauf nach dem verhängnisvollen Fenster, und wohl mag ein sehnsuchtsvoller Seufzer meiner Brust entflohen sein. Ich wurde endlich wach und fand mich umringt von vielen Menschen allerlei Standes, die so wie ich mit neugierigen Gesichtern heraufguckten. Das verdroß mich, aber gleich fiel mir ein, daß jedes Hauptstadtvolk jenem gleiche, das zahllos vor dem Hause versammelt nicht zu gaffen und sich darüber zu verwundern aufhören konnte, daß eine Schlafmütze aus dem sechsten Stock herabgestürzt, ohne eine Masche zu zerreißen. – Ich schlich mich leise fort, und der prosaische Dämon flüsterte mir sehr vernehmlich in die Ohren, daß soeben die reiche, sonntäglich geschmückte Konditorsfrau eine geleerte Flasche feinen Rosenwassers o. s. auf die Fensterbank gestellt. – Seltner Fall! – mir kam urplötzlich ein sehr gescheuter Gedanke. – Ich kehrte um und geradezu ein in den leuchtenden Spiegelladen des dem öden Hause nachbarlichen Konditors. – Mit kühlendem Atem den heißen Schaum von der Chokolade wegblasend, fing ich leicht hingeworfen an: »In der Tat, Sie haben da nebenbei Ihre Anstalt sehr schön erweitert.« – Der Konditor warf noch schnell ein paar bunte Bonbons in die Viertel-Tüte, und diese dem lieblichen Mädchen, das darnach verlangt, hinreichend, lehnte er sich mit aufgestemmtem Arm weit über den Ladentisch herüber und schaute mich mit solch lächelnd fragendem Blick an, als habe er mich gar nicht verstanden. Ich wiederholte, daß er sehr zweckmäßig in dem benachbarten Hause seine Bäckerei angelegt, wiewohl das dadurch verödete Gebäude in der lebendigen Reihe der übrigen düster und traurig absteche. »Ei, mein Herr!« fing nun der Konditor an, »wer hat Ihnen denn gesagt, daß das Haus nebenan uns gehört? – Leider blieb jeder Versuch, es zu akquirieren, vergebens, und am Ende mag es auch gut sein, denn mit dem Hause nebenan hat es eine eigne Bewandtnis.« – Ihr, meine treuen Freunde, könnt wohl denken, wie mich des Konditors Antwort spannte, und wie sehr ich ihn bat, mir mehr von dem Hause zu sagen. »Ja, mein Herr!« sprach er, »recht Sonderliches weiß ich selbst nicht davon, soviel ist aber gewiß, daß das Haus der Gräfin von S. gehört, die auf ihren Gütern lebt und seit vielen Jahren nicht in ***n gewesen ist. Als noch keins der Prachtgebäude existierte, die jetzt unsere Straße zieren, stand dies Haus, wie man mir erzählt hat, schon in seiner jetzigen Gestalt da, und seit der Zeit wurd' es nur gerade vor dem gänzlichen Verfall gesichert. Nur zwei lebendige Wesen hausen darin, ein steinalter menschenfeindlicher Hausverwalter und ein grämlicher, lebenssatter Hund, der zuweilen auf dem Hinterhofe den Mond anheult. Nach der allgemeinen Sage soll es in dem öden Gebäude häßlich spuken, und in der Tat, mein Bruder (der Besitzer des Ladens) und ich, wir beide haben in der Stille der Nacht, vorzüglich zur Weihnachtszeit, wenn uns unser Geschäft hier im Laden wach erhielt, oft seltsame Klagelaute vernommen, die offenbar sich hier hinter der Mauer im Nebenhause erhoben. Und dann fing es an, so häßlich zu scharren und zu rumoren, daß uns beiden ganz graulich zumute wurde. Auch ist es nicht lange her, daß sich zur Nachtzeit ein solch sonderbarer Gesang hören ließ, den ich Ihnen nun gar nicht beschreiben kann. Es war offenbar die Stimme eines alten Weibes, die wir vernahmen, aber die Töne waren so gellend klar und liefen in bunten Kadenzen und langen schneidenden Trillern so hoch hinauf, wie ich es, unerachtet ich doch in Italien, Frankreich und Deutschland soviel Sängerinnen gekannt, noch nie gehört habe. Mir war so, als würden französische Worte gesungen, doch konnt' ich das nicht genau unterscheiden und überhaupt das tolle gespenstige Singen nicht lange anhören, denn mir standen die Haare zu Berge. Zuweilen, wenn das Geräusch auf der Straße nachläßt, hören wir auch in der hintern Stube tiefe Seufzer und dann ein dumpfes Lachen, das aus dem Boden hervor zu dröhnen scheint, aber das Ohr an die Wand gelegt, vernimmt man bald, daß es eben auch im Hause nebenan so seufzt und lacht. – Bemerken Sie« – (er führte mich in das hintere Zimmer und zeigte durchs Fenster) »bemerken Sie jene eiserne Röhre, die aus der Mauer hervorragt, die raucht zuweilen so stark, selbst im Sommer, wenn doch gar nicht geheizt wird, daß mein Bruder schon oft wegen Feuersgefahr mit dem alten Hausverwalter gezankt hat, der sich aber damit entschuldigt, daß er sein Essen koche, was *der* aber essen mag, das weiß der Himmel, denn oft verbreitet sich, eben wenn jene Röhre recht stark raucht, ein sonderbarer, ganz eigentümlicher Geruch« – Die Glastüre des Ladens knarrte, der Konditor eilte hinein und warf mir, nach der hineingetretenen Figur hinnickend, einen bedeutenden Blick zu. – Ich verstand ihn vollkommen. Konnte denn die sonderbare Gestalt jemand anders sein als der Verwalter des geheimnisvollen Hauses? – Denkt euch einen kleinen dürren Mann, mit einem mumienfarbnen Gesichte, spitzer Nase, zusammengekniffenen Lippen, grünfunkelnden Katzenaugen, stetem wahnsinnigem Lächeln, altmodig mit aufgetürmtem Toupet und Klebelöckchen frisiertem, stark gepudertem Haar, großem Haarbeutel, Postillon d'Amour, kaffeebraunem altem verbleichtem, doch wohlgeschontem, gebürstetem Kleide, grauen Strümpfen, großen abgestumpften Schuhen mit Steinschnällchen. Denkt euch, daß diese kleine dürre Figur doch, vorzüglich was die übergroßen Fäuste mit langen starken Fingern betrifft, robust geformt ist und kräftig nach dem Ladentisch hinschreitet, dann aber, stets lächelnd und starr hinschauend nach den in Kristallgläsern aufbewahrten Süßigkeiten, mit ohnmächtiger klagender Stimme herausweint: »Ein paar eingemachte Pomeranzen – ein paar Makronen – ein paar Zuckerkastanien usw.« Denkt euch das und urteilt selbst, ob hier Grund war, Seltsames zu ahnen oder nicht. Der Konditor suchte alles, was der Alte gefordert, zusammen. »Wiegen Sie, wiegen Sie, verehrter Herr Nachbar«, jammerte der seltsame Mann, holte ächzend und keuchend einen kleinen ledernen Beutel aus der Tasche und suchte mühsam Geld hervor. Ich bemerkte, daß das Geld, als er es auf den Ladentisch aufzählte, aus verschiedenen alten, zum Teil schon ganz aus dem gewöhnlichen Kurs gekommenen Münzsorten bestand. Er tat dabei sehr kläglich und murmelte: »Süß – süß – süß soll nun alles sein – süß meinethalben; der Satan schmiert seiner Braut Honig ums Maul – puren Honig.« Der Konditor schaute mich lachend an und sprach dann zu dem Alten: »Sie scheinen nicht recht wohl zu sein, ja, ja das Alter, das Alter, die Kräfte nehmen ab immer mehr und mehr.« Ohne die Miene zu ändern, rief der Alte mit erhöhter Stimme: »Alter? – Alter? – Kräfte abnehmen? – Schwach – matt werden! Ho ho – ho ho – ho ho!« Und damit schlug er die Fäuste zusammen, daß die Gelenke knackten, und sprang, in der Luft ebenso gewaltig die Füße zusammenklappend, hoch auf, daß der ganze Laden dröhnte und alle Gläser zitternd erklangen. Aber in dem Augenblick erhob sich auch ein gräßliches Geschrei, der Alte hatte den schwarzen Hund getreten, der hinter ihm hergeschlichen, dicht an seine Füße geschmiegt, auf dem Boden lag. »Verruchte Bestie! satanischer Höllenhund«, stöhnte leise im vorigen Ton der Alte, öffnete die Tüte und reichte dem Hunde eine große Makrone hin. Der Hund, der in ein menschliches Weinen ausgebrochen, war sogleich still, setzte sich auf die Hinterpfoten und knapperte an der Makrone wie ein Eichhörnchen. Beide waren zu gleicher Zeit fertig, der Hund mit seiner Makrone, der Alte mit dem Verschließen und Einstecken seiner Tüte. »Gute Nacht, verehrter Nachbar«, sprach er jetzt, reichte dem Konditor die Hand und drückte die des Konditors so, daß er laut aufschrie vor Schmerz. »Der alte schwächliche Greis wünscht Ihnen eine gute Nacht, bester Herr Nachbar Konditor«, wiederholte er dann und schritt zum Laden heraus, hinter ihm der schwarze Hund, mit der Zunge die Makronenreste vom Maule wegleckend. Mich schien der Alte gar nicht bemerkt zu haben, ich stand da ganz erstarrt vor Erstaunen. »Sehn Sie«, fing der Konditor an, »sehen Sie, so treibt es der wunderliche Alte hier zuweilen, wenigstens in vier Wochen zwei, dreimal, aber nichts ist aus ihm herauszubringen, als daß er ehemals Kammerdiener des Grafen von S. war, daß er jetzt hier das Haus verwaltet und jeden Tag (schon seit vielen Jahren) die Gräflich S-sche Familie erwartet, weshalb auch nichts vermietet werden kann. Mein Bruder ging ihm einmal zu Leibe wegen des wunderlichen Getöns zur Nachtzeit, da sprach er aber sehr gelassen: »Ja! – die Leute sagen alle, es spuke im Hause, glauben Sie es aber nicht, es tut nicht wahr sein.« – Die Stunde war gekommen, in der der gute Ton gebot, diesen Laden zu besuchen, die Tür öffnete sich, elegante Welt strömte hinein, und ich konnte nicht weiter fragen. –

So viel stand nun fest, daß die Nachrichten des Grafen P. über das Eigentum und die Benutzung des Hauses falsch waren, daß der alte Verwalter dasselbe, seines Leugnens unerachtet, nicht allein bewohnte, und daß ganz gewiß irgend ein Geheimnis vor der Welt dort verhüllt werden sollte. Mußte ich denn nicht die Erzählung von dem seltsamen schauerlichen Gesange mit dem Erscheinen des schönen Arms am Fenster in Verbindung setzen? Der Arm saß nicht, konnte nicht sitzen an dem Leibe eines alten verschrumpften Weibes, der Gesang nach des Konditors Beschreibung nicht aus der Kehle des jungen blühenden Mädchens kommen. Doch für das Merkzeichen des Arms entschieden, konnt' ich leicht mich selbst überreden, daß vielleicht nur eine akustische Täuschung die Stimme alt und gellend klingen lassen, und daß ebenso vielleicht nur des vom Graulichen befangenen Konditors trügliches Ohr die Töne so vernommen. – Nun dacht' ich an den Rauch, den seltsamen Geruch, an die wunderlich geformte Kristallflasche, die ich sah, und bald stand das Bild eines herrlichen, aber in verderblichen Zauberdingen befangenen Geschöpfs mir lebendig vor Augen. Der Alte wurde mir zum fatalen Hexenmeister, zum verdammten Zauberkerl, der vielleicht ganz unabhängig von der Gräflich S-schen Familie geworden, nun auf seine eigne Hand in dem verödeten Hause unheilbringendes Wesen trieb. Meine Fantasie war im Arbeiten, und noch in selbiger Nacht, nicht sowohl im Traum, als im Delirieren des Einschlafens, sah ich deutlich die Hand mit dem funkelnden Diamant am Finger, den Arm mit der glänzenden Spange. Wie aus dünnen grauen Nebeln trat nach und nach ein holdes Antlitz mit wehmütig flehenden blauen Himmelsaugen, dann die ganze wunderherrliche Gestalt eines Mädchens in voller anmutiger Jugendblüte hervor. Bald bemerkte ich, daß das, was ich für Nebel hielt, der feine Dampf war, der aus der Kristallflasche, die die Gestalt in den Händen hielt, in sich kreiselndem Gewirbel emporstieg. »O, du holdes Zauberbild«, rief ich voll Entzücken, »o, du holdes Zauberbild, tu' es mir kund, wo du weilst, was dich gefangen hält? – O, wie du mich so voll Wehmut und Liebe anblickst! – Ich weiß es, die schwarze Kunst ist es, die dich befangen, du bist die unglückselige Sklavin des boshaften Teufels, der herumwandelt kaffeebraun und behaarbeutelt in Zuckerladen und in gewaltigen Sprüngen alles zerschmeißen will und Höllenhunde tritt, die er mit Makronen füttert, nachdem sie den satanischen Murki im Fünfachteltakt abgeheult, – O, ich weiß ja alles, du holdes, anmutiges Wesen! – Der Diamant ist der Reflex innerer Glut! – ach, hättst du ihn nicht mit deinem Herzblut getränkt, wie könnt' er so funkeln, so tausendfarbig strahlen in den allerherrlichsten Liebestönen, die je ein Sterblicher vernommen. – Aber ich weiß es wohl, das Band, was deinen Arm umschlingt, ist das Glied einer Kette, von der der Kaffeebraune spricht, sie sei magnetisch – Glaub' es nicht, Herrliche! – ich sehe ja, wie sie herabhängt in die von blauem Feuer glühende Retorte. – Die werf' ich um, und du bist befreit! – Weiß ich denn nicht alles – weiß ich denn nicht alles, du Liebliche? Aber nun, Jungfrau! – nun öffne den Rosenmund, o sage« – In dem Augenblick griff eine knotige Faust über meine Schulter weg nach der Kristallflasche, die in tausend Stücke zersplittert in der Luft verstäubte. Mit einem leisen Ton dumpfer Wehklage war die anmutige Gestalt verschwunden in finstrer Nacht. – Ha! – ich merk' es an euerm Lächeln, daß ihr schon wieder in mir den träumerischen Geisterseher findet, aber versichern kann ich euch, daß der ganze Traum, wollt ihr nun einmal nicht abgehen von dieser Benennung, den vollendeten Charakter der Vision hatte. Doch da ihr fortfahrt, mich so im prosaischen Unglauben anzulächeln, so will ich lieber gar nichts mehr davon sagen, sondern nur rasch weitergehen. – Kaum war der Morgen angebrochen, als ich voll Unruhe und Sehnsucht nach der Allee lief und mich hinstellte vor das öde Haus! – Außer den innern Vorhängen waren noch dichte Jalousien vorgezogen. Die Straße war noch völlig menschenleer, ich trat dicht an die Fenster des Erdgeschosses und horchte und horchte, aber kein Laut ließ sich hören, still blieb es wie im tiefen Grabe. – Der Tag kam herauf, das Gewerbe rührte sich, ich mußte fort. Was soll ich euch damit ermüden, wie ich viele Tage hindurch das Haus zu jeder Zeit umschlich, ohne auch nur das mindeste zu entdecken, wie alle Erkundigung, alles Forschen zu keiner bestimmten Notiz führte, und wie endlich das schöne Bild meiner Vision zu verblassen begann. – Endlich, als ich einst am späten Abend von einem Spaziergang heimkehrend bei dem öden Hause herangekommen, bemerkte ich, daß das

Tor halb geöffnet war; schritt heran, der Kaffeebraune guckte heraus. Mein Entschluß war gefaßt. »Wohnt nicht der Geheime Finanzrat Binder hier in diesem Hause?« So frug ich den Alten, indem ich, ihn beinahe zurückdrängend, in den von einer Lampe matt erleuchteten Vorsaal trat. Der Alte blickte mich an mit seinem stehenden Lächeln und sprach leise und gezogen: »Nein, *der* wohnt nicht hier, hat niemals hier gewohnt, wird niemals hier wohnen, wohnt auch in der ganzen Allee nicht. – Aber die Leute sagen, es spuke hier in diesem Hause, jedoch kann ich versichern, daß es nicht wahr ist, es ist ein ruhiges, hübsches Haus, und morgen zieht die gnädige Gräfin von S. ein und – Gute Nacht, mein lieber Herr!« – Damit manövrierte mich der Alte zum Hause hinaus und verschloß hinter mir das Tor. Ich vernahm, wie er keuchend und hustend mit dem klirrenden Schlüsselbunde über den Flur wegscharrte und dann Stufen, wie mir vorkam, *herab*stieg. Ich hatte in der kurzen Zeit so viel bemerkt, daß der Flur mit alten bunten Tapeten behängt, und wie ein Saal mit großen, mit rotem Damast beschlagenen Lehnsesseln möbliert war, welches denn doch ganz verwunderlich aussah.

Nun gingen, wie geweckt durch mein Eindringen in das geheimnisvolle Haus, die Abenteuer auf! – Denkt euch, denkt euch, sowie ich den andern Tag in der Mittagsstunde die Allee durchwandere und mein Blick schon in der Ferne sich unwillkürlich nach dem öden Hause richtet, sehe ich an dem letzten Fenster des obern Stocks etwas schimmern. – Näher getreten bemerke ich, daß die äußere Jalousie ganz, der innere Vorhang halb aufgezogen ist. Der Diamant funkelt mir entgegen. – O Himmel! gestützt auf den Arm blickt mich wehmütig flehend jenes Antlitz meiner Vision an. – War es möglich, in der auf und abwogenden Masse stehen zu bleiben? – In dem Augenblick fiel mir die Bank ins Auge, die für die Lustwandler in der Allee in der Richtung des öden Hauses, wiewohl man sich darauf niederlassend dem Hause den Rücken kehrte, angebracht war. Schnell sprang ich in die Allee, und mich über die Lehne der Bank wegbeugend, konnt' ich nun ungestört nach dem verhängnisvollen Fenster schauen. Ja! Sie war es, das anmutige, holdselige Mädchen, Zug für Zug! – Nur schien ihr Blick ungewiß. – Nicht nach mir, wie es vorhin schien, blickte sie, vielmehr hatten die Augen etwas Totstarres, und die Täuschung eines lebhaft gemalten Bildes wäre möglich gewesen, hätten sich nicht Arm und Hand zuweilen bewegt. Ganz versunken in den Anblick des verwunderlichen Wesens am Fenster, das mein Innerstes so seltsam aufregte, hatte ich nicht die quäkende Stimme des italienischen Tabulettkrämers gehört, der mir vielleicht schon lange unaufhörlich seine Waren anbot. Er zupfte mich endlich am Arm; schnell mich umdrehend, wies ich ihn ziemlich hart und zornig ab. Er ließ aber nicht nach mit Bitten und Quälen. Noch gar nichts habe er heute verdient, nur ein paar Bleifedern, ein Bündelchen Zahnstocher möge ich ihm abkaufen. Voller Ungeduld, den Überlästigen nur geschwind los zu werden, griff ich in die Tasche nach dem Geldbeutel. Mit den Worten: »Auch hier hab' ich noch schöne Sachen!« zog er den untersten Schub seines Kastens heraus und hielt mir einen kleinen runden Taschenspiegel, der in dem Schub unter andern Gläsern lag, in kleiner Entfernung seitwärts vor. – Ich erblickte das öde Haus hinter mir, das Fenster und in den schärfsten, deutlichsten Zügen die holde Engelsgestalt meiner Vision. – Schnell kauft' ich den kleinen Spiegel, der mir es nun möglich machte, in bequemer Stellung, ohne den Nachbarn aufzufallen, nach dem Fenster hinzuschauen. – Doch, indem ich nun länger und länger das Gesicht im Fenster anblickte, wurd' ich von einem seltsamen, ganz unbeschreiblichen Gefühl, das ich beinahe waches Träumen nennen möchte, befangen. Mir war es, als lähme eine Art Starrsucht nicht sowohl mein ganzes Regen und Bewegen als vielmehr nur meinen Blick, den ich nun niemals mehr würde abwenden können von dem Spiegel. Mit Beschämung muß ich euch bekennen, daß mir jenes Ammenmärchen einfiel, womit mich in früher Kindheit meine Wartfrau augenblicklich zu Bette trieb, wenn ich mich etwa gelüsten ließ, abends vor dem großen Spiegel in meines Vaters Zimmer stehen zu bleiben und hinein zu gukken. Sie sagte nämlich, wenn Kinder nachts in den Spiegel blickten, gucke ein fremdes garstiges Gesicht heraus, und der Kinder Augen bleiben dann erstarrt stehen. Mir war das ganz entsetzlich graulich, aber in vollem Grausen konnt' ich doch oft nicht unterlassen, wenigstens nach dem Spiegel hinzublinzeln, weil ich neugierig war auf das fremde Gesicht. Einmal glaubt' ich ein Paar gräßliche glühende Augen aus dem Spiegel fürchterlich herausfunkeln zu sehen, ich schrie auf und stürzte dann ohnmächtig nieder. In diesem Zufall brach eine langwierige Krankheit aus, aber noch jetzt ist es mir, als hätten jene Augen mich wirklich angefunkelt. – Kurz, alles dieses tolle Zeug aus meiner frühen Kindheit fiel mir ein, Eiskälte bebte durch meine Adern – ich wollte den Spiegel von mir schleudern – ich vermocht' es nicht – nun blickten mich die Himmelsaugen der holden Gestalt an – ja, ihr Blick war auf mich gerichtet und strahlte bis ins Herz hinein. – Jenes Grausen, das mich plötzlich ergriffen, ließ von mir ab und gab Raum dem wonnigen Schmerz süßer Sehnsucht, die mich mit elektrischer Wärme durchglüht. »Sie haben da einen niedlichen Spiegel«, sprach eine Stimme neben mir. Ich erwachte aus dem Traum und war nicht wenig betroffen, als ich neben mir von beiden Seiten mich zweideutig anlächelnde Gesichter erblickte. Mehrere Personen hatten auf derselben Bank Platz genommen, und nichts war gewisser, als daß ich ihnen mit dem starren Hineinblicken in den Spiegel und vielleicht auch mit einigen seltsamen Gesichtern, die ich in meinem exaltiertem Zustande schnitt, auf meine Kosten ein ergötzliches Schauspiel gegeben. »Sie haben da einen niedlichen Spiegel«, wiederholte der Mann, als ich nicht antwortete, mit einem Blick, der jener Frage noch hinzufügte: »Aber sagen Sie mir, was soll das wahnsinnige Hineinstarren, erscheinen Ihnen Geister« usw. Der Mann, schon ziemlich hoch in Jahren, sehr sauber gekleidet, hatte im Ton der Rede, im Blick etwas ungemein Gutmütiges und Zutrauen Erweckendes. Ich nahm gar keinen Anstand, ihm geradehin zu sagen, daß ich im Spiegel ein wundervolles Mädchen erblickt, das hinter mir im Fenster des öden Hauses gelegen. – Noch weiter ging ich, ich fragte den Alten, ob er nicht auch das holde Antlitz gesehen. »Dort drüben? – in dem alten Hause – in dem letzten Fenster?« so fragte mich nun wieder ganz verwundert der Alte. »Allerdings, allerdings«, sprach ich; da lächelte der Alte sehr und fing an: »Nun das ist doch eine wunderliche Täuschung – nun, meine alten Augen – Gott ehre mir meine alten Augen. Ei ei, mein Herr, wohl habe ich mit unbewaffnetem Auge das hübsche Gesicht dort im Fenster gesehen, aber es war ja ein, wie es mir schien, recht gut und lebendig in Öl gemaltes Portrait.« Schnell drehte ich mich um nach dem Fenster, alles war verschwunden, die Jalousie heruntergelassen. »Ja!« fuhr der Alte fort, »ja, mein Herr, nun ist's zu spät, sich davon zu überzeugen, denn eben nahm der Bediente, der dort, wie ich weiß, als Kastellan das Absteigequartier der Gräfin von S. ganz allein bewohnt, das Bild, nachdem er es abgestäubt, vom Fenster fort und ließ die Jalousie herunter.« »War es denn gewiß ein Bild?« fragte ich nochmals ganz bestürzt. »Trauen Sie meinen Augen«, erwiderte der Alte. »Daß Sie nur den Reflex des Bildes im Spiegel sahen, vermehrte gewiß sehr die optische Täuschung und – wie ich noch in

Ihren Jahren war, hätt' ich nicht auch das Bild eines schönen Mädchens kraft meiner Fantasie ins Leben gerufen?« »Aber Hand und Arm bewegten sich doch«, fiel ich ein. »Ja, ja, sie regten sich, alles regte sich«, sprach der Alte, lächelnd und sanft mich auf die Schulter klopfend. Dann stand er auf und verließ mich, höflich sich verbeugend, mit den Worten: »Nehmen Sie sich doch vor Taschenspiegeln in acht, die so häßlich lügen. – Ganz gehorsamster Diener.« – Ihr könnt denken, wie mir zu Mute war, als ich mich so als einen törichten, blödsichtigen Fantasten behandelt sah. Mir kam die Überzeugung, daß der Alte recht hatte, und daß nur in mir selbst das tolle Gaukelspiel aufgegangen, das mich mit dem öden Hause, zu meiner eignen Beschämung, so garstig mystifizierte.

Ganz voller Unmut und Verdruß lief ich nach Hause, fest entschlossen, mich ganz loszusagen von jedem Gedanken an die Mysterien des öden Hauses und wenigstens einige Tage hindurch die Allee zu vermeiden. Dies hielt ich treulich, und kam noch hinzu, daß mich den Tag über dringend gewordene Geschäfte am Schreibtisch, an den Abenden aber geistreiche fröhliche Freunde in ihrem Kreise festhielten, so muß es wohl geschehen, daß ich beinahe gar nicht mehr an jene Geheimnisse dachte. Nur begab es sich in dieser Zeit, daß ich zuweilen aus dem Schlaf auffuhr, wie plötzlich durch äußere Berührung geweckt, und dann war es mir doch deutlich, daß nur der Gedanke an das geheimnisvolle Wesen, das ich in meiner Vision und in dem Fenster des öden Hauses erblickt, mich geweckt hatte. Ja selbst während der Arbeit, während der lebhaftesten Unterhaltung mit meinen Freunden, durchfuhr mich oft plötzlich ohne weitern Anlaß jener Gedanke wie ein elektrischer Blitz. Doch waren dies nur schnell vorübergehende Momente. Den kleinen Taschenspiegel, der mir so täuschend das anmutige Bildnis reflektiert, hatte ich zum prosaischen Hausbedarf bestimmt. Ich pflegte mir vor demselben die Halsbinde festzuknüpfen. So geschah es, daß er mir, als ich einst dies wichtige Geschäft abtun wollte, blind schien und ich ihn nach bekannter Methode anhauchte, um ihn dann hell zu polieren. – Alle meine Pulse stockten, mein Innerstes bebte vor wonnigem Grauen! – ja, so muß ich das Gefühl nennen, das mich übermannte, als ich, sowie mein Hauch den Spiegel überlief, im bläulichen Nebel das holde Antlitz sah, das mich mit jenem wehmütigem, das Herz durchbohrendem Blick anschaute! – Ihr lacht? – Ihr seid mit mir fertig, ihr haltet mich für einen unheilbaren Träumer, aber sprecht, denkt, was ihr wollt, genug, die Holde blickte mich an aus dem Spiegel, aber sowie der Hauch zerrann, verschwand das Gesicht in dem Funkeln des Spiegels. – Ich will euch nicht ermüden, ich will euch nicht herzählen alle Momente, die sich, einer aus dem andern, entwickelten. Nur so viel will ich sagen, daß ich unaufhörlich die Versuche mit dem Spiegel erneuerte, daß es mir oft gelang, das geliebte Bild durch meinen Hauch hervorzurufen, daß aber manchmal die angestrengtesten Bemühungen ohne Erfolg blieben. Dann rannte ich wie wahnsinnig auf und ab vor dem öden Hause und starrte in die Fenster, aber kein menschliches Wesen wollte sich zeigen. – Ich lebte nur in dem Gedanken an *sie*, alles übrige war abgestorben für mich, ich vernachlässigte meine Freunde, meine Studien. – Dieser Zustand, wollte er in mildern Schmerz, in träumerische Sehnsucht übergehen, ja schien es, als wolle das Bild an Leben und Kraft verlieren, wurde oft bis zur höchsten Spitze gesteigert durch Momente, an die ich noch jetzt mit tiefem Entsetzen denke. – Da ich von einem *Seelen*zustande rede, der mich hätte ins Verderben stürzen können, so ist für euch, ihr Ungläubigen, da nichts zu belächeln und zu bespötteln, hört und fühlt mit mir, was ich ausgestanden. – Wie gesagt, oft, wenn jenes Bild ganz verblaßt war, ergriff mich ein körperliches Übelbefinden, die Gestalt trat, wie sonst niemals, mit einer Lebendigkeit, mit einem Glanz hervor, daß ich sie zu erfassen wähnte. Aber dann kam es mir auf grauliche Weise vor, ich sei selbst die Gestalt und von den Nebeln des Spiegels umhüllt und umschlossen. Ein empfindlicher Brustschmerz und dann gänzliche Apathie endigte den peinlichen Zustand, der immer eine das innerste Mark wegzehrende Erschöpfung hinterließ. In diesen Momenten mißlang jeder Versuch mit dem Spiegel, hatte ich mich aber erkräftigt, und trat dann das Bild wieder lebendig aus dem Spiegel hervor, so mag ich nicht leugnen, daß sich damit ein besonderer, mir sonst fremder physischer Reiz verband. – Diese ewige Spannung wirkte gar verderblich auf mich ein, blaß wie der Tod und zerstört im ganzen Wesen schwankte ich umher, meine Freunde hielten mich für krank, und ihre ewigen Mahnungen brachten mich endlich dahin, über meinen Zustand, so wie ich es nur vermochte, ernstlich nachzusinnen. War es Absicht oder Zufall, daß einer der Freunde, welcher Arzneikunde studierte, bei einem Besuch Reils Buch über Geisteszerrüttungen zurückließ. Ich fing an zu lesen, das Werk zog mich unwiderstehlich an, aber wie ward mir, als ich in allem, was über fixen Wahnsinn gesagt wird, mich selbst wiederfand! – Das tiefe Entsetzen, das ich, mich selbst auf dem Wege zum Tollhause erblickend, empfand, brachte mich zur Besinnung und zum festen Entschluß, den ich rasch ausführte. Ich steckte meinen Taschenspiegel ein und eilte schnell zum Doktor K., berühmt durch seine Behandlung und Heilung der Wahnsinnigen, durch sein tieferes Eingehen in das psychische Prinzip, welches oft sogar körperliche Krankheiten hervorzubringen und wieder zu heilen vermag. Ich erzählte ihm alles, ich verschwieg ihm nicht den kleinsten Umstand und beschwor ihn mich zu retten von dem ungeheuern

Schicksal, von dem bedroht ich mich glaubte. Er hörte mich sehr ruhig an, doch bemerkte ich wohl in seinem Blick tiefes Erstaunen. »Noch«, fing er an, »noch ist die Gefahr keinesweges so nahe, als Sie glauben, und ich kann mit Gewißheit behaupten, daß ich sie ganz abzuwenden vermag. Daß Sie auf unerhörte Weise psychisch angegriffen sind, leidet gar keinen Zweifel, aber die völlige klare Erkenntnis dieses Angriffs irgend eines bösen Prinzips gibt Ihnen selbst die Waffen in die Hand, sich dagegen zu wehren. Lassen Sie mir Ihren Taschenspiegel, zwingen Sie sich zu irgend einer Arbeit, die Ihre Geisteskräfte in Anspruch nimmt, meiden Sie die Allee, arbeiten Sie von der Frühe an, solange Sie es nur auszuhalten vermögen, dann aber, nach einem tüchtigen Spaziergange, fort in die Gesellschaft Ihrer Freunde, die Sie so lange vermißt. Essen Sie nahrhafte Speisen, trinken Sie starken kräftigen Wein. Sie sehen, daß ich bloß die fixe Idee, das heißt, die Erscheinung des Sie betörenden Antlitzes im Fenster des öden Hauses und im Spiegel vertilgen, Ihren Geist auf andere Dinge leiten und Ihren Körper stärken will. Stehen Sie selbst meiner Absicht redlich bei.« – Es wurde mir schwer, mich von dem Spiegel zu trennen, der Arzt, der ihn schon genommen, schien es zu bemerken, er hauchte ihn an und frug, indem er mir ihn vorhielt: »Sehen Sie etwas?« »Nicht das Mindeste«, erwiderte ich, wie es sich auch in der Tat verhielt. »Hauchen *Sie* den Spiegel an«, sprach dann der Arzt, indem er mir den Spiegel in die Hand gab. Ich tat es, das Wunderbild trat deutlicher als je hervor. »Da ist sie«, rief ich laut. Der Arzt schaute hinein und sprach dann: »Ich sehe nicht das Mindeste, aber nicht verhehlen mag ich Ihnen, daß ich in dem Augenblick, als ich Ihren Spiegel sahe, einen unheimlichen Schauer fühlte, der aber gleich vorüberging. Sie bemerken, daß ich ganz aufrichtig bin und eben deshalb wohl Ihr ganzes Zutrauen verdiene. Wiederholen Sie doch den Versuch.« Ich tat es, der Arzt umfaßte mich, ich fühlte seine Hand auf dem Rückenwirbel. – Die Gestalt kam wieder, der Arzt, mit mir in den Spiegel schauend, erblaßte, dann nahm er mir den Spiegel aus der Hand, schauete nochmals hinein, verschloß ihn in dem Pult und kehrte erst, als er einige Sekunden hindurch die Hand vor der Stirn schweigend dagestanden, zu mir zurück. »Befolgen Sie«, fing er an, »befolgen Sie genau meine Vorschriften. Ich darf Ihnen bekennen, daß jene Momente, in denen Sie, außer sich selbst gesetzt, Ihr eignes Ich in physischem Schmerz fühlten, mir noch sehr geheimnisvoll sind, aber ich hoffe Ihnen recht bald mehr darüber sagen zu können.« – Mit festem, unabänderlichem Willen, so schwer es mir auch ankam, lebte ich zur Stunde den Vorschriften des Arztes gemäß, und so sehr ich auch bald den wohltätigen Einfluß anderer Geistesanstrengung und der übrigen verordneten Diät verspürte, so blieb ich doch nicht frei von jenen furchtbaren Anfällen, die mittags um zwölf Uhr, viel stärker aber nachts um zwölf Uhr sich einzustellen pflegten. Selbst in munterer Gesellschaft bei Wein und Gesang war es oft, als durchführen plötzlich mein Inneres spitzige glühende Dolche, und alle Macht des Geistes reichte dann nicht hin zum Widerstande, ich mußte mich entfernen und durfte erst wiederkehren, wenn ich aus dem ohnmachtähnlichen Zustande erwacht. – Es begab sich, daß ich mich einst bei einer Abendgesellschaft befand, in der über psychische Einflüsse und Wirkungen, über das dunkle unbekannte Gebiet des Magnetismus gesprochen wurde. Man kam vorzüglich auf die Möglichkeit der Einwirkung eines entfernten psychischen Prinzips, sie wurde aus vielen Beispielen bewiesen, und vorzüglich führte ein junger dem Magnetismus ergebener Arzt an, daß er wie mehrere andere oder vielmehr wie *alle* kräftige Magnetiseurs es vermöge, aus der Ferne bloß durch den festfixierten Gedanken und Willen auf seine Somnambulen zu wirken. Alles was Kluge, Schubert, Bartels und mehrere darüber gesagt haben, kam nach und nach zum Vorschein. »Das Wichtigste«, fing endlich einer der Anwesenden, ein als scharfsinniger Beobachter bekannter Mediziner, an, »das Wichtigste von allem bleibt mir immer, daß der Magnetismus manches Geheimnis, das wir als gemeine schlichte Lebenserfahrung nun eben für kein Geheimnis erkennen wollen, zu erschließen scheint. Nur müssen wir freilich behutsam zu Werke gehn. – Wie kommt es denn, daß ohne allen äußern oder innern uns bekannten Anlaß, ja unsere Ideenkette zerreißend, irgend eine Person oder wohl gar das treue Bild irgend einer Begebenheit so lebendig, so sich unsers ganzen Ichs bemeisternd uns in den Sinn kommt, daß wir selbst darüber erstaunen. Am merkwürdigsten ist es, daß wir oft im Traume auffahren. Das ganze Traumbild ist in den schwarzen Abgrund versunken, und im neuen, von jenem Bilde ganz unabhängigen Traum tritt uns mit voller Kraft des Lebens ein Bild entgegen, das uns in ferne Gegenden versetzt und plötzlich scheinbar uns ganz fremd gewordene Personen, an die wir seit Jahren nicht mehr dachten, uns entgegenführt. Ja, noch mehr! oft schauen wir auf eben diese Weise ganz fremde unbekannte Personen, die wir vielleicht Jahre nachher erst kennen lernen. Das bekannte: ›Mein Gott, der Mann, die Frau kommt mir so zum Erstaunen bekannt vor, ich dächt', ich hätt' ihn, sie, schon irgendwo gesehen‹, ist vielleicht, da dies oft schlechterdings unmöglich, die dunkle Erinnerung an ein solches Traumbild. Wie, wenn dies plötzliche Hineinspringen fremder Bilder in unsere Ideenreihe, die uns gleich mit besonderer Kraft zu ergreifen pflegen, eben durch ein fremdes psychisches Prinzip veranlaßt würde? Wie, wenn es dem fremden Geiste unter gewissen Umständen möglich wäre, den magnetischen Rapport auch ohne Vorbereitung so herbeizuführen, daß wir uns willenlos ihm fügen müßten?« »So kämen wir«, fiel ein anderer lachend ein, »mit einem gar nicht zu großen Schritt auf die Lehre von Verhexungen, Zauberbildern, Spiegeln und andern unsinnigen abergläubischen Fantastereien längst verjährter alberner Zeit.« »Ei«, unterbrach der Mediziner den Ungläubigen, »keine Zeit kann verjähren, und noch viel weniger hat es jemals eine alberne Zeit gegeben, wenn wir nicht etwa jede Zeit, in der Menschen zu denken sich unterfangen mögen, mithin auch die unsrige, für albern erkennen wollen. – Es ist ein eignes Ding, etwas geradezu wegleugnen zu wollen, was oft sogar durch streng juristisch geführten Beweis festgestellt ist, und so wenig ich der Meinung bin, daß in dem dunklen geheimnisvollen Reiche, welches unseres Geistes Heimat ist, auch nur ein einziges, unserm blödem Auge recht hell leuchtendes Lämpchen brennt, so ist doch so viel gewiß, daß uns die Natur das Talent und die Neigung der Maulwürfe nicht versagt hat. Wir suchen, verblindet wie wir sind, uns weiter zu arbeiten auf finsteren Wegen. Aber so wie der Blinde auf Erden an dem flüsternden Rauschen der Bäume, an dem Murmeln und Plätschern des Wassers die Nähe des Waldes, der ihn in seinen kühlenden Schatten aufnimmt, des Baches, der den Durstenden labt, erkennt und so das Ziel seiner Sehnsucht erreicht, so ahnen wir an dem tönenden Flügelschlag unbekannter, uns mit Geisteratem berührender Wesen, daß der Pilgergang uns zur Quelle des Lichts führt, vor dem unsere Augen sich auftun!« – Ich konnte mich nicht länger halten: »Sie statuieren also«, wandte ich mich zu dem Mediziner, »die Einwirkung eines fremden geistigen Prinzips, dem man sich willenlos fügen muß?« »Ich halte«, erwiderte der Mediziner, »ich halte, um nicht zu weit zu gehen, diese Einwirkung nicht allein für möglich, sondern auch andern, durch den magnetischen Zustand deutlicher gewordenen Operationen des psychischen Prinzips für ganz homogen.« »So könnt' es auch«, fuhr ich fort, »dämonischen Kräften verstattet sein, feindlich verderbend auf uns zu wirken?« »Schnöde Kunststücke gefallner Geister«, erwiderte der Mediziner lächelnd. – »Nein, denen wollen wir nicht erliegen. Und überhaupt bitt' ich, meine Andeutungen für nichts anders zu nehmen als eben nur für Andeutungen, denen ich noch hinzufüge, daß ich keineswegs an *unbedingte* Herrschaft eines geistigen Prinzips über das andere glauben, sondern vielmehr annehmen will, daß entweder irgend eine Abhängigkeit, Schwäche des innern Willens, oder eine Wechselwirkung stattfinden muß, die jener Herrschaft Raum gibt.« »Nun erst«, fing ein ältlicher Mann an, der so lange geschwiegen und nur aufmerksam zugehört, »nun erst kann ich mich mit Ihren seltsamen Gedanken über Geheimnisse, die uns verschlossen bleiben sollen, einigermaßen befreunden. Gibt es geheimnisvolle tätige Kräfte, die mit bedrohlichen Angriffen auf uns zutreten, so kann uns dagegen nur irgend eine Abnormität im geistigen Organism Kraft und Mut zum sieghaften Widerstande rauben. Mit einem Wort, nur geistige Krankheit – die Sünde macht uns untertan dem dämonischen Prinzip. Merkwürdig ist es, daß von den ältesten Zeiten her die den Menschen im Innersten verstörendste Gemütsbewegung es war, an der sich dämonische Kräfte übten. Ich meine nichts anders als die Liebesverzauberungen, von denen alle Chroniken voll sind. In tollen Hexenprozessen kommt immer dergleichen vor, und selbst in dem Gesetzbuch eines sehr aufgeklärten Staats wird von den Liebestränken gehandelt, die insofern auch rein psychisch zu wirken bestimmt sind, als sie nicht Liebeslust im allgemeinen erwecken, sondern unwiderstehlich an eine bestimmte Person bannen sollen. Ich werde in diesen Gesprächen an eine tragische Begebenheit erinnert, die sich in meinem eignen Hause vor weniger Zeit zutrug. Als Bonaparte unser Land mit seinen Truppen überschwemmt hatte, wurde ein Obrister von der italienischen Nobelgarde bei mir einquartiert. Er war einer von den wenigen Offizieren der sogenannten großen Armee, die sich durch ein stilles bescheidnes edles Betragen auszeichneten. Sein todbleiches Gesicht, seine düstern Augen zeugten von Krankheit oder tiefer Schwermut. Nur wenige Tage war er bei mir, als sich auch der besondere Zufall kund tat, von dem er behaftet. Eben befand ich mich auf seinem Zimmer, als er plötzlich mit tiefen Seufzern die Hand auf die Brust oder vielmehr auf die Stelle des Magens legte, als empfinde er tödliche Schmerzen. Er konnte bald nicht mehr sprechen, er war genötigt sich in den Sofa zu werfen, dann aber verloren plötzlich seine Augen die Sehkraft, und er erstarrte zur bewußtlosen Bildsäule. Mit einem Ruck, wie aus dem Traume auffahrend, erwachte er endlich, aber vor Mattigkeit konnte er mehrere Zeit hindurch sich nicht regen und bewegen. Mein Arzt, den ich ihm sandte, behandelte ihn, nachdem andere Mittel fruchtlos geblieben, magnetisch, und dies schien zu wirken; wiewohl der Arzt bald davon ablassen mußte, da er selbst beim Magnetisieren des Kranken von einem unerträglichen Gefühl des Übelseins ergriffen wurde. Er hatte übrigens des Obristen Zutrauen gewonnen, und dieser sagte ihm, daß in jenen Momenten sich ihm das Bild eines Frauenzimmers nahe, die er in Pisa gekannt; dann würde es ihm, als wenn ihre glühenden Blicke in sein Inneres führen, und er fühle die unerträglichsten Schmerzen, bis er in völlige Bewußtlosigkeit versinke. Aus diesem Zustande bleibe ihm ein dumpfer Kopfschmerz und eine Abspannung, als habe er geschwelgt im Liebesgenuß, zurück. Nie ließ er sich über die näheren Verhältnisse aus, in denen er vielleicht mit jenem Frauenzimmer stand. Die Truppen sollten aufbrechen, gepackt stand der Wagen des Obristen vor der Türe, er frühstückte, aber in dem Augenblicke, als er ein Glas Madera zum Munde führen wollte, stürzte er mit einem dumpfen Schrei vom Stuhle herab. Er war tot. Die Ärzte fanden ihn vom Nervenschlag getroffen. Einige Wochen nachher wurde ein an den Obristen adressierter Brief bei mir abgegeben. Ich hatte gar kein Bedenken ihn zu öffnen, um vielleicht ein Näheres von den Verwandten des Obristen zu erfahren und ihnen Nachricht von seinem plötzlichen Tode geben zu können. Der Brief kam von Pisa und enthielt ohne Unterschrift die wenigen Worte: ›Unglückseliger! Heute am 7. – um zwölf Uhr Mittag sank Antonia, dein trügerisches Abbild mit liebenden Armen umschlingend, tot nieder!‹ – Ich sah den Kalender nach, in dem ich des Obristen Tod angemerkt hatte, und fand, daß Antonias Todesstunde auch die seinige gewesen.« – Ich hörte nicht mehr, was der Mann noch seiner Geschichte hinzusetzte; denn in dem Entsetzen, das mich ergriffen, als ich in des italienischen Obristen Zustand den meinigen erkannte, ging mit wütendem Schmerz eine solche wahnsinnige Sehnsucht nach dem unbekannten Bilde auf, daß ich, davon überwältigt, aufspringen und hineilen mußte nach dem verhängnisvollen Hause. Es war mir in der Ferne, als säh' ich Lichter blitzen durch die festverschlossenen Jalousien, aber der Schein verschwand, als ich näher kam. Rasend vor dürstendem Liebesverlangen stürzte ich auf die Tür; sie wich meinem Druck, ich stand auf dem matt erleuchteten Hausflur, von einer dumpfen, schwülen Luft umfangen. Das Herz pochte mir vor seltsamer Angst und Ungeduld, da ging ein langer schneidender, aus weiblicher Kehle strömender Ton durch das Haus, und ich weiß selbst nicht, wie es geschah, daß ich mich plötzlich in einem mit vielen Kerzen hellerleuchteten Saale befand, der in altertümlicher Pracht mit vergoldeten Möbeln und seltsamen japanischen Gefäßen verziert war. Starkduftendes Räucherwerk wallte in blauen Nebelwolken auf mich zu. »Willkommen – willkommen, süßer Bräutigam – die Stunde ist da, die Hochzeit nah!« – So rief laut und lauter die Stimme eines Weibes, und ebensowenig, als ich weiß, wie ich plötzlich in den Saal kam, ebensowenig vermag ich zu sagen, wie es sich begab, daß plötzlich aus dem Nebel eine hohe jugendliche Gestalt in reichen Kleidern hervorleuchtete. Mit dem wiederholten gellenden Ruf: »Willkommen, süßer Bräutigam«, trat sie mit ausgebreiteten Armen mir entgegen – und ein gelbes, von Alter und Wahnsinn gräßlich verzerrtes Antlitz starrte mir in die Augen. Von tiefem Entsetzen durchbebt wankte ich zurück; wie durch den glühenden, durchbohrenden Blick der Klapperschlange festgezaubert, konnte ich mein Auge nicht abwenden von dem greulichen alten Weibe, konnte ich keinen Schritt weiter mich bewegen. Sie trat näher auf mich zu, da war es mir, als sei das scheußliche Gesicht nur eine Maske von dünnem Flor, durch den die Züge jenes holden Spiegelbildes durchblickten. Schon fühlt' ich mich von den Händen des Weibes berührt, als sie laut aufkreischend vor mir zu Boden sank und hinter mir eine Stimme rief: »Hu, hu! – treibt schon wieder der Teufel sein Bocksspiel mit Ew. Gnaden, zu Bette, zu Bette, meine Gnädigste, sonst setzt es Hiebe, gewaltige Hiebe!« – Ich wandte mich rasch um und erblickte den alten Hausverwalter im bloßen Hemde, eine tüchtige Peitsche über dem Haupte schwingend. Er wollte losschlagen auf die Alte, die sich heulend am Boden krümmte. Ich fiel ihm in den Arm, aber mich von sich schleudernd rief er: »Donnerwetter, Herr, der alte Satan hätte Sie ermordet, kam ich nicht dazwischen – fort, fort, fort.« – Ich stürzte zum Saal heraus, vergebens sucht' ich in dicker Finsternis die Tür des Hauses. Nun hört' ich die zischenden Hiebe der Peitsche und das Jammergeschrei der Alten. Laut wollte ich um Hülfe rufen, als der Boden unter meinen Füßen schwand, ich fiel eine Treppe herab und traf auf eine Tür so hart, daß sie aufsprang und ich der Länge nach in ein kleines Zimmer stürzte. An dem Bette, das jemand soeben verlassen zu haben schien, an dem kaffeebraunen, über einen Stuhl gehängten Rocke mußte ich augenblicklich die Wohnung des alten Hausverwalters erkennen. Wenige Augenblicke nachher polterte es die Treppe herab, der Hausverwalter stürzte herein und hin zu meinen Füßen. »Um aller Seligkeit willen«, flehte er mit aufgehobenen Händen, »um aller Seligkeit willen, wer Sie auch sein mögen, wie der alte gnädige Hexensatan Sie auch hieher gelockt haben mag, verschweigen Sie, was hier geschehen, sonst komme ich um Amt und Brot! – Die wahnsinnige Exzellenz ist abgestraft und liegt gebunden im Bette. O schlafen Sie doch, geehrtester Herr! recht sanft und süß. – Ja ja, das tun Sie doch fein – eine schöne warme Juliusnacht, zwar kein Mondschein, aber beglückter Sternenschimmer. – Nun ruhige, glückliche Nacht.« – Unter diesen Reden war der Alte aufgesprungen, hatte ein Licht genommen, mich herausgebracht aus dem Souterrain, mich zur Türe hinausgeschoben und diese fest verschlossen. Ganz verstört eilt' ich nach Hause, und ihr könnt wohl denken, daß ich, zu tief von dem grauenvollen Geheimnis ergriffen, auch nicht den mindesten nur wahrscheinlichen Zusammenhang der Sache mir in den ersten Tagen denken konnte. Nur so viel war gewiß, daß, hielt mich so lange ein böser Zauber gefangen, dieser jetzt in der Tat von mir abgelassen hatte. Alle schmerzliche Sehnsucht nach dem Zauberbilde in dem Spiegel war gewichen, und bald gemahnte mich jener Auftritt im öden Gebäude wie das unvermutete Hineingeraten in ein Tollhaus. Daß der Hausverwalter zum tyrannischen Wächter einer wahnsinnigen Frau von vornehmer Geburt, deren Zustand vielleicht der Welt verborgen bleiben sollte, bestimmt worden, daran war nicht zu zweifeln, wie aber der Spiegel – das tolle Zauberwesen überhaupt – doch weiter – weiter!

Später begab es sich, daß ich in zahlreicher Gesellschaft den Grafen P. fand, der mich in eine Ecke zog und lachend sprach: »Wissen Sie wohl, daß sich die Geheimnisse unseres öden Hauses zu enthüllen anfangen?« Ich horchte hoch auf, aber indem der Graf weiter erzählen wollte, öffneten sich die Flügeltüren des Eßsaals, man ging zur Tafel. Ganz vertieft in Gedanken an die Geheimnisse, die mir der Graf entwikkeln wollte, hatte ich einer jungen Dame den Arm geboten und war mechanisch der in steifem Zeremoniell sehr langsam daherschreitenden Reihe gefolgt. Ich führe meine Dame zu dem offnen Platz, der sich uns darbietet, schaue sie nun erst recht an und – erblicke mein Spiegelbild in den getreusten Zügen, so daß gar keine Täuschung möglich ist. Daß ich im Innersten erbebte, könnt ihr euch wohl denken, aber ebenso muß ich euch versichern, daß sich auch nicht der leiseste Anklang jener verderblichen wahnsinnigen Liebeswut in mir regte, die mich ganz und gar befing, wenn mein Hauch das wunderbare Frauenbild aus dem Spiegel hervorrief. – Meine Befremdung, noch mehr, mein Erschrecken muß lesbar gewesen sein in meinem Blick, denn das Mädchen sah mich ganz verwundert an, so daß ich für nötig hielt, mich so, wie ich nur konnte, zusammen zu nehmen und so gelassen als möglich anzuführen, daß eine lebhafte Erinnerung mich gar nicht zweifeln lasse, sie schon irgendwo gesehen zu haben. Die kurze Abfertigung, daß dies wohl nicht gut der Fall sein könne, da sie gestern erst und zwar das erstemal in ihrem Leben nach ***n gekommen, machte mich im eigentlichsten Sinn des Worts etwas verblüfft. Ich verstummte. Nur der Engelsblick, den die holdseligen Augen des Mädchens mir zuwarfen, half mir wieder auf. Ihr wißt, wie man bei derlei Gelegenheit die geistigen Fühlhörner ausstrecken und leise, leise tasten muß, bis man die Stelle findet, wo der angegebene Ton wiederklingt. So macht' ich es und fand bald, daß ich ein zartes, holdes, aber in irgend einem psychischen Überreiz verkränkeltes Wesen neben mir hatte. Bei irgend einer heitern Wendung des Gesprächs, vorzüglich wenn ich zur Würze wie scharfen Cayenne-Pfeffer irgend ein keckes bizarres Wort hineinstreute, lächelte sie zwar, aber seltsam schmerzlich wie zu hart berührt. »Sie sind nicht heiter, meine Gnädige, vielleicht der Besuch heute Morgen.« – So redete ein nicht weit entfernt sitzender Offizier meine Dame an, aber in dem Augenblick faßte ihn sein Nachbar schnell beim Arm und sagte ihm etwas ins Ohr, während eine Frau an der andern Seite des Tisches, Glut auf den Wangen und im Blick, laut der herrlichen Oper erwähnte, deren Darstellung sie in Paris gesehen und mit der heutigen vergleichen werde. – Meiner Nachbarin stürzten die Tränen aus den Augen: »Bin ich nicht ein albernes Kind«, wandte sie sich zu mir. Schon erst hatte sie über Migräne geklagt. »Die gewöhnliche Folge des nervösen Kopfschmerzes«, erwiderte ich daher mit unbefangenem Ton, »wofür nichts besser hilft als der muntre kecke Geist, der in dem Schaum dieses Dichtergetränks sprudelt.« Mit diesen Worten schenkte ich Champagner, den sie erst abgelehnt, in ihr Glas ein, und indem sie davon nippte, dankte ihr Blick meiner Deutung der Tränen, die sie nicht zu bergen vermochte. Es schien heller geworden in ihrem Innern, und alles wäre gut gegangen, wenn ich nicht zuletzt unversehens hart an das vor mir stehende englische Glas gestoßen, so daß es in gellender schneidender Höhe ertönte. Da erbleichte meine Nachbarin bis zum Tode, und auch mich ergriff ein plötzliches Grauen, weil der Ton mir die Stimme der wahnsinnigen Alten im öden Hause schien. – Während daß man Kaffee nahm, fand ich Gelegenheit, mich dem Grafen P. zu nähern; er merkte gut, warum. »Wissen Sie wohl, daß Ihre Nachbarin die Gräfin Edwine von S. war? – Wissen Sie wohl, daß in dem öden Hause die Schwester ihrer Mutter, schon seit Jahren unheilbar wahnsinnig, eingesperrt gehalten wird? – Heute Morgen waren beide, Mutter und Tochter, bei der Unglücklichen. Der alte Hausverwalter, der einzige, der den gewaltsamen Ausbrüchen des Wahnsinns der Gräfin zu steuern wußte, und dem daher die Aufsicht über sie übertragen wurde, liegt todkrank, und man sagt, daß die Schwester endlich dem Doktor K. das Geheimnis anvertraut, und daß dieser noch die letzten Mittel versuchen wird, die Kranke, so nicht herzustellen, doch von der entsetzlichen Tobsucht, in die sie zuweilen ausbrechen soll, zu retten. Mehr weiß ich vor der Hand nicht.« – Andere traten hinzu, das Gespräch brach ab. – Doktor K. war nun gerade derjenige, an den ich mich meines rätselhaften Zustandes halber gewandt, und ihr möget euch wohl vorstellen, daß ich, sobald es sein konnte, zu ihm eilte und alles, was mir seit der Zeit widerfahren, getreulich erzählte. Ich forderte ihn auf, zu meiner Beruhigung so viel, als er von der wahnsinnigen Alten wisse, zu sagen, und er nahm keinen Anstand, mir, nachdem ich ihm strenge Verschwiegenheit gelobt, folgendes anzuvertrauen:

Angelika, Gräfin von Z., (so fing der Doktor an) unerachtet in die Dreißig vorgerückt, stand noch in der vollsten Blüte wunderbarer Schönheit, als der Graf von S., der viel jünger an Jahren, sie hier in ***n bei Hofe sah und sich in ihren Reizen so verfing, daß er zur Stunde die eifrigsten Bewerbungen begann und selbst, als zur Sommerszeit die Gräfin auf die Güter ihres Vaters zurückkehrte, ihr nachreiste, um seine Wünsche, die nach Angelikas Benehmen durchaus nicht hoffnungslos zu sein schienen, dem alten Grafen zu eröffnen. Kaum war Graf S. aber dort angekommen, kaum sah er Angelikas jüngere Schwester Gabriele, als er wie aus einer Bezauberung erwachte. In verblühter Farblosigkeit stand Angelika neben Gabrielen, deren Schönheit und Anmut den Grafen S.

unwiderstehlich hinriß, und so kam es, daß er, ohne Angelika weiter zu beachten, um Gabrielens Hand warb, die ihm der alte Graf Z. um so lieber zusagte, als Gabriele gleich die entschiedenste Neigung für den Grafen S. zeigte. Angelika äußerte nicht den mindesten Verdruß über die Untreue ihres Liebhabers. »Er glaubt mich verlassen zu haben. Der törichte Knabe! er merkt nicht, daß nicht *ich*, daß *er* mein Spielzeug war, das ich wegwarf!« – So sprach sie in stolzem Hohn, und in der Tat, ihr ganzes Wesen zeigte, daß es wohl Ernst sein mochte mit der Verachtung des Ungetreuen. Übrigens sah man, sobald das Bündnis Gabrielens mit dem Grafen von S. ausgesprochen war, Angelika sehr selten. Sie erschien nicht bei der Tafel, und man sagte, sie schweife einsam im nächsten Walde umher, den sie längst zum Ziel ihrer Spaziergänge gewählt hatte. – Ein sonderbarer Vorfall störte die einförmige Ruhe, die im Schlosse herrschte. Es begab sich, daß die Jäger des Grafen von Z., unterstützt von den in großer Anzahl aufgebotenen Bauern, endlich eine Zigeunerbande eingefangen hatten, der man die Mordbrennereien und Räubereien, welche seit kurzer Zeit so häufig in der Gegend vorfielen, schuld gab. An eine lange Kette geschlossen, brachte man die Männer, gebunden auf einen Wagen gepackt die Weiber und Kinder auf den Schloßhof. Manche trotzige Gestalt, die mit wildem funkelnden Blick wie ein gefesselter Tiger keck umherschaute, schien den entschlossenen Räuber und Mörder zu bezeichnen, vorzüglich fiel aber ein langes, hageres, entsetzliches Weib, in einen blutroten Shawl vom Kopf bis zu Fuß gewickelt, ins Auge, die aufrecht im Wagen stand und mit gebietender Stimme rief: man solle sie herabsteigen lassen, welches auch geschah. Der Graf von Z. kam auf den Schloßhof und befahl eben, wie man die Bande abgesondert in den festen Schloßgefängnissen verteilen solle, als mit fliegenden Haaren, Entsetzen und

Angst in bleichem Gesicht, Gräfin Angelika aus der Tür hinausstürzte und, auf die Kniee geworfen, mit schneidender Stimme rief: »Diese Leute los – diese Leute los – sie sind unschuldig, unschuldig – Vater, laß diese Leute los! – ein Tropfen Bluts vergossen an einem von diesen, und ich stoße mir dieses Messer in die Brust!« – Damit schwang die Gräfin ein spiegelblankes Messer in den Lüften und sank ohnmächtig nieder. »Ei, mein schönes Püppchen, mein trautes Goldkind, das wußt' ich ja wohl, daß du es nicht leiden würdest!« – So meckerte die rote Alte. Dann kauerte sie nieder neben der Gräfin und bedeckte Gesicht und Busen mit ekelhaften Küssen, indem sie fortwährend murmelte: »Blanke Tochter, blanke Tochter – wach' auf, wach' auf, der Bräutigam kommt – hei hei, blanker Bräutigam kommt.« Damit nahm die Alte eine Phiole hervor, in der ein kleiner Goldfisch in silberhellem Spiritus auf und ab zu gaukeln schien. Diese Phiole hielt die Alte der Gräfin an das Herz, augenblicklich erwachte sie, aber kaum erblickte sie das Zigeunerweib, als sie aufsprang, das Weib heftig und brünstig umarmte und dann mit ihr davoneilte in das Schloß hinein. Der Graf von Z. – Gabriele, ihr Bräutigam, die unterdessen erschienen, schauten ganz erstarrt und von seltsamen Grauen ergriffen das alles an. Die Zigeuner blieben ganz gleichgültig und ruhig, sie wurden nun abgelöst von der Kette und einzeln gefesselt in die Schloßgefängnisse geworfen. Am andern Morgen ließ der Graf von Z. die Gemeinde versammeln, die Zigeuner wurden vorgeführt, der Graf erklärte laut, daß sie ganz unschuldig wären an allen Räubereien, die in der Gegend verübt, und daß er ihnen freien Durchzug durch sein Gebiet verstatte, worauf sie entfesselt und zum Erstaunen aller mit Pässen wohl versehen entlassen wurden. Das rote Weib wurde vermißt. Man wollte wissen, daß der Zigeunerhauptmann, kenntlich an den goldnen Ketten um den Hals und dem roten Federbusch an dem spanisch niedergekrempten Hut, nachts auf dem Zimmer des Grafen gewesen. Einige Zeit nachher ward es unbezweifelt dargetan, daß die Zigeuner an dem Rauben und Morden in dem Gebiet umher in der Tat auch nicht den mindesten Anteil hatten. – Gabrieles Hochzeit rückte heran, mit Erstaunen bemerkte sie eines Tages, daß mehrere Rüstwagen mit Möbeln, Kleidungsstücken, Wäsche, kurz, mit einer ganz vollständigen Hauseinrichtung bepackt wurden und abfuhren. Andern Morgens erfuhr sie, daß Angelika, begleitet von dem Kammerdiener des Grafen S. und einer vermummten Frau, die der alten roten Zigeunerin ähnlich gesehen, nachts abgereiset sei. Graf Z. löste das Rätsel, indem er erklärte, daß er sich aus gewissen Ursachen genötigt gesehen, den freilich seltsamen Wünschen Angelikas nachzugeben und ihr nicht allein das in ***n belegne Haus in der Allee als Eigentum zu schenken, sondern auch zu erlauben, daß sie dort einen eignen, ganz unabhängigen Haushalt führe, wobei sie sich bedungen, daß keiner aus der Familie, ihn selbst nicht ausgenommen, ohne ihre ausdrückliche Erlaubnis das Haus betreten solle. Der Graf von S. fügte hinzu, daß auf Angelikas dringenden Wunsch er seinen Kammerdiener ihr überlassen müssen, der mitgereiset sei nach ***n. Die Hochzeit wurde vollzogen, Graf S. ging mit seiner Gemahlin nach D., und ein Jahr verging ihnen in ungetrübter Heiterkeit. Dann fing aber der Graf an, auf ganz eigne Weise zu kränkeln. Es war, als wenn ihm ein geheimer Schmerz alle Lebenslust, alle Lebenskraft raube, und vergebens waren alle Bemühungen seiner Gemahlin, das Geheimnis ihm zu entreißen, das sein Innerstes verderblich zu verstören schien. – Als endlich tiefe Ohnmachten seinen Zustand lebensgefährlich machten, gab er den Ärzten nach und ging angeblich nach Pisa. – Gabriele konnte nicht mitreisen, da sie ihrer Niederkunft entgegensah, die indessen erst nach mehrern Wochen erfolgte. – »Hier«, sprach der Arzt, »werden die Mitteilungen der Gräfin Gabriele von S. so rhapsodisch, daß nur ein tieferer Blick den näheren Zusammenhang auffassen kann. – Genug – ihr Kind, ein Mädchen, verschwindet auf unbegreifliche Weise aus der Wiege, alle Nachforschungen bleiben vergebens – ihre Trostlosigkeit geht bis zur Verzweiflung, als zur selbigen Zeit Graf von Z. ihr die entsetzliche Nachricht schreibt, daß er den Schwiegersohn, den er auf dem Wege nach Pisa glaubte, in ***n und zwar in Angelikas Hause vom Nervenschlage zum Tode getroffen, gefunden; daß Angelika in furchtbaren Wahnsinn geraten sei, und daß er solchen Jammer wohl nicht lange tragen werde. – Sowie Gabriele von S. nur einige Kräfte gewonnen, eilt sie auf die Güter des Vaters; in schlafloser Nacht das Bild des verlornen Gatten, des verlornen Kindes vor Augen, glaubt sie ein leises Wimmern vor der Türe des Schlafzimmers zu vernehmen; ermutigt zündet sie die Kerzen des Armleuchters bei der Nachtlampe an und tritt heraus. – Heiliger Gott! niedergekauert zur Erde, in den roten Shawl gewickelt starrt das Zigeunerweib mit stierem, leblosem Blick ihr in die Augen – in den Armen hält sie ein kleines Kind, das so ängstlich wimmert; das Herz schlägt der Gräfin hoch auf in der Brust! – es ist ihr Kind! – es ist die verlorne Tochter! – Sie reißt das Kind der Zigeunerin aus den Armen, aber in diesem Augenblick kugelt diese um wie eine leblose Puppe. Auf das Angstgeschrei der Gräfin wird alles wach, man eilt hinzu, man findet das Weib tot auf der Erde, kein Belebungsmittel wirkt, und der Graf läßt sie einscharren. – Was bleibt übrig, als nach ***n zur wahnsinnigen Angelika zu eilen und vielleicht dort das Geheimnis mit dem Kinde zu erforschen. Alles hat sich verändert. Angelikas wilde Raserei hat alle weibliche Dienstboten entfernt, nur der Kammerdiener ist geblieben. Angelika ist ruhig und vernünftig geworden. Als der Graf die Geschichte von Gabrielens Kinde erzählt, schlägt sie die Hände zusammen und ruft mit lautem Lachen: ›Ist's Püppchen angekommen? – richtig angekommen? – eingescharrt, eingescharrt? O Jemine, wie prächtig sich der Goldfasan schüttelt! wißt ihr nichts vom grünen Löwen mit den blauen Glutaugen?‹ – Mit Entsetzen bemerkt der Graf die Rückkehr des Wahnsinns, indem plötzlich Angelikas Gesicht die Züge des Zigeunerweibes anzunehmen scheint, und beschließt, die Arme mitzunehmen auf die Güter, welches der alte Kammerdiener widerrät. In der Tat bricht auch der Wahnsinn Angelikas in Wut und Raserei aus, sobald man Anstalten macht, sie aus dem Hause zu entfernen. – In einem lichten Zwischenraum beschwört Angelika mit heißen Tränen den Vater, sie in dem Hause sterben zu lassen, und tiefgerührt bewilligt er dies, wiewohl er das Geständnis, das dabei ihren Lippen entflieht, nur für das Erzeugnis des aufs neue ausbrechenden Wahnsinns hält. Sie bekennt, daß Graf S. in ihre Arme zurückgekehrt, und daß das Kind, welches die Zigeunerin ins Haus des Grafen von Z. brachte, die Frucht dieses Bündnisses sei. – In der Residenz glaubt man, daß der Graf von Z. die Unglückliche mitgenommen hat auf die Güter, indessen sie hier tiefverborgen und der Aufsicht des Kammerdieners übergeben in dem verödeten Hause bleibt. – Graf von Z. ist gestorben vor einiger Zeit, und Gräfin Gabriele von S. kam mit Edmonden her, um Familienangelegenheiten zu berichtigen. Sie durfte es sich nicht versagen, die unglückliche Schwester zu sehen. Bei diesem Besuch muß sich Wunderliches ereignet haben, doch hat mir die Gräfin nichts darüber vertraut, sondern nur im allgemeinen gesagt, daß es nun nötig geworden, dem alten Kammerdiener die Unglückliche zu entreißen. Einmal habe er, wie es herausgekommen, durch harte grausame Mißhandlungen den Ausbrüchen des Wahnsinns zu steuern gesucht, dann aber durch Angelikas Vorspiegelung, daß sie Gold zu machen verstehe, sich verleiten lassen, mit ihr allerlei sonderbare Operationen vorzunehmen und ihr alles Nötige dazu herbeizuschaffen.« – »Es würde wohl« (so schloß der Arzt seine Erzählung) »ganz überflüssig sein, *Sie*, gerade *Sie* auf den tiefern Zusammenhang aller dieser seltsamen Dinge aufmerksam zu machen. Es ist mir gewiß, daß *Sie* die Katastrophe herbeigeführt haben, die der Alten Genesung oder baldigen Tod bringen wird. Übrigens mag ich jetzt nicht verhehlen, daß ich mich nicht wenig entsetzte, als ich, nachdem ich mich mit Ihnen in magnetischen Rapport gesetzt, ebenfalls das Bild im Spiegel sah. Daß dies Bild Edmonde war, wissen wir nun beide.« –

Ebenso wie der Arzt glaubte, für mich nichts hinzufügen zu dürfen, ebenso halte ich es für ganz unnütz, mich nun noch darüber etwa zu verbreiten, in welchem geheimen Verhältnis Angelika, Edmonde, ich und der alte Kammerdiener standen, und wie mystische Wechselwirkungen ein dämonisches Spiel trieben. Nur so viel sage ich noch, daß mich nach diesen Begebenheiten ein drückendes, unheimliches Gefühl aus der Residenz trieb, welches erst nach einiger Zeit mich plötzlich verließ. Ich glaube, daß die Alte in dem Augenblick, als ein ganz besonderes Wohlsein mein Innerstes durchströmte, gestorben ist. – So endete Theodor seine Erzählung. Noch manches sprachen die Freunde über Theodors Abenteuer und gaben ihm recht, daß sich darin das Wunderliche mit dem Wunderbaren auf seltsame grauliche Weise mische. – Als sie schieden, nahm Franz Theodors Hand und sprach, sie leise schüttelnd, mit beinahe wehmütigem Lächeln: »Gute Nacht, du Spalanzanische Fledermaus!«

Selbstporträt mit physiognomischen Erklärungen des Dichters, um 1815

Die Brautwahl

Eine Berlinische Geschichte, in der mehrere ganz unwahrscheinliche Abenteuer vorkommen

ERSTES KAPITEL

Welches von Bräuten, Hochzeiten, Geheimen Kanzleisekretären, Turnieren, Hexenprozessen, Zauberteufeln und andern angenehmen Dingen handelt.

In der Nacht des Herbstäquinoktiums kehrte der Geheime Kanzleisekretär Tusmann aus dem Kaffeehause, wo er regelmäßig jeden Abend ein paar Stunden zuzubringen pflegte, nach seiner Wohnung zurück, die in der Spandauer Straße gelegen. In allem, was er tat, war der Geheime Kanzleisekretär pünktlich und genau. Er hatte sich daran gewöhnt, gerade während es auf den Türmen der Marien- und Nikolai-Kirche eilf Uhr schlug, mit dem Rock- und Stiefelnausziehen fertig zu werden, so daß er, in die geräumigen Pantoffeln gefahren, mit dem letzten dröhnenden Glockenschlage sich die Nachtmütze über die Ohren zog.

Um das heute nicht zu versäumen, da die Uhren sich schon zum Eilfschlagen anschickten, wollte er eben mit einem raschen Schritt (beinahe war es ein behender Sprung zu nennen) aus der Königsstraße in die Spandauer Straße hineinbiegen, als ein seltsames Klopfen, das sich dicht neben ihm hören ließ, ihn an den Boden festwurzelte.

Unten an dem Turm des alten Rathauses wurde er in dem hellen Schimmer der Reverberen eine lange hagere, in einen dunkeln Mantel gehüllte Gestalt gewahr, die an die verschlossene Ladentüre des Kaufmanns Warnatz, der dort bekanntlich seine Eisenwaren feil hält, stark und stärker pochte, zurücktrat, tief seufzte, hinaufblickte nach den verfallenen Fenstern des Turms.

»Mein bester Herr«, wandte sich der Geheime Kanzleisekretär gutmütig zu dem Mann, »mein bester Herr, Sie irren sich, dort oben in dem Turm wohnt keine menschliche Seele, ja nehme ich wenige Ratten und Mäuse und ein paar kleine Eulen aus, kein lebendiges Wesen. Wollen Sie von dem Herrn Warnatz einiges Vortreffliche in Eisen oder Stahl erstehen, so müssen Sie sich morgen wieder herbemühen.«

»Verehrter Herr Tusmann« – »Geheimer Kanzleisekretär seit mehreren Jahren«, fiel Tusmann dem Fremden unwillkürlich ins Wort, ungeachtet er etwas verdutzt darüber war, von dem Fremden gekannt zu sein. *Der* achtete darauf aber gar nicht im mindesten, sondern begann von Neuem: »Verehrter Herr Tusmann, Sie belieben sich in meinem Beginnen hier ganz und gar zu irren. Weder der Eisen- noch der Stahlwaren bin ich bedürftig, habe es auch gar nicht mit dem Herrn Warnatz zu tun. Es ist heute das Herbstäquinoktium, und da will ich die Braut schauen. Sie hat schon mein sehnsüchtiges Pochen, meine Liebesseufzer vernommen und wird gleich oben am Fenster erscheinen.«

Der dumpfe Ton, in dem der Mann diese Worte sprach, hatte etwas seltsam Feierliches, ja Gespenstisches, so daß es dem Geheimen Kanzleisekretär eiskalt durch alle Glieder rieselte. Der erste Schlag der eilften Stunde dröhnte von dem Marienkirchturm herab, in dem Augenblick klirrte und rauschte es an dem verfallenen Fenster des Rathausturms und eine weibliche Gestalt wurde sichtbar. Sowie der volle Laternenglanz ihr ins Antlitz fiel, wimmerte Tusmann ganz kläglich: »O du gerechter Gott im Himmel, o all ihr himmlischen Heerscharen, was ist denn das!«

Mit dem letzten Schlage und also im selbigen Augenblick, wo Tusmann, wie sonst, die Schlafmütze aufzusetzen gedachte, war auch die Gestalt verschwunden.

Es war, als hätt die verwunderliche Erscheinung den Geheimen Kanzleisekretär ganz außer sich selbst gebracht. Er seufzte, stöhnte, starrte hinauf nach dem Fenster, lispelte in sich hinein: »Tusmann, Tusmann, Geheimer Kanzleisekretär! Besinne dich doch nur! Werde nicht verrückt mein Herz! Laß dich vom Teufel nicht blenden, gute Seele!«

»Sie scheinen«, begann der Fremde, »von dem, was Sie sahen, sehr ergriffen worden zu sein, bester Herr Tusmann? Ich habe bloß die Braut schauen wollen, und Ihnen selbst, Verehrter, muß dabei noch anderes aufgegangen sein.«

»Bitte, bitte«, wimmerte Tusmann, »wollen Sie mir nicht meinen schlichten Titel vergönnen, ich bin Geheimer Kanzleisekretär, und zwar in diesem Augenblick ein höchst alterierter, ja wie ganz von Sinnen gekommener. Bitte ergebenst, mein wertester Herr, gebe ich Ihnen selbst nicht den gebührenden Rang, so geschieht das lediglich aus völliger Unbekanntschaft mit Ihrer werten Person; aber ich will Sie Herr Geheimer Rat nennen, denn deren gibt es in unserem lieben Berlin so gar absonderlich viele, daß man mit diesem würdigen Titel selten irrt. Bitte also, Herr Geheimer Rat mögen es mir nicht länger verhehlen, was für eine Braut Sie hier zu der unheimlichen Stunde zu schauen gedachten!«

»Sie sind«, sprach der Fremde mit erhöhter Stimme, »Sie sind ein besonderer Mann mit Ihren Titeln, mit Ihrem Rang. Ist man dann Geheimer Rat, wenn man sich auf manches Geheimnis versteht und auch wohl nebenher guten Rat zu erteilen vermag, so kann ich wohl billigen Fugs mich so nennen. Mich nimmt es Wunder, daß ein so in alten Schriften und seltenen Manuskripten belesener Mann wie Sie, wertester Herr Geheimer Kanzleisekretär, es nicht weiß, daß, wenn ein Kundiger – verstehen Sie wohl! – ein Kundiger, zur eilften Stunde in der Nacht des Äquinoktiums hier unten an die Türe oder auch nur an die Mauer des Turms klopft, ihm oben am Fenster dasjenige Mädchen erscheint, das bis zum Frühlingsäquinoktium die glücklichste Braut in Berlin wird.«

»Herr Geheimer Rat«, rief Tusmann wie plötzlich begeistert vor Freude und Entzücken, »verehrungswürdigster Herr Geheimer Rat, sollte das wirklich der Fall sein?«

»Es ist nicht anders«, erwiderte der Fremde, »aber was stehen wir hier länger auf der Straße. Sie haben Ihre Schlafstunde bereits versäumt, wir wollen uns stracks in das neue Weinstübchen auf dem Alexanderplatz begeben, das, irre ich nicht, das sechs- oder siebenundneunzigste ist, welches in unserer guten Stadt seit kurzer Zeit aufgegangen. Es ist nur darum, daß Sie mehr von mir über die Braut erfahren, wenn Sie wollen, und wieder in die Gemütsruhe kommen, aus der Sie, selbst weiß ich nicht recht warum, ganz und gar herausgebracht zu sein scheinen.«

Der Geheime Kanzleisekretär war ein höchst mäßiger Mann, seine einzige Erholung bestand, wie schon erwähnt wurde, darin, daß er jeden Abend ein paar Stunden in einem Kaffeehause zubrachte und politische Blätter, Flugschriften durchlaufend, ja auch in mitgebrachten Büchern emsig lesend ein Glas gutes Fredersdorfer Bier genoß. Wein trank er beinahe gar nicht, nur sonntags nach der Predigt pflegte er im Hippelschen Keller ein Gläschen Mallaga mit etwas Zwieback zu sich zu nehmen. Des Nachts zu schwärmen war ihm sonst ein Greuel; unbegreiflich schien es daher, daß er sich ohne Widerstand, ja ohne auch nur ein einziges Wort zu sagen, von dem Fremden fortziehen ließ, der mit starken durch die Nacht dröhnenden Schritten forteilte nach dem Alexanderplatz.

Als sie in die Weinstube eintraten, saß nur noch ein einziger Mann einsam an einem Tisch und hatte ein großes Glas mit Rheinwein gefüllt vor sich stehen. Die tief eingefurchten Züge seines Antlitzes zeugten von sehr hohem Alter. Sein Blick war scharf und stechend, und nur der stattliche Bart verriet den Juden, der alter Sitt und Gewohnheit treu geblieben. Dabei war er sehr altfränkisch, ungefähr wie man sich ums Jahr eintausendsiebenhundertundzwanzig-dreißig trug, gekleidet, und daher mocht es wohl kommen, daß er aus längst vergangener Zeit zurückgekehrt schien.

Noch seltsamer war aber wohl der Fremde anzuschauen, auf den Tusmann getroffen.

Ein großer, hagerer, dabei kräftiger, in Gliedern und Muskeln stark gebauter Mann, scheinbar in den funfziger Jahren. Sein Antlitz mochte sonst für schön gegolten haben, noch blitzten die großen schönen Augen unter den schwarzen buschigen Augenbraunen mit jugendlichem Feuer hervor – eine freie offne Stirn – eine stark gebogene Adlernase – ein fein geschlitzter Mund – ein gewölbtes Kinn – das alles hätte den Mann vor hundert andern eben nicht ausgezeichnet; während aber Rock und Unterkleid nach Art der neuesten Zeit zugeschnitten waren, gehörten Kragen, Mantel und Barett dem Ende des sechzehnten Jahrhunderts an; vorzüglich mocht es aber wohl der eigne, wie aus tiefer schauerlicher Nacht hinaus strahlende Blick des Fremden, der dumpfe Ton seiner Stimme, sein ganzes Wesen, das durchaus gegen jede Form der jetzigen Zeit grell abstach, vorzüglich mochte es das alles sein, was in seiner Nähe jedem ein seltsames beinahe unheimliches Gefühl einflößen mußte.

Der Fremde nickte dem Alten, der am Tische saß, zu, wie einem alten Bekannten.

»Seh ich Euch einmal wieder nach langer Zeit«, rief er, »seid Ihr immer noch wohlauf?«

»Wie Ihr mich findet«, erwiderte der Alte mürrisch, »wohl und gesund und noch zur rechten Zeit auf den Beinen und munter und tätig, wenn es darauf ankommt!«

»Das fragt sich, das fragt sich«, rief der Fremde laut lachend und bestellte bei dem aufwartenden Burschen eine Flasche des ältesten Franzweins, der im Keller vorhanden.

Dem Geheimen Kanzleisekretär Tusmann wurde bei der Bestellung des Fremden angst und bange. Er fand sich überzeugt, daß, wenn zwei Personen sich an eine Flasche Wein machen, nach der richtigsten Berechnung jeder von ihnen die Hälfte davon trinken müsse, in seinem ganzen Leben hatte er aber noch nicht eine halbe Flasche Wein auf einmal, am wenigsten von solch starker Sorte getrunken.

»Mein bester, verehrungswürdigster Herr Geheimer Rat! –«, begann er deprezierend.

Aber der Fremde fiel ihm schnell in die Rede: »Lassen wir doch jetzt alle Titel, bester Herr Tusmann. Ich bin weder Geheimer Rat noch Geheimer Kanzleisekretär, sondern nichts mehr und nichts weniger als ein Künstler, der in edlen Metallen und köstlichem Gestein arbeitet, und heiße mit Namen Leonhard.«

»Also ein Goldschmied, ein Juwelier«, murmelte Tusmann vor sich hin. Er besann sich nun auch, daß er bei dem ersten Anblick des Fremden in der erleuchteten Weinstube es hätte wohl einsehen müssen, wie der Fremde unmöglich ein ordentlicher Geheimer Rat sein könne, da er in altdeutschem Mantel, Kragen und Barett angetan, wie solches bei Geheimen Räten nicht üblich.

Beide, Leonhard und Tusmann, setzten sich nun hin zu dem Alten, der sie mit einem grinsenden Lächeln begrüßte.

Nachdem Tusmann auf vieles Nötigen Leonhards ein paar Gläser des gehaltigen Weins getrunken, trat

Röte auf seine blassen Wangen; vor sich hinblickend, den Wein gemütlich einschlürfend lächelte und schmunzelte er überaus freundlich, als gingen die angenehmsten Bilder in seinem Innern auf.

»Und nun«, begann Leonhard, »und nun sagen Sie mir unverholen; bester Herr Tusmann, warum Sie so gar besonders sich gebärdeten, als die Braut im Fenster des Turms erschien, und was jetzt so ganz und gar Ihr Inneres erfüllt? Wir sind, Sie mögen das nun glauben oder nicht, alte Freunde und Bekannte, und vor diesem guten Mann brauchen Sie sich gar nicht zu genieren.«

»O Gott«, erwiderte der Geheime Kanzleisekretär, »o Gott, mein verehrtester Herr Professor – lassen Sie mich Ihnen diesen Titel geben; denn da Sie, wie ich überzeugt bin, ein sehr wackrer Künstler sind, könnten Sie mit Fug und Recht Professor bei der Akademie der Künste sein. Also, mein verehrtester Herr Professor – vermag ich denn zu schweigen? Wovon das Herz voll ist, davon geht der Mund über! Erfahren Sie es! Ich gehe, wie man sprüchwörtlich zu sagen pflegt, auf Freiers Füßen, und gedenke zum Frühlingsäquinoktium ein glückliches Bräutlein heimzuführen. Konnt es denn nun wohl fehlen, daß es mir durch alle Adern fuhr, als Sie, verehrtester Herr Professor, beliebten, mir eine glückliche Braut zu zeigen?«

»Was«, unterbrach der Alte den Geheimen Kanzleisekretär mit kreischender, krächzender Stimme, »was? Sie wollen heiraten? Sie sind ja viel zu alt dazu und häßlich wie ein Pavian.«

Tusmann erschrak über die entsetzliche Grobheit des jüdischen Alten so sehr, daß er kein Wort herauszubringen vermochte.

»Nehmen Sie«, sprach Leonhard, »dem Alten da das harte Wort nicht übel, lieber Herr Tusmann, er meint es nicht so böse als es wohl den Anschein haben möchte. Aufrichtig gesagt muß ich aber auch selbst gestehen, wie es mich bedünken will, daß Sie etwas spät sich zur Heirat entschlossen haben, da Sie mir beinahe ein Funfziger zu sein scheinen.«

»Auf den 9ten Oktober, am Tage des heiligen Dionysius, erreiche ich mein achtundvierzigstes Jahr«, fiel Tusmann etwas empfindlich ein.

»Dem sei, wie ihm wolle«, fuhr Leonhard fort, »es ist auch nicht das Alter allein, das Ihnen entgegensteht. Sie haben bisher ein einfaches, einsames Junggesellenleben geführt, Sie kennen das weibliche Geschlecht nicht, Sie werden sich nicht zu raten, nicht zu helfen wissen.«

»Was raten, was helfen«, unterbrach Tusmann den Goldschmied, »ei, bester Herr Professor, Sie müssen mich für ungemein leichtsinnig und unverständig halten, wenn Sie glauben, daß ich blindlings ohne Rat und Überlegung zu handeln im Stande wäre. Jeden Schritt, den ich tue, erwäge und bedenke ich weislich, und als ich mich in der Tat von dem Liebespfeil des losen Gottes, den die Alten Cupido nannten, getroffen fühlte, sollte da nicht all mein Dichten und Trachten dahin gegangen sein, mich für diesen Zustand gehörig auszubilden? Wird jemand, der ein schweres Examen zu überstehen gedenkt, nicht emsig alle Wissenschaften studieren, aus denen er befragt werden soll? Nun, verehrtester Herr Professor, meine Heirat ist ein Examen, zu dem ich mich gehörig vorbereite und in dem ich wohl zu bestehen glaube. Sehen Sie, bester Mann, dieses kleine Buch, das ich, seit ich mich zu lieben und zu heiraten beschlossen, beständig bei mir trage und unaufhörlich studiere, sehen Sie es an und überzeugen Sie sich, daß ich die Sache gründlich und gescheut beginne, und keineswegs als ein Unerfahrner erscheinen werde, ungeachtet mir, wie ich gestehen will, das ganze weibliche Geschlecht bis dato fremd geblieben.«

Mit diesen Worten hatte der Geheime Kanzleisekretär ein kleines in Pergament gebundenes Buch aus der Tasche gezogen und den Titel aufgeschlagen, welcher folgendermaßen lautete:

> Kurzer Entwurff der politischen Klugheit, sich selbst und andern in allen Menschlichen Gesellschafften wohl zu rathen und zu einer gescheiden Conduite zu gelangen; Allen Menschen, die sich klug zu seyn dünken, oder noch klug werden wollen, zu höchst nöthiger Bedürfniß und ungemeinem Nutzen, aus dem Lateinischen des Herrn Thomasii übersetzet. Nebst einem ausführlichen Register. Frankfurt und Leipzig. In Verlag Johann Großens Erben 1710.

»Bemerken Sie«, sprach Tusmann mit süßem Lächeln, »bemerken Sie, wie der würdige Autor im siebenten Kapitel, das lediglich vom Heiraten und von der Klugheit eines Hausvaters handelt, §. 6 ausdrücklich sagt:

> Zum wenigsten soll man damit nicht eilen. Wer bey vollkommenem männlichen Alter heirathet, wird so viel klüger, weil er so viel weiser wird. Frühzeitige Heirathen machen unverschämte oder arglistige Leute, und werffen sowohl des Leibes, als des Gemüths Kräffte übern Hauffen. Das männliche Alter ist zwar nicht ein Anfang der Jugend, dieselbe aber soll nicht eher, als mit demselben zugleich sich enden.

Und dann, was die Wahl des Gegenstandes betrifft, den man zu lieben und zu heiraten gesonnen, so sagt der vortreffliche Thomasius §. 9:

> Die Mittelstraße ist die sicherste, man nehme keine allzu Schöne noch Häßliche, keine sehr Reiche noch sehr Arme, keine Vornehmere noch Geringere, sondern, die mit uns gleichen Standes ist, und so wird auch bey den meisten übrigen Eigenschaften die Mittelstraße zu treffen das Beste seyn.

Dem bin ich denn auch gefolget und habe mit der anmutigen Person, die ich erwählet, nach dem Rat, den Herr Thomasius im §. 17 erteilet, nicht nur einmal Konversation gepfleget, weil man durch Verstellung der Fehler und Annehmung von allerhand Scheintugenden leicht hintergangen werden kann, sondern zum öftern, da es denn unmöglich ist, sich gänzlich in die Länge zu bergen.«

»Aber«, sprach der Goldschmied, »aber mein werter Herr Tusmann, eben dieser Umgang, oder wie Sie es zu nennen belieben, diese Konversation mit den Weibern scheint mir, soll man nicht getäuscht werden auf schnöde Weise, langer Erfahrung und Übung zu bedürfen.«

»Auch hierin«, erwiderte Tusmann, »steht mir der große Thomasius zur Seite, indem er sattsam lehrt, wie eine vernünftige angenehme Konversation einzurichten und wie vorzüglich, konversiert man mit Frauenzimmern, dabei einiger Scherz auf liebliche Art einzumischen. Aber Scherzreden, sagt mein Autor im fünften Kapitel, soll man sich bedienen, wie ein Koch des Salzes, ja selbst der spitzigen Redensarten wie eines Gewehrs, nicht andere damit anzutasten, sondern zu unserer Beschützung, ebenmäßig als ein Igel seine Stacheln zu brauchen pfleget. Und soll man dabei als ein kluger Mann auf die Gebärden fast noch mehr, als auf die Worte regardieren, indem öfters das, was einer in Diskursen verbirget, durch Gebärden hervorbricht, und die Worte gemeiniglich nicht so viel als die übrige Aufführung zu Erweckung Freund- oder Feindschaft vermögen.«

»Ich merk es schon«, nahm der Goldschmied das Wort, »man kommt Ihnen auf keine Weise bei, Sie sind gegen alles gewappnet und gerüstet. Wetten will ich daher auch, daß Sie durch Ihr Betragen die Liebe der von Ihnen erkornen Dame ganz und gar gewonnen.«

»Ich befleißige mich«, sprach Tusmann, »nach Thomasii Rat einer ehrerbietigen und freundlichen Gefälligkeit, denn diese ist sowohl das natürlichste Merkmal der Liebe, als der natürlichste Zug und Erweckung der Gegenliebe, gleich wie das Hojanen oder Gähnen eine ganze Gesellschaft zur Nachahmung antreibt. Doch gehe ich in der allzugroßen Ehrerbietung nicht zu weit, denn ich bedenke wohl, daß, wie Thomasius lehrt, die Weiber weder gute noch böse Engel, sondern bloße Menschen, und zwar, den Leibes- und Gemütskräften nach, schwächere Kreaturen sind als wir, welches der Unterschied des Geschlechts sattsam anzeiget.«

»Ein schwarz Jahr«, rief der Alte ergrimmt, »ein schwarz Jahr komme über Euch, daß Ihr läppisches Zeug schwatzt ohne Aufhören und mir die gute Stunde verderbt, in der ich hier mich zu erlaben gedachte nach vollbrachtem großen Werk!«

»Schweigt nur Alter«, sprach der Goldschmied mit erhöhter Stimme, »seid froh, daß wir Euch hier leiden; denn mit Euerm brutalen Wesen seid Ihr ein unangenehmer Gast, den man eigentlich hinauswerfen sollte. Lassen Sie sich, wertester Herr Tusmann, durch den Alten nicht irren. Sie sind der alten Zeit hold, Sie lieben den Thomasius; was mich betrifft, so gehe ich noch viel weiter zurück, da ich nur auf *die* Zeit etwas gebe, der, wie Sie sehen, zum Teil meine Kleidung angehört. Ja, Verehrter, jene Zeit war wohl herrlicher, als die jetzige, und aus ihr stammt noch jener schöne Zauber her, den Sie heute am alten Rathausturm geschaut haben.« – »Wie das, wertester Herr Professor?« fragte der Geheime Kanzleisekretär.

»Ei«, fuhr der Goldschmied fort, »damals gab es gar öfters fröhliche Hochzeit auf dem Rathause, und solche Hochzeiten sahen ein wenig anders aus, als die jetzigen. Nun! manche glückliche Braut blickte damals zum Fenster heraus, und so ist es ein anmutiger Spuk, wenn noch jetzt ein luftiges Gebilde das, was sich jetzt begeben wird, weissagt aus dem, was vor langer Zeit geschehen. Überhaupt muß ich bekennen, daß damals unser Berlin bei weitem lustiger und bunter sich ausnahm als jetzt, wo alles auf einerlei Weise ausgeprägt wird, und man in der Langenweile selbst die Lust sucht und findet, sich zu langweilen. Da gabs Feste, andere Feste als man sie jetzt ersinnen mag. Ich will nur daran denken, wie im Jahr eintausendfünfhundertundeinundachtzig zu Okuli in der Fasten der Kurfürst Augustus zu Sachsen mit seinem Gemahl und Sohne Christian von allen anwesenden Herren herrlich und prächtig zu Cölln eingeholt wurde mit etlichen hundert Pferden. Und die Bürger beider Städte, Berlin und Cölln samt den Spandauischen, standen zu beiden Seiten vom Köpenicker Tore bis zum Schlosse in vollständiger Rüstung. Tages darauf gab es ein stattliches Ringrennen, bei dem der Kurfürst zu Sachsen und Graf Jost zu Barby mit mehreren vom Adel aufzogen in goldener Kleidung, hohen goldnen Stirnhauben, an Schultern, Ellenbogen und Knien mit goldenen Löwenköpfen, sonst an Armen und Beinen mit fleischfarbener Seide, als wären sie bloß gewesen, angetan, wie man die heidnischen Kämpfer zu malen pflegt. Sänger und Instrumentisten saßen verborgen in einer goldenen Arche Noahs und darauf ein kleiner Knabe, mit fleischfarbener Seide gekleidet, mit Flügeln, Bogen, Köcher und mit verbundenen Augen, wie der Cupido gemalt wird. Zwei andere Knaben mit schönen weißen Straußfedern bekleidet, goldenen Augen und Schnäbeln wie Täubelein, führten die Arche, in welcher, wenn der Fürst gerannt und getroffen, die Musik ertönte. Darauf ließ man etliche Tauben aus der Arche, von denen sich eine auf die spitze Zobelmütze unseres gnädigen Herrn Kurfürsten setzte, mit den Flügeln schlug und eine welsche Arie zu singen begann, gar lieblich und viel schöner als siebzig Jahre später unser Hofsänger Bernhard Pasquino Grosso aus Mantua zu singen pflegte, wiewohl nicht so anmutig als zu jetziger Zeit Madame Milder oder Madame Seidler, die freilich, zeigen sie ihre Kunst, besser plaziert sind als jenes Täubelein. Dann gab es ein Fußturnier, zu dem zog der Kurfürst zu Sachsen mit dem Grafen Barby in einem Schiffe auf, das war mit gelbem und schwarzem Zeuge bekleidet und hatte ein Segel von goldenem Zindel. Und es saß hinter dem Herrn der kleine Knabe, der Tages zuvor Cupido gewesen, mit einem langen bunten Rocke und spitzigem Hute von gelbem und schwarzem Zeuge und langem grauen Barte. Sänger und Instrumentisten waren ebenso gekleidet. Aber rings um das Schiff tanzten und sprangen viele Herren vom Adel her, mit Köpfen und Schwänzen von Lachsen, Heringen und andern lustigen Fischen angetan, welches sich gar anmutig ausnahm. Am Abend um die zehnte Stunde wurde ein schönes Feuerwerk angezündet, welches einige tausend Schüsse hatte, in der Gestalt einer viereckigen Festung mit Landsknechten besetzt, die alle voller Schüsse waren, und trieben die Büchsenmeister viel merkliche Possen mit Stechen und Fechten, und ließen feurige Rosse und Männer, seltsame Vögel und andere Tiere in die Höhe fahren mit schrecklichem Gerassel und Geprassel. Das Feuerwerk dauerte an die zwei Stunden.«

Während der Goldschmied dies alles erzählte, gab der Geheime Kanzleisekretär alle Zeichen der innigsten Teilnahme, des höchsten Wohlgefallens von sich. Er rief mit feiner Stimme: »Ei – O – Ach« dazwischen, schmunzelte, rieb sich die Hände, rutschte auf dem Stuhle hin und her und schlürfte dabei ein Glas Wein nach dem andern hinunter. »Mein verehrtester Herr Professor«, rief er endlich im höchsten Falsett, den ihm die höchste Freude abzunötigen pflegte, »mein teuerster, verehrtester Herr Professor, was sind das für herrliche Dinge, von denen Sie so lebhaft zu erzählen belieben, als wären Sie selbst persönlich dabei gewesen!«

»Ei«, erwiderte der Goldschmied, »soll ich denn vielleicht nicht dabei gewesen sein?«

Tusmann wollte, den Sinn dieser verwunderlichen Rede nicht fassend, eben weiterfragen, als der Alte mürrisch zum Goldschmied sprach: »Vergeßt doch die schönsten Feste nicht, an denen sich die Berliner ergötzten in jener Zeit, die Ihr so hoch erhebt. Wie auf dem Neumarkt die Scheiterhaufen dampften, und das Blut floß der unglücklichen Schlachtopfer, die auf die entsetzlichste Weise gemartert alles gestanden, was der tollste Wahn, der plumpste Aberglaube nur sich erträumen konnte.«

»Ach«, nahm der Geheime Kanzleisekretär das Wort, »ach, Sie meinen gewiß die schnöden Hexen- und Zauberprozesse, wie sie in alter Zeit stattfanden, mein bester Herr! Ja, das war freilich ein schlimmes Ding, dem unsere schöne Aufklärung ein Ende gemacht hat.«

Der Goldschmied warf seltsame Blicke auf den Alten und auf Tusmann und fragte endlich mit geheimnisvollem Lächeln diesen: »Kennen Sie die Geschichte vom Münzjuden Lippold, wie sie sich im Jahr eintausendfünfhundertundzweiundsiebzig zutrug?« Noch ehe Tusmann antworten konnte, fuhr der Goldschmied weiter fort: »Großen Betruges und arger Schelmerei war der Münzjude Lippold angeklagt, der sonst das Vertrauen des Kurfürsten besaß, dem ganzen Münzwesen im Lande vorstand und allemal, wenn es Not tat, gleich mit bedeutenden Summen bei der Hand war. Sei es aber nun, daß er sich gut auszureden wußte oder daß ihm andere Mittel zu Gebote standen, sich vor den Augen des Kurfürsten reinzuwaschen von aller Schuld, oder daß er, wie man damals sich auszudrücken pflegte, etzliche, die beim Herrn Tun und Lassen waren, mit der silbernen Büchse geschossen; genug, es war an dem, daß er als unschuldig loskommen sollte; er wurde nur noch in seinem kleinen in der Stralauer Straße belegenen

Hause von Bürgern bewacht. Da trug es sich zu, daß er sich mit seinem Weibe erzürnte und daß diese in zornigem Mute sprach: Wenn der gnädige Herr Kurfürst nur wüßte, was du für ein böser Schelm bist, und was für Bubenstücke du mit deinem Zauberbuche kannst zu Wege bringen, würdest du lange kalt sein. Das wurde dem Kurfürsten berichtet, der ließ strenge nachforschen in Lippolds Hause nach dem Zauberbuche, das man endlich fand, und das, als es Leute, die dessen Verstand hatten, lasen, seine Schelmerei klar an den Tag brachte. Böse Künste hatte er getrieben, um den Herrn sich ganz zu eigen zu machen und das ganze Land zu beherrschen, und nur des Kurfürsten Gottseligkeit hatte dem satanischen Zauber widerstanden. Lippold wurde auf dem Neumarkt hingerichtet, als aber die Flammen seinen Körper und das Zauberbuch verzehrten, kam unter dem Gerüst eine große Maus hervor und lief ins Feuer. Viele Leute hielten die Maus für Lippolds Zauberteufel.« Während der Goldschmied dies erzählte, hatte der Alte beide Arme auf den Tisch gestützt, die Hände vors Gesicht gehalten, und gestöhnt und geächzt, wie einer, der große unerträgliche Schmerzen leidet.

Der Geheime Kanzleisekretär schien dagegen nicht sonderlich auf des Goldschmieds Worte zu achten. Er war über die Maßen freundlich und in dem Augenblick von ganz andern Gedanken und Bildern erfüllt. Als nämlich der Goldschmied geendet, fragte er schmunzelnd mit süß lispelnder Stimme: »Aber sagen Sie mir nur, mein allerwertester hochverehrtester Herr Professor, war denn das wirklich die Demoiselle Albertine Voßwinkel, die aus dem verfallenen Fenster des Rathausturmes mit ihren schönen Augen auf uns herniederblickte?«

»Was«, fuhr ihn der Goldschmied wild an, »was haben Sie mit der Albertine Voßwinkel?«

»Nun«, erwiderte Tusmann kleinlaut, »nun Du mein lieber Himmel, das ist ja eben diejenige holde

Dame, die ich zu lieben und zu heiraten unternommen.«

»Herr«, rief nun der Goldschmied blutrot im ganzen Gesicht und glühenden Zorn in den feuersprühenden Augen, »Herr, ich glaube Sie sind vom Teufel besessen oder total wahnsinnig! Sie wollen die schöne blutjunge Albertine Voßwinkel heiraten? Sie alter abgelebter armseliger Pedant? Sie, der Sie mit all Ihrer Schulgelehrsamkeit, mitsamt Ihrer aus dem Thomasius geschöpften politischen Klugheit nicht drei Schritt über Ihre eigne Nase wegsehen können? Solche Gedanken lassen Sie sich nur vergehen, sonst könnte Ihnen noch in dieser Äquinoktialnacht das Genick gebrochen werden!«

Der Geheime Kanzleisekretär war sonst ein sanfter, friedfertiger, ja furchtsamer Mann, der niemandem, wurde er auch angegriffen, ein hartes Wort sagen konnte. Zu schnöde waren aber wohl des Goldschmieds Worte, und kam noch hinzu, daß Tusmann mehr starken Wein als er gewohnt, getrunken hatte, so konnt es nicht fehlen, daß er, wie sonst niemals, zornig auffuhr und mit gellender Stimme rief: »Ich weiß gar nicht, wie Sie mir vorkommen, mein unbekannter Herr Goldschmied, was Sie berechtigt, mir so zu begegnen? Ich glaube gar, Sie wollen mich äffen durch allerhand kindische Künste und vermessen sich, die Demoiselle Albertine Voßwinkel selbst lieben zu wollen, und haben die Dame porträtiert auf Glas und mir mittelst einer Laterna magica, die Sie unter dem Mantel verborgen, das angenehme Bildnis gezeigt am Rathausturm! O mein Herr, auch ich verstehe mich auf solche Dinge, und Sie verfehlen den Weg, wenn Sie glauben, mich durch Ihre Künste, durch Ihre groben Redensarten einzuschüchtern!«

»Nehmen Sie sich in acht«, sprach nun der Goldschmied gelassen und sonderbar lächelnd, »nehmen Sie sich in acht, Tusmann, Sie haben es hier mit kuriosen Leuten zu tun!«

Aber in dem Augenblick grinste, statt des Goldschmieds, ein abscheuliches Fuchsgesicht den Geheimen Kanzleisekretär an, der von dem tiefsten Entsetzen erfaßt, zurücksank in den Sessel.

Der Alte schien sich über des Goldschmieds Verwandlung weiter gar nicht zu verwundern, vielmehr hatte er auf einmal sein mürrisches Wesen ganz verloren, und rief lachend: »Sehen Sie doch, welch hübscher Spaß; aber das sind brotlose Künste, da weiß ich besseres und vermag Dinge, die dir stets zu hoch geblieben sind, Leonhard.«

»Laß doch sehen« sprach der Goldschmied, der nun wieder sein menschliches Gesicht angenommen, sich ruhig an den Tisch setzend, »laß doch sehen, was Du kannst.« Der Alte holte einen großen schwarzen Rettich aus der Tasche, putzte und schälte ihn mit einem kleinen Messer, das er ebenfalls hervorgezogen, sauber ab, zerschnitt ihn in dünne Scheiben und legte diese auf den Tisch.

Aber sowie er mit geballter Faust auf eine Rettichscheibe schlug, sprang klappernd ein schön ausgeprägtes flimmerndes Goldstück hervor, das er faßte und dem Goldschmied zuwarf. Doch sowie dieser das Goldstück auffing, zerstäubte es in tausend knisternde Funken. Das schien den Alten zu ärgern, immer rascher und stärker prägte er die Rettichscheiben aus, immer prasselnder zersprangen sie in des Goldschmieds Hand.

Der Geheime Kanzleisekretär war ganz außer sich – betäubt von Entsetzen und Angst; endlich raffte er sich mit Gewalt auf aus der Ohnmacht, der er nahe war, und sprach mit bebender Stimme: »Da will ich mich doch den hochzuverehrenden Herren lieber ganz gehorsamst empfehlen«, sprang, nachdem er Hut und Stock ergriffen, schnell zur Türe heraus.

Auf der Straße hörte er, wie die beiden Unheimlichen hinter ihm her eine gellende Lache aufschlugen, vor der ihm das Blut in den Adern gefror.

ZWEITES KAPITEL

Worin erzählt wird,
wie eines Zigarros halber, der nicht brennen wollte,
sich ein Liebesverständnis erschloß, nachdem die Verliebten
schon früher mit den Köpfen aneinander gerannt.

Auf weniger verfängliche Weise, als der Geheime Kanzleisekretär Tusmann, hatte der junge Maler Edmund Lehsen die Bekanntschaft des alten wunderlichen Goldschmieds Leonhard gemacht.

Edmund entwarf gerade an einer einsamen Stelle des Tiergartens eine schöne Baumgruppe nach der Natur, als Leonhard zu ihm trat und ohne Umstände ihm über die Schulter ins Blatt hineinsah. Edmund ließ sich gar nicht stören, sondern zeichnete emsig fort, bis der Goldschmied rief: »Das ist ja eine ganz sonderbare Zeichnung, lieber junger Mann, das werden ja am Ende keine Bäume, das wird ja ganz etwas anderes.«

»Merken Sie etwas, mein Herr?« sprach Edmund mit leuchtenden Blicken.

»Nun«, fuhr der Goldschmied fort, »ich meine, aus den dicken Blättern da kuckten allerlei Gestalten heraus im buntesten Wechsel, bald Genien, bald seltsame Tiere, bald Jungfrauen, bald Blumen. Und doch sollte das Ganze wohl nur sich zu jener Baumgruppe uns gegenüber gestalten, durch die die Strahlen der Abendsonne so lieblich funkeln.«

»Ei, mein Herr«, rief Edmund, »Sie haben entweder einen gar tiefen Sinn, ein durchschauendes Auge für dergleichen, oder ich war in diesen Augenblicken glücklicher im Darstellen meiner innersten Empfindung als jemals. Ist es Ihnen nicht auch so, wenn Sie sich in der Natur ganz Ihrem sehnsüchtigen Gefühl überlassen, als schauten durch die Bäume, durch das Gebüsch, allerlei wunderbare Gestalten Sie mit holden Augen an? Das war es, was ich in dieser Zeichnung recht versinnlichen wollte, und ich merke, es ist mir gelungen.«

»Ich verstehe«, sprach Leonhard etwas kalt und trocken, »Sie wollten frei von allem eigentlichen Studium sich Rast geben und in einem anmutigen Spiel Ihrer Fantasie sich erheitern und erkräftigen.«

»Keinesweges mein Herr!« erwiderte Edmund, »gerade diese Art, nach der Natur zu zeichnen, halte ich für mein bestes, nutzenvollstes Studieren. Aus solchen Studien trag ich das wahrhaft Poetische, Fantastische in die Landschaft. Dichter muß der Landschaftsmaler ebensogut sein als der Geschichtsmaler, sonst bleibt er ewig ein Stümper.«

»Hilf Himmel«, rief Leonhard, »auch Sie, lieber Edmund Lehsen –«

»Wie«, unterbrach Edmund den Goldschmied, »wie, Sie kennen mich, mein Herr?«

»Warum«, erwiderte Leonhard, »soll ich Sie denn nicht kennen? Ich machte Ihre erste werte Bekanntschaft in einem Augenblick, auf den Sie sich wahrscheinlich nicht sehr deutlich besinnen werden, nämlich, als Sie soeben geboren waren. Für die wenige Welterfahrung, die Sie damals besitzen konnten, hatten Sie sich überaus sittig und klug betragen, Ihrer Frau Mama ungemein wenig Mühe gemacht und sogleich ein sehr wohlklingendes Freudengeschrei erhoben, auch heftig ans Tageslicht verlangt, das man Ihnen nach meinem Rat nicht verweigern durfte, da nach dem Ausspruch der neuesten Ärzte dieses den neugebornen Kindern nicht nur keinesweges schadet, sondern vielmehr wohltätig auf ihren Verstand, auf ihre psychischen Kräfte überhaupt wirkt. Ihr Herr Papa war auch dermaßen fröhlich, daß er auf einem Beine im Zimmer herumhopste und aus der Zauberflöte sang: ›Bei Männern, welche Liebe fühlen‹ pp. Nachher gab er mir Ihre kleine Person (Sie waren in der Tat damals bei weitem kleiner, als jetzt, aber auch viel niedlicher) in die Hände und bat mich, Ihr Horoskop zu stellen, welches ich auch tat. Dann kam ich noch öfters in Ihres Vaters Haus, und Sie verschmähten nicht, manche Tüte Rosinen und Mandeln aufzunaschen, die ich Ihnen mitbrachte. Nachher ging ich auf Reisen, Sie mochten damals sechs oder acht Jahre alt sein. Dann kam ich hierher nach Berlin, sah Sie und vernahm mit Vergnügen, daß Ihr Vater Sie aus Müncheberg hierher geschickt, um die edle Malerkunst zu studieren, für welches Studium in Müncheberg eben nicht sonderlicher Fond vorhanden an Bildern, Marmorn, Bronzen, Gemmen und andern bedeutenden Kunstschätzen. Ihre gute Vaterstadt kann sich darin nicht mit Rom, Florenz oder Dresden messen, wie vielleicht künftig Berlin, wenn funkelnagelneue Antiken aus der Tiber gefischt und hierher transportiert werden.«

»Mein Gott«, sprach Edmund, »jetzt gehen mir alle Erinnerungen aus meiner frühesten Jugend lebhaft auf. Sind Sie nicht Herr Leonhard?«

»Allerdings«, erwiderte der Goldschmied, »heiße ich Leonhard und nicht anders, indessen möcht es mich doch wundern, wenn Sie sich aus so früher Zeit meiner noch erinnern sollten.«

»Und doch«, fuhr Edmund fort, »ist es der Fall. Ich weiß, daß ich mich jedesmal, wenn Sie in meines Vaters Hause erschienen, sehr freute, weil Sie mir immer allerlei Näschereien mitbrachten und sich überhaupt viel mit mir abgaben, und dabei verließ mich nicht eine scheue Ehrfurcht, ja eine gewisse Angst und Beklommenheit, die oft noch fortdauerte, wenn Sie schon weggegangen waren. Aber noch mehr sind es die Erzählungen meines Vaters von Ihnen, die Ihr Andenken in meiner Seele frisch erhalten haben. Er rühmte sich Ihrer Freundschaft, da Sie ihn mit besonderer Gewandtheit aus allerlei verdrießlichen Vorfällen und Verwicklungen, wie sie im Leben wohl vorkommen, glücklich gerettet hatten. Mit Begeisterung sprach er aber davon, wie Sie in die tiefen geheimen Wissenschaften eingedrungen, über manche verborgene Naturkraft geböten nach Willkür, und manchmal – verzeihen Sie – gab er nicht undeutlich zu verstehen, Sie wären wohl am Ende, das Ding bei Lichte besehen, Ahasverus, der ewige Jude!«

»Warum nicht gar der Rattenfänger von Hameln oder der alte Überall und Nirgends oder das Petermännchen oder sonst ein Kobold«, unterbrach der Goldschmied den Jüngling; »aber wahr mag es sein, und ich will es gar nicht leugnen, daß es mit mir eine gewisse eigne Bewandtnis hat, von der ich nicht sprechen darf, ohne Ärgernis zu erregen. Ihrem Herrn Papa habe ich in der Tat viel Gutes erzeigt durch meine geheimen Künste; vorzüglich erfreute ihn gar sehr das Horoskop, das ich Ihnen stellte nach Ihrer Geburt.«

»Nun«, sprach der Jüngling, indem hohe Röte seine Wangen überflog, »nun, mit dem Horoskop war es eben nicht so sehr erfreulich. Mein Vater hat es mir oft wiederholt, Ihr Ausspruch sei gewesen, es würde was Großes aus mir werden, entweder ein großer Künstler oder ein großer Narr. Wenigstens hab ich es aber diesem Ausspruch zu verdanken, daß mein Vater meiner Neigung zur Kunst freien Lauf ließ, und glauben Sie nicht, daß Ihr Horoskop zutreffen wird?«

»O ganz gewiß«, erwiderte der Goldschmied sehr kalt und gelassen, »es ist gar nicht daran zu zweifeln, denn Sie sind eben jetzt auf dem schönsten Wege, ein großer Narr zu werden.«

»Wie mein Herr«, rief Edmund zornig, »wie mein Herr, Sie scheuen sich nicht, mir eine Sottise ins Gesicht zu sagen? Sie –«

»Still«, fiel ihm der Goldschmied ins Wort, »still, das ist keine Sottise, das ist die alte deutsche ehrliche Biederheit, die aus mir spricht, und die Sie vertragen müssen, da Sie mit einem altdeutschen Rock angetan sind und sich die Haare nicht verschneiden. Das Wort Sottise sollten Sie gar nicht kennen, viel weniger brauchen. Sie laufen Gefahr, von irgend einem

Professor der Turnkunst stracks zu Boden geturnt zu werden, vernimmt er solches aus Ihrem Munde. Doch den Beweis meines Ausspruchs! Sie haben Recht, jeder Maler, sei er Landschafter oder Historikus, muß zugleich ein Dichter sein, denn Gemälde sind Gedichte mit dem Pinsel ausgeführt; aber nennen Sie das Dichten, wenn Bäume mit ihrem Laube, Stamm und ihren Wurzeln zugleich aussehen sollen, wie Menschen, Tiergestalten, ja wenn selbst Figuren zusammengestellt sind, nicht nur eine bestimmte Handlung, sondern nur eine außerhalb des Bildes liegende fantastische Idee auszudrücken? Da kommen wir in die Allegorie hinein, dem ärmlichsten, unkünstlerischsten Teil der Malerei. Hüten Sie sich vor dem Nebeln und Schwebeln! Sie verfertigen bisweilen miserable Sonette und gefallen sich darin, seltsame Arabesken und Grotesken zusammenzustoppeln und schwatzen von Ahnung und Sehnsucht und Lebenstiefe, die in den abgeschmackten Zerrbildern liegen soll.«

»In der Tat«, brach Edmund im höchsten Unwillen los, »in der Tat mein Herr! Ihr Horoskop bewährt sich in diesem Augenblick, denn ich bin wirklich ein großer ausgemachter Narr, daß ich hier stehe, und mir von einem Mann, dem es an allem poetischen Sinn gebricht, Grobheiten ins Gesicht sagen lasse. Gott befohlen.« Und damit rannte der Jüngling spornstreichs durch das Gebüsch von dannen.

Edmund Lehsen hielt den Genius, der nach seiner Meinung ihm innwohnte, so hoch in Ehren, daß er selbst gar nicht begriff, wie er mit diesem überirdischen Insassen so ruhig auf Erden unter seinesgleichen wandeln könne und nicht vielmehr in den hohen Lüften schwebe. Schon darum mochte der Goldschmied Recht haben mit seinem schlimmen Horoskop. Edmund arbeitete an einem großen Bilde, das der Triumph der Kunst sein sollte. Als es endlich vollendet, war es jedoch dermaßen mißraten, daß es auf der Ausstellung bei den Kennern Lachen, bei den Meistern aber Unwillen erregte. Dieser böse Umstand erzeugte in dem Innern des Jünglings einen harten Kampf, in dem aber das bessere Prinzip siegte. Er sah es nämlich ein, daß er sich wohl auf falschem Wege befunden, und gedachte des alten Goldschmieds und seiner Warnung. So wie er recht lebhaft wünschte, ihn wiederzusehen, fand er sich wirklich ein in der Werkstatt.

Merkwürdig war es, daß der Goldschmied von des Jünglings Sinnesänderung ganz unterrichtet zu sein schien. Er wünschte ihm Glück zu dem mißratenen Bilde und meinte, es habe ganz mit Recht den großen Rumor herbeigeführt, da es, was Abgeschmacktheit der Idee, Unrichtigkeit der Zeichnung, Unwahrheit des Kolorits anlange, kaum zu übertreffen.

Edmund hörte mit niedergeschlagenen Augen, hohe Röte auf den Wangen, des alten Goldschmieds herben Tadel an; er schämte sich in der Tat seines törichten Beginnens, das er nun in seinem ganzen Umfange fühlte.

Als der Goldschmied dies gewahr wurde, änderte er indessen sogleich seinen Ton und richtete den niedergeschlagenen, ja zerknirschten Jüngling wieder auf, mit trostreichen Worten.

»Es liegt«, sprach er, »nun gänzlich an dir, der schlimmen Alternative meines Horoskops zu entgehen und ein tüchtiger Künstler zu werden. Deine Zeichnungen, deine Entwürfe, verraten eine reiche lebendige Fantasie, eine rege Kraft des Ausdrucks, eine kecke Gewandtheit der Darstellung; auf diese Fundamente läßt sich ein wackeres Gebäude aufführen. Laß ab von aller modischen Überspanntheit und gib dich ganz hin dem ernsten Studium. Ich rühm es, daß Du nach der Würde und Einfachheit der alten deutschen Maler trachtest, aber auch hier magst du sorglich die Klippe vermeiden, an der so viele scheitern. Es gehört wohl ein tiefes Gemüt, eine Seelenkraft, die der Erschlaffung der modernen Kunst zu widerstehen vermag, dazu, ganz aufzufassen den wahren Geist der alten deutschen Meister, ganz einzudringen in den Sinn ihrer Gebilde. Nur dann wird sich aus dem Innersten heraus der Funke entzünden, und die wahre Begeisterung Werke schaffen, die ohne blinde Nachahmerei eines bessern Zeitalters würdig sind. Aber jetzt meinen die jungen Leute, wenn sie irgend ein biblisches Bild mit klapperdürren Figuren, ellenlangen Gesichtern, steifen eckigten Gewändern und falscher Perspektive zusammenstoppeln, sie hätten gemalt in der Manier der alten deutschen hohen Meister. Solche geistestote Nachähmler mögen dem Bauerjungen zu vergleichen sein, der in der Kirche bei dem Vaterunser den Hut vor die Nase hielt, ohne es auswendig beten zu können, angebend, wisse er auch das Gebet nicht, so kenne er doch die Melodie davon.«

Der Goldschmied sprach noch viel Wahres und Schönes über die edle Kunst der Malerei und gab dem künstlerischen Edmund weise vortreffliche Lehren, so daß dieser, ganz durchdrungen, zuletzt fragte, wie es möglich sei, daß Leonhard so viel Kenntnis habe erwerben können, ohne selbst Maler zu sein, und daß er so im Verborgenen lebe, ohne sich Einfluß zu verschaffen auf die Kunstbestrebungen aller Art?

»Ich habe«, erwiderte der Goldschmied mit sehr mildem ernsten Ton, »ich habe dir schon gesagt, daß eine lange, ja in der Tat sehr wunderbar lange Erfahrung meinen Blick, mein Urteil geschärft hat. Was aber meine Verborgenheit betrifft, so bin ich mir bewußt, daß ich überall etwas seltsam auftreten würde, wie es nun einmal nicht nur meine ganze Organisation, sondern auch das Gefühl einer gewissen mir innewohnenden Macht gebietet, und dies könnte mein ganzes ruhiges Leben hier in Berlin verstören. Ich gedenke noch eines Mannes, der in gewisser Hinsicht mein Ahnherr sein könnte, und der mir so in Geist und Fleisch gewachsen ist, daß ich zuweilen im seltsamen Wahn glaube, ich sei es eben selbst. Niemanden anders meine ich, als jenen Schweizer Leonhard Turnhäuser zum Thurm, der ums Jahr eintausendfünfhundertundzweiundachtzig hier in Berlin am Hofe des Kurfürsten Johann George lebte. Damals war, wie du wissen wirst, jeder Chemiker ein Alchimist und jeder Astronom ein Astrolog genannt, und so mochte Turnhäuser auch beides sein. Soviel ist indessen gewiß, daß Turnhäuser die merkwürdigsten Dinge zustande brachte, und außerdem sich als tüchtiger Arzt bewies. Er hatte indessen den Fehler, seine Wissenschaft überall geltend machen zu wollen, sich in alles zu mischen, überall mit Rat und Tat bei der Hand zu sein. Das zog ihm Haß und Neid zu, wie der Reiche, der mit seinem Reichtum, ist er auch wohl erworben, eitlen Prunk treibt, sich am ersten Feinde auf den Hals zieht. Nun begab es sich, daß man dem Kurfürsten eingeredet hatte, Turnhäuser vermöge Gold zu machen, und daß dieser, sei es nun, weil er sich wirklich nicht darauf verstand oder weil andere Gründe ihn dazu trieben, hartnäckig verweigerte, zu laborieren. Da kamen Turnhäusers Feinde, und redeten zum Kurfürsten: Seht Ihr wohl, was das für ein verschmitzter unverschämter Geselle ist? Er prahlt mit Kenntnissen, die er nicht besitzt und treibt allerlei zauberische Possen und jüdische Händel, die er büßen sollte mit schmachvollem Tode, wie der Jude Lippold. Turnhäuser war sonst wirklich ein Goldschmied gewesen, das kam heraus, und nun bestritt man ihm vollends alle Wissenschaft, die er doch sattsam an den Tag gelegt. Man behauptete sogar, daß er all die scharfsinnigen Schriften, die bedeutungsvollen Prognostica, die er herausgegeben, nicht selbst verfertigt, sondern sich habe machen lassen von andern Leuten um bares Geld. Genug, Haß, Neid, Verläumdung, brachten es dahin, daß er, um dem Schicksal des Juden Lippold zu entgehen, in aller Stille Berlin und die Mark verlassen mußte. Da schrien die Widersacher, er habe sich zum päpstlichen Haufen begeben, das ist aber nicht wahr. Er ging nach Sachsen und trieb sein Goldschmiedshandwerk, ohne der Wissenschaft zu entsagen.«

Edmund fühlte sich auf wunderbare Weise zu dem alten Goldschmied hingezogen, und dieser lohnte ihm das ehrfurchtsvolle Vertrauen, wie er es gegen ihn äußerte, dadurch, daß er nicht allein in seinen Kunststudien sein strenger, aber tief belehrender Kritiker blieb, sondern ihm auch in Ansehung der Bereitung und Mischung der Farben gewisse Geheimnisse, die den alten Malern zu Gebote standen, entdeckte, welche sich in der Ausführung auf das herrlichste bewährten.

So bildete sich nun zwischen Edmund und dem alten Leonhard das Verhältnis, in dem der hoffnungsvolle geliebte Zögling mit dem väterlichen Lehrer und Freunde steht.

Bald darauf begab es sich, daß an einem schönen Sommerabende bei dem Hofjäger im Tiergarten dem Kommissionsrat Herrn Melchior Voßwinkel kein einziger von den mitgebrachten Zigarren brennen wollte. Sie hatten sämtlich keine Luft. Mit steigendem Unwillen warf der Kommissionsrat einen nach dem andern an die Erde und rief zuletzt: »O Gott, hab ich darum mit vieler Mühe und nicht unbedeutenden Kosten Zigarren direkte aus Hamburg verschrieben, damit mich die schmählichen Dinger in meiner besten Lust stören sollten? Kann ich jetzt wohl auf vernünftige Weise die schöne Natur genießen und einen nützlichen Diskurs führen? Es ist doch entsetzlich!«

Er hatte diese Worte gewissermaßen an Edmund Lehsen gerichtet, der neben ihm stand und dessen Zigarro ganz fröhlich dampfte.

Edmund, ohne den Kommissionsrat weiter zu kennen, zog sogleich seine gefüllte Zigarrenbüchse hervor und reichte sie freundlich dem Verzweifelnden hin, mit der Bitte, zuzulangen, da er für die Güte und Brennbarkeit der Zigarren einstehe, ungeachtet er sie nicht direkte von Hamburg bekommen, sondern von Herrn Standke in der Friedrichstraße erkauft habe.

Der Kommissionsrat, ganz Freude und Fröhlichkeit, langte mit einem: »Bitt ganz ergebenst«, wirklich zu, und als, nur kaum mit dem brennenden Fidibus berührt, die feinen lichtgrauen Wolken aus dem angenehmen Glimmstengel oder Tabaksröhrlein, wie die Puristen den Zigarro benannt haben wollen, sich emporkräuselten, rief der Mann ganz entzückt: »O mein wertester Herr, Sie reißen mich wirklich aus arger Verlegenheit! Tausend Dank dafür, und beinahe möcht ich unverschämt genug sein, Sie, wenn dieser Zigarro verraucht, um einen zweiten zu bitten.«

Edmund versicherte, daß er über seine Zigarrenbüchse gebieten könne, und beide trennten sich dann.

Als nun aber, da es schon ein wenig zu dämmern begann, Edmund, den Entwurf eines Bildes im Kopfe, mithin ziemlich abwesend und die bunte Gesellschaft nicht beachtend, sich durch Tische und Stühle drängte, um ins Freie zu kommen, stand plötzlich der Kommissionsrat wieder vor ihm und fragte sehr freundlich, ob er nicht an seinem Tisch Platz nehmen wolle. Im Begriff, es auszuschlagen, weil er sich hinaussehnte in den Wald, fiel ihm ein Mädchen ins Auge, die die Jugend, Anmut, der Liebreiz selbst, an dem Tische saß, von dem der Kommissionsrat aufgestanden war.

»Meine Tochter Albertine«, sprach der Kommissionsrat zu Edmund, der regungslos das Mädchen anstarrte und beinahe vergaß, sie zu begrüßen. Er erkannte auf den ersten Blick in Albertinen das bildschöne mit der höchsten Eleganz gekleidete Frauenzimmer wieder, das er in der vorjährigen

Kunstausstellung vor einer von seinen Zeichnungen antraf. Sie erklärte mit Scharfsinn der älteren Frau und den beiden jungen Mädchen, die mit ihr gekommen, den Sinn des fantastischen Gebildes, sie ging ein auf Zeichnung, Gruppierung, sie rühmte den Meister, der das Werk geschaffen, und bemerkte, daß es ein sehr junger hoffnungsvoller Künstler sein solle, den sie wohl kennenzulernen wünsche. Edmund stand dicht hinter ihr und sog begierig das Lob ein, das von den schönsten Lippen floß. Vor lauter süßer Angst und bangem Herzklopfen vermochte er es nicht über sich, hervorzutreten als Schöpfer des Bildes. Da läßt Albertine den Handschuh, den sie eben von der Hand gezogen, auf die Erde fallen; schnell bückt sich Edmund ihn aufzuheben, Albertine ebenfalls, beide fahren mit den Köpfen zusammen, daß es knackt und kracht! »Herr Gott im Himmel«, ruft Albertine vor Schmerz sich den Kopf haltend.

Entsetzt prallt Edmund zurück, tritt bei dem ersten Schritt den kleinen Mops der alten Dame wund, daß er laut aufquiekt, bei dem zweiten einem podagrischen Professor auf die Füße, der ein furchtbares Gebrülle erhebt und den unglücklichen Edmund zu allen tausend Teufeln in die flammende Hölle wünscht. Und aus allen Sälen laufen die Menschen herbei und alle Lorgnetten sind auf den armen Edmund gerichtet, der unter dem trostlosen Wimmern des wunden Mopses, unter dem Fluchen des Professors, unter dem Schelten der alten Dame, unter dem Kichern und Lachen der Mädchen über und über glühend vor Scham, ganz verzweifelt herausstürzt, während mehrere Frauenzimmer ihre Riechfläschchen öffnen und Albertinen die hoch aufgelaufene Stirn mit starkem Wasser reiben.

Schon damals, in dem kritischen Augenblick des lächerlichen Auftritts, war Edmund, ohne es dessen sich selbst deutlich bewußt zu sein, in Liebe gekommen, und nur das schmerzliche Gefühl seiner Tölpelei hielt ihn zurück, das Mädchen an allen Ecken und Enden der Stadt aufzusuchen. Er konnte sich Albertinen nicht anders denken, als mit roter wunder Stirn und den bittersten Vorwurf, den entschiedensten Zorn im Gesicht, im ganzen Wesen.

Davon war aber heute auch nicht die mindeste Spur anzutreffen. Zwar errötete Albertine über und über, als sie den Jüngling erblickte, und schien ebenso außer Fassung; als aber der Kommissionsrat ihn um Stand und Namen fragte, fiel sie holdlächelnd mit süßer Stimme ein, daß sie sehr irren müßte, wenn sie nicht Herrn Lehsen vor sich sähe, den vortrefflichen Künstler, dessen Zeichnungen, dessen Gemälde ihr tiefstes Gemüt ergriffen.

Man kann denken, daß diese Worte Edmunds Inneres zündend durchfuhren wie ein elektrischer Schlag. Begeistert wollte er ausbrechen in die vortrefflichsten Redensarten, der Kommissionsrat ließ es aber nicht dazu kommen, sondern drückte den Jüngling stürmisch an die Brust und sprach: »Bester! um den versprochenen Zigarro!« Und dann weiter, während er den Zigarro, den ihm Edmund darbot, geschickt mit dem Brennstoff, der noch in der Asche des eben verrauchten enthalten, anzündete: »Also ein Maler sind Sie, und zwar ein vortrefflicher, wie meine Tochter Albertine behauptet, die sich auf dergleichen Dinge genau versteht. Nun das freut mich außerordentlich, ich liebe die Malerei, oder um mit meiner Tochter Albertine zu reden, die Kunst überhaupt ganz ungemein, ich habe einen wahren Narren daran gefressen! Bin auch Kenner – ja wahrhaftig ein tüchtiger Kenner von Gemälden, mir kann ebenso wenig, als meiner Tochter Albertine, jemand ein X vor ein U machen, wir haben Augen – wir haben Augen! Sagen Sie mir, teurer Maler, sagen Sie mirs ehrlich ohne Scheu, nicht wahr, Sie sind der wackre Künstler, vor dessen Gemälden ich täglich vorbeigehe und jedesmal stehen bleibe wohl einige Minuten lang, weil ich vor lauter Freude über die schönen Farben gar nicht loskommen kann?«

Edmund begriff nicht recht, wie es der Kommissionsrat anstellen sollte, täglich bei seinen Gemälden vorüberzugehen, da er sich nicht erinnern konnte, jemals Aushängeschilder gemalt zu haben. Nach einigem Hin- und Herfragen kam es aber heraus, daß Melchior Voßwinkel nichts anders meinte, als die lakkierten Teebretter, Ofenschirme und dergleichen in dem Stobwasserschen Laden Unter den Linden, die er in der Tat jeden Morgen um eilf Uhr, wenn er bei Sala Tarone vier Sardellen gegessen und ein Gläschen Danziger genommen, mit wahrem Entzücken betrachtete. Diese Kunstfabrikate galten ihm für das höchste, was jemals die Kunst geleistet. – Das verschnupfte den Edmund nicht wenig, er verwünschte den Kommissionsrat, der mit seinem faden Wortschwall ihm jede Annäherung an Albertinen unmöglich machte.

Endlich erschien ein Bekannter des Kommissionsrats, der ihn in ein Gespräch zog. Diesen Moment nutzte Edmund und setzte sich hin dicht neben Albertinen, die das gar gern zu sehen schien.

Jeder, der die Demoiselle Albertine Voßwinkel kennt, weiß, daß sie, wie gesagt, die Jugend, Schönheit und Anmut selbst ist, daß sie sich, wie die Berliner Mädchen überhaupt, nach der besten Mode sehr geschmackvoll zu kleiden weiß, daß sie in der Zelterschen Akademie singt, von Herrn Lauska Unterricht auf dem Fortepiano erhält, in den niedlichsten Sprüngen der Mademoiselle Lemiere nachtanzt, schon eine schön gestickte Tulpe nebst diversen Vergißmeinnicht und Veilchen zur Kunstausstellung geliefert hat, und, von Natur heitern aufgeweckten Temperaments, doch, zumal beim Tee, genügende Empfindsamkeit an den Tag legen kann. Jeder weiß auch endlich, daß sie mit niedlicher, sauberer Perlschrift Gedichte und Sentenzen, die ihr in Goethes, Jean Pauls und anderer geistreichen Männer und Frauen Schriften vorzüglich wohl gefallen, in ein Büchlein mit einem goldverzierten Maroquindeckel einträgt und das Mir und Mich, Sie und Ihnen niemals verwechselt.

Wohl war es natürlich, daß Albertine an der Seite des jungen Malers, dem das Entzücken der scheuen Liebe aus dem Herzen strömte, in noch höhere als in die gewöhnliche Tee- und Vorleseempfindsamkeit geraten mußte, und daß sie daher von Kindlichkeit, poetischem Gemüt, Lebenstiefe und dergleichen auf die artigste Weise melodisch lispelnd sprach.

Der Abendwind hatte sich erhoben und wehte süße Blütendüfte vor sich her, und im dichten dunklen Gebüsch duettierten zwei Nachtigallen in den zärtlichsten Liebesklagen.

Da begann Albertine aus Fouqués Gedichten:

Ein Flüstern, Rauschen, Klingen
Geht durch den Frühlingshain,
Fängt wie mit Liebesschlingen
Geist, Sinn und Leben ein.

Kühner geworden in der tiefen Dämmerung, die nun eingebrochen, faßte Edmund Albertinens Hand, drückte sie an seine Brust und sprach weiter:

Säng ich es nach, was leise
Solch stilles Leben spricht,
So schien aus meiner Weise
Das ew'ge Liebeslicht –

Albertine entzog ihm ihre Hand, aber nur, um sie von dem feinen Glacéhandschuh zu befreien und dann dem Glücklichen wieder zu überlassen, der sie eben feurig küssen wollte, als der Kommissionsrat dazwischen fuhr: »Potztausend, das wird kühl! Ich wollte, ich hätt einen Mantel oder einen Überrock zu mir gesteckt, oder mit mir genommen, will ich vielmehr sagen. Hülle dich in Deinen Schal, Tinchen, – es ist ein türkischer, bester Maler, und kostet funfzig bare Dukaten. Hülle dich wohl ein, sag ich, Tinchen, wir wollen uns auf den Weg machen. Leben Sie wohl, mein Bester.«

Von einem richtigen Takt getrieben, griff in diesem Augenblick Edmund nach der Zigarrenbüchse und bot dem Kommissionsrat den dritten Glimmstengel an.

»O ich bitte ganz gehorsamst«, rief Voßwinkel, »Sie sind ja ein überaus artiger gefälliger Mann. Die Polizei will nicht erlauben, daß man im Tiergarten wandelnd rauche, damit man das schöne Gras nicht versenge; aber deshalb schmeckt ein Pfeifchen oder ein Zigarro nur desto schöner.«

In dem Augenblick, als der Kommissionsrat sich der Laterne nahte, um den Zigarro anzuzünden, bat Edmund leise und scheu, Albertinen nach Hause begleiten zu dürfen. Sie nahm seinen Arm, beide schritten vor, und der Kommissionsrat schien, als er hinantrat, es vorausgesetzt zu haben, daß Edmund mit ihnen nach der Stadt gehen würde.

Jeder, der jung war und verliebt oder beides noch ist (manchem passiert das niemals), wird es sich einbilden können, daß es dem Edmund an Albertinens Seite dünkte, er gehe nicht durch den Wald, sondern schwebe hoch über den Bäumen im schimmernden Gewölk mit der Schönsten daher.

Nach Rosalindens Ausspruch in Shakespeares ›Wie es Euch gefällt‹ sind die Kennzeichen eines Verliebten: eingefallene Wangen, Augen mit blauen Rändern, ein gleichgültiger Sinn, ein verwilderter Bart, lose hängende Kniegürtel, eine ungebundene Mütze, aufgeknöpfte Ärmel, nicht zugeschnürte Schuhe und eine nachlässige Trostlosigkeit in allem Tun und Lassen. Dies alles traf nun zwar bei Edmund ebensowenig zu, als bei dem verliebten Orlando, aber so wie dieser die junge Baumzucht ruinierte, indem er den

Namen Rosalinde in alle Rinden grub, Oden an Weißdornen hing und Elegien an die Brombeersträuche; so verdarb Edmund eine Menge Papier, Pergament, Leinwand und Farben, seine Geliebte in hinlänglich schlechten Versen zu besingen und sie zu zeichnen, zu malen, ohne sie jemals zu treffen, da seine Fantasie seine Kunstfertigkeit überflügelte. Kam nun noch der seltsam somnambule Blick des Liebeskranken und ein erkleckliches Seufzen zu jeder Zeit und Stunde hinzu, so konnt es nicht fehlen, daß der alte Goldschmied den Zustand seines jungen Freundes sehr bald erriet. Als er ihn darüber befragte, nahm Edmund gar keinen Anstand, ihm sein ganzes Herz zu erschließen.

»Ei«, rief Leonhard, als Edmund geendet, »ei, du denkst wohl nicht daran, daß es ein schlimmes Ding ist, sich in eine Braut zu verlieben: Albertine Voßwinkel ist so gut wie versprochen an einen Geheimen Kanzleisekretär Tusmann.«

Edmund geriet über diese entsetzliche Nachricht sogleich in ganz ungemeine Verzweiflung. Leonhard wartete sehr ruhig den ersten Paroxismus ab und fragte dann, ob er wirklich die Demoiselle Albertine Voßwinkel zu heiraten gedenke? Edmund versicherte, daß die Verbindung mit Albertine der höchste Wunsch seines Lebens sei, und beschwor den Alten, ihm beizustehen mit aller Kraft, um den Geheimen Kanzleisekretär aus dem Felde zu schlagen und die Schönste für sich zu gewinnen.

Der Goldschmied meinte, verlieben könne ein blutjunger Künstler sich wohl, aber ganz unersprießlich sei es für denselben, wenn er gleich ans Heiraten dächte. Eben deshalb habe auch der junge Sternbald zur Heirat sich durchaus nicht bequemen wollen, und er sei, so viel er wisse, bis dato unverheiratet geblieben.

Der Stich traf, denn Tiecks »Sternbald« war Edmunds Lieblingsbuch, und er wäre gar zu gern selbst der Held des Romans gewesen. Daher kam es denn, daß er ein gar betrübtes Gesicht schnitt, und beinahe ausgebrochen wäre in herbe Tränen.

»Nun«, sprach der Goldschmied, »mag es kommen wie es will, den Geheimen Kanzleisekretär schaff ich dir vom Halse; in das Haus des Kommissionsrates auf diese oder jene Weise zu dringen und dich Albertinen mehr und mehr anzunähern, das ist deine Sache. Übrigens können meine Operationen gegen den Geheimen Kanzleisekretär erst in der Äquinoktialnacht beginnen.«

Edmund war über des Goldschmieds Zusicherung außer sich vor Freuden, denn er wußte, daß der Alte Wort hielt, wenn er etwas versprach.

Auf welche Weise der Goldschmied seine Operationen gegen den Geheimen Kanzleisekretär begann, hat der geneigte Leser bereits im ersten Kapitel erfahren.

DRITTES KAPITEL

Enthält das Signalement
des Geheimen Kanzleisekretärs Tusmann,
sowie die Ursache, warum derselbe vom Pferde
des großen Kurfürsten herabsteigen mußte,
nebst andern lesenswerten Dingen.

Eben aus dem allen, was du, mein sehr günstiger Leser! über den Geheimen Kanzleisekretär Tusmann bereits erfahren, magst du den Mann wohl ganz und gar vor Augen haben nach seinem Ganzen Sinn und Wesen. Doch will ich, was sein Äußeres betrifft, noch nachbringen, daß er von kleiner Statur war, kahlköpfig, etwas krummbeinig und ziemlich grotesk im Anzuge. Zu einem altväterisch zugeschnittenen Rock mit unendlich langen Schößen und einem überlangen Gillet trug er lange weite Beinkleider und Schuhe, die aber im Gehen den Klang von Kurierstiefeln von sich gaben, wobei zu bemerken, daß er nie gemessenen Schrittes über die Straße ging, vielmehr in großen unregelmäßigen Sprüngen mit unglaublicher Schnelligkeit forthüpfte, so daß oben besagte Schöße vom Winde erfaßt sich ausbreiteten wie ein Paar Flügel. Ungeachtet in seinem Gesicht etwas unbeschreiblich drolliges lag, so mußte das sehr gutmütige Lächeln, das um seinen Mund spielte, doch jeden für ihn einnehmen, so daß man ihn liebgewann, während man über seine Pedanterie, über sein linkisches Benehmen, das ihn der Welt entfremdete, von Herzen lachte. Seine Hauptleidenschaft war – Lesen! Er ging nie aus, ohne beide Rocktaschen voll Bücher gestopft zu haben. Er las, wo er ging und stand, auf dem Spaziergange, in der Kirche, in dem Kaffeehause, er las ohne Auswahl alles, was ihm vorkam, wiewohl nur aus der ältern Zeit, da ihm das Neue verhaßt war. So studierte er heute auf dem Kaffeehause ein algebraisches Buch, morgen das Kavalleriereglement Friedrich Wilhelms des Ersten und dann das merkwürdige Buch: Cicero, als großer Windbeutel und Rabulist dargestellt in zehn Reden, aus dem Jahre 1720. Dabei war Tusmann mit einem ungeheuern Gedächtnisvermögen begabt. Er pflegte alles, was ihm bei dem Lesen eines Buchs auffiel, zu zeichnen und dann das Gezeichnete wieder zu durchlaufen, welches er nun nie wieder vergaß. Daher kam es, daß Tusmann ein Polyhistor, ein lebendiges Konversationslexikon wurde, das man aufschlug, wenn es auf irgend eine historische oder wissenschaftliche Notiz ankam. Traf es sich ja etwa einmal, daß er eine Notiz nicht auf der Stelle zu geben vermochte, so stöberte er so lange unermüdet in allen Bibliotheken umher, bis er das, was man zu wissen verlangte, aufgefunden, und rückte dann mit der verlangten Auskunft ganz fröhlich heran. Merkwürdig war es, daß er in Gesellschaft lesend und scheinbar in sein Buch vertieft, doch alles vernahm was man sprach. Oft fuhr er mit einer Bemerkung dazwischen, die ganz an ihrem Orte stand, und wurde irgend etwas Witziges, Humoristisches vorgebracht, gab er, ohne von dem Buche aufzublikken, durch eine kurze Lache im höchsten Tenor seinen Beifall zu erkennen.

Der Kommissionsrat Voßwinkel war mit dem Geheimen Kanzleisekretär zusammen auf der Schule im Grauen Kloster gewesen, und von dieser Schulkameradschaft schrieb sich die enge Verbindung her, in welcher sie geblieben. Tusmann sah Albertinen aufwachsen und hatte ihr wirklich an ihrem zwölften Geburtstage, nachdem er ihr ein duftendes Blumenbouquet, das Herr Bouché selbst mit Geschmack geordnet, überreicht, zum erstenmal die Hand geküßt mit einem Anstande, mit einer Galanterie, die man ihm gar nicht hätte zutrauen sollen. Von diesem Augenblick an entstand bei dem Kommissionsrat der Gedanke, daß sein Schulfreund wohl Albertinen heiraten könne. Er meinte, so würde Albertinens Verheiratung, die er wünschte, am wenigsten Umstände machen und der genügsame Tusmann sich auch mit einem geringen Heiratsgut abfinden lassen. Der Kommissionsrat war über die Maßen bequem, fürchtete sich vor jeder neuen Bekanntschaft und hielt dabei als Kommissionsrat das Geld viel mehr zu Rate als nötig. An Albertinens achtzehntem Geburtstage eröffnete er diesen Plan, den er so lange für sich behalten, dem Geheimen Kanzleisekretär. *Der* erschrak erst darüber gewaltig. Er vermochte den kühnen Gedanken, zur Ehe zu schreiten und noch dazu mit einem blutjungen bildschönen Mädchen, gar nicht zu ertragen. Nach und nach gewöhnte er sich daran, und als ihm eines Tages auf des Kommissionsrats Veranlassung Albertine eine kleine Börse, die sie selbst in den anmutigsten Farben gestrickt, überreichte und ihn dabei mit: »Lieber Herr Geheimer Kanzleisekretär« anredete, entzündete sich sein Inneres ganz und gar in Liebe zu der Holden. Er erklärte sofort insgeheim dem Kommissionsrat, daß er Albertine zu heiraten gesonnen, und da dieser ihn als seinen Schwiegersohn umarmte, sah er sich als Albertinens Bräutigam an, wiewohl der kleine Umstand vielleicht noch zu berücksichtigen gewesen wäre, daß Albertine von dem ganzen Handel zur Zeit auch nicht ein Sterbenswörtchen wußte, ja wohl nicht gut eine Ahnung davon haben konnte.

Am frühsten Morgen, als in der Nacht vorher sich das seltsame Abenteuer am Rathausturm und in der Weinstube auf dem Alexanderplatz begeben, stürzte der Geheime Kanzleisekretär bleich und entstellt in des Kommissionsrats Zimmer. Der Kommissionsrat erschrak nicht wenig, da Tusmann noch niemals ihn um diese Zeit besucht hatte und sein ganzes Wesen irgendein unglückliches Ereignis zu verkünden schien.

»Geheimer!« (so pflegte der Kommissionsrat den Geheimen Kanzleisekretär abgekürzt zu benennen) »Geheimer! wo kommst du her, wie siehst du aus? was ist geschehen?«

So rief der Kommissionsrat, aber Tusmann warf sich erschöpft in den Lehnsessel, und erst, nachdem er ein paar Minuten Atem geschöpft, begann er mit fein wimmernder Stimme:

»Kommissionsrat, wie du mich hier siehst in diesen Kleidern, mit der politischen Klugheit in der Tasche, komme ich her aus der Spandauer Straße, wo ich die ganze Nacht auf und ab gerannt seit gestern Punkt zwölf Uhr! Nicht mit einem Schritt bin ich in mein Haus gekommen, kein Bette habe ich gesehen, kein Auge zugetan!«

Und nun erzählte Tusmann dem Kommissionsrat genau, wie sich in der abgewichenen Nacht alles begeben von dem ersten Zusammentreffen mit dem fabelhaften Goldschmied an, bis zu dem Augenblick, als er entsetzt über das tolle Treiben der unheimlichen Schwarzkünstler aus dem Weinhause herausstürzte.

»Geheimer«, rief der Kommissionsrat, »du hast deiner Gewohnheit zuwider starkes Getränk zu dir genommen am späten Abend und verfielst nachher in wunderliche Träume.«

»Was sprichst du«, erwiderte der Geheime Kanzleisekretär, »was sprichst du Kommissionsrat? Geschlafen, geträumt sollt ich haben? Meinst du, daß ich nicht wohl unterrichtet bin über den Schlaf und den Traum? Ich will dirs aus Nudows Theorie des Schlafes beweisen, was Schlaf heißt und daß man schlafen kann ohne zu träumen, weshalb denn auch der Prinz Hamlet sagt: ›Schlafen, *vielleicht* auch träumen‹. Und was es mit dem Traum für eine Bewandtnis hat, würdest du ebensogut wissen als ich, wenn du das Somnium Scipionis gelesen hättest und Artemidori berühmtes Werk von Träumen und das Frankfurter Traumbüchlein. Aber du liesest nichts, und daher schießest du fehl überall auf schnöde Weise.«

»Nun, nun Geheimer«, nahm der Kommissionsrat das Wort, »ereifre dich nur nicht; ich will dirs schon glauben, daß du gestern dich bereden ließest, etwas über die Schnur zu hauen und unter schadenfrohe Taschenspieler gerietest, die Unfug mit dir trieben, als der Wein dir zu sehr geschmeckt hatte. Aber sage mir, Geheimer, als du nun glücklich zur Türe heraus warst, warum in aller Welt gingst du nicht geradezu nach Hause, warum triebst du dich auf der Straße umher?«

»O Kommissionsrat«, lamentierte der Geheime Kanzleisekretär, »o teurer Kommissionsrat, getreuer Schulkamerad aus dem Grauen Kloster! Insultiere mich nicht mit schnöden Zweifeln, sondern vernimm ruhig, daß der tolle unselige Teufelsspuk erst recht losging, da ich mich auf der Straße befand. Als ich nämlich an das Rathaus komme, bricht durch alle Fenster helles blendendes Kerzenlicht und eine lustige Tanzmusik mit der Janitscharen –, oder richtiger gesprochen, Jentscherik-Trommel schallt herab.

Ich weiß selbst nicht wie es geschah, daß, ungeachtet ich mich nicht einer sonderlichen Größe erfreue, ich doch auf den Zehen mich so hoch aufzurichten vermochte, daß ich in die Fenster hineinschauen konnte. Was sehe ich! O du gerechter Schöpfer im Himmel! wen erblicke ich! Niemanden anders als deine Tochter, die Demoiselle Albertine Voßwinkel, welche im saubersten Brautschmuck mit einem jungen Menschen unmäßig walzt. Ich klopfe ans Fenster, ich rufe: Werteste Demoiselle Albertine Voßwinkel, was tun Sie, was beginnen Sie hier in später Nacht! Aber da kommt eine niederträchtige Menschenseele die Königsstraße herab, reißt mir im Vorbeigehen beide Beine unterm Leibe weg und rennt damit laut lachend spornstreichs fort. Ich armer Geheimer Kanzleisekretär plumpe nieder in den schnöden Gassenkot, ich schreie: Nachtwächter – hochlöbliche Polizei – verehrbare Patrouille – lauft herbei – lauft herbei – haltet den Dieb, haltet den Dieb! er hat mir meine Beine gestohlen! Aber oben im Rathause ist alles plötzlich still und finster geworden, und meine Stimme verhallt unvernommen in den Lüften! Schon will ich verzweifeln, als der Mensch zurückkehrt und wie rasend vorbeilaufend mir meine Beine ins Gesicht wirft. Nun raffe ich mich, so schnell es in der totalen Bestürzung gehen will, vom Boden auf, renne in die Spandauer Straße hinein. Aber so wie ich, den herausgezogenen Hausschlüssel in der Hand, an meine Haustür gelange, stehe ich – ja ich selbst – schon vor derselben und schaue mich wild an mit denselben großen schwarzen Augen, wie sie in meinem Kopfe befindlich. Entsetzt pralle ich zurück und auf einen Mann zu, der mich mit starken Armen umfaßt. An dem Spieß, den er in der Hand trägt, gewahre ich, daß es der Nachtwächter ist. Getröstet spreche ich: Teurer Nachtwächter, Herzensmann, treiben Sie mir doch gefälligst den Filu von Geheimem Kanzleisekretär Tusmann dort von der Türe weg, damit der ehrliche Kanzleisekretär Tusmann, der ich selbst bin, in seine Wohnung hinein kann. – Ich glaube, Ihr seid besessen, Tusmann! so schnarcht mich der Mann an mit hohler Stimme und ich merke, daß es nicht der Nachtwächter, nein, daß es der furchtbare Goldschmied ist, der mich umfaßt hält. Da übernimmt mich die Angst, die kalten Schweißtropfen stehen mir auf der Stirne, ich spreche: Mein verehrungswürdiger Herr Professor, verübeln Sie es mir doch nur ja nicht, daß ich Sie in der Finsternis für den Nachtwächter gehalten. O Gott! nennen Sie mich wie Sie wollen, nennen Sie mich auf die schnödeste Weise: Monsieur Tusmann, oder gar: mein Lieber, traktieren Sie mich barbarisch per Ihr, wie Sie es soeben zu tun belieben, alles, alles will ich mir gefallen lassen, nur befreien Sie mich von diesem entsetzlichen Spuk, welches ganz in Ihrer Macht steht. – Tusmann, beginnt der schnöde Schwarzkünstler mit seiner fatalen hohlen Stimme, Tusmann, Ihr sollt fortan unangetastet bleiben, wenn Ihr hier auf der Stelle schwört, an die Heirat mit der Albertine Voßwinkel gar nicht mehr zu denken. – Kommissionsrat, du kannst es dir vorstellen, wie mir zu Mute wurde bei dieser abscheulichen Proposition. – Allerliebster Herr Professor, bitte ich, Sie greifen mir ans Herz, daß es blutet. Das Walzen ist ein häßlicher, unanständiger Tanz, und eben walzte die Demoiselle Albertine Voßwinkel, und noch dazu als meine Braut, mit einem jungen Menschen auf eine Weise, daß mir Hören und Sehen verging; doch kann ich indessen von der Schönsten nicht lassen, nein ich kann nicht von ihr lassen. – Kaum habe ich aber diese Worte ausgesprochen, als mir der verruchte Goldschmied einen Stoß gibt, daß ich mich sofort zu drehen beginne. Und wie von unwiderstehlicher Gewalt gehetzt, walze ich die Spandauer Straße auf und ab und halte in meinen Armen statt der Dame einen garstigen Besenstiel, der mir das Gesicht zerkratzt, während unsichtbare Hände mir den Rücken zerbläuen, und um mich her wimmelt es von Geheimen Kanzleisekretären Tusmanns, die mit Besenstielen walzen. Endlich sinke ich erschöpft, ohnmächtig nieder. Der Morgen dämmert mir in die Augen, ich schlage sie auf und – Kommissionsrat, entsetze dich mit mir, fall in Ohnmacht, Schulkamerad! – und finde mich wieder sitzend hoch oben auf dem Pferde vor dem Großen Kurfürsten, mein Haupt an seine kalte eherne Brust gelehnt. Zum Glück schien die Schildwache eingeschlafen, so daß ich unbemerkt mit Lebensgefahr hinabklettern und mich davonmachen konnte. Ich rannte nach der Spandauer Straße, aber mich überfiel aufs neue unsinnige Angst, die mich denn endlich zu dir trieb.

»Geheimer«, nahm nun der Kommissionsrat das Wort, »Geheimer, und du vermeinest, daß ich all das tolle abgeschmackte Zeug glauben soll, was du da vorbringst? Hat man jemals von solchen Zauberpossen gehört, die sich hier in unserm guten aufgeklärten Berlin ereignet haben sollten?«

»Siehst du«, erwiderte der Geheime Kanzleisekretär, »siehst du nun wohl Kommissionsrat, in welche Irrtümer dich der Mangel aller Lektüre stürzt? Hättest du wie ich Haftitii, des Rektors beider Schulen zu Berlin und Cölln an der Spree, ›Microchronicon marchicum‹ gelesen, so würdest du wissen, daß sich sonst noch ganz andere Dinge begeben haben, ja daß einmal und zwar im Jahre eintausendfünfhundertundeinundfünzig der Teufel an vielen Örtern bei der Nacht sichtlich auf den Gassen in Berlin umherging, an die Türen klopfte, oft weiße Totenhemden anhatte, mit zum Begräbnis ging, sich traurig gebärdete, oft auch andere Gebärden hatte, die Leute damit zu erschrecken. Kommissionsrat, am Ende glaube ich schier, daß der Goldschmied der verruchte Satan selbst ist, der mich foppt und neckt.«

»Ich bitte dich«, sprach der Kommissionsrat, »ich

bitte dich, Geheimer, bleibe mir vom Leibe mit den dummen abergläubischen Possen. Besinne dich! Nicht wahr, du hattest dich berauscht und stiegst im Übermut der Betrunkenheit zum Großen Kurfürsten hinauf?«

Dem Geheimen Kanzleisekretär traten die Tränen in die Augen über Voßwinkels Verdacht, den er sich bemühte mit aller Kraft zu widerlegen.

Der Kommissionsrat wurde ernster und ernster. Endlich als der Geheime Kanzleisekretär nicht aufhörte zu beteuern, daß sich wirklich alles so begeben wie er es erzählt, begann er: »Hör einmal, Geheimer, je mehr ich darüber nachdenke, wie du mir den Goldschmied und den alten Juden, mit denen du ganz deiner sonst sittigen und frugalen Lebensart zuwider, in später Nacht zechtest, beschrieben, desto klarer wird es mir, daß der Jude unbezweifelt mein alter Manasse ist, und daß der schwarz-künstlerische Goldschmied niemand anders sein kann, als der Goldschmied Leonhard, der sich zuweilen in Berlin sehen läßt. Nun habe ich zwar nicht so viel Bücher gelesen als du, Geheimer, dessen bedarf es aber auch nicht, um zu wissen, daß beide, Manasse und Leonhard, einfache ehrliche Leute sind und nichts weniger als Schwarzkünstler. Es wundert mich ganz ungemein, daß du, Geheimer, der du doch in den Gesetzen erfahren sein solltest, nicht weißt, daß der Aberglaube auf das strengste verboten ist und ein Schwarzkünstler nimmermehr von der Regierung einen Gewerbschein erhalten würde, auf dessen Grund er seine Kunst treiben dürfte. Höre, Geheimer, ich will nicht hoffen, daß der Verdacht gegründet ist, der in mir aufsteigt! Ja! ich will nicht hoffen, daß du die Lust verloren hast zur Heirat mit meiner Tochter? daß du nun dich hinter allerlei tolles Zeug verbergen, mir seltsame Dinge vorfabeln, daß du sagen willst: Kommissionsrat, wir sind geschiedene Leute, denn heirate ich deine Tochter, so stiehlt mir der Teufel die Beine weg und zerbläut mir den Rücken! Geheimer, es wäre arg, wenn du so mit Lug und Trug umgehen solltest.«

Der Geheime Kanzleisekretär geriet ganz außer sich über des Kommissionsrats schlimmen Verdacht. Er beteuerte einmal übers andere, daß er die Demoiselle Albertine ganz ungemessen liebe, daß er ein zweiter Leander, ein zweiter Troilus in den Tod gehen für sie und sich daher als ein unschuldiger Märtyrer vom leidigen Satan sattsam zerbläuen lassen wolle, ohne seiner Liebe zu entsagen.

Während dieser Beteuerung des Geheimen Kanzleisekretärs klopfte es stark an die Tür, und hinein trat der alte Manasse, von dem der Kommissionsrat vorher gesprochen.

So wie Tusmann den Alten erblickte, rief er: »O du Herr des Himmels, das ist ja der alte Jude, der gestern aus dem Rettich Goldstücke prägte und dem Goldschmied ins Gesicht warf! Nun wird auch wohl gleich der alte verruchte Schwarzkünstler hereintreten!«

Er wollte schnell zur Tür hinaus, der Kommissionsrat hielt ihn aber fest, indem er sprach: »Nun werden wir ja gleich hören.«

Dann wandte der Kommissionsrat sich zu dem alten Manasse und erzählte, was Tusmann von ihm behauptet und was sich zur Nachtzeit in der Weinstube auf dem Alexanderplatz zugetragen haben sollte.

Manasse lächelte den Geheimen Kanzleisekretär von der Seite hämisch an und sprach: «Ich weiß nicht, was der Herr will, der Herr kam gestern ins Weinhaus mit dem Goldschmied Leonhard, eben als ich mich erquickte mit einem Glase Wein nach mühseligem Geschäft, das bis beinahe Mitternacht gedauert. Der Herr trank über den Durst, konnte nicht auf den Füßen stehn und taumelte hinaus auf die Straße.«

»Siehst du wohl«, rief der Kommissionsrat, »siehst du wohl, Geheimer, ich hab es gleich gedacht. Das kommt von dem abscheulichen Saufen, das du lassen mußt ganz und gar, wenn du meine Tochter heiratest.«

Der Geheime Kanzleisekretär, ganz vernichtet von dem unverdienten Vorwurf, sank atemlos in den Lehnsessel, schloß die Augen und quäkte auf unverständliche Weise.

»Da haben wirs«, sprach der Kommissionsrat, »erst die Nacht durchschwärmt und dann matt und elend.«

Aller Protestationen ungeachtet mußte Tusmann es leiden, daß der Kommissionsrat ein weißes Tuch um sein Haupt band und ihn in eine herbeigerufene Droschke packte, in der er fortrollte nach der Spandauer Straße.

»Was bringen Sie Neues, Manasse?« fragte der Kommissionsrat nun den Alten.

Manasse schmunzelte freundlich und meinte, daß der Kommissionsrat wohl nicht ahnen werde, welches Glück er ihm zu verkünden gekommen.

Als der Kommissionsrat eifrig weiter forschte, eröffnete ihm Manasse, daß sein Neffe Benjamin Dümmerl, der schöne junge Mann, der Besitzer von beinahe einer Million, den man seiner unglaublichen Verdienste halber in Wien baronisiert, der nicht längst aus Italien zurückgekehrt – ja! daß dieser Neffe sich plötzlich in die Demoiselle Albertine sterblich verliebt habe und sie zur Frau begehre.

Den jungen Baron Dümmerl sieht man häufig im Theater, wo er sich in einer Loge des ersten Ranges brüstet, noch häufiger in allen nur möglichen Konzerten; jeder weiß daher, daß er lang und mager ist wie eine Bohnenstange, daß er im schwarzgelben Gesicht von pechschwarzen krausen Haaren und Bakkenbart beschattet, im ganzen Wesen den ausgesprochensten Charakter des Volks aus dem Orient trägt, daß er nach der letzten bizarrsten Mode der englischen Stutzer gekleidet geht, verschiedene Sprachen in gleichem Dialekt unserer Leute spricht, die Violine kratzt, auch wohl das Piano hämmert, miserable

Verse zusammenstoppelt, ohne Kenntnis und Geschmack den ästhetischen Kunstrichter spielt und den literarischen Mäzen gern spielen möchte, ohne Geist witzig und ohne Witz geistreich sein will, dummdreist, vorlaut, zudringlich, kurz, nach dem derben Ausdruck derjenigen verständigen Leute, denen er gar zu gern sich annähern möchte – ein unausstehlicher Bengel ist. Kommt nun noch hinzu, daß trotz seines vielen Geldes aus allem was er beginnt Geldsucht und eine schmutzige Kleinlichkeit hervorblickt, so kann es nicht anders kommen, als daß selbst niedere Seelen, die sonst vor dem Mammon sich beugen, ihn bald einsam stehen lassen.

Dem Kommissionsrat fuhr nun freilich in dem Augenblick, als Manasse ihm die Absicht seines liebenswürdigen Neffen kund tat, sehr lebhaft der Gedanke an die halbe Million, die Benschchen wirklich besaß, durch den Kopf, aber auch zugleich kam ihm das Hindernis ein, welches seiner Meinung nach die Sache ganz unmöglich machen müßte.

»Lieber Manasse«, begann er, »Sie bedenken nicht, daß Ihr werter Herr Neveu von altem Glauben ist und –«, »Ei,« unterbrach ihn Manasse, »ei, Herr Kommissionsrat, was tut das? Mein Neffe ist nun einmal verliebt in Ihre Demoiselle Tochter und will sie glücklich machen, auf ein paar Tropfen Wasser wird es ihm daher wohl nicht ankommen, er bleibt ja doch derselbe. Überlegen Sie sich die Sache, Herr Kommissionsrat, in ein paar Tagen komm ich wieder mit meinem kleinen Baron und hole mir Bescheid.«

Damit ging Manasse von dannen.

Der Kommissionsrat fing sofort an zu überlegen. Trotz seiner grenzenlosen Habsucht, seiner Charakter- und Gewissenlosigkeit, empörte sich doch sein Inneres, wenn er sich lebhaft Albertinens Verbindung mit dem widerwärtigen Bensch vorstellte. In einem Anfall von Rechtlichkeit beschloß er dem alten Schulkameraden Wort zu halten.

VIERTES KAPITEL

Handelt von Porträts, grünen Gesichtern, springenden Mäusen und jüdischen Flüchen.

Bald nachdem sie bei dem Hofjäger mit Edmund Lehsen bekannt geworden, fand Albertine, daß des Vaters großes, in Öl gemaltes Bildnis, welches in ihrem Zimmer hing, durchaus unähnlich und auf unausstehliche Weise gekleckst sei. Sie bewies dem Kommissionsrat, daß, ungeachtet mehrere Jahre darüber vergangen, als er gemalt worden, er doch noch in diesem Augenblick viel jünger und hübscher aussehe, als ihn der Maler damals aufgefaßt, und tadelte vorzüglich den finstern, mürrischen Blick des Bildes, sowie die altfränkische Tracht und das unnatürliche Rosenbouquet, welches der Kommissionsrat auf dem Bilde sehr zierlich zwischen zwei Fingern hielt, an denen stattliche Brillantringe prangten.

Albertine sprach so viel und so lange über das Bild, daß der Kommissionsrat zuletzt selbst fand, das Gemälde sei abscheulich, und nicht begreifen konnte, wie der ungeschickte Maler seine liebenswürdige Person in solch ein häßliches Zerrbild habe umwandeln können. Und je länger er das Porträt anblickte, desto mehr ereiferte er sich über die fatale Sudelei; er beschloß das Bild herunterzunehmen und in die Polterkammer zu werfen.

Da meinte nun Albertine, das schlechte Bild verdiene dies wohl, indessen habe sie sich so daran gewöhnt, Väterchens Bildnis in ihrem Zimmer zu haben, daß die leere Wand sie ganz verstören würde in all ihrem Tun. Kein anderer Rat sei vorhanden, Väterchen müsse sich noch einmal malen lassen von einem geschickten, im genauen Treffen glücklichen Künstler und dieser dürfe kein anderer sein, als der junge Edmund Lehsen, der schon die schönsten, wohlgetroffensten Bildnisse gemalt.

»Tochter«, fuhr der Kommissionsrat auf, »Tochter,

was verlangst du! Die jungen Künstler kennen sich nicht vor Stolz und Übermut, wissen gar nicht, was sie für ihre geringen Arbeiten an Geld fordern sollen, sprechen von nichts anderm als blanken Friedrichsd'oren, sind mit dem schönsten Courant, sollten es sogar neue Talerstücke sein, nicht zufrieden!«

Albertine versicherte dagegen, daß Lehsen, da er die Malerei mehr aus Neigung als aus Bedürfnis treibe, gewiß sich sehr billig finden lassen würde, und mahnte den Kommissionsrat so lange, bis er sich entschloß, zu Lehsen hinzugehen und mit ihm über das Gemälde zu sprechen.

Man kann denken, mit welcher Freude Edmund sich bereiterklärte den Kommissionsrat zu malen, und zum hohen Entzücken stieg diese Freude, als er vernahm, daß Albertine den Kommissionsrat auf den Gedanken gebracht, sich von ihm malen zu lassen. Er ahnte richtig, daß Albertine auf diese Weise ihm die Annäherung an sie verstatten wollen. Ganz natürlich war es auch, daß Edmund, als der Kommissionsrat etwas ängstlich von dem zu bezahlenden Preise des Gemäldes sprach, versicherte, daß er durchaus gar kein Honorar nehmen werde, sondern sich glücklich schätze, durch seine Kunst Eingang zu finden in das Haus eines so vortrefflichen Mannes als der Kommissionsrat sei.

»Gott!« begann der Kommissionsrat im tiefsten Erstaunen, »was höre ich? Bester Herr Lehsen – gar kein Geld, gar keine Friedrichsd'ore für Ihr Bemühen? Nicht einmal eine Entschädigung für verbrauchte Leinwand und Farben in gutem Courant?«

Edmund meinte lächelnd, diese Auslage sei zu unbedeutend, als daß davon nur im mindesten die Rede sein könne.

»Aber«, fiel der Kommissionsrat kleinlaut ein, »aber Sie wissen vielleicht nicht, daß hier von einem Kniestück in Lebensgröße –«

Das sei alles gleich, erwiderte Lehsen.

Da drückte ihn der Kommissionsrat stürmisch an die Brust und rief, indem ihm die Tränen vor inniger Rührung in die Augen traten: »O Gott im Himmel! Gibt es denn auf dieser im Argen liegenden Welt noch solche erhabene uneigennützige Menschenseelen! Erst die Zigarren, dann das Gemälde! Sie sind ein vortrefflicher Mann oder Jüngling vielmehr, bester Herr Lehsen, in Ihnen wohnt deutsche Tugend und Biederkeit, von der, wie sie zu unserer Zeit aufgeblüht sein soll, in mehreren Schriften viel Angenehmes zu lesen. Doch glauben Sie mir, ungeachtet ich Kommissionsrat bin und mich durchaus fränzösisch kleide, dennoch hege ich gleichen Sinn, weiß Ihren Edelmut zu schätzen und bin uneigennützig und gastfrei wie einer. Sagt mir die böse Welt nach, daß ich bei meinen halbjährigen Diners aus purem Geiz die Weinflaschen nicht auf den Tisch stellen lasse, sondern den Gästen selbst sparsamlich einschenke, so ist dies schlimme Verläumdung. Nicht aus Geiz tue ich das, sondern aus Vorsorge für die Gesundheit meiner lieben Freunde, die aus Übereilung zu viel trinken können. Nein, Sie sollen mich anders kennenlernen. Jeden Morgen, wenn ich Ihnen sitze, sollen Sie mit einem Gläschen echten Dry Madeira bedient werden, und sind Sie ein Liebhaber von westfälischen Schinken, so bin ich der Mann, der ihn besitzt in besserer Qualität als Sala Tarone oder Thiermann. Doch ich weiß es schon, mäßige Leute wie Sie, bester Herr Lehsen, mögen sich morgens nicht gern durch allzu copiöses Frühstücken den Appetit zum Mittagsbrot verderben.«

Die schlaue Albertine hatte die Art, wie sich Edmund bei des Kommissionsrates Antrag nehmen würde, vorausgesehen. Ihre Absicht war erreicht. Der Kommissionsrat strömte über vom Lobe des vortrefflichen Jünglings, der entfernt sei von jeder gehässigen Habsucht, und schloß damit, daß, da junge Leute, vorzüglich Maler, immer etwas fantastisches, romanhaftes in sich trügen, viel auf verwelkte Blumen, Bänder, die an ein hübsches Mädchen geheftet gewesen, hielten, über irgend ein von schönen Händen verfertigtes Fabrikat aber ganz außer sich geraten könnten, Albertine dem Edmund ja ein Geldbeutelchen häkeln möchte, und, sei es ihr nicht unangenehm, sogar eine Locke von ihrem schönen kastanienbraunen Haar hineintun, so aber jede etwanige Verpflichtung gegen Lehsen quitt machen könne. Er erlaube das ausdrücklich und wolle es schon bei dem Geheimen Kanzleisekretär Tusmann verantworten.

Albertine, noch immer nicht von des Kommissionsrats Absichten und Plänen unterrichtet, verstand nicht, was er mit dem Tusmann wollte, und fragte auch weiter nicht darnach.

Noch denselben Abend ließ Edmund seine Malergerätschaften ins Haus des Kommissionsrates tragen, und am andern Morgen fand er sich ein zur ersten Sitzung.

Er bat den Kommissionsrat, sich im Geist in den heitersten, frohsten Moment seines Lebens zu versetzen, etwa wie ihm seine verstorbene Gattin zum erstenmal ihre Liebe versichert, oder wie ihm Albertine geboren, oder wie er vielleicht einen verloren geglaubten Freund unvermutet wiedergesehen.

»Halt«, rief der Kommissionsrat, »halt Herr Lehsen, vor ungefähr drei Monaten erhielt ich den Aviso aus Hamburg, daß ich in der dortigen Lotterie einen bedeutenden Gewinnst gemacht. Mit dem offnen Briefe in der Hand lief ich zu meiner Tochter! Einen froheren Augenblick habe ich in meinem Leben nicht gehabt; wählen wir also denselben, und damit mir und Ihnen alles besser vor Augen komme, will ich den Brief holen und ihn wie damals offen in der Hand halten.«

Edmund mußte den Kommissionsrat wirklich in dieser Stellung malen, auf den offnen Brief aber ganz deutlich und leserlich dessen Inhalt hinschreiben:

Ew. Wohlgeb. habe ich die Ehre zu avertieren u.s.w. Auf einem kleinen Tisch daneben mußte (so wollt es der Kommissionsrat) das geöffnete Kuvert liegen, so daß man die Aufschrift:

Des Herrn Kommissionsrates,
Stadtverordneten und
Feuerherrn *Melchior Voßwinkel,*
Wohlgeboren zu Berlin

deutlich lesen konnte, und auch das Postzeichen: Hamburg durfte Edmund nicht vergessen nach dem Leben zu kopieren. Edmund malte übrigens einen sehr hübschen, freundlichen, stattlich gekleideten Mann, der in der Tat einige entfernte Züge von dem Kommissionsrat im Gesicht trug, sodaß jeder, der jenes Briefkuvert las, unmöglich in der Person irren konnte, den das Bild vorstellen sollte.

Der Kommissionsrat war ganz entzückt über das Bild. Da sehe man, sprach er, wie ein geschickter Maler die anmutigen Züge eines hübschen Mannes, sei er auch schon etwas in die Jahre gekommen, aufzufassen wisse, und nun erst merke er, was der Professor gemeint, den er einmal in der Humanitäts-Gesellschaft behaupten gehört, daß ein gutes Porträt zugleich ein tüchtiges historisches Bild sein müsse. Blicke er nämlich sein Bildnis an, so falle ihm jedesmal die angenehme Historie von dem gewonnenen Lotterielos ein, und er verstehe das liebenswürdige Lächeln seines Ichs, das sich auf seinem eignen Gesicht dann abspiegle.

Noch ehe Albertine ausführen konnte, was weiter in ihrem Plane lag, kam der Kommissionsrat ihren Wünschen zuvor, indem er Edmund bat, nun auch seine Tochter zu malen.

Edmund begann sogleich das Werk. Indessen schien es mit Albertinens Bildnis gar nicht so leicht, so glücklich vonstatten gehen zu wollen, als es bei des Kommissionsrates Porträt der Fall gewesen. Er zeichnete, löschte aus, zeichnete wieder, fing an zu malen, verwarf das Ganze, begann von neuem, veränderte die Stellung, bald war es ihm zu hell im Zimmer, bald zu dunkel p. p., bis der Kommissionsrat, der so lange den Sitzungen beigewohnt, die Geduld verlor und davonblieb.

Edmund kam nun vormittags und nachmittags und rückte auch das Bild auf der Staffelei nicht sonderlich vor, so geschah dies doch mit dem innigen Liebesverständnis, das sich zwischen Edmund und Albertinen immer fester und fester knüpfte.

Du wirst es, vielgeneigter Leser! ganz gewiß selbst erfahren haben, daß, ist man verliebt, es oftmals durchaus nötig wird, um allen Beteurungen, allen süßen, schmachtenden Worten und Redensarten, allen sehnsüchtigen Wünschen die gehörige Kraft zu geben, so daß sie eindringen mit unwiderstehlicher Gewalt ins tiefste Herz, die Hand der Geliebten zu fassen, zu drücken, zu küssen, und daß dann im Liebkosen, wie vermöge eines elektrischen Prinzips, unvermutet Lipp an Lippe schlägt und im süßesten Kuß sich jenes Prinzip im glühenden Feuerstrom entladet. Nicht allein, daß Edmund deshalb oft das Malen ganz lassen mußte, so wurde er auch oft sogar gezwungen, von der Staffelei aufzustehen.

So kam es denn, daß er an einem Vormittag mit Albertinen an dem mit weißen Gardinen verzogenen Fenster stand und um, wie gesagt, seinen Beteurungen mehr Kraft zu geben, Albertinen umfaßt hielt und ihre Hand unaufhörlich an den Mund drückte.

Zu selbiger Stunde und zu selbigem Augenblick ging der Geheime Kanzleisekretär Tusmann mit der »Politischen Klugheit« und andern pergamentnen Büchern, worin das Angenehme mit dem Nützlichen verbunden, in der Tasche, vor dem Hause des Kommissionsrates vorüber. Ungeachtet er scharf zusprang, da gerade die Uhr auf dem Punkt stand die Stunde zu schlagen, mit der er in das Büro einzutreten gewohnt war, hielt er doch einen Augenblick an und warf den schmunzelnden Blick hinauf nach dem Fenster seiner vermeintlichen Braut.

Da gewahrte er wie im Nebel Albertinen mit Edmund, und ungeachtet er durchaus nichts deutlich zu erkennen vermochte, schlug ihm doch das Herz, er wußte selbst nicht warum. Eine seltsame Angst trieb ihn an, das Unerhörte zu beginnen, nämlich zu ganz ungewöhnlicher Stunde hinauf und geradezu nach Albertinens Zimmer zu steigen. Als er hineintrat, sprach Albertine soeben sehr vernehmlich: »Ja Edmund! ewig, ewig werd ich dich lieben!« Und damit drückte sie Edmund an seine Brust, und ein ganzes Feuerwerk von elektrischen Schlägen, wie sie oben beschrieben, begann zu rauschen und zu knistern.

Der Geheime Kanzleisekretär schritt unwillkürlich vor und blieb dann starr, sprachlos, wie von der Katalepsie befallen, in der Mitte des Zimmers stehen.

Im Taumel des höchsten Entzückens hatten die Liebenden den eisenschweren Tritt der Stiefelschuhe des Geheimen Kanzleisekretärs nicht vernommen, nicht gehört, wie er die Tür öffnete, wie er ins Zimmer trat, bis in dessen Mitte vorschritt.

Nun quäkte er plötzlich im höchsten Falsett: »Aber Demoiselle Albertine Voßwinkel!«

Erschrocken fuhren die Liebenden auseinander, Edmund an die Staffelei, Albertine auf den Stuhl, wo sie Behufs des Malens sitzen sollte.

»Aber«, begann der Geheime Kanzleisekretär nach einer kleinen Pause, in der er Atem geschöpft, »aber Demoiselle Albertine Voßwinkel, was tun Sie, was beginnen Sie? Erst walzen Sie mit dem jungen Herrn da, den ich zu kennen nicht die Ehre habe, auf dem Rathause in tiefer Mitternacht, daß mir armen Geheimen Kanzleisekretär und geschlagenen Bräutigam Hören und Sehn vergeht, und nun am hellen lichten Tage hier am Fenster hinter den Gardinen – o Gerechter! Ist das ein ziemliches, sittiges Betragen für eine Demoiselle Braut?«

»Wer ist Braut«, fuhr Albertine in die Höhe, »wer ist Braut? Von wem sprechen Sie, Herr Geheimer Kanzleisekretär, reden Sie!«

»O du mein Schöpfer im Himmelsthrone«, lamentierte der Geheime Kanzleisekretär, »Sie fragen noch, werteste Demoiselle, wer Braut ist, von wem ich spreche? Von wem anders kann ich denn hier jetzt reden als von Ihnen? Sind Sie denn nicht meine verehrte, im Stillen angebetete Braut? Hat nicht Ihr wertester Herr Papa mir Ihre liebe, weiße, küssenswürdige Hand zugesagt schon seit langer Zeit?«

»Herr Geheimer Kanzleisekretär«, rief Albertine ganz außer sich, »Herr Geheimer Kanzleisekretär, entweder sind Sie schon am Vormittage in die Weinstube geraten, die Sie, wie mein Vater sagt, jetzt zu häufig besuchen sollen, oder von einem seltsamen Wahnsinn heimgesucht. Mein Vater hat, kann nicht daran gedacht haben, Ihnen meine Hand zuzusagen.«

»Allerliebste Demoiselle Voßwinkel«, fiel der Geheime Kanzleisekretär ein, »bedenken Sie doch nur! Sie kennen mich ja schon seit so vielen Jahren, bin ich denn nicht jederzeit ein mäßiger, besonnener Mann gewesen und soll jetzt auf einmal mich dem schnöden Weintrinken und ungeziemlicher Verrücktheit hingeben? Beste Demoiselle, ein Auge will ich zudrücken, schweigen soll mein Mund darüber, was hier soeben geschehen! Alles vergeben und vergessen! Aber besinnen Sie sich doch, angebetete Braut, daß Sie mir ja schon Ihr Jawort gaben aus dem Fenster des Rathausturms zur mitternächtlichen Stunde, und wenn Sie daher auch im Brautschmuck mit diesem jungen Herrn da stark walzten so –«

»Sehn Sie wohl«, unterbrach Albertine den Geheimen Kanzleisekretär, »sehn Sie wohl, merken Sie wohl, daß Sie unsinniges Zeug durcheinander schwatzen, wie ein der Charité Entsprungener? Gehen Sie – es wird mir bange in Ihrer Gegenwart – gehen Sie, sag ich, verlassen Sie mich!«

Die Tränen stürzten dem armen Tusmann aus den Augen. »O Gerechter«, schluchzte er, »solche schnöde Behandlung von der verehrtesten Demoiselle Braut! Nein, ich gehe nicht, ich bleibe so lange, bis Sie, werteste Demoiselle Voßwinkel, was meine geringe Person betrifft, zu besserer Überzeugung gekommen sind.«

»Gehen Sie!« sprach Albertine mit halb erstickter Stimme, indem sie das Schnupftuch vor die Augen gedrückt in eine Ecke des Zimmers flüchtete.

»Nein«, erwiderte der Geheime Kanzleisekretär, »nein, werteste Demoiselle Braut, nach Thomasii politisch klugem Rat muß ich bleiben, ich gehe nun durchaus nicht eher bis –« Er machte Miene, Albertinen zu verfolgen.

Edmund hatte kochend vor Wut indessen an dem dunkelgrünen Hintergrunde des Gemäldes hin und her gestrichen. Nun konnte er sich nicht länger halten. »Verrückter, überlästiger Satan!« so schrie er ganz außer sich, sprang los auf Tusmann, fuhr ihm mit dem dicken, in jene dunkelgrüne Farbe getunkten Pinsel drei-, viermal übers Gesicht, faßte ihn, gab ihm, nachdem er die Türe geöffnet, solch einen derben Stoß, daß er hinausflog wie ein abgeschossener Pfeil.

Entsetzt prallte der Kommissionsrat, der eben aus der Tür gegenüber heraustreten wollte, zurück, als der grüne Schulkamerad in seine Arme stürzte.

»Geheimer«, rief er aus, »Geheimer, um des Himmelswillen, wie siehst du aus?«

Der Geheime Kanzleisekretär, beinahe von Sinnen über alles was sich eben zugetragen, erzählte in kurzen, abgebrochenen Sätzen, wie Albertine ihn behandelt, was er von Edmund erlitten.

Der Kommissionsrat, ganz Ärger und Zorn, nahm ihn bei der Hand, ging mit ihm zurück in Albertinens Zimmer, fuhr los auf das Mädchen: »Was muß ich hören, was muß ich vernehmen? Führt man sich so auf, behandelt man so den Bräutigam?«

»Bräutigam?« schrie Albertine auf im jähsten Schreck.

»Nun ja«, sprach der Kommissionsrat, »Bräutigam freilich. Ich weiß gar nicht, was du dich alterierst über eine Sache, die ja längst beschlossen. Mein lieber Geheimer ist dein Bräutigam und in wenigen Wochen feiern wir die vergnügte Hochzeit.«

»Nimmermehr«, rief Albertine, »nimmermehr heirate ich den Geheimen Kanzleisekretär. Wie sollt ich ihn denn lieben können den alten Mann, nein –«

»Was lieben, was alter Mann«, fiel ihr der Kommissionsrat ins Wort, »von Lieben ist gar nicht die Rede, sondern von Heiraten. Freilich ist mein lieber Geheimer kein leichtsinniger Jüngling mehr, aber so wie ich, eben in den Jahren, die man mit Recht die besten nennt, und dabei ein rechtschaffener, gescheuter, belesener, liebenswürdiger Mann und mein Schulkamerad.«

»Nein«, sprach Albertine in der heftigsten Bewegung, indem ihr die Tränen aus den Augen stürzten, »nein, ich kann ihn nicht leiden, er ist mir unausstehlich, ich hasse, ich verabscheue ihn! O mein Edmund –«

Und damit fiel das Mädchen ganz außer sich, beinahe ohnmächtig dem Edmund in die Arme, der sie mit Heftigkeit an seine Brust drückte.

Der Kommissionsrat, ganz erstarrt, riß die Augen weit auf, als säh er Gespenster, dann brach er los: »Was ist das, was gewahre ich –«

»Ja«, fiel der Geheime Kanzleisekretär mit kläglicher Stimme ein, »ja die Demoiselle Albertine scheinen ganz und gar nichts von mir wissen zu wollen, scheinen eine ungemeine Inklination zu dem jungen Herrn Maler zu hegen, da sie ihn ohne Scheu küssen, mir ärmsten aber kaum die liebe Hand reichen wollen, da ich doch bald den Trauring an dero angenehmen Goldfinger zu stecken gedenke.«

»Heda, heda, auseinander sage ich«, schrie der Kommissionsrat und riß Albertinen aus Edmunds Armen.

Der rief aber, daß er Albertinen nicht lassen werde und solle es ihm das Leben kosten.

»So?« sprach der Kommissionsrat mit spottendem Ton, »seht doch, eine saubere Liebesgeschichte hinter meinem Rücken! Schön, herrlich, mein junger Herr Lehsen, darum Ihre Uneigennützigkeit, darum die Zigarren und die Bilder! Sich in mein Haus einzuschleichen, mit losen Künsten meine Tochter zu verführen! Feiner Gedanke, daß ich meine Tochter an den Hals hängen soll einem dürftigen, armseligen, nichtswürdigen Farbenkleckser!«

Außer sich vor Wut über des Kommissionsrats Schimpfreden, ergriff Edmund den Malerstock, hob ihn in die Höhe; da rief mit donnernder Stimme der zur Türe hereinbrechende Leonhard: »Halt Edmund! Keine Übereilung, Voßwinkel ist ein alberner Narr und wird sich besinnen.«

Der Kommissionsrat, erschrocken über Leonhards unvermutete Erscheinung, rief aus dem Winkel, in den er zurückgeprallt: »Ich weiß gar nicht, Herr Leonhard, wie Sie sich unterfangen können –«

Aber der Geheime Kanzleisekretär war schnurstracks hinter den Sofa geflüchtet, sowie er den Goldschmied erblickt, hatte sich tief niedergeduckt und quäkte mit ängstlicher, weinerlicher Stimme: »O du Gott im Himmel! Kommissionsrat sieh dich vor – schweige – halt das Maul, geliebter Schulkamerad. O du Gott im Himmel, das sind ja der Herr Professor, der grausame Ballentrepreneur aus der Spandauer Straße!«

»Kommt nur hervor«, sprach der Goldschmied lachend, »kommt nur hervor Tusmann, fürchtet Euch nicht, Euch soll nichts mehr angetan werden, Ihr seid ja schon bestraft genug für Eure alberne Heiratslust, da Ihr nun Euer Lebelang ein grünes Gesicht behaltet.«

»O Gott«, schrie der Geheime Kanzleisekretär ganz außer sich, »o Gott, ein grünes Gesicht immerdar!

Was werden die Leute, was wird Se. Excellenz der Herr Minister sagen? Werden Se. Excellenz nicht glauben, ich hätte mir aus purer, schnöder, weltlicher Eitelkeit das Gesicht grün gefärbt? Ich bin ein geschlagener Mann, ich komme um meinen Dienst, denn nicht dulden kann der Staat Geheime Kanzleisekretärs mit grünen Gesichtern. O ich Ärmster –«

»Nun, nun«, unterbrach der Goldschmied Tusmanns Klagen, »nun, nun, Tusmann, lamentiert nur nicht so sehr, es kann doch wohl noch Rat geben für Euch, wenn Ihr gescheut seid und dem tollen Gedanken, Albertinen zu heiraten, entsagt.«

»Das kann ich nicht«, – »Das soll er nicht«, so riefen beide durcheinander, der Kommissionsrat und der Geheime Kanzleisekretär.

Der Goldschmied sah beide an mit funkelndem, durchbohrendem Blick; doch eben als er losbrechen wollte, öffnete sich die Tür und hinein trat der alte Manasse mit seinem Neffen, dem Baron Benjamin Dümmerl aus Wien.

Bensch ging gerade los auf Albertinen, die ihn zum erstenmal in ihrem Leben sah, und sprach in schnarrendem Ton, indem er ihre Hand faßte: »Ha, bestes Mädchen, da bin ich nun selbst, um mich Ihnen zu Füßen zu werfen. Verstehen Sie! das ist nur solch eine Redensart, der Baron Dümmerl wirft sich niemanden zu Füßen, auch nicht Sr. Majestät dem Kaiser. Ich meine, Sie sollen mir einen Kuß geben.« Damit trat er noch näher an Albertinen heran und beugte sich nieder, doch in demselben Moment geschah etwas, worüber sich alle, den Goldschmied ausgenommen, tief entsetzten.

Benschs ansehnliche Nase schoß plötzlich zu einer solchen Länge hervor, daß sie dicht bei Albertinens Gesicht vorbeifahrend mit einem lautem Knack hart anstieß an die gegenüberstehende Wand. Bensch prallte einige Schritte zurück, sogleich zog sich die Nase wieder ein. Er näherte sich Albertinen, dasselbe

Ereignis; kurz: hinaus, hinein schob sich die Nase so schnell hintereinander, wie eine Baßposaune, wenn Herr Belke ein Conzert darauf bläst.

»Verruchter Schwarzkünstler«, brüllte Manasse, und indem er einen verschlungenen Strick aus der Tasche zog und ihn dem Kommissionsrat zuwarf, rief er: »Ohne Umstände, werfen Sie dem Kerl die Schlinge über den Hals, dem Goldschmied mein ich, dann ziehen wir ihn ohne Widerstand zur Türe hinaus und alles ist in Ordnung.«

Der Kommissionsrat ergriff den Strick, statt aber dem Goldschmied, warf er dem alten Juden den Strick über den Hals, und sogleich prallten beide auf in die Höhe bis an die Stubendecke und wieder herab, und so immerfort herauf und herab, während Bensch sein Nasenkonzert fortsetzte und Tusmann wie wahnsinnig lachte und plapperte, bis der Kommissionsrat ohnmächtig, ganz erschöpft in den Lehnsessel niedersank.

»Nun ists Zeit, nun ists Zeit«, schrie Manasse, schlug an die Tasche, und mit einem Satze sprang eine übergroße abscheuliche Maus hervor und gerade los auf den Goldschmied. Aber noch im Sprunge durchstach sie der Goldschmied mit einer spitzen, goldnen Nadel, worauf sie mit einem gellenden Schrei verschwand, man wußte nicht wohin.

Da ballte Manasse die Fäuste gegen den ohnmächtigen Kommissionsrat und rief, indem Zorn und Wut aus seinen feuerroten Augen sprühten: »Ha, Melchior Voßwinkel, du hast dich gegen mich verschworen, du bist im Bunde mit dem verruchten Schwarzkünstler, den du in dein Haus gelockt; aber verflucht, verflucht sollst du sein, du und dein ganzes Geschlecht hinweggenommen wie die hülflose Brut eines Vogels. Gras soll vor deiner Tür wachsen und alles, was du unternimmst, soll gleichen dem Tun des Hungernden, der sich im Traum ersättigen will an erdichteten Speisen, und der Dales soll sich einlagern in dein Haus und wegzehren deine Habe, und du sollst betteln in zerrissenen Kleidern vor den Türen des verachteten Volks Gottes, das dich verstößt wie einen räudigen Hund. Und du sollst sein wie ein verachteter Zweig zur Erde geworfen und statt des Klanges der Harfen Motten deine Gesellschaft! Verflucht, verflucht, verflucht du Kommissionsrat Melchior Voßwinkel!« Damit faßte der wütende Manasse den Neffen und stürmte mit ihm zur Türe hinaus.

Albertine hatte im Grausen und Entsetzen ihr Gesicht verborgen an Edmunds Brust, der sie umschlungen hielt, mit Mühe Fassung erringend.

Der Goldschmied trat nun hin zu dem Paar und sprach lächelnd mit sanfter Stimme: »Laßt Euch nur durch all diese Narrenstreiche nicht irren. Es wird alles gut werden, ich stehe Euch dafür. Aber nun ist es nötig, daß Ihr Euch trennt, ehe Voßwinkel und Tusmann aus ihrer Schreckenserstarrung erwachen.«

Darauf verließ er mit Edmund Voßwinkels Haus.

FÜNFTES KAPITEL

Worin der geneigte Leser erfährt, wer der Dales ist, auf welche Weise aber der Goldschmied den Geheimen Kanzleisekretär Tusmann rettet vom schmachvollen Tode und den verzweifelnden Kommissionsrat tröstet.

Der Kommissionsrat war durch und durch erschüttert von Manasses Fluch, mehr als von dem tollen Spuk, den, wie er wohl einsah, der Goldschmied getrieben. Jener Fluch war auch in der Tat gräßlich genug, da er dem Kommissionsrat den Dales über den Hals geschickt.

Ich weiß nicht, ob du sehr geneigter Leser die Bewandtnis kennst, die es mit diesem Dales der Juden hat?

Das Weib eines armen Juden (so erzählt ein Talmudist) fand, als sie eines Tages auf den Boden ihres kleinen Hauses stieg, daselbst eine dürren, ganz ausgemergelten, nackten Menschen, der sie bat, ihm Obdach zu gönnen, ihn zu nähren mit Speis und Trank. Erschrocken lief das Weib herab und sprach wehklagend zu ihrem Mann: »Ein nackter, ausgehungerter Mensch ist in unser Haus gekommen und verlangt von uns Obdach und Nahrung. Wie sollen wir aber den Fremden nähren, da wir selbst kaum unser mühseliges Leben von Tag zu Tag durchfristen?« »Ich will«, erwiderte der Mann, »hinaufsteigen zu dem fremden Menschen und sehen, wie ich ihn hinausschaffe aus unserm Hause.« – »Warum«, sprach er dann zu dem fremden Menschen, »warum bist du geflüchtet in mein Haus, der ich arm bin und nicht vermag dich zu ernähren? Hebe dich fort und gehe in das Haus des Reichtums, wo die Schlachttiere längst gemästet und die Gäste geladen sind zum Gastmahl.« – »Wie kannst du«, erwiderte der Mensch, »mich forttreiben wollen aus dem Obdach, das ich gefunden? Du siehst, daß ich nackt bin und bloß, wie kann ich fortziehen in das Haus des Reichtums? Doch laß mir ein Kleid machen, das mir paßt, und ich will dich verlassen.« – »Besser ist es«, dachte der Jude, »daß ich mein Letztes daran wende, den Menschen bald fortzuschaffen, als daß er bliebe und verzehre, was ich mit Not zu erwerben vermag.« Er schlachtete sein bestes Kalb, wovon er mit seinem Weibe viele Tage hindurch sich zu nähren gedachte, verkaufte das Fleisch und schaffte von dem gelösten Gelde ein gutes Kleid an für den fremden Menschen. Als er aber hinaufging mit dem Kleide, war der Mensch, der erst klein und dürr gewesen, groß geworden und stark, so daß das Kleid ihm überall zu kurz war und zu enge. Darüber entsetzte sich der arme Jude gar sehr, aber der fremde Mensch sprach: »Laß ab von der Torheit mich fortschaffen zu wollen aus deinem Hause, denn wisse: ich bin der Dales.«

Da rang der arme Jude die Hände und jammerte und schrie: »Gott meiner Väter, so bin ich gezüchtigt mit der Rute des Zorns und elend immerdar, denn bist du der Dales, so wirst du nicht weichen, sondern all unser Hab und Gut wegzehrend immer größer und stärker werden.« Der Dales ist aber die Armut, die, wo sie sich einmal eingenistet, niemals wieder weicht und immer mehr zunimmt.

Entsetzte sich nun der Kommissionsrat darüber, daß ihm Manasse in der Wut die Armut auf den Hals geflucht, so fürchtete er dagegen auch den alten Leonhard, der, die seltsamen Zauberkünste abgerechnet, die ihm zu Gebote standen, auch außerdem in seinem ganzen Wesen etwas hatte, was wohl eine scheue Ehrfurcht erwecken mußte. Gegen beide, das fühlte er, konnte er nichts sonderliches ausrichten; sein ganzer Zorn fiel daher auf Edmund Lehsen, dem er alles Unheil, was ihm widerfahren, in die Schuhe schob. Kam noch hinzu, daß Albertine ganz unverhohlen und mit entschiedener Festigkeit erklärte, wie sie Edmund über die Maßen liebe und niemals weder den alten, pedantischen Geheimen Kanzleisekretär, noch den unausstehlichen Baron Bensch heiraten werde, so konnt es gar nicht fehlen, daß der Kommissionsrat sich über die Gebühr erboste und den Edmund fortwünschte, dahin, wo der Pfeffer wächst. Da er aber diesen Wunsch nicht so verwirklichen konnte, wie es unter der vorigen französischen Regierung geschah, welche Leute, die sie los sein wollte, in der Tat fortschickte nach dem Ort, wo der Pfeffer wächst, so begnügte er sich damit, dem Edmund ein angenehmes Billet zu schreiben, worin er all sein Gift, all seine Galle ergoß und damit endete, daß er sich nicht unterfangen solle, jemals die Schwelle seines Hauses zu betreten.

Man kann denken, daß Edmund über diese grausame Trennung von Albertinen sofort in die gehörige Verzweiflung geriet, in welcher ihn denn Leonhard fand, als er ihn seiner Gewohnheit gemäß in der Abenddämmerung besuchte.

»Was habe ich«, rief Edmund dem Goldschmied entgegen, »was habe ich nun von Euerm Schutz, von Euern Mühen, mir die gehässigen Nebenbuhler vom Leibe zu schaffen? Durch Eure unheimlichen Taschenspielerkünste verwirrt und entsetzt Ihr alle, selbst mein holdes Mädchen, und Euer Treiben ist es allein, das mir als ein unübersteigliches Hindernis in den Weg tritt. Ich fliehe, ich fliehe den Dolch im Herzen fort nach Rom!«

»Nun«, sprach der Goldschmied, »nun dann tätest du ja wirklich das, was ich recht von Herzen wünsche. Erinnere dich, daß ich schon damals, als du zum erstenmal von deiner Liebe zu Albertinen sprachst, dir versicherte, daß meiner Meinung nach ein junger Künstler sich wohl verlieben könne, aber nicht gleich ans Heiraten denken müsse, da dies ganz unersprießlich sei. Ich rückte dir damals halb im Scherz das Beispiel des jungen Sternbald vor Augen, aber ganz ernsthaft sage ich dir jetzt, daß, gedenkst du ein tüchtiger Künstler zu werden, du durchaus alle Heiratsgedanken dir aus dem Kopf schlagen mußt. Frei und froh ziehe in das Vaterland der Kunst, studiere in voller Begeisterung ihr innerstes Wesen und dann erst wird dir die technische Fertigkeit, die du vielleicht auch hier erlangen kannst, etwas nützen.«

»Ha«, rief Edmund, »was für ein Tor war ich, Euch meine Liebe anzuvertrauen! Nun sehe ich es wohl ein, daß gerade Ihr, von dem ich Beistand erwarten durfte mit Rat und Tat, daß gerade Ihr, sage ich, absichtlich mir entgegen handelt und meine schönsten Hoffnungen mit hämischer Schadenfreude zerstört!«

»Hoho«, erwiderte der Goldschmied, »hoho junger Herr! mäßigt Euch in Euern Ausdrücken, seid weniger heftig und bedenkt, daß Ihr viel zu unerfahren seid, um mich zu durchschauen. Aber ich will Euern ganz irren Zorn Eurer wahnsinnigen Verliebtheit zu Gute halten.«

»Und«, fuhr Edmund fort, »und was die Kunst betrifft, so sehe ich gar nicht ein, warum ich, da es mir dazu, wie Ihr wißt, gar nicht an Mitteln fehlt, der innigen Verbindung mit Albertinen unbeschadet, nicht nach Rom gehen und dort die Kunst studieren sollte. Ja, ich gedachte gerade dann, wenn ich Albertinens Besitz gewiß sein konnte, nach Italien zu wandern und dort ein ganzes Jahr hindurch zu verweilen, dann aber bereichert mit wahrer Kunstkenntnis zurückzukehren in die Arme meiner Braut.«

»Wie«, rief der Goldschmied, »wie Edmund, war das in der Tat dein wirklicher, ernsthafter Vorsatz?«

»Allerdings«, erwiderte der Jüngling, »so sehr mein Inneres entbrannt ist in Liebe zu der holden Albertine, so sehr erfüllt mich doch die Sehnsucht nach dem Lande, das die Heimat meiner Kunst ist.«

»Könnet«, fuhr der Goldschmied fort, »könnet Ihr Euer treues Wort mir darauf geben, daß, wird Albertine Euer, Ihr sogleich die Reise nach Italien antreten wollt?«

»Warum sollte ich das nicht«, erwiderte der Jüngling, »da es mein fester Entschluß war und es bleiben würde, sollte das geschehen, woran ich verzweifeln muß.«

»Nun«, rief der Goldschmied lebhaft, »nun Edmund, so sei guten Mutes, die feste Gesinnung erwirbt dir die Geliebte. Ich gebe dir mein Wort, daß in wenigen Tagen Albertine deine Braut sein soll. Daß ich das zu bewirken verstehen werde, daran magst du nicht zweifeln.«

Die Freude, das Entzücken strahlte aus Edmunds Augen. Der rätselhafte Goldschmied überließ, schnell davoneilend, den Jüngling all den süßen Hoffnungen und Träumen, die er in seinem Innern aufgeregt.

In einem abgelegenen Teil des Tiergartens, unter

einem großen Baum, lag, um mit Celia in »Wie es Euch gefällt« zu reden, wie eine abgefallene Eichel oder wie ein verwundeter Ritter der Geheime Kanzleisekretär Tusmann und klagte sein tiefes Herzeleid den treulosen Herbstwinden.

»O Gott gerechter!« lamentierte er, »unglücklicher, bedauernswürdiger Geheimer Kanzleisekretär, womit hast du all diese Schmach verdient, die dir über den Hals gekommen. Sagt denn nicht Thomasius, daß der Ehestand an Erlangung der Weisheit keineswegs hindern solle, und doch hast du schon jetzt, da du nur den Ehestand zu intendieren begonnen, beinahe deinen ganzen angenehmen Verstand verloren. Woher der entsetzliche Widerwille der werten Demoiselle Albertine Voßwinkel gegen deine geringe, aber mit löblichen Eigenschaften sattsam ausgestatteten Person? Bist du etwa ein Politikus, der keine Frau haben, oder gar ein Rechtsgelehrter, der nach der Lehre des Cleobulus seine Frau, sobald sie unartig, was weniges prügeln soll, daß die Schönste deshalb einige Scheu tragen könnte, dich zu ehelichen? O Gerechter! welchem Jammer gehst du entgegen! Warum mußt du, o geliebter Geheimer Kanzleisekretär, in offne Fehde geraten mit schnöden Schwarzkünstlern und malerischen Wüterichen, die dein zartes Gesicht für ein aufgespanntes Pergament halten und mit frechem Pinsel einen wilden Salvator Rosa darauf schmeißen, ohne Geschick, Haltung und Manier! Ja, das ist das Ärgste! Alle meine Hoffnung hatte ich auf meinen intimen Freund gesetzt, auf den Herrn Streccius, der in der Chemie wohlerfahren ist und in jedem Malheur zu helfen weiß, aber es ist alles vergebens. Je mehr ich mich mit dem Wasser wasche, das er mir angeraten, desto grüner werde ich, wiewohl das Grün sich in den verschiedensten Nuancen und Schattierungen ändert, so daß es bereits Frühling, Sommer und Herbst auf meinem Antlitz gewesen! Ja, dieses Grün ist es, was mich ins Verderben stürzt, und erlange ich nicht den weißen Winter wieder, welcher die schicklichste Jahreszeit für mein Gesicht, so gerate ich in Desperation, stürze mich hier in den schnöden Froschlaich und sterbe einen grünen Tod!«

Tusmann hatte wohl recht, so bittre Klagen auszustoßen, denn in der Tat war es arg mit der grünen Farbe seines Antlitzes, die gar nicht gewöhnliche Ölfarbe, sondern irgendeine künstlich zusammengesetzte Tinktur zu sein schien, die, in die Haut eingedrungen, durchaus nicht verschwinden wollte. Zur Tageszeit durfte der arme Geheime Kanzleisekretär gar nicht anders ausgehen, als mit tief in die Augen gedrücktem Hut und vorgehaltenem Schnupftuch, und selbst wenn die Dämmerung eingebrochen, wagte er es nur in gestrecktem Galopp durch die entlegenen Gassen zu rennen. Teils fürchtete er den Hohn der Straßenbuben, teils mußte er sich ängstigen, irgendjemanden aus dem Büro, in dem er arbeitete, zu begegnen, da er sich krank melden lassen.

Es geschieht wohl, daß wir das Ungemach, welches uns getroffen, stärker und tötender fühlen in der stillen, schwarzen Nacht, als am geräuschvollen Tage. So kam es auch, daß, sowie immer dunkler und dunkler die Wolken heraufzogen, wie schwärzer und schwärzer die Schatten des Waldes sich ausbreiteten, wie recht schauerlich verhöhnend der rauhe Herbstwind durch Bäume und Gebüsche pfiff, Tusmann sein ganzes Elend bedenkend in vollkommene Trostlosigkeit geriet.

Der entsetzliche Gedanke, in den grünen Froschlaich zu springen und so ein verstörtes Leben zu enden, trat dem Geheimen Kanzleisekretär so lebendig in die Seele, daß er ihn für einen entscheidenden Wink des Schicksals hielt, dem er folgen müsse.

»Ja«, rief er mit gellender Stimme, indem er hastig aufsprang vom Boden, wo er sich hingelagert, »ja, Geheimer Kanzleisekretär, mit dir ist es aus! Verzweifle guter Tusmann! Kein Thomasius kann dich retten, fort mit dir in den grünen Tod! Leben Sie wohl, grausame Demoiselle Albertine Voßwinkel! Sie sehen Ihren Bräutigam, den Sie verschmäht auf schnöde Weise, niemals wieder! Er wird sogleich in den Froschlaich springen!«

Wie rasend rannte er fort nach dem nahe gelegenen Bassin, das in der tiefen Dämmerung anzusehen war wie ein breiter, schön bewachsener Weg, und blieb dicht am Rande stehen.

Der Gedanke an den nahen Tod mochte wohl seine Sinne zerrütten, denn er sang mit hoher, durchdringender Stimme das englische Volkslied, dessen Refrain lautet: »Grün sind die Wiesen, grün sind die Wiesen«, warf dann die »Politische Klugheit«, das »Handbuch für Hof und Staat«, sowie Hufelands »Kunst das Leben zu verlängern«, in das Wasser und war eben im Begriff, mit einem tüchtigen Ansatz nachzuspringen, als er sich von hinten her mit starken Armen umfaßt fühlte.

Zugleich vernahm er die ihm wohlbekannte Stimme des schwarzkünstlerischen Goldschmieds: »Tusmann, was habt Ihr vor? Ich bitte Euch, seid doch kein Esel und macht doch nicht tolle Streiche!«

Der Geheime Kanzleisekretär bot alle Kraft auf, sich aus des Goldschmieds Armen loszuwinden, indem er, kaum der Sprache mehr mächtig, krächzte: »Herr Professor, ich bin in der Desperation und da hören alle Rücksichten auf, Herr Professor, nehmen Sie es einem desperaten Geheimen Kanzleisekretär, der sonst wohl weiß, was Anstand und Sitte heischt, nicht übel, aber, Herr Professor, ich sag es unverhohlen, ich wünschte, daß Sie der Teufel hole samt Ihren Hexenkünsten, samt Ihrer Grobheit, samt Ihrem verdammten Ihr – Ihr – Ihr und Tusmann!«

Der Goldschmied ließ den Geheimen Kanzleisekretär los, und alsbald taumelte dieser erschöpft nieder in das hohe durch und durch feuchte Gras. Wähnend, er liege im Bassin, rief er: »O kalter Tod, o grüne Wiese. Adieu! Mich ganz gehorsamst zu empfehlen, werteste Demoiselle Albertine Voßwinkel. Lebe wohl, wackrer Kommissionsrat. Der unglückliche Bräutigam liegt bei den Fröschen, die den Herrn loben zur Sommerszeit!«

»Seht Ihr wohl«, sprach der Goldschmied mit starker Stimme, »seht Ihr wohl Tusmann, daß Ihr von Sinnen seid und matt und elend dazu? Zum Teufel wollt Ihr mich schicken, wie wenn ich nun selbst der Teufel wäre und Euch den Hals umdrehte hier auf der Stelle, wo Ihr wähnt im Bassin zu liegen?«

Tusmann ächzte, stöhnte, schüttelte sich wie im stärksten Fieberfrost.

»Aber«, fuhr der Goldschmied fort, »aber ich mein es gut mit Euch, Tusmann, und vergebe Eurer Desperation alles, richtet Euch auf, kommt mit mir.«

Der Goldschmied half dem armen Geheimen Kanzleisekretär auf die Beine. Ganz vernichtet lispelte dieser: »Ich bin in Ihrer Gewalt, verehrtester Herr Professor, machen Sie mit meinem geringen sterblichen Leichnam, was Sie wollen, aber meine unsterbliche Seele bitte ich ganz gehorsamst gütigst verschonen zu wollen.«

»Schwatzt nicht solch aberwitziges Zeug, sondern kommt rasch fort«, rief der Goldschmied, faßte den Geheimen Kanzleisekretär unterm Arm und schritt mit ihm von dannen.

Doch mitten in dem Wege, der quer durch den Tiergarten nach den Zelten führt, hielt er inne und sprach: »Halt Tusmann! Ihr seid ganz naß und seht abscheulich aus, ich will Euch wenigstens das Gesicht abtrocknen.« Damit holte der Goldschmied ein blendend weißes Tuch aus der Tasche, und tat, wie er verheißen.

Als nun schon die hellen Laternen des Weberschen Zeltes durch die Gebüsche funkelten, rief Tusmann plötzlich ganz erschrocken: »Um tausend Gotteswillen, verehrtester Herr Professor, wo führen Sie mich denn hin? Nicht nach der Stadt? Nicht nach meiner Wohnung? Doch nicht etwa in Gesellschaft? Unter Menschen? Gerechter! Ich kann mich ja gar nicht blicken lassen. Ich errege ja Ärgernis, ein Scandalum –«

»Ich weiß nicht«, erwiderte der Goldschmied, »ich weiß nicht, Tusmann, was Ihr wollt mit Euerm menschenscheuen Wesen, seid doch kein Hase! Ihr müßt bei Webers durchaus etwas Starkes genießen, vielleicht ein Glas warmen Punsch, sonst bekommt Ihr das Fieber vor Erkältung. Kommt nur mit!«

Der Geheime Kanzleisekretär lamentierte, sprach unaufhörlich von seinem grünen Gesicht, von seinem schnöden Salvator Rosa im Antlitz, der Goldschmied achtete aber nicht im mindesten darauf, sondern zog ihn fort mit unwiderstehlicher Gewalt.

Als sie nun in den erleuchteten Saal traten, bedeckte Tusmann mit dem Schnupftuch sein ganzes Gesicht, da noch ein paar Gäste an der langen Tafel speisten.

»Was habt Ihr denn«, sprach der Goldschmied dem Geheimen Sekretär ins Ohr, »was habt Ihr denn, Tusmann, daß Ihr Euer rechtschaffenes Antlitz so verhüllen wollt und verbergen?«

»Ach Gott«, stöhnte der Geheime Kanzleisekretär, »ach Gott, verehrtester Herr Professor, Sie wissen es ja, mein Gesicht, das der jähzornige junge Herr Maler mit grüner Farbe überstrichen –«

»Possen«, rief der Goldschmied laut, indem er den Geheimen Kanzleisekretär mit gewaltiger Faust packte und hinstellte vor den großen Spiegel am Ende des Saals und hineinleuchtete mit der Kerze, die er ergriffen.

Tusmann schaute unwillkürlich hinein und konnte sich eines lauten Ach! nicht erwehren. Nicht allein, daß die häßliche grüne Farbe gänzlich verschwunden war, Tusmanns Gesicht hatte überdies noch ein lebhafteres Kolorit erhalten als jemals, so daß er in der Tat um einige Jahre jünger aussah als sonst.

Im Übermaß des Entzückens sprang der Geheime Kanzleisekretär mit beiden Füßen zugleich in die Höhe und sprach dann mit süßweinerlicher Stimme: »O Gerechter, was sehe, was erblicke ich! Wertester, ungemein verehrter Herr Professor, das Glück habe ich gewiß Ihnen allein zu verdanken! Ja! nun wird die Demoiselle Albertine Voßwinkel, um derentwillen ich beinahe hinabgesprungen in den Abgrund zu den Fröschen, gewiß keinen Anstand nehmen, mich zu ihrem Gemahl zu erkiesen! Ja, wertester Herr Professor, Sie haben mich geborgen aus tiefem Elend! Ich fühlte sogleich eine gewisse Behaglichkeit, als Sie über mein geringes Antlitz mit Dero schneeweißem Schnupftuch zu fahren beliebten. O sprechen Sie, gewiß waren Sie mein Wohltäter?«

»Nicht läugnen«, erwiderte der Goldschmied, »nicht läugnen will ich, Tusmann, daß ich es war, der Euch die grüne Farbe wegwusch, und Ihr könnt daraus abnehmen, daß ich gar nicht so feindlich wider Euch gesinnt bin, als Ihr es wohl vermeinen möget. Bloß Eure alberne Faselei, daß Ihr Euch von dem Kommissionsrat überreden lasset, Ihr könntet Euch noch mit einem blutjungen, hübschen Mädchen, welche aufsprudelt vor Lebenslust, verheiraten, bloß diese Faselei, sage ich, kann ich an Euch gar nicht leiden und möchte, da Ihr selbst jetzt, kaum den Schabernack los, den man Euch antat, wiederum gleich ans Heiraten denkt, den Appetit dazu auf nachdrückliche Weise vertreiben, welches ganz und gar in meiner Macht steckt. Doch will ich das nicht tun, sondern Euch raten, ruhig zu sein bis zum künftigen Sonntag in der Mittagsstunde, da werdet Ihr denn das Weitere hören. Wagt Ihr es, früher Albertinen zu sehen, so laß ich Euch vor ihren Augen erst tanzen, daß Euch Sinn und Atem vergeht, verwandle Euch dann in den grünsten Frosch und schmeiße Euch hier im

Tiergarten in das Bassin oder gar in die Spree, wo Ihr quaken könnet bis an Euer Lebensende! Gehabt Euch wohl! Ich habe heute noch etwas vor, das mich nach der Stadt eilen heißt. Ihr würdet meinen Schritten nicht folgen können. Gehabt Euch wohl!«

Der Goldschmied hatte recht, daß wohl keiner so leicht ihm hätte folgen können, denn als hätte er Schlemihls berühmte Siebenmeilenstiefel an den Füßen, war er mit einem einzigen Schritt, den er zur Saaltür hinaus machte, dem bestürzten Geheimen Kanzleisekretär aus den Augen verschwunden.

So mochte es denn auch geschehen, daß er schon in der nächsten Minute wie ein Gespenst plötzlich in dem Zimmer des Kommissionsrates stand und ihm mit ziemlich rauher Stimme einen guten Abend bot.

Der Kommissionsrat erschrak heftig, faßte sich jedoch bald zusammen und fragte den Goldschmied ungestüm, was er so spät in der Nacht noch wolle, er möge sich fortscheren und ihn in Ruhe lassen mit den albernen Taschenspielerstückchen, die ihm vorzugaukeln er vielleicht im Sinn habe.

»So sind«, erwiderte der Goldschmied sehr gelassen, »so sind nun die Menschen und vorzüglich die Kommissionsräte. Gerade diejenigen Personen, die sich ihnen wohlwollend nähern, denen sie sich zutrauungsvoll in die Arme werfen sollten, gerade diese Personen stoßen sie von sich! Sie sind, bester Kommissionsrat, ein armer, unglücklicher, bedauernswürdiger Mann, ich komme – renne her noch in tiefer Nacht, um mich mit Ihnen zu beraten, wie vielleicht noch der tötende Schlag abzuwenden ist, der Sie eben treffen will, und Sie –«

»O Gott«, schrie der Kommissionsrat ganz außer sich, »o Gott, gewiß schon wieder ein Falliment in Hamburg, Bremen oder London, das mich vollends zu ruinieren droht, o ich geschlagener Kommissionsrat, das fehlte noch –«

»Nein«, unterbrach der Goldschmied Voßwinkels

Klagen, »nein, es ist hier noch von etwas anderm die Rede. Sie wollen also Albertinens Hand durchaus nicht dem jungen Edmund Lehsen geben?«

»Wie kommen Sie«, rief der Kommissionsrat, »auf diesen albernen, ärgerlichen Schnack? Ich! meine Tochter dem armseligen Pinsler!«

»Nun«, sprach der Goldschmied, »er hat doch Sie und Albertinen recht wacker gemalt.«

»Hoho!« erwiderte der Kommissionsrat, »das wäre ein schöner Kauf, meine Tochter für ein paar bunte Bilder! Ich habe ihm die Dinger ins Haus zurückgeschickt.«

»Edmund«, fuhr der Goldschmied fort, »Edmund wird, versagen Sie ihm Albertinen, sich rächen.«

»Nun«, rief der Kommissionsrat, »nun das möcht ich doch wissen, welche Rache der Schlucker, der Kiek in die Welt an dem Kommissionsrat Melchior Voßwinkel zu nehmen vermöchte!«

»Das will«, erwiderte der Goldschmied, »das will ich Ihnen gleich sagen, mein sehr wackrer Herr Kommissionsrat. Edmund ist eben im Begriff, Ihr liebes Bild auf würdige Weise zu retouchieren. Das fröhliche, lächelnde Antlitz verkehrt er in ein bittergrämliches, mit heraufgezogenen Brauen, trüben Augen, herunterhängenden Lippen. Stärker markiert er die Runzeln auf Stirn und Wangen, vergißt nicht die vielen grauen Haare, die der Puder verbergen soll, hinlänglich anzudeuten durch gehörige Färbung. Statt der freudigen Botschaft von dem Lotteriegewinnst schreibt er höchst betrübte Nachricht in den Brief, die Sie vorgestern erhielten, nämlich: daß das Haus Campbell et Compagnie in London falliert, und auf dem Kuvert steht: An den verfehlten Stadt- und Kommissionsrat usf., denn er weiß, daß Sie vor einem halben Jahre vergebens darnach trachteten, Stadtrat zu werden. Aus den zerrissenen Westentaschen fallen Dukaten, Taler und Tresorscheine heraus, den Verlust andeutend, den Sie erlitten. So wird das Bild dann ausgehängt bei dem Bilderhändler am Bankgebäude in der Jägerstraße«

»Der Satan«, schrie der Kommissionsrat, »der Halunke, nein, das soll er nicht unternehmen! Polizei, Justiz rufe ich zu Hülfe.«

»Haben«, fuhr der Goldschmied gelassen fort, »haben nur funfzig Menschen eine Viertelstunde hindurch das Bild gesehen, dann dringt die Kunde davon mit tausend stärkeren Nuancen, die dieser, jener Witzbold hinzufügt, durch die ganze Stadt. Alles Lächerliche, alles Alberne, das man von Ihnen erzählt hat und noch erzählt, wird aufgefrischt mit neuen, glänzenden Farben, jeder, dem Sie begegnen, lacht Ihnen ins Gesicht, und was das schlimmste ist, man spricht dabei unaufhörlich von dem Verlust, den Sie durch Campbells Fall erlitten, und Ihr Kredit ist hin.«

»O Gott«, rief der Kommissionsrat, »o Gott! Aber er muß mir das Bild herausgeben, der Bösewicht, ja das muß er morgen mit dem frühsten Tage.«

»Und«, sprach der Goldschmied weiter, »und täte er das wirklich, woran ich sehr zweifle, was würd es Ihnen helfen? Er radiert Ihre werte Person, wie ich es erst beschrieben, auf eine Kupferplatte, besorgt viele hundert Abdrücke, illuminiert sie selbst recht con amore und schickt sie in die ganze Welt, nach Hamburg, Bremen, Lübeck, Stettin, ja nach London.«

»Halten Sie ein«, unterbrach der Kommissionsrat den Goldschmied, »halten Sie ein! Gehen Sie hin zu dem entsetzlichen Menschen, bieten Sie ihm funfzig – ja bieten Sie ihm hundert Taler, wenn er die Sache mit meinem Bilde ganz unterläßt.«

»Ha ha ha!« lachte der Goldschmied, »Sie vergessen, daß sich Lehsen ganz und gar nichts macht aus dem Gelde, daß seine Eltern wohlhabend sind, daß seine Großtante, die Demoiselle Lehsen, die in der Breiten Straße wohnt, ihm längst ihr ganzes Vermögen vermacht hat, das nicht weniger als bare achtzigtausend Taler beträgt!«

»Was«, rief der Kommissionsrat erbleicht vor plötzlichem Erstaunen, »was sagen Sie – achtzig –. Hören Sie, Herr Leonhard, ich glaube, Albertinchen ist ganz vernarrt in den jungen Lehsen. Ich bin nun einmal ein guter Kerl, ein weichmütiger Vater, kann keinen Tränen, keinen Bitten widerstehen. Zudem gefällt mir der junge Mensch. Er ist ein tüchtiger Künstler. Sie wissen, was die Kunst betrifft, da bin ich ein rechter Narr mit meiner Vorliebe. Er hat hübsche Eigenschaften, der liebe, gute Lehsen. Achtzig – Nun, wissen Sie was, Leonhard, aus purer Herzensgüte geb ich ihm meine Tochter, dem artigen Jungen!«

»Hm«, sprach der Goldschmied, »ich muß Ihnen doch etwas Spaßhaftes erzählen. Soeben komme ich aus dem Tiergarten. Dicht an dem großen Bassin fand ich Ihren alten Freund und Schulkameraden, den Geheimen Kanzleisekretär Tusmann, der darüber, daß ihn Albertine verschmäht, in wilde Verzweiflung geraten, sich ins Wasser stürzen wollte. Nur mit Mühe gelang es mir, ihn von der Ausführung seines schrecklichen Entschlusses abzuhalten, indem ich ihm vorstellte, daß Sie, mein wackrer Kommissionsrat, gewiß Ihr treugegebenes Wort halten und durch väterliche Ermahnungen Albertinen dahin bringen würden, ihm unweigerlich die Hand zu reichen. Geschieht dies nun nicht, geben Sie Albertines Hand dem jungen Lehsen, so springt Ihr Geheimer in das Bassin, das ist so gut wie gewiß. Denken Sie, was dieser entsetzliche Selbstmord des soliden Mannes für Aufsehn erregen würde! Jeder klagt *Sie*, *Sie* allein als Tusmanns Mörder an und begegnet Ihnen mit tiefer Verachtung. Sie werden nirgends mehr zur Tafel geladen und finden Sie sich bei Holzapfel, Zimmermann oder auf sonst irgend einem Kaffeehaus ein, um Neues zu erwischen, so wirft man Sie zur Tür hinaus – die Treppe hinunter. Aber noch mehr! Der Geheime Kanzleisekretär ist hochgeachtet von allen seinen Vorgesetzten, sein Ruf als tüchtiger Geschäftsmann hat alle Büros durchdrungen. Haben Sie nun durch Ihren Wankelmut, durch Ihre Falschheit den Ärmsten zum Selbstmord gebracht, so ist gar nicht daran zu denken, daß Sie jemals in Ihrem ganzen Leben noch einen Geheimen Legations-, einen Geheimen Oberfinanzrat zu Hause finden sollten, die Wirklichen am allerwenigsten. Keine Behörde, deren Geneigtheit Ihr Geschäft bedarf, nimmt sich hinfort Ihrer mehr im mindesten an. Von simplen Kommerzienräten werden Sie verhöhnt, Expedienten verfolgen Sie mit Mordwaffen und Kanzleiboten drücken, Ihnen begegnend, die Hüte fester auf den Kopf. Man nimmt Ihnen den Titel als Kommissionsrat, Stoß erfolgt auf Stoß, Ihr Kredit ist hin, Ihr Vermögen gerät in Verfall, schlechter und schlechter gehts, bis Sie zuletzt in Verachtung, Armut und Elend –«

»Hören Sie auf«, schrie der Kommissionsrat, »Sie martern mich! Wer hätte denken sollen, daß der Geheime noch in seinen Jahren solch ein verliebter Affe sein würde! Aber Sie haben recht. Mag es nun gehen, wie es in der Welt will, ich muß dem Geheimen Wort halten, sonst bin ich ein ruinierter Mann. Ja, es ist beschlossen, der Geheime erhält Albertinens Hand.«

»Sie vergessen«, sprach der Goldschmied, »die Bewerbung des Barons Dümmerl. Sie vergessen den fürchterlichen Fluch des alten Manasse! An diesem haben Sie, wird Bensch verschmäht, den fürchterlichsten Feind. In allen Ihren Spekulationen tritt Ihnen Manasse entgegen. Er scheut kein Mittel, Ihren Kredit zu schmälern, er benutzt jede Gelegenheit, Ihnen zu schaden, er ruht nicht, bis er Sie in Schimpf und Schande heruntergebracht hat, bis der Dales, den er Ihnen auf den Hals geflucht hat, wirklich eingekehrt ist in Ihr Haus. Genug, Sie mögen nun Albertinens Hand diesem oder jenem der drei Freier geben, immer geraten Sie in Not und eben deshalb nannte ich Sie vorhin einen armen, bedauernswürdigen Mann.«

Der Kommissionsrat rannte wie unsinnig im Zimmer auf und ab, rief einmal über das andere: »Ich bin verloren – ein unglücklicher Mensch, ein ruinierter Kommissionsrat. Hätt ich nur das Mädchen gar nicht auf dem Halse. Möge sie alle der Satan davonführen, den Lehsen, den Bensch und meinen Geheimen dazu.«

»Nun, nun«, begann der Goldschmied, »noch gibt es wohl ein Mittel, Sie aus aller Verlegenheit zu reißen.«

»Welches«, sprach der Kommissionsrat, indem er plötzlich stillstand und den Goldschmied starr anblickte, »welches? Ich gehe alles ein.«

»Haben Sie«, fragte der Goldschmied, »haben Sie in dem Theater den ›Kaufmann von Venedig‹ gesehen?«

»Das ist«, erwiderte der Kommissionsrat, »das ist das Stück, in welchem Herr Devrient einen mordsüchtigen Juden spielt, namens Shylock, dem es gelüstet nach frischem Negoziantenfleisch. Allerdings habe ich dies Stück gesehen, aber was sollen jetzt die Possen?«

»Kennen Sie«, fuhr der Goldschmied fort, »den ›Kaufmann von Venedig‹, so werden Sie sich erinnern, daß darin ein gewisses reiches Fräulein Porzia vorkommt, deren Vater vermöge testamentlicher Verfügung die Hand seiner Tochter zum Gewinnst in einer Art von Lotterie gemacht hatte. Drei Kästchen werden hingestellt, unter denen die Bewerber eins wählen und öffnen müssen. Derjenige von den Bewerbern erhält Porzias Hand, der in dem Kästchen, das er gewählt, ihr Porträt eingeschlossen findet. Machen Sie es, Kommissionsrat, als lebendiger Vater wie Porzias verstorbener. Sagen Sie den drei Freiern, daß, da Ihnen einer so lieb wäre als der andere, Sie die Entscheidung dem Zufall überlassen wollten. Drei verschlossene Kästchen werden hingestellt den Freiern zur Wahl, und der, der Albertinens Bildnis gefunden, erhält ihre Hand.«

»Welch ein abenteuerlicher Vorschlag«, rief der Kommissionsrat. »Und ginge ich wirklich darauf ein, glauben Sie denn, werter Herr Leonhard, daß mir das im mindesten etwas helfen, daß ich mir nicht, hat auch der Zufall entschieden, den Zorn und Haß derjenigen auf den Hals laden würde, die das Porträt nicht getroffen haben und hinfolglich abziehen müssen?«

»Halt«, sprach der Goldschmied, »das ist eben der wichtigste Punkt! Sehn Sie, Kommissionsrat, ich verspreche Ihnen hiermit feierlichst, die Sache mit den Kästchen so einzurichten, daß sich alles glücklich und friedlich enden soll. Die beiden, welche fehlgegriffen, werden in ihren Kästchen keinesweges, wie die Prinzen von Marokko und Aragon, eine schnöde Abfertigung finden, vielmehr etwas erhalten, welches sie dermaßen befriedigt, daß sie an die Heirat mit Albertinen gar nicht mehr denken, und noch dazu Sie, Kommissionsrat, für den Schöpfer eines gar nicht geahnten Glücks halten.«

»Wäre das möglich?« rief der Kommissionsrat.

»Nicht allein möglich«, erwiderte der Goldschmied, »es wird, es muß so kommen, wie ich es Ihnen sage, mein festes Wort darauf.«

Nun nahm der Kommissionsrat keinen Anstand mehr einzugehen in des Goldschmieds Plan, und beide kamen darin überein, daß in der Mittagsstunde des nächsten Sonntags die Wahl vor sich gehen solle.

Die drei Kästchen versprach der Goldschmied herbeizuschaffen.

SECHSTES KAPITEL

Worin von der Art,
wie die Brautwahl vor sich ging, gehandelt,
dann aber die Geschichte geschlossen wird.

Man kann denken, daß Albertine ganz und gar in Verzweiflung geriet, als der Kommissionsrat sie mit der unglückseligen Lotterie, in der ihre Hand gewonnen werden sollte, bekannt machte, als alles Bitten, alles Flehen, alles trostlose Weinen nicht vermochte, ihn von dem einmal gefaßten Entschluß abzubringen. Dazu kam, daß Lehsen ihr so gleichgültig, so indolent schien, wie es keiner sein kann, der wirklich liebt, da er nicht das mindeste versuchte, sie heimlich zu sehen oder ihr wenigstens eine Liebesbotschaft zuzustecken. Am Sonnabend vor dem verhängnisvollen Sonntage, der ihr Schicksal entscheiden sollte, saß, als schon tiefe Abenddämmerung eingebrochen, Albertine einsam in ihrem Zimmer. Ganz erfüllt von dem Gedanken an das Unglück, von dem sie bedroht, kam es ihr ein, ob es nicht besser sei, einen raschen Entschluß zu fassen, schnell aus dem väterlichen Hause zu entfliehen, als das Fürchterliche abzuwarten, zur Heirat gezwungen zu werden mit dem alten, pedantischen Geheimen Kanzleisekretär oder gar mit dem ekelhaften Baron Bensch. Da kam ihr aber auch plötzlich der rätselhafte Goldschmied in den Sinn und die seltsame zauberische Art, wie er den zudringlichen Bensch ihr vom Leibe gehalten. Es war ihr nur zu gewiß, daß er dem Lehsen beigestanden, und so dämmerte in ihr die Hoffnung auf, daß es eben der Goldschmied sein müsse, von dem Hülfe zu hoffen in dem kritischen Moment. Sie empfand den lebhaften Wunsch, den Goldschmied zu sprechen, und war im Innern überzeugt, daß sie sich nicht im mindestens entsetzen würde, sollte der Goldschmied sich ihr auch im Augenblick offenbaren auf gespenstige Weise.

Es geschah auch wirklich, daß Albertine nicht im mindesten erschrak, als sie gewahrte, daß das, was sie für den Ofen gehalten, eigentlich der Goldschmied Leonhard war, der sich ihr näherte und mit sanfter, sonorer Stimme folgendermaßen begann:

»Laß, mein liebes Kind! all deine Traurigkeit, all dein Herzeleid fahren. Wisse, daß Edmund Lehsen, den du wenigstens jetzt zu lieben vermeinst, wisse, daß er mein Schützling ist, dem ich mit aller Macht beistehe. Wisse ferner, daß ich es bin, der deinen Vater auf den Gedanken der Lotterie gebracht, daß ich es bin, der die verhängnisvollen Kästchen besorgt hat; und nun kannst du es dir doch wohl denken, daß niemand anders dein Bild finden wird, als eben Edmund.«

Albertine wollte aufjauchzen vor Entzücken, der Goldschmied fuhr fort: »Edmund deine Hand zu verschaffen, wäre mir auch auf andere Weise gelungen; es war mir aber daran gelegen, zu gleicher Zeit die Mitbewerber, den Geheimen Kanzleisekretär Tusmann und den Baron Bensch ganz und gar zufriedenzustellen. Auch das wird geschehen, und Ihr beide, du und dein Vater, werdet vor jeder Anfechtung der verschmähten Freier sicher sein.«

Albertine strömte über in heißen Dank. Sie wäre dem alten Goldschmied beinahe zu Füßen gesunken, sie drückte seine Hand an ihre Brust, sie versicherte, daß sie trotz aller Zauberkünste, die er treibe, ja selbst bei der gespenstigen Art, wie er auch heute Abend plötzlich in ihrem Zimmer erschienen, durchaus nichts Unheimliches in seiner Nähe fühle, und schloß mit der naiven Frage, was es denn eigentlich für ein Bewandtnis mit ihm habe, wer er denn eigentlich sei?

»Ei, mein liebes Kind«, begann der Goldschmied lächelnd, »sehr schwer wird es mir zu sagen, wer ich eigentlich bin. Mit geht es so wie vielen, die weit besser wissen, wofür sie die Leute halten, als was sie eigentlich sind! Erfahre also, mein liebes Kind, daß manche mich für niemand anders halten, als für jenen Goldschmied Leonhard Turnhäuser, der in den funfzehnhundertundachtziger Jahren am Hofe des Kurfürsten Johann George in solch großem Ansehen stand, und der, als Neid und Bosheit ihn zu verderben trachteten, verschwunden war, man wußte nicht wie und wohin. Geben mich nun solche Leute, die man Romantiker oder Fantasten zu nennen pflegt, für jenen Turnhäuser, mithin für einen gespenstigen Mann aus, so kannst du dir denken, welchen Verdruß ich von den soliden, aufgeklärten Leuten, die als tüchtige Bürger und Geschäftsmänner den Teufel was nach Romantik und Poesie fragen, auszustehen habe. Ja, selbst handfeste Ästhetiker wollen mir zu Leibe, verfolgen mich wie die Doktoren und Schriftgelehrten zu Johann Georgs Zeiten, und suche mir das bißchen Existenz, das ich mir anmaße, zu verbittern und zu verkümmern, wie sie nur können. Erst neuerdings hat mich ein tüchtiger, ganz auf- und abgeklärter Ästhetiker im schwarzen Rock für ein Gespenst, ja für eine ganze gespenstische Gattung gehalten und das furchtbare, donnernde Anathema über mich ausgesprochen: Weg mit der Gattung! Dieser Mann hält es mit dem schlauen Fuchs in der »Donaunymphe«, welcher singt: Was ich nicht seh, das glaub ich nicht, ich glaub an keine Geister! und würd es lustig sein, wenn es ihm einmal so gehen könnte, wie besagtem Fuchs, der jenes Bekenntnis absingend eben mit beiden Füßen in einem ganzen Garten voll seltsamer Zauberbilder steht. Du hast, mein liebes Kind, vielleicht mit ganzem, innigem Gemüt Schillers »Geisterseher« und andere Werke von Goethe, Tieck usw. gelesen, in denen ein höheres geistiges Reich, bald Schauer, Entsetzen, bald innige Lust erregend, aufgeht in unserm armen, beengten Leben und uns mit seltsam süßen Weh ferner Ahnungen umfängt. Ich bedaure dich, mein Kind! Alle diese Werke hat jener grausame schwarze Ästhetiker für nicht geschrieben erklärt, so wie jener Kaiser im Märchen zur Ungebühr gelöste Kanonen durch einen Machtspruch für nicht gelöst erklärte. Er will übrigens den Shakespeare auf der Bühne nur deshalb dulden, weil, fällt einmal Gespenstisches vor, jeder sogleich auf das Theater treten und sich überzeugen kann, daß aller Spuk ganz natürlich zugeht. Wem ist es verwehrt im »Hamlet«, sowie der Geist erscheint, sogleich hinaufzusteigen oder in die Versenkung zu kriechen, um dessen sich zu vergewissern, daß der Geist kein Geist ist, sondern Herr Mattausch, und ebenso kann ja jeder mit leiblichen Augen sehen, daß die Hexen im »Macbeth« keinesweges durch die Lüfte fahren, sondern an Stricken hinaufgezogen werden. Weg auch mit der Fantasie! heißt es denn, wir halten es mit dem Handgreiflichen und genießen lieber tüchtiges hausbackenes Brot, als Austern und Champagner. Ach, mein liebes Kind, ich merk es schon, ungeachtet ich mich des jungen Edmund Lehsen und deiner so sorglich annehme und überall wie ein ächter Deus ex machina erscheine; so werden doch viele, die mit jenem Ästhetiker gleichen Sinnes sind, mich in der Geschichte gar nicht leiden wollen, da sie an meine wirkliche Existenz nun einmal durchaus nicht glauben können! Um mich nur einigermaßen sicherzustellen, habe ich niemals geradehin zugestehen mögen, daß ich der schweizerische Goldschmied Leonhard Turnhäuser aus dem sechzehnten Jahrhundert bin. Jenen Leuten bleibt es daher vergönnt anzunehmen, ich sei ein geschickter Taschenspieler und die Erklärung aller Spukereien, wie sie vorgekommen, in Wieglebs »Natürlicher Magie« oder sonst aufzusuchen. Freilich habe ich in diesem Augenblick noch ein Kunststück vor, das mir kein Philidor, kein Philadelphia, kein Cagliostro nachmacht, und das als durchaus unerklärlich jenen Leuten ein ewiger Anstoß bleiben wird; indessen kann ich davon deshalb keineswegs abstehen, da es zur Vollendung der Berlinischen Geschichte, welche von der Brautwahl dreier bekannten Personen, die sich um die Hand der hübschen Demoiselle Albertine Voßwinkel bewerben, handelt, unumgänglich nötig ist. Nun also Mut gefaßt, mein liebes Kind, stehe morgen fein früh auf, ziehe das Kleid an, das du am liebsten trägst, weil es dir am besten steht, flechte dein Haar auf in den zierlichsten Zöpfen und erwarte das übrige, wie es sich dann begeben mag, ruhig und in bescheidener Geduld.«

Hierauf verschwand der Goldschmied wie er gekommen.

Sonntags um die bestimmte Stunde, das heißt Punkt eilf Uhr, fanden sich ein der alte Manasse mit seinem hoffnungsvollen Neffen, der Geheime Kanzleisekretär Tusmann und Edmund Lehsen mit dem Goldschmied. Die Freier, den Baron Bensch nicht ausgenommen, erschraken beinahe, als sie Albertinen erblickten, denn noch niemals war sie ihnen so überaus schön und anmutig vorgekommen. Jedem Mädchen, jeder Dame, die etwas hält auf geschmackvollen Anzug und zierlichen Schmuck (und wo wäre diejenige hier in Berlin zu finden, die das nicht täte), kann ich aber auch versichern, daß die Garnitur des Kleides, welches Albertine trug, von ausnehmender Eleganz, das Kleid aber gerade kurz genug war, um den niedlichen, weiß beschuhten Fuß zu zeigen, daß die kurzen Ärmel sowie der Busenstreif aus den kostbarsten Spitzen bestanden, daß die weißen französischen Glacéhandschuhe nur was weniges über die Ellbogen heraufgestreift, den schönsten Oberarm sehen ließen, daß der Kopfputz in nichts weiter, als in einem zierlichen, goldenen, mit Steinen besetzten Kamm bestand, kurz, daß zu dem bräutlichen Schmuck nichts weiter fehlte, als die Myrthenkrone in den dunkeln Flechten. Warum aber Albertine eigentlich viel reizender aussah als sonst, kam wohl daher, daß Liebe und Hoffnung in den Augen strahlten, auf den Wangen blühten.

In einem Anfall von Gastlichkeit hatte der Kommissionsrat ein Gabelfrühstück bereiten lassen. Mit hämischen, scheelen Blicken betrachtete der alte Manasse den gedeckten Tisch, und da der Kommissionsrat ihn einlud, zuzulangen, las man auf seinem Antlitz jene Antwort Shylocks: »Ja, um Schinken zu riechen, von der Behausung zu essen, wo Euer Prophet, der Nazarener, den Teufel hineinbeschwor. Ich will mit Euch handeln und wandeln, mit Euch stehen und gehen und was dergleichen mehr ist; aber ich will nicht mit Euch essen, mit Euch trinken, noch mit Euch beten!«

Baron Bensch war weniger gewissenhaft, denn er aß viel mehr Beefsteaks als ziemlich und schwatzte dabei sehr läppisches Zeug wie gewöhnlich.

Der Kommissionsrat verläugnete in der verhängnisvollen Stunde ganz und gar seine Natur; denn außerdem, daß er rücksichtslos Madeira und Portwein einschenkte, ja sogar verriet, daß er hundertjährigen Malaga im Keller habe, machte er auch, nachdem das Frühstück beendet, den Freiern die Art, wie über die Hand seiner Tochter entschieden werden sollte, in einer solchen wohlgesetzten Rede bekannt, wie man es ihm gar nicht hätte zutrauen sollen. Die Freier mußten es sich einprägen, daß nur *der* Albertines Besitz errungen, der das Kästchen, worin ihr Bild befindlich, gewählt.

Mit dem Glockenschlage zwölf ging die Türe des Saals auf und man erblickte in der Mitte desselben einen mit einem reichen Teppich behängten Tisch, auf welchem drei kleine Kästchen standen.

Das eine von gleißendem Gold hatte auf dem Deckel einen Kranz von funkelnden Dukaten, in dessen Mitte die Worte standen:

»Wer mich erwählt, Glück ihm nach seines Sinnes Art!«

Das zweite Kästchen war sehr zierlich in Silber gearbeitet. Auf dem Deckel standen zwischen mancherlei Schriftzügen fremder Sprachen die Worte:

»Wer mich erwählt, bekömmt viel mehr als er gehofft!«

Das dritte Kästchen, sauber aus Elfenbein geschnitzt, trug die Aufschrift:

»Wer mich erwählt, dem wird geträumte Seligkeit!«

Albertine nahm Platz auf einem Lehnsessel hinter dem Tisch, ihr zur Seite stellte sich der Kommissionsrat; Manasse und der Goldschmied zogen sich zurück in den Hintergrund des Zimmers.

Als das Los entschieden, daß der Geheime Kanzleisekretär Tusman zuerst wählen sollte, mußten Bensch und Lehsen abtreten ins Nebenzimmer.

Der Geheime Kanzleisekretär trat bedächtig an den Tisch, betrachtete mit Sorgfalt die Kästchen, las einmal über das andere die Inschriften. Bald fühlte er sich aber durch die schönen verschlugenen Schriftzüge, die auf dem silbernen Kästchen befindlich, unwiderstehlich angezogen. »Gerechter«, rief er begeistert aus, »welch schöne Schrift, wie angenehm paart sich hier das Arabische mit römischer Fraktur! Und: Wer mich erwählt, bekömmt viel mehr als er gehofft. Habe ich denn noch gehofft, daß Demoiselle Albertine Voßwinkel mich mit ihrer werten Hand jemals beglücken werde? Bin ich nicht vielmehr in totale Verzweiflung geraten? Habe ich mich nicht im Bassin – Nun! hier ist Trost, hier ist mein Glück! Kommissionsrat! Demoiselle Albertine – ich wähle das silberne Kästchen!«

Albertine stand auf und reichte dem Geheimen Kanzleisekretär einen kleinen Schlüssel, mit dem er sofort das Kästchen öffnete. Doch wie erschrak er, als er keinesweges Albertinens Bild, wohl aber ein kleines, in Pergament gebundenes Buch vorfand, das, als er es aufschlug, nur leere, weiße Blätter enthielt.

Dabei lag ein Zettel mit den Worten:

War dein Treiben auch verkehrt,
Großes Heil dir widerfährt.
Was du findest ist bewährt,
Ignorantiam machts gelehrt,
Sapientiam dirs beschert!

»Gerechter«, stammelte der Geheime Kanzleisekretär, »ein Buch – nein, kein Buch – gebundenes Papier statt des Bildes – alle Hoffnung zerstört. O geschlagener Geheimer Kanzleisekretär! mit dir ist es aus, rein aus! Fort in den Froschteich!«

Tusmann wollte davon, da vertrat ihm aber der Goldschmied den Weg und sprach: »Tusmann, Ihr seid nicht gescheut, kein Schatz kann Euch ersprießlicher sein, als der, den Ihr gefunden! Die Verse hätten Euch schon darauf aufmerksam machen sollen. Tut mir den Gefallen und steckt das Buch, das Ihr aus dem Kästchen nahmt, in die Tasche.« – Tusmann tat es.

»Nun«, fuhr der Goldschmied fort, »nun denkt Euch ein Buch, das Ihr gern in diesem Augenblick bei Euch tragen möchtet.«

»O Gott«, sprach der Geheime Kanzleisekretär verdutzt, »o Gott, unbesonnener-, unchristlicherweise warf ich Thomasii ›Kurzen Entwurf der politischen Klugheit‹ in den Froschteich!«

»Faßt in die Tasche, zieht das Buch hervor«, rief der Goldschmied.

Tusmann tat, wie ihm geheißen, und siehe – das Buch war eben kein anderes, als Thomasii »Entwurf«.

»Ha, was ist das«, rief der Geheime Kanzleisekretär ganz außer sich, »o Gott, mein lieber Thomasius gerettet vor den feindlichen Rachen schnöder Frösche, die doch nimmermehr daraus Conduite gelernt!«

»Still«, unterbrach ihn der Goldschmied, »steckt das Buch wieder in die Tasche.« – Tusmann tat es.

»Denkt«, fuhr der Goldschmied fort, »denkt Euch jetzt irgend ein seltenes Werk, dem Ihr vielleicht lange vergebens nachgetrachtet, das Ihr aus keiner Bibliothek erhalten konntet.«

»O Gott«, sprach der Geheime Kanzleisekretär beinahe wehmütig, »o Gott, da ich nun auch zu meiner Erheiterung bisweilen die Oper zu besuchen gesonnen, wollte ich mich vorher etwas in der edlen Musica feststellen und trachtete bis jetzt vergebens, ein kleines Büchlein zu erhalten, das allegorischerweise die ganze Kunst des Komponisten und Virtuosen darlegt. Ich meine nichts anders, als Johannes Beers ›Musikalischer Krieg oder die Beschreibung des Haupttreffens zwischen beiden Heroinen, als der Komposition und Harmonie, wie diese gegeneinander zu Felde gezogen, gescharmutzieret und endlich nach blutigem Treffen wieder verglichen worden‹.«

»Faßt in die Tasche«, rief der Goldschmied, und vor Freude jauchzte der Geheime Kanzleisekretär laut auf, als er das Buch aufschlug, das nun eben wieder Johannes Beers »Musikalischen Krieg« enthielt.

»Seht Ihr wohl«, sprach nun der Goldschmied, »mittelst des Buchs, das Ihr in dem Kästchen gefunden, habt Ihr die reichste, vollständigste Bibliothek erlangt, die jemals einer besessen und die Ihr noch dazu beständig bei Euch tragen könnt. Denn habt Ihr dieses merkwürdige Buch in der Tasche, so wird es, zieht Ihr es hervor, jedesmal *das* Werk sein, das Ihr eben zu lesen wünscht.«

Ohne auf Albertine, ohne auf den Kommissionsrat zu achten, sprang der Geheime Kanzleisekretär schnell in die Ecke des Zimmers, warf sich in einen Lehnsessel, steckte das Buch in die Tasche, zog es wieder hervor, und man sah an dem Entzücken, das in seinen Augen strahlte, wie herrlich eintraf, was der Goldschmied verheißen.

Nun kam die Reihe der Wahl an den Baron Bensch. Er trat hinein, schritt nach seiner läppischen tölpelhaften Manier geradezu los auf den Tisch, beschaute mit der Lorgnette die Kästchen und murmelte die Inschriften her. Aber bald fesselte ihn ein natürlicher unwiderstehlicher Instinkt an das goldene Kästchen mit den blinkenden Dukaten auf dem Dekkel. »Wer mich erwählt, Glück ihm nach seines Sinnes Art.« – »Nun ja Dukaten, die sind nach meinem Sinn, und Albertine, die ist auch nach meinem Sinn, was ist da lange zu wählen und zu überlegen!« So sprach Bensch, griff nach dem goldenen Kästchen, empfing von Albertinen den Schlüssel, öffnete und fand – eine kleine saubere englische Feile! Dabei lag ein Zettel mit den Versen:

Hast gewonnen was dein Herz
Wünschen konnt mit wehem Schmerz.
Alles andre ist nur Scherz,
Immer vor-, niemals rückwärts
Geht ein blühendes Kommerz.

»He«, rief er erbost. »was tu ich mit der Feile? Ist die Feile ein Porträt, ist die Feile Albertinens Porträt? Ich nehm das Kästchen und schenk es Albertinen als Brautgabe. Kommen Sie, mein Mädchen –«

Damit wollt er los auf Albertinen, aber der Goldschmied hielt ihn bei den Schultern zurück, indem er sprach: »Halt mein Herr, das ist wider die Abrede. Sie müssen mit der Feile zufrieden sein und werden es unbezweifelt sein, sobald Sie den Wert, den unschätzbaren Wert des köstlichen Kleinods, das Sie erhalten, erkannt haben, den schon die Verse andeuten. Haben Sie einen schönen rändigen Dukaten in der Tasche?«

»Nun ja«, erwiderte Bensch verdrießlich, »nun ja, was solls?«

»Nehmen Sie«, fuhr der Goldschmied fort, »einen solchen Dukaten aus der Tasche und feilen Sie den Rand ab.«

Bensch tat es mit einer Geschicklichkeit, die von langer Übung zeugte. Und siehe – noch schöner kam der Rand des Dukatens zum Vorschein; und so ging es mit dem zweiten, dritten Dukaten: je mehr Bensch feilte, desto rändiger wurden sie.

Manasse hatte bis jetzt ruhig alles, was sich begeben, mit angesehen, doch jetzt sprang er mit wildfunkelnden Augen los auf den Neffen und schrie mit hohler entsetzlicher Stimme: »Gott meiner Väter – was ist das – mir her die Feile – mir her die Feile – es ist das Zauberstück, für das ich meine Seele verkauft vor mehr als dreihundert Jahren. Gott meiner Väter – her mit der Feile.«

Damit wollte er die Feile dem Bensch entreißen, der stieß ihn aber zurück und schrie: »Weg von mir alter Narr, ich habe die Feile gefunden, nicht du.«

Darauf Manasse in voller Wut: »Natter – wurmstichige Frucht meines Stammes, her mit der Feile! Alle Teufel über dich, verfluchter Dieb!« Unter einem Strom hebräischer Schimpfwörter krallte sich Manasse nun fest an den Baron und strengte knirschend und schäumend alle seine Kraft an, ihm die Feile zu entwinden. Bensch verteidigte aber das Kleinod wie die Löwin ihr Junges, bis zuletzt Manasse schwach ward. Da packte der Neffe den lieben Onkel mit derben Fäusten, warf ihn zur Türe hinaus, daß ihm die Glieder knackten, kehrte pfeilschnell zurück, schob einen kleinen Tisch in die Ecke des Zimmers dem Geheimen Kanzleisekretär gegenüber, schüttete eine ganze Handvoll Dukaten aus und fing mit Eifer an zu feilen.

»Nun«, sprach der Goldschmied, »nun sind wir den entsetzlichen Menschen, den alten Manasse, auf immer los. Man will behaupten, er sei ein zweiter Ahasverus, und spuke seit dem Jahre eintausendfünfhundertundzweiundsiebzig umher. Damals wurde er unter dem Namen des Münzjuden Lippold wegen teuflischer Zauberei hingerichtet. Aber der Teufel rettete ihn vom Tode um den Preis seiner unsterblichen Seele. Viele Leute, die sich auf so etwas verstehen, haben ihn hier in Berlin unter verschiedenen

Gestalten bemerkt, woher denn die Sage entsteht, daß es noch zur Zeit nicht einen, sondern viele, viele Lippolds gäbe. Nun! ich habe ihm, da ich auch einige Erfahrung in geheimnisvollen Dingen besitze, den Garaus gemacht!« – Es würde dich, sehr geliebter Leser, ungemein langweilen müssen, wenn ich nun noch weitläufig erzählen wollte, was du, da es sich von selbst versteht, schon längst weißt. Ich meine, daß Edmund Lehsen das elfenbeinerne Kästchen mit der Aufschrift: Wer mich erwählt, dem wird geträumte Seligkeit« wählte und darin Albertinens wohlgetroffenes Miniaturbild mit den Versen fand:

Ja, du trafst es, lies dein Glück
In der Schönsten Liebesblick.
Was da war, kommt nie zurück,
So wills irdisches Geschick.
Was dein Traum dir schaffen muß,
Lehrt dich der Geliebten Kuß.

Daß ferner Edmund dem Bassanio gleich der Anweisung der letzten Worte folgte, und die in glühendem Purpur errötende Geliebte an sein Herz drückte – küßte und daß der Kommissionsrat ganz vergnügt war und glücklich über den fröhlichen Ausgang der verwickelsten aller Heiratsangelegenheiten.

Der Baron Bensch hatte ebenso emsig fortgefeilt als der Geheime Kanzleisekretär fortgelesen. Beide nahmen von dem, was sich eben begeben, nicht eher Notiz, als bis der Kommissionsrat laut verkündete, daß Edmund Lehsen das Kästchen, worin Albertinens Porträt befindlich, gewählt, folglich ihre Hand erhalte. Der Geheime Kanzleisekretär schien darüber außer sich vor Freuden, indem er nach der Art, wie er sein Vergnügen zu äußern pflegte, sich die Hände rieb, zwei, drei Mal etwas weniges in die Höhe sprang und eine feine Lache aufschlug.

Den Baron Bensch schien die Heirat gar nicht weiter zu interessieren; dafür umarmte er aber den Kommissionsrat, nannte ihn einen vortrefflichen Gentleman, der ihn durch das solide Geschenk der Feile ganz und gar glücklich gemacht habe, und versicherte, daß er in jedem Geschäft auf ihn rechnen könne. Dann entfernte er sich schnell.

Ebenso dankte der Geheime Kanzleisekretär dem Kommissionsrat unter vielen Tränen der innigsten Rührung, daß er ihn durch das seltenste aller Bücher, welches er ihm aus seiner Bibliothek verehrt habe, zum glücklichsten aller Menschen gemacht, und folgte, nachdem er sich noch in galanter Höflichkeit gegen Albertine, Edmund und den alten Goldschmied erschöpft, dem Baron eiligst nach.

Bensch quälte von nun an nicht mehr die literarische Welt mit ästhetischen Mißgeburten wie er sonst getan, sondern verwandte lieber die Zeit Dukaten abzufeilen. Tusmann fiel dagegen nicht mehr den Bibliothekaren zur Last, die ihm sonst tagelang alte längst vergessene Bücher herbeischaffen mußten.

Nach einigen Wochen des Entzückens und der Freude ging in des Kommissionsrats Hause aber erschreckliches Herzeleid los. Der Goldschmied hatte nämlich den jungen Edmund dringend ermahnt, seiner Kunst, sich selbst zur Ehre sein gegebenes Wort zu halten und nach Italien zu gehen. Edmund, so schmerzlich ihm die Trennung von der Geliebten werden mußte, fühlte doch den dringenden Trieb zu wallfahrten nach dem Lande der Kunst, und auch Albertine dachte, während sie die bittersten Tränen vergoß, daran, wie interessant es sein würde, in diesem, jenem Tee Briefe, die sie aus Rom erhalten, aus dem Strickkörbchen hervorzuziehen.

Edmund ist nun schon länger als ein Jahr in Rom, und man will behaupten, daß der Briefwechsel mit Albertinen immer seltener und kälter werde. Wer weiß, ob am Ende einmal gar aus der Heirat der beiden jungen Leute etwas wird.

Ledig bleibt Albertine auf keinen Fall, dazu ist sie

viel zu hübsch, viel zu reich. Überdies bemerkt man auch, daß der Referendarius Gloxin, ein hübscher junger Mann, mit schmaler engeingeschnürter Taille, zwei Westen und auf englische Art geknüpftem Halstuch, die Demoiselle Albertine Voßwinkel, mit der er den Winter hindurch auf den Bällen in der Börsenhalle die angenehmsten Françoisen getanzt, häufig nach dem Tiergarten führt und daß der Kommissionsrat dem Pärchen nachtrippelt mit der Miene des zufriedenen Vaters. Zudem hat der Refendarius Gloxin schon das zweite Examen bei dem Kammergericht gemacht und ist nach der Aussage der Examinatoren, die ihn in der frühsten Morgenstunde sattsam gequält, oder wie man zu sagen pflegt, auf den Zahn gefühlt haben, welches weh tut, vorzüglich wenn der Zahn hohl, vortrefflich bestanden. Eben aus diesem Examen soll sich denn auch ergeben haben, daß der Referendarius offenbar Heiratsgedanken im Kopfe hat, da er in der Lehre von gewagten Geschäften ganz vorzüglich bewandert. Vielleicht heiratet Albertine gar den artigen Refendarius, wenn er einen guten Posten erschwungen. Nun! man muß abwarten, was geschieht!

Der alte rätselhafte *Goldschmied* soll noch in Berlin umherwandeln. Herr Wolf hat ihn in den Küpferchen, die dieser Geschichte einverleibt sind, so überaus gut getroffen, daß du, geliebter Leser, den seltsamen Mann, solltest du ihm irgendwo begegnen, auf der Stelle erkennen wirst. Bestätigen kann er, o mein Leser, dann von Mund zu Mund dir alles, was in der Geschichte von der Brautwahl dir hin und wieder ganz unwahrscheinlich, ganz unglaublich vorgekommen sein sollte, und so würde der Erzähler von dem Vorwurf frei werden, den man ihm schon öfters gemacht, nämlich daß ihm manchmal allerlei närrisches fantastisches Zeug wie ein spukhafter Traum in den Sinn käme, was er denn so aufzutischen wisse, als habe es sich in der Tat begeben.

Des Vetters Eckfenster

Meinen armen Vetter trifft gleiches Schicksal mit dem bekannten Scarron. So wie dieser hat mein Vetter durch eine hartnäckige Krankheit den Gebrauch seiner Füße gänzlich verloren, und es tut not, daß er sich, mit Hülfe standhafter Krücken und des nervichten Arms eines grämlichen Invaliden, der nach Belieben den Krankenwärter macht, aus dem Bette in den mit Kissen bepackten Lehnstuhl und aus dem Lehnstuhl in das Bette schrotet. Aber noch eine Ähnlichkeit trägt mein Vetter mit jenem Franzosen, den eine besondere, aus dem gewöhnlichen Geleise des französischen Witzes ausweichende Art des Humors trotz der Sparsamkeit seiner Erzeugnisse, in der französischen Literatur feststellte. So wie Scarron schriftstellert mein Vetter; so wie Scarron ist er mit besonderer lebendiger Laune begabt und treibt wunderlichen humoristischen Scherz auf seine eigne Weise. Doch zum Ruhme des deutschen Schriftstellers sei es bemerkt, daß er niemals für nötig achtete, seine kleinen pikanten Schüsseln mit Asa fötida zu würzen, um die Gaumen seiner deutschen Leser, die dergleichen nicht wohl vertragen, zu kitzeln. Es genügt ihm das edle Gewürz, welches, indem es reizt, auch stärkt. Die Leute lesen gerne, was er schreibt; es soll gut sein und ergötzlich; ich verstehe mich nicht darauf. Mich erlabte sonst des Vetters Unterhaltung, und es schien mir gemütlicher, ihn zu hören, als ihn zu lesen. Doch eben dieser unbesiegbare Hang zur

Schriftstellerei hat schwarzes Unheil über meinen armen Vetter gebracht; die schwerste Krankheit vermochte nicht den raschen Rädergang der Phantasie zu hemmen, der in seinem Innern fortarbeitete, stets Neues und Neues erzeugend. So kam es, daß er mir allerlei anmutige Geschichten erzählte, die er, des mannigfachen Wehs, das er duldete, unerachtet, ersonnen. Aber den Weg, den der Gedanke verfolgen mußte, um auf dem Papiere gestaltet zu erscheinen, hatte der böse Dämon der Krankheit versperrt. Sowie mein Vetter etwas aufschreiben wollte, versagten ihm nicht allein die Finger den Dienst, sondern der Gedanke selbst war verstoben und verflogen. Darüber verfiel mein Vetter in die schwärzeste Melancholie. »Vetter!« sprach er eines Tages zu mir, mit einem Ton, der mich erschreckte, »Vetter, mit mir ist es aus! Ich komme mir vor wie jener alte, vom Wahnsinn zerrüttete Maler, der tagelang vor einer in den Rahmen gespannten grundierten Leinewand saß und allen, die zu ihm kamen, die mannigfachen Schönheiten des reichen, herrlichen Gemäldes anpries, das er soeben vollendet; – ich geb's auf, das wirkende, schaffende Leben, welches, zur äußern Form gestaltet, aus mir selbst hinaustritt, sich mit der Welt befreundend! – Mein Geist zieht sich in seine Klause zurück!« Seit der Zeit ließ sich mein Vetter weder vor mir noch vor irgendeinem andern Menschen sehen. Der alte grämliche Invalide wies uns murrend und keifend von der Türe weg wie ein beißiger Haushund.

Es ist nötig zu sagen, daß mein Vetter ziemlich hoch in kleinen niedrigen Zimmern wohnt. Das ist nun Schriftsteller- und Dichtersitte. Was tut die niedrige Stubendecke? Die Phantasie fliegt empor und baut sich ein hohes, lustiges Gewölbe bis in den blauen glänzenden Himmel hinein. So ist des Dichters enges Gemach wie jener zwischen vier Mauern eingeschlossene, zehn Fuß ins Gevierte große Garten, zwar nicht breit und lang, hat aber stets eine schöne Höhe. Dabei liegt aber meines Vetters Logis in dem schönsten Teile der Hauptstadt, nämlich auf dem großen Markte, der von Prachtgebäuden umschlossen ist und in dessen Mitte das kolossal und genial gedachte Theatergebäude prangt. Es ist ein Eckhaus, was mein Vetter bewohnt, und aus dem Fenster eines kleines Kabinetts übersieht er mit einem Blick das ganze Panorama des grandiosen Platzes.

Es war gerade Markttag, als ich, mich durch das Volksgewühl durchdrängend, die Straße hinabkam, wo man schon aus weiter Ferne meines Vetters Eckfenster erblickt. Nicht wenig erstaunte ich, als mir aus diesem Fenster das wohlbekannte rote Mützchen entgegenleuchtete, welches mein Vetter in guten Tagen zu tragen pflegte. Noch mehr! Als ich näher kam, gewahrte ich, daß mein Vetter seinen stattlichen Warschauer Schlafrock angelegt und aus der türkischen Sonntagspfeife Tabak rauchte. – Ich winkte ihm zu, ich wehte mit dem Schnupftuch hinauf; es gelang mir, seine Aufmerksamkeit auf mich zu ziehen, er nickte freundlich. Was für Hoffnungen! – Mit Blitzesschnelle eilte ich die Treppe hinauf. Der Invalide öffnete die Türe; sein Gesicht, das sonst, runzlicht und faltig, einem naßgewordenen Handschuh glich, hatte wirklich einiger Sonnenschein zur passabeln Fratze ausgeglättet. Er meinte, der Herr säße im Lehnstuhl und sei zu sprechen. Das Zimmer war rein gemacht und an dem Bettschirm ein Bogen Papier befestigt, auf dem mit großen Buchstaben die Worte standen:

»Et si male nunc, non olim sic erit.«

Alles deutete auf wiedergekehrte Hoffnung, auf neuerweckte Lebenskraft. – »Ei«, rief mir der Vetter entgegen, als ich in das Kabinett trat, »ei, kommst du endlich, Vetter; weißt du wohl, daß ich rechte Sehnsucht nach dir empfunden? Denn unerachtet du den Henker was nach meinen unsterblichen Werken frägst, so habe ich dich doch lieb, weil du ein munterer Geist bist und amüsable, wenn auch gerade nicht amüsant.«

Ich fühlte, daß mir bei dem Kompliment meines aufrichtigen Vetters das Blut ins Gesicht stieg.

»Du glaubst«, fuhr der Vetter fort, ohne auf meine Bewegung zu achten, »du glaubst mich gewiß in voller Besserung oder gar von meinem Übel hergestellt. Dem ist beileibe nicht so. Meine Beine sind durchaus ungetreue Vasallen, die dem Haupt des Herrschers abtrünnig geworden und mit meinem übrigen werten Leichnam nichts mehr zu schaffen haben wollen. Das heißt, ich kann mich nicht aus der Stelle rühren und karre mich in diesem Räderstuhl hin und her auf anmutige Weise, wozu mein alter Invalide die melodiösesten Märsche aus seinen Kriegsjahren pfeift. Aber dies Fenster ist mein Trost, hier ist mir das bunte Leben aufs neue aufgegangen, und ich fühle mich befreundet mit seinem niemals rastenden Treiben. Komm, Vetter, schau hinaus!«

Ich setzte mich dem Vetter gegenüber auf ein kleines Tabouret, das gerade noch im Fensterraum Platz hatte. Der Anblick war in der Tat seltsam und überraschend. Der ganze Markt schien eine einzige, dicht zusammengedrängte Volksmasse, so daß man glauben mußte, ein dazwischengeworfener Apfel könne niemals zur Erde gelangen. Die verschiedensten Farben glänzten im Sonnenschein, und zwar in ganz kleinen Flecken; auf mich machte dies den Eindruck eines großen, vom Winde bewegten, hin und her wogenden Tulpenbeets, und ich mußte mir gestehen, daß der Anblick zwar recht artig, aber auf die Länge ermüdend sei, ja wohl gar aufgereizten Personen einen kleinen Schwindel verursachen könne, der dem nicht unangenehmen Delirieren des nahenden Traums gliche; darin suchte ich das Vergügen, das das Eckfenster dem Vetter gewähre, und äußerte ihm dieses ganz unverhohlen.

Der Vetter schlug aber die Hände über den Kopf zusammen, und es entspann sich zwischen uns folgendes Gespräch.

Der Vetter. Vetter, Vetter! nun sehe ich wohl, daß auch nicht das kleinste Fünkchen von Schriftstellertalent in dir glüht. Das erste Erfordernis fehlt dir dazu, um jemals in die Fußstapfen deines würdigen lahmen Vetters zu treten; nämlich ein Auge, welches wirklich schaut. Jener Markt bietet dir nichts dar als den Anblick eines scheckichten, sinnverwirrenden Gewühls des in bedeutungsloser Tätigkeit bewegten Volks. Hoho, mein Freund! mir entwickelt sich daraus die mannigfachste Szenerie des bürgerlichen Lebens, und mein Geist, ein wackerer Callot oder moderne Chodowiecki, entwirft eine Skizze nach der andern, deren Umrisse oft keck genug sind. Auf, Vetter! ich will sehen, ob ich dir nicht wenigstens die Primizien der Kunst zu schauen beibringen kann. Sieh einmal gerade vor dich herab in die Straße, hier hast du mein Glas; bemerkst du wohl die etwas fremdartig gekleidete Person mit dem großen Marktkorbe am Arm, die, mit einem Bürstenbinder in tiefem Gespräche begriffen, ganz geschwinde andere Domestika abzumachen scheint, als die des Leibes Nahrung betreffen?

Ich. Ich habe sie gefaßt. Sie hat ein grell zitronenfarbiges Tuch nach französischer Art turbanähnlich um den Kopf gewunden, und ihr Gesicht sowie ihr ganzes Wesen zeigt deutlich die Französin. Wahrscheinlich eine Restantin aus dem letzten Kriege, die ihr Schäfchen hier ins trockne gebracht.

Der Vetter. Nicht übel geraten. Ich wette, der Mann verdankt irgendeinem Zweige französischer Industrie ein hübsches Auskommen, so daß seine Frau ihren Marktkorb mit ganz guten Dingen reichlich füllen kann. Jetzt stürzt sie sich ins Gewühl. Versuche, Vetter, ob du ihren Lauf in den verschiedensten Krümmungen verfolgen kannst, ohne sie aus dem Auge zu verlieren; das gelbe Tuch leuchtet dir vor.

Ich. Ei, wie der brennende gelbe Punkt die Masse durchschneidet. Jetzt ist sie schon der Kirche nah – jetzt feilscht sie um etwas bei den Buden – jetzt ist sie fort – o weh! ich habe sie verloren – nein, dort am Ende duckt sie wieder auf – dort bei dem Geflügel – sie ergreift eine gerupfte Gans – sie betastet sie mit kennerischen Fingern.

Der Vetter. Gut Vetter, das Fixieren des Blicks erzeugt das deutliche Schauen. Doch statt dich auf langweilige Weise in einer Kunst unterrichten zu wollen, die kaum zu erlernen, laß mich lieber dich auf allerlei Ergötzliches aufmerksam machen, welches sich vor unsern Augen auftut. Bemerkst du wohl jenes Frauenzimmer, die sich an der Ecke dort, unerachtet das Gedränge gar nicht zu groß, mit beiden spitzen Ellenbogen Platz macht?

Ich. Was für eine tolle Figur – ein seidner Hut, der in kapriziöser Formlosigkeit stets jeder Mode Trotz geboten, mit bunten, in den Lüften wehenden Federn – ein kurzer seidner Überwurf, dessen Farbe in das ursprüngliche Nichts zurückgekehrt – darüber ein ziemlich honetter Shawl – der Florbesatz des gelbkattunenen Kleides reicht bis an die Knöchel – blaugraue Strümpfe – Schnürstiefeln – hinter ihr eine stattliche Magd mit zwei Marktkörben, einem Fischnetz, einem Mehlsack. – Gott sei bei uns! was die seidene Person für wütende Blicke um sich wirft, mit welcher Wut sie eindringt in die dicksten Haufen – wie sie alles angreift, Gemüse, Obst, Fleisch und so weiter; wie sie alles beäugelt, betastet, um alles feilscht und nichts erhandelt.

Der Vetter. Ich nenne diese Person, die keinen Markttag fehlt, die rabiate Hausfrau. Es kommt mir vor, als müsse sie die Tochter eines reichen Bürgers, vielleicht eines wohlhabenden Seifensieders sein, deren Hand nebst annexis ein kleiner Geheimsekretär nicht ohne Anstrengung erworben. Mit Schönheit und Grazie hat sie der Himmel nicht ausgestattet, dagegen galt sie bei allen Nachbaren für das häuslichste, wirtschaftlichste Mädchen, und in der Tat, sie ist auch so wirtschaftlich und wirtschaftet jeden Tag vom Morgen bis in den Abend auf solche entsetzliche Weise, daß dem armen Geheimsekretär darüber Hören und Sehen vergeht und er sich dorthin wünscht, wo der Pfeffer wächst. Stets sind alle Pauken- und Trompetenregister der Einkäufe, der Bestellungen, des Kleinhandels und der mannigfachen Bedürfnisse des Hauswesens gezogen, und so gleicht des Geheimsekretärs Wirtschaft einem Gehäuse, in dem ein aufgezogenes Uhrwerk ewig eine tolle Sinfonie, die der Teufel selbst komponiert hat, fortspielt; ungefähr jeden vierten Markttag wird sie von einer andern Magd begleitet.

Sapienti sat! – Bemerkst du wohl – Doch! nein, nein, diese Gruppe, die soeben sich bildet, wäre würdig, von dem Crayon eines Hogarths verewigt zu werden. Schau doch nur hin, Vetter, in die dritte Türöffnung des Theaters!

Ich. Ein Paar alte Weiber auf niedrigen Stühlen sitzend – ihr ganzer Kram in einem mäßigen Korbe vor sich ausgebreitet – die eine hält bunte Tücher feil, sogenannte Vexierware, auf den Effekt für blöde Augen berechnet – die andere hält eine Niederlage von blauen und grauen Strümpfen, Strickwolle und so weiter. Sie haben sich zueinander gebeugt – sie zischeln sich in die Ohren – die eine genießt ein Schälchen Kaffee; die andere scheint, ganz hingerissen von dem Stoff der Unterhaltung, das Schnäpschen zu vergessen, das sie eben hinabgleiten lassen wollte; in der Tat ein Paar auffallende Physiognomien! welches dämonische Lächeln – welche Gestikulaton mit den dürren Knochenarmen!

Der Vetter. Diese beiden Weiber sitzen beständig zusammen, und unerachtet die Verschiedenheit ihres Handels keine Kollision und also keinen eigentlichen Brotneid zuläßt, so haben sie sich doch bis heute stets mit feindseligen Blicken angeschielt und sich, darf ich meiner geübten Physiognomik trauen, diverse höhnische Redensarten zugeworfen. Oh! sieh, sieh, Vetter, immer mehr werden sie ein Herz und eine Seele. Die Tuchverkäuferin teilt der Strumpfhändlerin ein Schälchen Kaffee mit. Was hat das zu bedeuten? Ich weiß es! Vor wenigen Minuten trat ein junges Mädchen von höchstens sechzehn Jahren, hübsch wie der Tag, deren ganzem Äußern, deren ganzem Betragen man Sitte und verschämte Dürftigkeit ansah, angelockt von der Vexierware, an den Korb. Ihr Sinn war auf ein weißes Tuch mit bunter Borte gerichtet, dessen sie vielleicht eben sehr bedurfte. Sie feilschte darum, die Alte wandte alle Künste merkantilischer Schlauheit an, indem sie das Tuch ausbreitete und die grellen Farben im Sonnenschein schimmern ließ. Sie wurden handelseinig. Als nun aber die Arme aus dem Schnupftuchzipfel die kleine Kasse entwickelte, reichte die Barschaft nicht hin zu solcher Ausgabe. Mit hochglühenden Wangen, helle Tränen in den Augen, entfernte sich das Mädchen, so schnell sie konnte, während die Alte, höhnisch auflachend, das Tuch zusammenfaltete und in den Korb zurückwarf. Artige Redensarten mag es dabei gegeben haben. Aber nun kennt der andere Satan die Kleine und weiß die traurige Geschichte einer verarmten Familie aufzutischen als eine skandalöse Chronik von Leichtsinn und vielleicht gar Verbrechen, zur Gemütsergötzlichkeit der getäuschten Krämerin. Mit der Tasse Kaffee wurde gewiß eine derbe, faustdicke Verleumdung belohnt.

Ich. Von allem, was du da herauskombinierst, lieber Vetter, mag kein Wörtchen wahr sein, aber indem ich die Weiber anschaue, ist mir, Dank sei es deiner lebendigen Darstellung, alles so pausibel, daß ich daran glauben muß, ich mag wollen oder nicht.

Der Vetter. Ehe wir uns von der Theaterwand abwenden, laß uns noch einen Blick auf die dicke gemütliche Frau mit vor Gesundheit strotzenden Wangen werfen, die in stoischer Ruhe und Gelassenheit, die Hände unter die weiße Schürze gesteckt, auf einem Rohrstuhle sitzt, und vor sich einen reichen Kram von hellpolierten Löffeln, Messern und Gabeln, Fayence, porzellänenen Tellern und Terrinen von verjährter Form, Teetassen, Kaffeekannen, Strumpfware, und was weiß ich sonst, auf weißen Tüchern ausgebreitet hat, so daß ihr Vorrat, wahrscheinlich aus kleinen Auktionen zusammengestümpert, einen wahren Orbis pictus bildet. Ohne sonderlich eine Miene zu verziehen, hört sie das Gebot des Feilschenden, sorglos, ob aus dem Handel was wird oder nicht; schlägt zu, streckt die eine Hand unter der Schürze hervor, um eben nur das Geld vom Käufer zu empfangen, den sie die erkaufte Ware selbst fortnehmen läßt. Das ist eine ruhige, besonnene Handelsfrau, die was vor sich bringen wird. Vor vier Wochen bestand ihr ganzer Kram in ungefähr einem halben Dutzend feiner baumwollener Strümpfe und ebensoviel Trinkgläsern. Ihr Handel steigt mit jedem Markt, und da sie keinen besseren Stuhl mitbringt, die Hände auch noch ebenso unter die Schürze steckt wie sonst, so zeigt das, daß sie Gleichmut des Geistes besitzt und sich durch das Glück nicht zu Stolz und Übermut verleiten läßt. Wie kommt mir doch plötzlich die skurrile Idee zu Sinn! Ich denke mir in diesem Augenblick ein ganz kleines schadenfrohes Teufelchen, das, wie auf jenem Hogarthischen Blatt unter den Stuhl der Betschwester, hier unter den Sessel der Krämersfrau gekrochen ist und, neidisch auf ihr Glück, heimtückischerweise die Stuhlbeine wegsägt. Plump! fällt sie in ihr Glas und Porzellän, und mit dem ganzen Handel ist es aus. Das wäre denn doch ein Fallissement im eigentlichsten Sinne des Worts.

Ich. Wahrhaftig, lieber Vetter! du hast mich jetzt schon besser schauen gelehrt. Indem ich meinen Blick in dem bunten Gewühl der wogenden Menge umherschweifen lasse, fallen mir hin und wieder junge Mädchen in die Augen, die, von sauber angezogenen Köchinnen, welche geräumige, glänzende Marktkörbe am Arme tragen, begleitet, den Markt durchstreifen und um Hausbedürfnisse, wie sie der Markt darbietet, feilschen. Der Mädchen modester Anzug, ihr ganzer Anstand läßt nicht daran zweifeln, daß sie wenigstens vornehmen bürgerlichen Standes sind. Wie kommen diese auf den Markt?

Der Vetter. Leicht erklärlich. Seit einigen Jahren ist es Sitte geworden, daß selbst die Töchter höherer Staatsbeamten auf den Markt geschickt werden, um den Teil der Hauswirtschaft, was den Einkauf der Lebensmittel betrifft, praktisch zu erlernen.

Ich. In der Tat eine löbliche Sitte, die nächst dem praktischen Nutzen zu häuslicher Gesinnung führen muß.

Der Vetter. Meinst du, Vetter! ich für mein Teil glaube das Gegenteil. Was kann der Selbsteinkauf für andere Zwecke haben, als sich von der Güte der Ware und von den wirklichen Marktpreisen zu überzeugen? Die Eigenschaften, das Ansehen, die Kennzeichen eines guten Gemüses, eines guten Fleisches und so weiter lernt die angehende Hausfrau sehr leicht auf andere Weise erkennen, und das kleine Ersparnis der sogenannten Schwänzelpfennige, das nicht einmal stattfindet, da die begleitende Köchin mit den Verkäufern sich unbedenklich insgeheim versteht, wiegt den Nachteil nicht auf, den der Besuch des Markts sehr leicht herbeiführen kann. Niemals würde ich um den Preis von etlichen Pfennigen meine Tochter der Gefahr aussetzen, eingedrängt in den Kreis des niedrigsten Volks, eine Zote zu hören oder irgendeine lose Rede eines brutalen Weibes oder Kerls einschlucken zu müssen. – Und dann, was gewisse Spekulationen liebeseufzender Jünglinge in blauen Röcken zu Pferde oder in gelben Flauschen mit schwarzen Kragen zu Fuß betrifft, so ist der

Markt – Doch sieh, sieh, Vetter! wie gefällt dir das Mädchen, das soeben dort an der Pumpe, von der ältlichen Köchin begleitet, daherkommt? Nimm mein Glas, nimm mein Glas, Vetter!

Ich. Ha, was für ein Geschöpf, die Anmut, die Liebenswürdigkeit selbst – aber sie schlägt die Augen verschämt nieder – jeder ihrer Schritte ist furchtsam – wankend – schüchtern hält sie sich an ihre Begleiterin, die ihr mit forciertem Angriff den Weg ins Gedränge bahnt – ich verfolge sie – da steht die Köchin still vor den Gemüsekörben – sie feilscht – sie zieht die Kleine heran, die mit halb weggewandtem Gesicht ganz geschwinde, geschwinde Geld aus dem Beutelchen nimmt und es hinreicht, froh, nur wieder loszukommen – ich kann sie nicht verlieren, Dank sei es dem roten Shawl – sie scheinen etwas vergeblich zu suchen – endlich, endlich, dort weilen sie bei einer Frau, die in zierlichen Körben feines Gemüse feilbietet – der holden Kleinen ganze Aufmerksamkeit fesselt ein Korb mit dem schönsten Blumenkohl – das Mädchen selbst wählt einen Kopf und legt ihn der Köchin in den Korb – wie, die Unverschämte! – ohne weiteres nimmt sie den Kopf aus dem Korbe heraus, legt ihn in den Korb der Verkäuferin zurück und wählt einen andern, indem ihr heftiges Schütteln mit dem gewichtigen kantenhaubengeschmückten Haupte noch dazu bemerken läßt, daß sie die arme Kleine, welche zum ersten Male selbständig sein wollte, mit Vorwürfen überhäuft.

Der Vetter. Wie denkst du dir die Gefühle dieses Mädchens, der man eine Häuslichkeit aufdringen will, welche ihrem zarten Sinn gänzlich widerstrebt? Ich kenne die holde Kleine; es ist die Tochter eines Geheimen Oberfinanzrats, ein natürliches, von jeder Ziererei entferntes Wesen, von echtem weiblichen Sinn beseelt und mit jenem jedesmal richtig treffenden Verstande und feinen Takt begabt, der Weiber dieser Art stets eigen – Hoho, Vetter! das nenn ich glückliches Zusammentreffen. Hier um die Ecke kommt das Gegenstück zu jenem Bilde. Wie gefällt dir das Mädchen, Vetter?

Ich. Ei, welch eine niedliche, schlanke Gestalt! – Jung – leichtfüßig – mit keckem, unbefangenem Blick in die Welt hineinschauend – am Himmel stets Sonnenglanz – in den Lüften stets lustige Musik – wie dreist, wie sorglos sie dem dicken Haufen entgegenhüpft – die Servante, die ihr mit dem Marktkorbe folgt, scheint eben nicht älter als sie und zwischen beiden eine gewisse Kordialität zu herrschen – die Mamsell hat gar hübsche Sachen an, der Shawl ist modern – der Hut passend zur Morgentracht, so wie das Kleid von geschmackvollem Muster – alles hübsch und anständig – o weh! was erblicke ich, die Mamsell trägt weißseidene Schuhe. Ausrangierte Ballchaussure auf dem Markt! – Überhaupt, je länger ich das Mädchen beobachte, desto mehr fällt mir eine gewisse Eigentümlichkeit auf, die ich mit Worten nicht ausdrücken kann. – Es ist wahr, sie macht, so wie es scheint, mit sorglicher Emsigkeit ihre Einkäufe, wählt und wählt, feilscht und feilscht, spricht, gestikuliert, alles mit einem lebendigen Wesen, das beinah bis zur Spannung geht; mir ist aber, als wolle sie noch etwas anderes als eben Hausbedürfnisse einkaufen.

Der Vetter. Bravo! bravo, Vetter! dein Blick schärft sich, wie ich merke. Sieh nur, mein Liebster, trotz der modesten Kleidung hätten dir – die Leichtfüßigkeit des ganzen Wesens abgerechnet – schon die weißseidenen Schuhe auf dem Markt verraten müssen, daß die kleine Mamsell dem Ballett oder überhaupt dem Theater angehört. Was sie sonst noch will, dürfte sich vielleicht bald entwickeln – ha, getroffen! Schau doch, lieber Vetter, ein wenig rechts die Straße hinauf und sage mir, wen du auf dem Bürgersteig, vor dem Hotel, wo es ziemlich einsam ist, erblickst?

Ich. Ich erblicke einen großen schlankgewachsenen

Jüngling im gelben kurzgeschnittenen Flausch mit schwarzem Kragen und Stahlknöpfen. Er trägt ein kleines rotes, silbergesticktes Mützchen, unter dem schöne schwarze Locken, beinahe zu üppig, hervorquillen. Den Ausdruck des blassen, männlich schön geformten Gesichts erhöht nicht wenig das kleine schwarze Stutzbärtchen auf der Oberlippe. Er hat eine Mappe unter dem Arm – unbedenklich ein Student, der im Begriff stand, ein Kollegium zu besuchen – aber fest eingewurzelt steht er da, den Blick unverwandt nach dem Markt gerichtet, und scheint Kollegium und alles um sich her zu vergessen.

Der Vetter. So ist es, lieber Vetter. Sein ganzer Sinn ist auf unsere kleine Komödiantin gerichtet. Der Zeitpunkt ist gekommen; er naht sich der großen Obstbude, in der die schönste Ware appetitlich aufgetürmt ist, und scheint nach Früchten zu fragen, die eben nicht zur Hand sind. Es ist ganz unmöglich, daß ein guter Mittagstisch ohne Dessert von Obst bestehen kann; unsere kleine Komödiantin muß daher ihre Einkäufe für den Tisch des Hauses an der Obstbude beschließen. Ein runder rotbäckiger Apfel entschlüpft schalkhaft den kleinen Fingern – der Gelbe bückt sich darnach, hebt ihn auf – ein leichter anmutiger Knix der kleinen Theaterfee – das Gespräch ist im Gange – wechselseitiger Rat und Beistand bei einer sattsam schwierigen Apfelsinenwahl vollendet die gewiß bereits früher angeknüpfte Bekanntschaft, indem sich zugleich das anmutige Rendezvous gestaltet, welches gewiß auf mannigfache Weise wiederholt und variiert wird.

Ich. Mag der Musensohn liebeln und Apfelsinen wählen, soviel er will; mich interessiert das nicht, und zwar um so weniger, da mir dort an der Ecke der Hauptfronte des Theaters, wo die Blumenverkäuferinnen ihre Ware feilbieten, das Engelskind, die allerliebste Geheimratstochter, von neuem aufgestoßen ist.

Der Vetter. Nach den Blumen dort schau ich nicht gerne hin, lieber Vetter, es hat damit eine eigne Bewandtnis. Die Verkäuferin, welche der Regel nach den schönsten Blumenflor ausgesuchter Nelken, Rosen und anderer seltener Gewächse hält, ist ein ganz hübsches, artiges Mädchen, strebend nach höherer Kultur des Geistes; denn sowie sie der Handel nicht beschäftigt, liest sie emsig in Büchern, deren Uniform zeigt, daß sie zur großen Kralowskischen ästhetischen Hauptarmee gehören, welche bis in die entferntesten Winkel der Residenz siegend das Licht der Geistesbildung verbreitet. Ein lesendes Blumenmädchen ist für einen belletristischen Schriftsteller ein unwiderstehlicher Anblick. So kam es, daß, als vor langer Zeit mich der Weg bei den Blumen vorbeiführte – auch an andern Tagen stehen die Blumen zum Verkauf – ich, das lesende Blumenmädchen gewahrend, überrascht stehenblieb. Sie saß wie in einer dichten Laube von blühenden Geranien und hatte das Buch aufgeschlagen auf dem Schoße, den Kopf in die Hand gestützt. Der Held mußte gerade in augenscheinlicher Gefahr oder sonst ein wichtiger Moment der Handlung eingetreten sein, denn höher glühten des Mädchens Wangen, ihre Lippen bebten, sie schien in ihrer Umgebung ganz entrückt. Vetter, ich will dir die seltsame Schwäche eines Schriftstellers ganz ohne Rücksicht gestehen. Ich war wie festgebannt an die Stelle – ich trippelte hin und her; was mag das Mädchen lesen? Dieser Gedanke beschäftigte meine ganze Seele. Der Geist der Schriftstellereitelkeit regte sich und kitzelte mich mit der Ahnung, daß es eins meiner eigenen Werke sei, was eben jetzt das Mädchen in die phantastische Welt meiner Träumereien versetze. Endlich faßte ich ein Herz, trat hinan und fragte nach dem Preise eines Nelkenstocks, der in einer entfernten Reihe stand. Während daß das Mädchen den Nelkenstock herbeiholte, nahm ich mit den Worten: »Was lesen Sie denn da, mein schönes Kind?« das geklappte Buch zur Hand. Oh! all ihr Himmel, es war wirklich ein Werklein von mir, und zwar*** – Das Mädchen brachte die Blumen herbei und gab zugleich den mäßigen Preis an. Was Blumen, was Nelkenstock, das Mädchen war mir in diesem Augenblick ein viel schätzenswerteres Publikum als die ganze elegante Welt der Residenz. Aufgeregt, ganz entflammt von den süßesten Autorgefühlen, fragte ich mit anscheinender Gleichgültigkeit, wie denn dem Mädchen das Buch gefalle. »I mein lieber Herr«, erwiderte das Mädchen, »das ist ein gar schnackisches Buch. Anfangs wird einem ein wenig wirrig im Kopfe; aber dann ist es so, als wenn man mitten darin säße.« Zu meinem nicht geringen Erstaunen erzählte mir das Mädchen den Inhalt des kleinen Märchens ganz klar und deutlich, so daß ich wohl einsah, wie sie es schon mehrmals gelesen haben mußte; sie wiederholte, es sei ein gar schnackisches Buch, sie habe bald herzlich lachen müssen, bald sei ihr ganz weinerlich zumute geworden; sie gab mir den Rat, falls ich das Buch noch nicht gelesen haben sollte, es mir nachmittags von Herrn Kralowski zu holen, denn sie wechsele eben nachmittags Bücher. – Nun sollte der große Schlag geschehn. Mit niedergeschlagenen Augen, mit einer Stimme, die an Süßigkeit dem Honig von Hybla zu vergleichen, mit dem seligen Lächeln des wonnerfüllten Autors, lispelte ich: »Hier, mein süßer Engel, hier steht der Autor des Buchs, welches Sie mit solchem Vergnügen erfüllt hat, vor Ihnen in leibhaftiger Person.« Das Mädchen starrte mich sprachlos an, mit großen Augen und offnem Munde. Das galt mir für den Ausdruck der höchsten Verwunderung, ja eines freudigen Schrecks, daß das sublime Genie, dessen schaffende Kraft solch ein Werk erzeugt, so plötzlich bei den Geranien erschienen. Vielleicht, dachte ich, als des Mädchens Miene unverändert blieb, vielleicht glaubt sie auch gar nicht an den glücklichen Zufall, der den berühmten Verfasser des*** in ihre Nähe bringt. Ich suchte nun ihr auf alle mögliche Weise meine Idendität mit jenem Verfasser darzutun, aber es war, als sei sie versteinert, und nichts entschlüpfte ihren Lippen als: »Hm – so – i das wäre – wie –« Doch was soll ich dir die tiefe Schmach, welche mich in diesem Augenblicke traf, erst weitläufig beschreiben. Es fand sich, daß das Mädchen niemals daran gedacht, daß die Bücher, welche sie lese, vorher gedichtet werden müßten. Der Begriff eines Schriftstellers, eines Dichters war ihr gänzlich fremd, und ich glaube wahrhaftig, bei näherer Nachfrage wäre der fromme kindliche Glaube ans Licht gekommen, daß der liebe Gott die Bücher wachsen ließe wie die Pilze.

Ganz kleinlaut fragte ich nochmals nach dem Preise des Nelkenstocks. Unterdessen mußte eine ganz andere dunkle Idee von dem Verfertigen der Bücher dem Mädchen aufgestiegen sein; denn da ich das Geld aufzählte, fragte sie ganz naiv und unbefangen: ob ich alle Bücher beim Herrn Kralowski mache? – Pfeilschnell schoß ich mit meinem Nelkenstock von dannen.

Ich. Vetter, Vetter, das nenne ich gestrafte Autoreitelkeit; doch während du mir deine tragische Geschichte erzähltest, verwandte ich kein Auge von meiner Lieblingin. Bei den Blumen allein ließ der übermütige Küchendämon ihr volle Freiheit. Die grämliche Küchengouvernante hatte den schweren Marktkorb an die Erde gesetzt und überließ sich, indem sie die feisten Arme bald übereinanderschlug, bald, wie es der äußere rhetorische Ausdruck der Rede zu erfordern schien, in die Seiten stemmte, mit drei Kolleginnen der unbeschreiblichen Freude des Gesprächs, und ihre Rede war, der Bibel entgegen, gewiß viel mehr als ja, ja und nein, nein. Sieh nur, welch einen herrlichen Blumenflor sich der holde Engel ausgewählt hat und von einem rüstigen Burschen nachtragen läßt. Wie? Nein, das will mir nicht ganz gefallen, daß sie im Wandeln Kirschen aus dem kleinen Körbchen nascht; wie wird das feine Batisttuch, das wahrscheinlich darin befindlich, sich mit dem Obst befreunden?

Der Vetter. Der jugendliche Appetit des Augenblicks frägt nicht nach Kirschflecken, für die es Kleesalz und andere probate Hausmittel gibt. Und das ist eben die wahrhaft kindliche Unbefangenheit, daß die Kleine nun von den Drangsalen des bösen Markts sich in wiedererlangter Freiheit ganz gehenläßt. – Doch schon lange ist mir jener Mann aufgefallen und ein unauflösbares Rätsel geblieben, der eben jetzt dort an der zweiten entfernten Pumpe an dem Wagen steht, auf dem ein Bauerweib aus einem großen Faß um ein billiges Pflaumenmus verspendet. Fürs erste, lieber Vetter, bewundere die Agilität des Weibes, das, mit einem langen hölzernen Löffel bewaffnet, erst die großen Verkäufe zu viertel, halben und ganzen Pfunden beseitigt und dann den gierigen Näschern, die ihre Papierchen, mitunter auch wohl ihre Pelzmütze hinhalten, mit Blitzesschnelle das gewünschte Dreierkleckschen zuwirft, welches sie sogleich als stattlichen Morgenimbiß wohlgefällig verzehren – Kaviar des Volks! Bei dem geschickten Verteilen des Pflaumenmuses mittelst des geschwenkten Löffels fällt mir ein, daß ich einmal in meiner Kindheit hörte, es sei auf einer reichen Bauerhochzeit so splendid hergegangen, daß der delikate, mit einer dicken Kruste von Zimt, Zucker und Nelken überhäutete Reisbrei mittelst eines Dreschflegels verteilt worden. Jeder der werten Gäste durfte nur ganz gemütlich das Maul aufsperren, um die gehörige Portion zu bekommen, und es ging auf diese Weise recht zu wie im Schlaraffenland. Doch, Vetter, hast du den Mann ins Auge gefaßt?

Ich. Allerdings! – Wes Geisteskind ist die tolle abenteuerliche Figur? Ein wenigstens sechs Fuß hoher, winddürrer Mann, der noch dazu kerzengerade mit eingebogenem Rücken dasteht! Unter dem kleinen dreieckigen, zusammengequetschten Hütchen starrt hinten die Kokarde eines Haarbeutels hervor, der sich in voller Breite dem Rücken sanft anschmiegt. Der graue, nach längst verjährter Sitte zugeschnittene Rock schließt sich, vorne von oben bis unten zugeknöpft, enge an den Leib an, ohne eine einzige Falte zu werfen, und schon erst, als er an den Wagen schritt, konnte ich bemerken, daß er schwarze Beinkleider, schwarze Strümpfe und mächtige zinnerne Schnallen in den Schuhen trägt. Was mag er nur in dem viereckigen Kasten haben, den er so sorglich unter dem linken Arme trägt und der beinahe dem Kasten eines Tabulettkrämers gleicht?

Der Vetter. Das wirst du gleich erfahren, schau nur aufmerksam hin.

Ich. Er schlägt den Deckel des Kastens zurück – die Sonne scheint hinein – strahlende Reflexe – der Kasten ist mit Blech gefüttert – er macht der Pflaumenmusfrau, indem er das Hütchen vom Kopfe zieht, eine beinahe ehrfurchtsvolle Verbeugung. – Was für ein originelles, ausdrucksvolles Gesicht – feingeschlossene Lippen – eine Habichtsnase – große, schwarze Augen – hochstehende, starke Augenbrauen – eine hohe Stirn – schwarzes Haar – das Toupet en cœur frisiert, mit kleinen steifen Löckchen über den Ohren. – Er reicht den Kasten der Bauerfrau auf den Wagen, die ihn ohne weiteres mit Pflaumenmus füllt und, ihm freundlich nickend, wieder zurückreicht. – Mit einer zweiten Verbeugung entfernt sich der Mann – er windet sich hinan an die Heringstonne – er zieht ein Schubfach des Kastens hervor, legt einige erhandelte Salzmänner hinein und schiebt das Fach wieder zu – ein drittes Schubfach ist, wie ich sehe, zu Petersilie und anderem Wurzelwerk bestimmt. – Nun durchschneidet er mit langen, gravitätischen Schritten den Markt in verschiedenen Richtungen, bis ihn der reiche, auf einem Tisch ausgebreitete Vorrat von gerupftem Geflügel festhält. So wie überall, macht er auch hier, ehe er zu feilschen beginnt, einige tiefe Verbeugungen – er spricht viel und lange mit der Frau, die ihn mit besonders freundlicher Miene anhört – er setzt den Kasten behutsam auf den Boden nieder und ergreift zwei Enten, die er ganz bequem in die weite Rocktasche schiebt. – Himmel! es folgt noch eine Gans – den Puter schaut er bloß an mit liebäugelnden Blicken – er kann doch nicht unterlassen, ihn wenigstens mit dem Zeige- und Mittelfinger liebkosend zu berühren –; schnell hebt er seinen Kasten auf, verbeugt sich gegen das Weib ungemein verbindlich und schreitet, sich mit Gewalt losreißend von dem verführerischen Gegenstand seiner Begierde, von dannen – er steuert geradezu los auf die Fleischerbuden – ist der Mensch ein Koch, der für ein Gastmahl zu sorgen hat? – Er erhandelt eine Kalbskeule, die er noch in eine seiner Riesentaschen gleiten läßt. – Nun ist er fertig mit seinem Einkauf; er geht die Charlottenstraße herauf mit solchem ganz seltsamen Anstand und Wesen, daß er aus irgendeinem fremden Lande hinabgeschneit zu sein scheint.

Der Vetter. Genug habe ich mir schon über diese exotische Figur den Kopf zerbrochen. – Was denkst du, Vetter, zu meiner Hypothese? Dieser Mensch ist ein alter Zeichenmeister, der in mittelmäßigen Schulanstalten sein Wesen getrieben hat und vielleicht noch treibt. Durch allerlei industriöse Unternehmungen hat er viel Geld erworben; er ist geizig, mißtrauisch, Zyniker bis zum Ekelhaften, Hagestolz – nur einem Gott opfert er – dem Bauche; – seine ganze Lust ist, gut zu essen, versteht sich, allein auf seinem Zimmer; – er ist durchaus ohne alle Bedienung, er besorgt alles selbst – an Markttagen holt er, wie du gesehen hast, seine Lebensbedürfnisse für die halbe Woche und bereitet in einer kleinen Küche, die dicht bei seinem armseligen Stübchen belegen, selbst seine

Speisen, die er dann, da der Koch es stets dem Gaumen des Herrn zu Dank macht, mit gierigem, ja vielleicht tierischem Appetit verzehrt. Wie geschickt und zweckmäßig er einen alten Malkasten zum Marktkorbe aptiert hat, auch das hast du bemerkt, lieber Vetter.

Ich. Weg von dem widrigen Menschen.

Der Vetter. Warum widrig? Es muß auch solche Käuze geben, sagt ein welterfahrner Mann, und er hat recht, denn die Varietät kann nie bunt genug sein. Doch mißfällt dir der Mann so sehr, lieber Vetter, so kann ich dir darüber, was er ist, tut und treibt, noch eine andere Hypothese aufstellen. Vier Franzosen, und zwar sämtlich Pariser, ein Sprachmeister, ein Fechtmeister, ein Tanzmeister und ein Pastetenbäkker, kamen in ihren Jugendjahren gleichzeitig nach Berlin und fanden, wie es damals (gegen das Ende des vorigen Jahrhunderts) gar nicht fehlen konnte, ihr reichhaltiges Brot. Seit dem Augenblick, als die Diligence sie auf der Reise vereinigte, schlossen sie den engsten Freundschaftsbund, blieben ein Herz und eine Seele und verlebten jeden Abend nach vollbrachter Arbeit zusammen, als echt alte Franzosen, in lebhafter Konversation, bei frugalem Abendessen. Des Tanzmeisters Beine waren stumpf geworden, des Fechtmeisters Arme durch das Alter entnervt, dem Sprechmeister Rivale, die sich der neuesten Pariser Mundart rühmten, über den Kopf gestiegen, und die schlauen Erfindungen des Pastetenbäckers überboten jüngere Gaumenkitzler, von den eigensinnigsten Gastronomen in Paris ausgebildet.

Aber jeder des treu verbundenen Quatuors hatte indessen sein Schäfchen ins trockne gebracht. Sie zogen zusammen in eine geräumige, ganz artige, jedoch entlegene Wohnung, gaben ihre Geschäfte auf und lebten zusammen, altfranzösischer Sitte getreu, ganz lustig und sorgenfrei, da sie selbst den Bekümmernissen und Lasten der unglücklichen Zeit geschickt zu entgehen wußten. Jeder hat ein besonderes Geschäft, wodurch der Nutzen und das Vergnügen der Sozietät befördert wird. Der Tanzmeister und der Fechtmeister besuchen ihre alten Scholaren, ausgediente Offiziers, von höherm Range, Kammerherren, Hofmarschälle und so weiter; denn sie hatten die vornehmste Praxis, und sammeln die Neuigkeiten des Tages zum Stoff für ihre Unterhaltung, der nie ausgehen darf. Der Sprachmeister durchwühlt die Läden der Antiquare, um immer mehr französische Werke auszumitteln, deren Sprache die Akademie gebilligt hat. Der Pastetenbäcker sorgt für die Küche; er kauft ebensogut selbst ein, als er die Speisen ebenfalls selbst bereitet, worin ihm ein alter, französischer Hausknecht beisteht. Außer diesem besorgt für jetzt, da eine alte zahnlose Französin, die sich von der französischen Gouvernante bis zur Aufwaschmagd heruntergedient hatte, gestorben, ein pausbäckiger Junge, den die vier von den Orphelins français zu sich genommen, die Bedienung. – Dort geht der kleine Himmelblaue, an einem Arm einen Korb mit Mundsemmeln, an dem andern einen Korb in dem der Salat hoch aufgetürmt ist. – So habe ich den widrigen zynischen deutschen Zeichenmeister augenblicklich zum gemütlichen französischen Pastetenbäcker umgeschaffen, und ich glaube, daß sein Äußeres, sein ganzes Wesen recht gut dazu paßt.

Ich. Diese Erfindung macht deinem Schriftstellertalent Ehre, lieber Vetter. Doch mir leuchten schon seit ein paar Minuten dort jene hohen weißen Schwungfedern in die Augen, die sich aus dem dicksten Gedränge des Volkes emporheben. Endlich tritt die Gestalt dicht bei der Pumpe hervor – ein großes, schlankgewachsenes Frauenzimmer von gar nicht üblem Ansehen – der Überrock von rosarotem schwerem Seidenzeuge ist funkelnagelneu – der Hut von der neuesten Fasson, der daran befestigte Schleier von schönen Spitzen – weiße Glacéhandschuhe. –

Was nötigte die elegante, wahrscheinlich zu einem Dejeuner eingeladene Dame, sich durch das Gewühl des Marktes zu drängen? – Doch wie, auch sie gehört zu den Einkäuferinnen? Sie steht still und winkt einem alten, schmutzigen, zerlumpten Weibe, die ihr, ein lebhaftes Bild der Misère im Hefen des Volks, mit einem halbzerbrochenen Marktkorbe am Arm, mühsam nachhinkt. Die geputzte Dame winkt an der Ecke des Theatergebäudes, um dem erblindeten Landwehrmann, der dort an die Mauer gelehnt steht, ein Almosen zu geben. Sie zieht mit Mühe den Handschuh von der rechten Hand – hilf Himmel! eine blutrote, noch dazu ziemlich mannhaft gebaute Faust kommt zum Vorschein. Doch ohne lange zu suchen und zu wählen, drückt sie dem Blinden rasch ein Stück Geld in die Hand, läuft rasch bis in die Mitte der Charlottenstraße und setzt sich dann in einen majestätischen Promenadenschritt, mit dem sie, ohne sich weiter um ihre zerlumpte Begleiterin zu kümmern, die Charlottenstraße hinauf nach den Linden wandelt.

Der Vetter. Das Weib hat, um sich auszuruhen, den Korb an die Erde gesetzt, und du kannst mit einem Blick den ganzen Einkauf der eleganten Dame übersehen.

Ich. Der ist in der Tat wunderlich genug. – Ein Kohlkopf – viele Kartoffeln – einige Äpfel – ein kleines Brot – einige Heringe in Papier gewickelt – ein Schafkäse, nicht von der appetitlichsten Farbe – eine Hammelleber – ein kleiner Rosenstock –ein Paar Pantoffeln – ein Stiefelknecht. – Was in aller Welt –

Der Vetter. Still, still, Vetter, genug von der Rosenroten! – Betrachte aufmerksam jenen Blinden, dem das leichtsinnige Kind der Verderbnis Almosen spendete. Gibt es ein rührenderes Bild unverdienten menschlichen Elends und frommer, in Gott und Schicksal ergebener Resignation? Mit dem Rücken an die Mauer des Theaters gelehnt, beide abgedürrte Knochenhände auf einen Stab gestützt, den er einen Schritt vorgeschoben, damit das unvernünftige Volk ihm nicht über die Füße laufe, das leichenblasse Antlitz emporgehoben, das Landwehrmützchen in die Augen gedrückt, steht er regungslos vom frühen Morgen bis zum Schluß des Markts an derselben Stelle.

Ich. Er bettelt, und doch ist für die erblindeten Krieger so gut gesorgt.

Der Vetter. Du bist in gar zu großem Irrtum, lieber Vetter. Dieser arme Mensch macht den Knecht eines Weibes, welches Gemüse feilhält und die zu der niedrigeren Klasse dieser Verkäuferinnen gehört, da die vornehmere das Gemüse in auf Wagen gepackten Körben herbeifahren läßt. Dieser Blinde kommt nämlich jeden Morgen, mit vollen Gemüsekörben bepackt, wie ein Lasttier, so daß ihn die Bürde beinahe zu Boden drückt und er sich nur mit Mühe im wankenden Schritt mittelst des Stabes aufrecht erhält, herbei. Eine große, robuste Frau, in deren Dienste er steht oder die ihn vielleicht nur eben zum Hinschaffen des Gemüses auf den Markt gebraucht, gibt sich, wenn nun seine Kräfte beinahe ganz erschöpft sind, kaum die Mühe, ihn beim Arm zu ergreifen und weiter an Ort und Stelle, nämlich eben an den Platz, den er jetzt einnimmt, hinzuhelfen. Hier nimmt sie ihm die Körbe vom Rücken, die sie selbst hinüberträgt, und läßt ihn stehen, ohne sich im mindesten um ihn eher zu bekümmern, als bis der Markt geendet ist und sie ihm die ganz oder nur zum Teil geleerten Körbe wieder aufpackt.

Ich. Es ist doch merkwürdig, daß man die Blindheit, sollten auch die Augen nicht verschlossen sein oder sollte auch kein anderer sichtbarer Fehler den Mangel des Gesichts verraten, dennoch an der emporgerichteten Stellung des Hauptes, die den Erblindeten eigentümlich, sogleich erkennt; es scheint darin ein fortwährendes Streben zu liegen, etwas in der Nacht, die den Blinden umschließt, zu erschauen.

Der Vetter. Es gibt für mich keinen rührendern Anblick, als wenn ich einen solchen Blinden sehe, der mit emporgerichtetem Haupt in die weite Ferne zu schauen scheint. Untergegangen ist für den Armen die Abendröte des Lebens, aber sein inneres Auge strebt schon das ewige Licht zu erblicken, das ihm in dem Jenseits voll Trost, Hoffnung und Seligkeit leuchtet. – Doch ich werde zu ernst. – Der blinde Landwehrmann bietet mir jeden Markttag einen Schatz von Bemerkungen dar. Du gewahrst, lieber Vetter, wie sich bei diesem armen Menschen die Mildtätigkeit der Berliner recht lebhaft ausspricht. Oft ziehen ganze Reihen bei ihm vorüber, und keiner daraus verfehlt ihm ein Almosen zu reichen. Aber die Art und Weise, wie dieses Almosen gereicht wird, hierin liegt alles. Schau einmal, lieber Vetter, eine Zeitlang hin und sag mir, was du gewahrst.

Ich. Eben kommen drei, vier, fünf stattliche derbe Hausmägde, die mit zum Teil schwer ins Gewicht fallenden Waren übermäßig vollgepackten Körbe schneiden ihnen beinahe die nervichten, blau aufgelaufenen Arme wund; sie haben Ursache zu eilen, um ihre Last loszuwerden, und doch weilt jede einen Augenblick, greift schnell in den Marktkorb und drückt dem Blinden ein Stück Geld, ohne ihn einmal anzusehen, in die Hand. Die Ausgabe steht als notwendig und unerläßlich auf dem Etat des Markttages. Das ist recht! – Da kommt eine Frau, deren Anzuge, deren ganzem Wesen man die Behaglichkeit und Wohlhabenheit deutlich anmerkt – sie bleibt vor dem Invaliden stehen, zieht ein Beutelchen hervor und sucht und sucht, und kein Stück Geld scheint ihr klein genug zum Akt der Wohltätigkeit, den sie zu vollführen gedenkt – sie ruft ihrer Köchin zu – es findet sich, daß auch dieser die kleine Münze ausgegangen – sie muß erst bei den Gemüseweibern wechseln – endlich ist der zu verschenkende Dreier herbeigeschafft – nun klopft sie dem Blinden auf die Hand, damit er ja merke, daß er etwas empfangen werde – er öffnet den Handteller – die wohltätige Dame drückt ihm das Geldstück hinein und schließt ihm die Faust, damit die splenide Gabe ja nicht verlorengehe. – Warum trippelt die kleine niedliche Mamsell so hin und her und nähert sich immermehr und mehr dem Blinden? Ha, im Vorbeihuschen hat sie schnell, daß es gewiß niemand als ich, der ich sie auf dem Kern meines Glases habe, bemerkte, dem Blinden ein Stück Geld in die Hand gesteckt – das war gewiß kein Dreier. Der glaue, wohlgemästete Mann im braunen Rocke, der dort so gemütlich dahergeschritten kommt, ist gewiß ein sehr reicher Bürger. Auch er bleibt vor dem Blinden stehen und läßt sich in ein langes Gespräch mit ihm ein, indem er den übrigen Leuten den Weg versperrt und sie hindert, dem Blinden Almosen zu spenden; – endlich, endlich zieht er eine mächtige grüne Geldbörse aus der Tasche, entknüpft sie nicht ohne Mühe und wühlt so entsetzlich im Gelde, daß ich glaube, es bis hierher klappern zu hören. – Parturiunt montes! – Doch will ich wirklich glauben, daß der edle Menschenfreund, vom Bilde des Jammers hingerissen, sich bis zum schlechten Groschen verstieg. – Bei allem dem meine ich doch, daß der Blinde an den Markttagen nach seiner Art keine geringe Einnahme macht, und mich wundert, daß er alles ohne das mindeste Zeichen von Dankbarkeit annimmt; nur eine leise Bewegung der Lippen, die ich wahrzunehmen glaube, zeigt, daß er etwas spricht, was wohl Dank sein mag – doch auch diese Bewegung bemerke ich nur zuweilen.

Der Vetter. Da hast du den entschiedenen Ausdruck vollkommen abgeschlossener Resignation: was ist ihm das Geld, er kann es nicht nutzen; erst in der Hand eines andern, dem er sich rücksichtslos anvertrauen muß, erhält es seinen Wert – ich kann mich sehr irren, aber mir scheint, als wenn das Weib, deren Gemüsekörbe er trägt, eine fatale böse Sieben sei, die den Armen schlecht hält, unerachtet sie höchst wahrscheinlich alles Geld, was er empfängt, in Beschlag nimmt. Jedesmal, wenn sie die Körbe zurückbringt, keift sie mit dem Blinden, und zwar in dem Grade mehr oder weniger, als sie einen bessern oder schlechtern Markt gemacht hat. Schon das leichenblasse Gesicht, die abgehungerte Gestalt, die zerlumpte Kleidung des Blinden läßt vermuten, daß seine Lage schlimm genug ist, und es wäre die Sache eines tätigen Menschenfreundes, diesem Verhältnis näher nachzuforschen.

Ich. Indem ich den ganzen Markt überschaue, bemerke ich, daß die Mehlwagen dort, über die Tücher wie Zelte aufgespannt sind, deshalb einen malerischen Anblick gewähren, weil sie dem Auge ein Stützpunkt sind, um den sich die bunte Masse zu deutlichen Gruppen bildet.

Der Vetter. Von den weißen Mehlwagen und den mehlbestaubten Mühlknappen und Müllermädchen mit rosenroten Wangen, jede eine bella molinara, kenne ich gerade auch etwas Entgegengesetztes. Mit Schmerz vermisse ich nämlich eine Köhlerfamilie, die sonst ihre Ware geradeüber meinem Fenster am Theater feilbot und jetzt hinübergewiesen sein soll auf die andere Seite. Diese Familie besteht aus einem großen robusten Mann mit ausdrucksvollem Gesicht, markichten Zügen, heftig, beinahe gewaltsam in seinen Bewegungen, genug, ganz treues Abbild der Köhler, wie sie in Romanen vorzukommen pflegen. In der Tat, begegnete ich diesem Mann einsam im Walde, es würde mich ein wenig frösteln, und seine freundschaftliche Gesinnung würde mir in dem Augenblicke die liebste auf Erden sein. Diesem Mann steht als zweites Glied der Familie im schneidensten Kontrast ein kaum vier Fuß hoher, seltsam verwachsener Kerl entgegen, der die Possierlichkeit selbst ist.

Du weißt, lieber Vetter, daß es Leute gibt von gar seltsamem Bau; auf den ersten Blick muß man sie für bucklig erkennen, und doch vermag man bei näherer Betrachtung durchaus nicht anzugeben, wo ihnen denn eigentlich der Buckel sitzt.

Ich. Ich erinnere mich hierbei des naiven Ausspruchs eines geistreichen Militärs, der mit einem solchen Naturspiel in Geschäften viel zu tun hatte und dem das Unergründliche des wunderlichen Baues ein Anstoß war. »Einen Buckel«, sagte er, »einen Buckel hat der Mensch, aber wo ihm der Bukkel sitzt, das weiß der Teufel!«

Der Vetter. Die Natur hatte im Sinn, aus meinem kleinen Kohlenbrenner eine riesenhafte Figur von etwa sieben Fuß zu bilden, denn dieses zeigen die kolossalen Hände und Füße, beinahe die größten, die ich in meinem Leben gesehen. Dieser kleine Kerl, mit einem großkragigen Mäntelchen bekleidet, eine wunderliche Pelzmütze auf dem Haupte, ist in steter rastloser Unruhe; mit einer unangenehmen Beweglichkeit hüpft und trippelt er hin und her, ist bald hier, bald dort und müht sich, den Liebenswürdigen, den Scharmanten, den primo amoroso des Markts zu spielen. Kein Frauenzimmer, gehört sie nicht geradehin zum vornehmeren Stande, läßt er vorübergehn, ohne ihm nachzutrippeln und mit ganz unnachahmlichen Stellungen, Gebärden und Grimassen Süßigkeiten auszustoßen, die nun freilich im Geschmack der Kohlenbrenner sein mögen. Zuweilen treibt er die Galanterie so weit, daß er im Gespräch den Arm sanft um die Hüften des Mädchens schlingt und, die Mütze in der Hand, der Schönheit huldigt oder ihr seine Ritterdienste anbietet. Merkwürdig genug, daß die Mädchen sich nicht allein das gefallen lassen, sondern überdem dem kleinen Ungetüm freundlich zunicken und seine Galanterien überhaupt gar gerne zu haben scheinen. Dieser kleine Kerl ist gewiß mit einer reichen Dosis von natürlichem Mutterwitz, dem enschiedenen Talent fürs Possierliche und der Kraft, es darzustellen, begabt. Er ist der Pagliasso, der Tausendsasa, der Allerweltskerl in der ganzen Gegend, die den Wald umschließt, wo er hauset; ohne ihn kann keine Kindtaufe, kein Hochzeitsschmaus, kein Tanz im Kruge, kein Gelag bestehen; man freuet sich auf seine Späße und belacht sie das ganze Jahr hindurch. Der Rest der Familie besteht, da die Kinder und etwanige Mägde zu Hause gelassen werden, nur noch aus zwei Weibern von robustem Bau und finsterm, mürrischem Ansehn, wozu freilich der Kohlenstaub, der sich in den Falten des Gesichts festgesetzt, viel beiträgt. Die zärtliche Anhänglichkeit eines großen Spitzes, mit dem die Familie jeden Bissen teilt, den sie während des Marktes selbst genießt, zeigte mir übrigens, daß es in der Köhlerhütte recht ehrlich und patriarchalisch zugehen mag. Der Kleine hat übrigens Riesenkräfte, weshalb die Familie ihn dazu braucht, die verkauften Kohlensäcke den Käufern ins Haus zu schaffen. Ich sah oft ihn von den Weibern mit wohl zehn großen Körben bepacken, die sie hoch übereinander auf seinen Rücken häuften, und er hüpfte damit fort, als fühle er keine Last. Von hinten sah nun die Figur so toll und abenteuerlich aus, als man nur etwas sehen kann. Natürlicherweise gewahrte man von der werten Figur des Kleinen auch nicht das allermindeste, sondern bloß einen ungeheuren Kohlensack, dem unten ein Paar Füßchen angewachsen waren. Es schien ein fabelhaftes Tier, eine Art märchenhaftes Känguruh über den Markt zu hüpfen.

Ich. Sieh, sieh, Vetter, dort an der Kirche entsteht Lärm. Zwei Gemüseweiber sind wahrscheinlich über das leidige Meum und Tuum in heftigen Streit geraten und scheinen, die Fäuste in die Seiten gestemmt, sich mit feinen Redensarten zu bedienen. Das Volk läuft zusammen – ein dichter Kreis umschließt die Zankenden – immer stärker und gellender erheben sich die Stimmen – immer heftiger fechten sie mit den Händen durch die Lüfte – immer näher rücken sie sich auf den Leib – gleich wird es zum Faustkampf kommen – die Polizei macht sich Platz – wie? Plötzlich erblicke ich eine Menge Glanzhüte zwischen den Zornigen – im Augenblick gelingt es den Gevatterinnen, die erhitzten Gemüter zu besänftigen – aus ist der Streit – ohne Hülfe der Polizei – ruhig kehren die Weiber zu ihren Gemüsekörben zurück – das Volk, welches nur einigemal, wahrscheinlich bei besonders drastischen Momenten des Streits, durch lautes Aufjauchzen seinen Beifall zu erkennen gab, läuft auseinader.

Der Vetter. Du bemerkst, lieber Vetter, daß dieses während der ganzen langen Zeit, die wir hier am Fenster zugebracht, der einzige Zank war, der sich auf dem Markte entspann und der lediglich durch das Volk selbst beschwichtigt wurde. Selbst ein ernsterer, bedrohlicherer Zank wird gemeinhin von dem Volke selbst auf diese Weise gedämpft, daß sich alles zwischen die Streitenden drängt und sie auseinanderbringt. Am vorigen Markttage stand zwischen den Fleisch- und Obstbuden ein großer, abgelumpter Kerl von frechem, wildem Ansehn, der mit dem vorübergehenden Fleischerknecht plötzlich in Streit geriet; er führte ohne weiteres mit dem furchtbaren Knittel, den er wie ein Gewehr über die Schulter gelehnt trug, einen Schlag gegen den Knecht, der diesen wahrscheinlich auf der Stelle zu Boden gestreckt haben würde, wäre er nicht geschickt ausgewichen und in seine Bude gesprungen. Hier bewaffnete er sich aber mit einer gewaltigen Fleischeraxt und wollte dem Kerl zu Leibe. Alle Aspekte waren dazu da, daß das Ding sich mit Mord und Totschlag endigen und das Kriminalgericht in Tätigkeit gesetzt werden würde. Die Obstfrauen, lauter kräftige und wohlgenährte Gestalten, fanden sich aber verpflichtet, den Fleischerknecht so liebreich und fest zu umarmen, daß er sich nicht aus der Stelle zu rühren vermochte; er stand da mit hoch emporgeschwungener Waffe, wie es in jener pathetischen Rede vom rauhen Pyrrhus heißt:

»wie ein gemalter Wütrich, und wie parteilos zwischen Kraft und Willen, tat [er] nichts.«

Unterdessen hatten andere Weiber, Bürstenbinder, Stiefelknechtverkäufer und so weiter, den Kerl umringend, der Polizei Zeit gegönnt, heranzukommen und sich seiner, der mir ein freigelassener Sträfling schien, zu bemächtigen.

Ich. Also herrscht in der Tat im Volk ein Sinn für die zu erhaltende Ordnung, der nicht anders als für alle sehr ersprießlich wirken kann.

Der Vetter Überhaupt, mein lieber Vetter, haben mich meine Beobachtungen des Marktes in der Meinung bestärkt, daß mit dem Berliner Volk seit jener Unglücksperiode, als ein frecher, übermütiger Feind das Land überschwemmte und sich vergebens mühte, *den* Geist zu unterdrücken, der bald wie eine gewaltsam zusammengedrückte Spiralfeder mit erneuter Kraft emporsprang, eine merkwürdige Veränderung vorgegangen ist. Mit *einem* Wort: das Volk hat an äußerer Sittlichkeit gewonnen; und wenn du dich einmal an einem schönen Sommertage gleich nachmittags nach den Zelten bemühst und die Gesellschaften beobachtest, welche sich nach Moabit einschiffen lassen, so wirst du selbst unter gemeinen Mägden und Tagelöhnern ein Streben nach einer gewissen Courtoisie bemerken, das ganz ergötzlich ist. Es ist der Masse so gegangen wie dem einzelnen, der viel Neues gesehn, viel Ungewöhnliches erfahren und der mit dem Nil admirari die Geschmeidigkeit der äußern Sitte gewonnen. Sonst war das Berliner Volk roh und brutal; man durfte zum Beispiel als Fremder kaum nach einer Straße oder nach einem Hause oder sonst nach etwas fragen, ohne eine grobe oder verhöhnende Antwort zu erhalten oder durch falschen

Bescheid gefoppt zu werden. Der Berliner Straßenjunge, der den kleinsten Anlaß, einen etwas auffallenden Anzug, einen lächerlichen Unfall, der jemanden geschah, zu dem abscheulichsten Frevel benutzte, existiert nicht mehr. Denn jene Zigarrenjungen vor den Toren, die den »fidelen Hamburger avec du feu« ausbieten, diese Galgenstricke, welche ihr Leben in Spandau oder Strausberg oder, wie noch kürzlich einer von ihrer Rasse, auf dem Schafott endigen, sind keineswegs das, was der eigentliche Berliner Straßenjunge war, der nicht Vagabund, sondern gewöhnlich Lehrbursche bei einem Meister – es ist lächerlich zu sagen – bei aller Gottlosigkeit und Verderbnis doch ein gewisses Point d'honneur besaß, und dem es an gar drolligem Mutterwitz nicht mangelte.

Ich. Oh, lieber Vetter, laß mich dir in aller Geschwindigkeit sagen, wie neulich mich ein solcher fataler Volkswitz tief beschämt hat. Ich gehe vors Brandenburger Tor und werde von Charlottenburger Fuhrleuten verfolgt, die mich zum Aufsitzen einladen; einer von ihnen, ein höchstens sechzehn-, siebzehnjähriger Junge, treibt die Unverschämtheit so weit, daß er mich mit seiner schmutzigen Faust beim Arm packt. »Will Er mich wohl nicht anfassen!« fahre ich ihn zornig an. »Nun, Herr«, erwiderte der Junge ganz gelassen, indem er mich mit seinen großen, stieren Augen anglotzte, »nun, Herr, warum soll ich Ihnen denn nicht anfassen, sind Sie vielleicht nicht ehrlich?«

Der Vetter Haha! dieser Witz ist wirklich einer, aber recht aus der stinkenden Grube der tiefsten Depravation gestiegen. – Die Witzwörter der Berliner Obstweiber unter anderem waren sonst weltberühmt, und man tat ihnen sogar die Ehre an, sie Shakespearesch zu nennen, unerachtet bei näherer Beleuchtung ihre Energie und Originalität nur vorzüglich in der schamlosen Frechheit bestand, womit sie den niederträchtigsten Schmutz als pikante Schüssel auftischten. – Sonst war der Markt der Tummelplatz des Zanks, der Prügeleien, des Betrugs, des Diebstahls, und keine honette Frau durfte es wagen, ihren Einkauf selbst besorgen zu wollen, ohne sich der größten Unbill auszusetzen. Denn nicht allein, daß das Hökervolk gegen sich selbst und alle Welt zu Felde zog, so gingen noch Menschen ausdrücklich darauf aus, Unruhe zu erregen, um dabei im trüben zu fischen, wie zum Beispiel das aus allen Ecken und Enden der Welt zusammengeworbene Gesindel, welches damals in den Regimentern steckte. Sieh, lieber Vetter, wie jetzt dagegen der Markt das anmutige Bild der Wohlbehaglichkeit und des sittlichen Friedens darbietet. Ich weiß, enthusiastische Rigoristen, hyperpatriotische Aszetiker eifern grimmig gegen diesen vermehrten äußern Anstand des Volks, indem sie meinen, daß mit dieser Abgeschliffenheit der Sitte auch das Volkstümliche abgeschliffen werde und verlorengehe. Ich meinesteils bin der festen, innigsten Überzeugung, daß ein Volk, das sowohl den Einheimischen als den Fremden nicht mit Grobheit oder höhnischer Verachtung, sondern mit höflicher Sitte behandelt, dadurch unmöglich seinen Charakter einbüßen kann. Mit einem sehr auffallenden Beispiel, welches die Wahrheit meiner Behauptung dartut, würde ich bei jenen Rigoristen gar übel wegkommen.

Immer mehr hatte sich das Gedränge vermindert; immer leerer und leerer war der Markt worden. Die Gemüseverkäuferinnen packten ihre Körbe zum Teil auf herbeigekommene Wagen, zum Teil schleppten sie sie selbst fort – die Mehlwagen fuhren ab – die Gärtnerinnen schafften den übriggebliebenen Blumenvorrat auf großen Schiebkarren fort – geschäftiger zeigte sich die Polizei, alles und vorzüglich die Wagenreihe in gehöriger Ordnung zu erhalten; diese Ordnung wäre auch nicht gestört, wenn es nicht hin und wieder einem schismatischen Bauernjungen eingefallen wäre, quer über den Platz seine eigne neue Beringstraße zu entdecken, zu verfolgen und seinen kühnen Lauf mitten durch die Obstbuden, geradezu nach der Türe der deutschen Kirche, zu richten. Das gab denn viel Geschrei und viel Ungemach des zu genialen Wagenlenkers. »Dieser Markt«, sprach der Vetter, »ist auch jetzt ein treues Abbild des ewig wechselnden Lebens. Rege Tätigkeit, das Bedürfnis des Augenblicks trieb die Menschenmasse zusammen; in wenigen Augenblicken ist alles verödet, die Stimmen, welche im wirren Getöse durcheinanderströmten, sind verklungen, und jede verlassene Stelle spricht das schauerliche: ›Es war‹ nur zu lebhaft aus.« – Es schlug ein Uhr, der grämliche Invalide trat ins Kabinett und meinte mit verzogenem Gesicht: der Herr möge doch nun endlich das Fenster verlassen und essen, da sonst die aufgetragenen Speisen wieder kalt würden. »Also hast du doch Appetit, lieber Vetter?« fragte ich. »O ja«, erwiderte der Vetter mit schmerzlichem Lächeln, »du wirst es gleich sehen.«

Der Invalide rollte ihn ins Zimmer. Die aufgetragenen Speisen bestanden in einem mäßigen, mit Fleischbrühe gefüllten Suppenteller, einem in Salz aufrecht gestellten, weichgesottenen Ei und einer halben Mundsemmel.

»Ein einziger Bissen mehr«, sprach der Vetter leise und wehmütig, indem er meine Hand drückte, »das kleinste Stückchen des verdaulichsten Fleisches verursacht mir die entsetzlichsten Schmerzen und raubt mir allen Lebensmut und das letzte Fünkchen von guter Laune, das noch hin und wieder aufglimmen will.«

Ich wies nach dem am Bettschirm befestigten Blatt, indem ich mich dem Vetter an die Brust warf und ihn heftig an mich drückte.

»Ja, Vetter!« rief er mit einer Stimme, die mein Innerstes durchdrang und es mit herzzerschneidender

Wehmut erfüllte, »ja Vetter: ›Et si male nunc, non olim sic erit!‹«

Armer Vetter!

Hoffmann mit Pfeife und Punschglas

ANHANG

GÜNTER DE BRUYN

Hoffmann in Berlin

Taubenstraße 31

Wie die Brüderstraße 13, die Jägerstraße 24, die Potsdamer Straße 134 c oder die Chausseestraße ist auch die Taubenstraße 31 für den Berliner Literaturadreßbuchliebhaber durchaus ein Begriff. Wird die Anschrift genannt, stellt ein Bild sich schon ein: Elisa von Recke, im Reisekleid noch, wird von Nicolai auf der prächtigen Treppe des Hauses empfangen; der teetrinkende Prinz Louis Ferdinand bekommt von Rahel Dachstubenwahrheiten zu hören; der alte Fontane bricht zu einem Spaziergang in den Tiergarten auf; Brecht blickt auf den Friedhof hinaus, auf dem er mal liegen wird – und E. T. A. Hoffmann, im Schlafrock, mit rotem Mützchen, die lange Pfeife im Mund, sieht auf das Markttreiben vor dem Deutschen Dom hinab und bildet sich ein, daß das Buch, in dem das Blumenmädchen dort liest, sein »Klein Zaches, genannt Zinnober« ist.

Dabei war es kein Eckfenster im wörtlichen Sinne, aus dem der Kammergerichtsrat sah; es war nur das der drei auf die Charlottenstraße gerichteten Fenster der Wohnung, das der Taubenstraßenecke am nächsten lag und deshalb den Blick auf Markt und Kirche gestattete, am Theatergebäude vorbei. Es war ein dreigeschossiges Haus mit Walmdach, quaderartigem Putz und Kränzen von Stuck an der wohlproportionierten Fassade, das dort bis zum Ende des Jahrhunderts noch stand. (Das heute dort stehende Eckhaus mit Erkern wurde 1907 gebaut.) Hoffmanns wohnten oben im zweiten Stock, der, wie das Erdgeschoß auch, niedriger war als die prächtige, hochfenstrige Mitteletage. Der Salon, der bei Hoffmann das Prunkzimmer hieß, lag zur Taubenstraße hinaus, Schlaf-, Arbeitszimmer und das Zimmer der Frau an der Charlottenstraße, Küche und Dienstbotenstube am Hof. Auch ein Vorzimmer gab es und eins, das Kabinett genannt wurde, eine Abstellkammer vielleicht.

Daß wir so genau informiert sind über die Wohnung, verdanken wir Hoffmann selbst. 1815, als er dort einzog, fertigte er für Karl Friedrich Kunz, seinen ersten Verleger in Bamberg, einen federgezeichneten Lageplan an, den die Hoffmann-Forschung als Kunzischen Riß bezeichnet, der aber mehr ist als ein Grundriß der Wohnung, nämlich ein Plan des Gendarmenmarkts, den auch Gestalten aus Hoffmanns Leben und Dichten bevölkern. Er selbst ist gleich mehrfach zu sehen. Vom Fenster seines Arbeitszimmers aus schickt er eine Pfeifenrauchwolke dem Freund und Nachbarn Devrient (der in der Charlottenstraße 38 wohnte) entgegen; nebenan liegt er, wie Frau Hoffmann auch, im Bett, während er als Kapellmeister Kreisler, klein aber würdig, vor dem mächtigen Musikdirektor Anselm Weber im gegenüberliegenden Theater steht. Ob die zwei Gäste, die im Weinhaus von Lutter und Wegner sitzen, er und sein Schauspielerfreund sind, ist nicht klar, deutlich mit Namen bezeichnet aber sind seine Freunde, die Dichter: Ludwig Tieck, der, spazierstockbewehrt, aus Ziebingen kommt, begegnet seinem ehemaligen Schwager Bernhardi; Clemens Brentano schlendert die Markgrafenstraße entlang, und Fouqué, der Baron aus Nennhausen, jagt zweispännig auf die Marktfrauen zu; sicher will er zu Hofe, denn er ist in Gala. Weniger stolz dagegen sehen die vier Dramatiker im Schauspielhaus aus, die mit flehenden Gesten dem Intendanten ihre Manuskripte anpreisen. Während der Geheime Oberbaurat von Alten im Hof des Hauses, das ihm gehört und in dem Hoffmann zur Miete wohnt, mit langem Zollstock eine Mausefalle in gotischem Stile vermißt, geht es (die Theateruhr zeigt Mitternacht) um den Französischen Dom herum noch phantastischer zu. Epimenides aus Goethes Weihespiel, das den Sieg über Napoleon feiern soll, stolziert in antikem Gewand zwischen Theater und Kirche einher; der schattenlose Peter Schlemihl geht auf Glucks Armida zu; Erasmus Spikher (aus den »Abenteuern der Silvesternacht«) sucht in einem Taschenspiegel sein verlorenes Spiegelbild, und der Teufel Dapertutto (aus derselben Geschichte) überquert die Jägerstraße in Richtung Unter den Linden und zieht die schöne, böse Giulietta mit. Lärm machen dazu die Glöckner: auf den Türmen beider Kirchen sitzend, läuten sie, die Glocken in der Hand, einander zu. Die Restaurants und Italienerwarenhandlungen, die sich rings um den Platz befinden, sind (mitsamt den Spezialitäten, wie zum Beispiel: Extra feiner Rum) genau vermerkt. Doch auch die Arbeitsstelle Hoffmanns ist zu sehen: das Gericht. Klein, also weit entfernt (das Kammergericht lag in der Lindenstraße, war von der Markgrafenstraße aus aber zu sehen), ist es am rechten oberen Rand mit flüchtigen Strichen angedeutet, etwas davor ein Mann, der, hosenlos am Boden hockend, sich erleichtert – was der Künstler in Bezug auf das dahinter liegende Gebäude wohl symbolisch meint: der Zeichner, Komponist und Dichter Ernst Theodor Amadeus Hoffmann ist nicht recht glücklich in der Beamtenstellung, von der Ernst Theodor Wilhelm Hoffmann sich und seine Frau ernährt.

Sechsundvierzig Jahre hat Hoffmann gelebt, elf davon, auf drei Phasen verteilt, in Berlin, also weniger als ein Viertel des Lebens; aber der größere Teil seines literarischen Werks entstand hier, und zwar in den letzten Jahren. Denn wie die meisten Prosaschreiber begann Hoffmann mit dem Erzählen relativ spät: seine erste Erzählung, die zu seinen besten zählt, schrieb er mit dreiunddreißig Jahren; in den dreizehn Jahren, die ihm bis zu den letzten, auf dem Krankenlager diktierten Erzählungen noch blieben, entstand in schneller Folge sein Werk. Viel Zeit zum Pläne-reifen-lassen und Überarbeiten hatte der Justizbeamte, der in seiner Freizeit auch zeichnete und komponierte, also nicht. Manchen Arbeiten merkt man das an, andere, nicht weniger hastig gearbeitete, sind makellos. Berlin wird mehrmals als Schauplatz gewählt, am eindrucksvollsten aber am Anfang und Ende. Die Sonntagsspaziergänger Unter den Linden, die im »Ritter Gluck« zum Tiergarten ziehen, leiten das vielbändige Werk ein; der wehmütige Blick des Todkranken aus »Des Vetters Eckfenster« auf das Menschengewühl des Gendarmenmarktes beschließt es. Der Berliner aus dem ostpreußischen Königsberg hat der deutschen Literatur die Großstadt entdeckt.

Der erste Berlin-Aufenthalt Hoffmanns, der in die Jahre 1798–1800 fällt, bleibt literarisch noch folgenlos. Der junge Gerichtsreferendar, der hier seine Ausbildung vervollständigt, sein Assessorexamen ablegt und danach nach Posen versetzt wird, hat, trotz früher, epigonaler Roman-Versuche, das Erzählen als Möglichkeit, seine Probleme auszudrücken, für sich noch nicht entdeckt. Sieht man von einem Singspiel ab, das in dieser Zeit entsteht, bleibt er der Aufnehmende, der die Kunstangebote und die Geselligkeiten der Residenzstadt genießt, sein Interesse besonders der Musik und der bildenden Kunst zuwendet und noch nicht ahnt, daß seine Schöpferkraft sich einmal hauptsächlich in der Literatur entfalten wird.

Das ahnt er auch bei seinem zweiten Berlin-Aufenthalt, der von Not und Elend geprägt ist, noch nicht. Zwar hat er schon ein (verschollenes) Lustspiel gedichtet und seinem Tagebuch anvertraut, daß er ein Buch zu machen vorhabe, aber gemacht hat er es nicht. Als Komponist und als Zeichner hat er in glücklichen Jahren in Warschau bescheidene Erfolge erzielt; und als Not ihn dazu zwingt, mit Kunst Geld zu verdienen, wählt er die Tonkunst dafür. Denn als 1807 durch Napoleons Siege Preußen seine polnischen Provinzen verliert, wird der Staatsbeamte Hoffmann in Warschau stellungslos. Im Sommer dieses Jahres kommt er in dem verarmten, unter der Besatzung leidenen Berlin an – und gleich wird ihm im »Goldnen Adler« am Dönhoffplatz, wo er absteigt, sein Geld gestohlen. Da seine Hoffnung auf Wiedereinstellung im Staatsdienst sich zerschlägt und seine Kompositionen und Zeichnungen sich nicht verkaufen lassen, hungert er sich, meist von geborgtem Geld, ein Jahr lang mühsam durch und bricht dann nach Bamberg auf, um dort Musikdirektor am Theater zu werden. Ein Dichter ist er noch immer nicht, aber seine erste Erzählung, die Erlebnisse dieses (in der Friedrichstraße 179, Ecke Taubenstraße verbrachten) Jahres verwertet, hat er schon im Kopf und wird sie bald niederschreiben, die Geschichte eines im Nachkriegs-Berlin elend, separiert und verkannt lebenden Künstlers: den »Ritter Gluck«.

Es ist ein Anfängerwerk ohne Anfängerhaftes, das erstaunliche Meisterstück eines Lehrlings. Manches von dem, was später entsteht, kann sich mit diesen paar Erstlingsseiten nicht messen, und vieles von dem, was später für Hoffmann charakteristisch wird, ist ohne Vorbereitung schon da: die Musik, die höchste der Künste, die Problematik des Künstlers, der in einer anderen Welt als der Bürger lebt und diesem deshalb als Narr gilt, die Phantastik, die der genau beobachteten Alltagswelt innezuwohnen scheint, die dramatische Spannung, die sich bis zum Gespensterhaften steigert, und der Verzicht auf Deutung, der das Nach-Denken des Lesers aktiviert.

Ist die Titelgestalt ein Geistesgestörter, der sich für Gluck hält, oder Gluck selbst, der längst tot ist? So wurde und wird immer wieder gefragt, und darin, daß sich eine eindeutige Antwort nicht geben läßt, liegt die Beunruhigung und der Reiz dieser Erzählung. Was als Satire auf das Musikleben Berlins angelegt ist, weitet und vertieft sich zum verwirrenden Bild der Tragik des Künstlers und damit auch Hoffmanns selbst. Die innig ineinander verwobenen Themen Kunst und Banalität, Künstler und Wahnsinn werden den Autor Hoffmann noch oft beschäftigen. In der Kunstfigur des Kapellmeisters Kreisler erschafft er sich später zu diesem Zwecke ein anderes Ich.

Gespensterhäuser und Geheime Kanzleiräte

Nach sechs Jahren aufregenden und letztlich enttäuschenden Musikerdaseins in Bamberg, Dresden und Leipzig kehrt Hoffmann im September 1814 nach Berlin und in eine gesicherte Beamtenstellung zurück. Erst steigt er, wie im Notjahr 1807 im »Goldnen Adler« ab, zieht dann in die Französische Straße, um schließlich 1815 die Wohnung in der Taubenstraße 31 zu finden, in der er auch sterben wird. Seine Karriere als preußischer Richter setzt sich nach der Zwangsunterbrechung langsam und regelrecht fort, seine Schriftstellerlaufbahn aber eilt rasch dem Höhepunkt zu. Seine »Fantasiestücke in Callots Manier« (mit dem »Ritter Gluck«) haben Aufsehen erregt; in Berliner Romantikerkreisen erwartet man ihn. Julius Eduard Hitzig (der später sein erster Biograph werden wird) hat für den Ankömmling ein Festessen arrangiert, und die Namen, die hier die Tafel zieren, machen deutlich, wie sehr man ihn schätzt. Neben dem Romanschreiber Franz Horn und dem Maler Philipp Veit (einem Sohn Dorothea Schlegels) sind auch Ludwig Tieck und Chamisso gekommen, vor allem aber der seit dem Erscheinen der Novelle »Undine« (1811) im Zenit seines, allerdings kurzlebigen, Ruhms stehende de la Motte Fouqué. Seit zwei Jahren wechselt Hoffmann Briefe mit ihm: der in Arbeit befindlichen Oper »Undine« wegen, zu der Fouqué das Libretto schreibt.

Mit diesem Essen und dem anschließenden musikalischen Tee bei Hitzig beginnen die Künstlergeselligkeiten, deren Mittelpunkt zu bilden, Hoffmann nie müde wird. Anfangs tagt regelmäßig im Café Maderlee, Unter den Linden, der »Seraphienen-Orden«, der später zum »Serapions-Bund« wird; man trifft sich bei Thiermann oder im Café Royal, bis dann Lutter und Wegner zum allnächtlichen Trink- und Gesprächsort wird. Der Autor, der bei der Darstellung der Seelen deren Nachtseiten bevorzugt, ist auch ein Nachtmensch. Hitzig schildert den Tagesablauf seiner letzten Berliner Jahre so: »Am Montage und Donnerstage brachte er die Vormittage in den Sitzungen des Kammergerichts, an den andern Tagen zu Hause arbeitend, die Nachmittage in der Regel schlafend, im Sommer auch spazierengehend zu; die Abende und Nächte in dem Weinhause. War er, was häufig, in manchen Perioden täglich geschah, mittags oder abends, oder mittags und abends, in Gesellschaft … oft abends in zwei Zirkeln, von sieben bis neun und von neun bis zwölf, gewesen, so ging er, es mochte so spät sein als es wollte, wenn alle anderen sich nach Hause begeben, noch in das Weinhaus, um dort den Morgen zu erwarten. Früher in seine Wohnung zurückzukehren war ihm nicht gut möglich.«

Wie in den »Abenteuern der Silvesternacht« ersichtlich, zieht Hoffmann die Freizügigkeit der Lokale, in denen man kommen und gehen und sich benehmen kann wie man will, der wohlanständigen Langeweile der Salons vor. Kein Wunder also, daß in den in Berlin spielenden Geschichten Restaurationen die bevorzugten Schauplätze sind: geht doch auch die realitätsfernste Phantasie von realen Urbildern aus, die nur anders zusammengesetzt werden.

Da steht zum Beispiel zwischen den Prachtgebäuden Unter den Linden, neben der Konditorei Fuchs, ein öde wirkendes, vernachlässigtes Haus, das die Autorenphantasie beflügelt. Doch die alte Frau, die es bewohnt, gibt für eine Geschichte nichts her – wohl aber die Gräfin Lucie von Pappenheim, die mit dem Haus gar nichts zu tun hat. Lucie, eine Tochter des Staatskanzlers Hardenberg, kommt nach der Scheidung von ihrem Mann nach Berlin zurück und bringt ein schönes Mädchen, Helmine Lanzendorf genannt, mit, das sie für die Tochter ihres Kutschers ausgibt, das aber der Hofklatsch für ihre uneheliche Tochter hält; der Vater, so wird erzählt, sei der napoleonische General Bernadotte, seit 1810 Kronprinz von Schweden, ab 1818 König dort. Von dem beim Staatskanzler verkehrenden Arzt Koreff (dem Doktor K. der Erzählung) und vom Grafen Pückler-Muskau (dem Grafen P.), der Lucie von Hardenberg-Pappenheim heiraten und seine Pflegetochter Helmine zu seiner Geliebten machen wird, erfährt Hoffmann von diesem Skandal und verknüpft ihn (nicht sonderlich glücklich, wie man zugeben muß) mit dem öden Haus zu einer Geschichte, die den Leser in spannender Weise an der Erforschung eines sorgfältig verdeckten Geheimnisses der oberen Gesellschaftsschicht teilnehmen läßt. Daß der Ausgangspunkt dieser immer unheimlicher werdenden Geschehnisse ein Ort ist, den der Leser kennt oder besichtigen kann (sogar auf die Bank, auf der der verhängnisvolle Taschenspiegel gekauft wird, kann er sich setzen), gibt dem Erzählten eine Glaubwürdigkeit, die es später leider, durch Verwendung von Versatzstücken aus der Trivialliteratur, wieder verliert.

Auch der von Hoffmann verhöhnte (und doch eigentlich bemitleidenswerte) Geheime Kanzleirat Tusmann, der weltfremd ist, nur nach der Uhr lebt, bei der »Brautwahl« natürlich leer ausgeht und (Höhepunkt der Verächtlichkeit:) alles andere als trinkfest ist, setzt sich, wie andere Figuren dieser Erzählung auch, aus Partikeln mehrerer Real-Personen zusammen. Ein Teil von Tusmann kommt, wie man annehmen kann, von dem Holzschneider, Theaterkritiker und Zeitschriftenherausgeber Friedrich Wilhelm Gubitz her. In seinen »Erinnerungen« beschreibt dieser nämlich, wie er, der »lebenslang öffentliche Gastorte möglichst vermied«, mit Gewalt von zwei Schauspielern zu Lutter und Wegner gezerrt wurde, wo »Devrient und Callot-Hoffmann samt ihrem Anhange« saßen, wie er dort zum Trinken gezwungen wurde, und er, um den Spaß mitzumachen, zwar nicht Thomasius, aber Abraham a Santa Clara zitiert habe. Um vier Uhr morgens sei er erst nach Hause gekommen und habe sich «aus jenem Eckzimmer ... den unvergänglichen Widerwillen gegen Champagner geholt, was gewiß kein Unglück« sei.

Mehr noch als Tusmann von Gubitz hat die Figur des jungen Malers Lehsen von dem Porträtzeichner Wilhelm Hensel empfangen, (welchem übrigens das einzige authentische Porträt Hoffmanns von fremder Hand zu verdanken ist). Nicht nur die schwachen Anfänge Hensels als Maler und Dichter hat Hoffmann nämlich verwertet, sondern auch seinen Namen, der nur durch Buchstabenvertauschung verfremdet ist.

Natürlich kommen zu den Realien, die die Phantasie nähren, auch die durch Lektüre oder Theaterbesuche gewonnenen hinzu; und die sind bei Hoffmann nicht unbeträchtlich, wie die häufige Zitierung von Shakespeare, von Hafftiz oder des »Peter Schlemihl«

beweist. Der Schnellschreiber Hoffmann (der die »Abenteuer der Silvesternacht« in sechs Tagen schrieb) nahm die Anregungen auf, wie sie kamen, denn er brauchte sehr viel.

Leider unterwarf er sich dabei auch manchmal Zeittendenzen, die von heute aus gesehen erschrekkend sind. So färbte der in der Restaurationsperiode grassierende Antisemitismus, der die 1811 erfolgte rechtliche Gleichstellung der Juden wieder rückgängig machen wollte, auf einige Erzählungen Hoffmanns, auch auf die »Brautwahl«, ab. Ein Antisemit aber war er, der jüdische Freunde wie Hitzig und Koreff hatte, nicht. Er folgte hier nur bedenkenlos dem Lesergeschmack des halboffiziellen »Berlinischen Taschenkalenders«, für den die »Brautwahl« geschrieben ist. Der Modeerfolg, den seine Erzählungen zeitweilig hatten, ging also nicht ohne Schaden an ihm vorbei.

Nach dem Erscheinen der »Fantasiestücke« und des »Goldnen Topfes« rissen sich alle Zeitschriften und Almanache um Beiträge von ihm. Und er schrieb für den »Freimüthigen« und für die »Urania«, für den »Wintergarten« und den »Zuschauer« und die »Gaben der Milde«, für das »Rheinische Taschenbuch« und Fouqués »Frauentaschenbuch«, für das »Taschenbuch zum geselligem Vergnügen« und das »Taschenbuch – der Liebe und Freundschaft gewidmet«. Und alle bezahlten ihn gut, und als Richter verdiente er gut – und trotzdem hinterließ er bei seinem Tode erhebliche Schulden: ein Drittel davon, nämlich 1116 Reichstaler und 21 Groschen allein bei J. C. Lutter, dem Inhaber seines Stammweinhauses. Doch der trieb sie nicht ein, (was auch ziemlich sinnlos gewesen wäre, weil die Nachlaßauktion nur 631 Taler ergab); er verzichtete anständigerweise: hatte er doch durch die vielen Gäste, die kamen, um Hoffmann zu sehen, reichlich an ihm verdient.

In der dritten Abteilung des Kirchhofs der Jerusalem-Gemeinde am Halleschen Tor liegt Hoffmann begraben. Auf dem Grabstein (einer Erneuerung aus den ersten Jahren dieses Jahrhunderts, für die aber die alte Inschrift übernommen wurde) kann man lesen, daß der Kammergerichtsrat

»Ausgezeichnet
im Amte
als Dichter
als Tonkünstler
als Maler«

gewesen ist. Daß Hitzig, der das Denkmal, das durch Freundesspenden finanziert wurde, errichten ließ, die Beamtenverdienste des Freundes voranstellte, sollte sicher ein Akt posthumer Rehabilitierung sein. Er täuscht damit aber eine innere Harmonie zwischen dem Beamten und dem Künstler vor, die nicht bestand. Als Beweis dafür, daß Dichter zu sein und ein Amt zu bekleiden, sich miteinander vertragen, kann Hoffmann nicht dienen; sein Fall zeigt eher, daß diese Verbindung ohne Konflikte nicht möglich ist. Denn Kunst, die den ganzen Menschen erfordert, duldet auf Dauer Persönlichkeitsspaltung nicht; entweder verkümmert sie in der für sie separierten Hälfte, oder das andere, das beamtete Ich wird von ihr okkupiert.

Zweifel daran, daß Hoffmann ein ausgezeichneter Beamter war, gibt es nicht. Er war zuverlässig und korrekt, fleißig, sachlich und gewissenhaft, und nie stellte er das politische System, für das er wirkte, in Frage. Als Richter war er, wie es preußischen Idealvorstellungen entsprach, ganz verpflichtet dem geschriebenen Gesetz. Hitzig betont, daß Hoffmann stets die Kunst von der Beamtenpflicht zu trennen wußte, und das gleiche rühmen ihm die Beurteilungen seiner Vorgesetzten nach. So schrieb der Vizepräsident des Kammergerichts von Trütschler im Jahresbericht von 1818 über ihn: »Seine schriftstellerischen Arbeiten, denen er zuweilen noch die Stunden der Erholung und der Muße widmet, tun seinem Fleiße keinen Eintrag, und die üppige, zum Komischen sich hinneigende Phantasie, die in denselben vorherrschend ist, kontrastiert auf eine merkwürdige Art mit der kalten Ruhe und mit dem Ernst, womit er als Richter an die Arbeit geht.«

Das Doppelgängerische, das in seinen Werken wie ein Alptraum immer wiederkehrt, lebte er also im Alltagsleben selbst. Er gab dem König, was des Königs war, die eine Hälfte, und sparte die andere für Kunst und Leben aus.

Durchhalten aber ließ sich diese Spaltung auf die Dauer nicht. Im Posen schon, zu Anfang seiner Laufbahn, brach die Kunst (die Zeichenkunst in diesem Fall) in Amtsbereiche ein. Die Fähigkeit, im Leben überall, auch bei den Mächtigen, das Komische zu sehen, verführte ihn dazu, im Karneval Karikaturen seiner Vorgesetzten zu verfertigen und zu verbreiten; das brachte ihm die Strafversetzung in ein polnisches Provinznest ein. Schlimmer gestaltete sich dann die zweite Übertretung, bei der diesmal der *Autor* mit dem Staatsbeamten in Konflikt geriet.

Als im Jahre 1819, nach dem Attentat auf Kotzebue, damit begonnen wurde, alle Fortschrittsfreunde, Kritiker und Unzufriedene, die man Demagogen nannte, gerichtlich zu verfolgen, setzte die Restaurations-Regierung in Berlin eine Sonder-Kommission zu diesem Zwecke ein. Die Berufung Hoffmanns in sie war für diesen ein Unglück, für manchen Verhafteten aber war sie ein Glück; denn die Willkür, die bei diesen Verfolgungen herrschte, machte der auf Rechtsstaatlichkeit eingeschworene Hoffmann, unterstützt von Kollegen und unmittelbaren Vorgesetzten, nicht mit. Unzureichend begründete Verfahren versuchte er niederzuschlagen, und für Haftverschonung (zum

Beispiel beim Turnvater Jahn, den er nicht ausstehen konnte) setzte er sich mit ruhiger und geschickter Entschlossenheit ein. Den Scharfmachern in der Regierung wurde er deshalb verhaßt, aber sie konnten gegen ihn nichts unternehmen, da er sich immer nur auf die Einhaltung der Gesetze berief.

Eine Handhabe für sie, den Kammergerichtsrat mit dem festen Charakter aus dem Wege zu räumen, bot sich ihnen erst, als der Schriftsteller sich nicht länger zügeln ließ. Dann aber reagierten sie schnell. Der »Meister Floh«, in dem die Demagogen-Schnüffelei und die Verhaftungswillkür höhnisch angeprangert wurden, war schon beschlagnahmt, ehe er erschienen war; sein Verfasser sollte, weil er den Staat und einen seiner höchsten Diener beleidigt und ein im Dienst gewonnenes Wissen belletristisch ausgeplaudert habe, unter Anklage gestellt und amtsenthoben werden, doch wurde das Verfahren, weil der Angeklagte schwer erkrankte, ausgesetzt.

Seines Todes wegen unerledigt, ruht die Klage gegen Hoffmann noch bis heute in den Akten. Da Leute wie der Polizeidirektor Kamptz (der im »Meister Floh« Knarrpanti heißt und Hofrat ist) in ihrem blinden Eifer die Blamage nicht empfinden können, kann man sicher sein: den Schuldspruch hätten sie gefällt – ihrer Auffassung nach mit Recht. Mit größerem Recht jedoch geschieht es, daß die Nachwelt diesen schuldigen Beamten seines Disziplinverstoßes wegen rühmt.

Hinterm Eckfenster

Auf seinem Krankenlager, halb schon gelähmt, diktiert Hoffmann, neben Erzählungen und seiner Verteidigungsschrift, auch »Des Vetters Eckfenster«, einen feuilletonartigen, dialogischen Text, in dem er zum letztenmal, aber gar nicht dämonisch, sein Doppelgängermotiv verwendet: Der erzählende Hoffmann besucht seinen Vetter, den kranken Hoffmann, und plaudert mit ihm über das, was man aus dem Eckfenster sieht. Das vormittägliche Marktgewühl vor dem Deutschen Dom wird dabei zum Gleichnis für die Fülle des Lebens, und wenn mittags der Markt endet, erinnert die Leere des Platzes an den nahenden Tod.

Die vielen Selbstporträts, die Hoffmann gezeichnet hat, werden hier um eins in Worten vermehrt. Der Krankheitszustand des Vetters ist der, an dem sein Schöpfer auch leidet; die hochgelegene Wohnung im Eckhaus mit den niedrigen Zimmerdecken (die die Phantasie in ihrem Flug nicht behindern können) werden beschrieben; das rote Mützchen, die Pfeife, der Warschauer Schlafrock sind da – nur eins fehlt, was kaum auffällt, seiner Unscheinbarkeit wegen, etwas das Hoffmann auch aus Polen mitgebracht hat, das in Warschau, Bamberg, Dresden, Leipzig, Berlin immer um ihn war, ohne sich bemerkbar zu machen: Michelina, Mischa genannt, Hoffmanns Frau. Der kranke Vetter wird von einem Invaliden bedient, und auch in der Krankenlager-Anekdote »Naivetät« kommt Frau Hoffmann nicht vor. Kein Maler hat sie porträtiert; ihr Bildnis, das vielleicht ihr Mann in den Anfangszeiten der Ehe (wie ein Brief vermuten läßt) von ihr gezeichnet hat, ist nicht erhalten. An Schriftlichem aus Ehezeiten ist nur eine Quittung über 80 Taler von ihr da. Die Gattin des berühmten Dichters, die Frau Kammergerichtsrätin, teilt das Schicksal fast aller Frauen der Geschichte: für die Geschichtsschreibung ist sie so gut wie nicht existent.

Trägt man aus Briefen und Tagebüchern zusammen, was Hoffmann von ihr zu berichten weiß, so wird das Wenige aus den Anfangszeiten am Ende zu nichts. Sie ist eine Polin, die, als sie sich kennenlernen, vermutlich kaum Deutsch sprechen kann; sie ist von mittlerer Statur, wohlgewachsen, mit braunem Haar und blauen Augen; sie schmiegt sich dem Mann an, ist mit dem einfachen Leben zufrieden, fügt sich in die beschränkte Lage, schickt sich ins ärmliche Künstlerleben, ist eine fleißige Hausfrau, immer munter und fröhlich, und es gefällt ihr, geht man nach den Briefen des Mannes, überall gut. Einmal führt er seine herzensgute Frau, für deren bequeme Lage er sorgen müsse, als Grund dafür an, wieder in den Staatsdienst zu gehen; manchmal hält er im Tagebuch fest, daß er sie mittags in ein Lokal mitnimmt; sonst aber ist sie in seinen Äußerungen kaum vorhanden. Freund Hitzig nennt sie eine »in ihren Ansprüchen über alle Begriffe bescheidene Frau«.

Das Testament, das Hoffmann auf dem Krankenlager entwirft, und in dem sich beide Eheleute wechselseitig zu Erben einsetzen, charakterisiert die Ehe so: »Wir ... haben nun bereits seit zwanzig Jahren in einer fortdauernden, wahrhaft zufriedenen, glücklichen Ehe gelebt, Gott hat uns keine Kinder am Leben erhalten, aber sonst uns manche Freude geschenkt, doch uns auch mit sehr schweren, harten Leiden geprüft, die wir mit standhaftem Mut ertragen haben. Einer ist immer des andern Stütze gewesen, wie das denn Eheleute sind, die sich, so wie wir, recht aus dem treusten Herzen lieben und ehren.«

Das Unschöne an diesem schönen Testament ist nun aber, daß die Frau beim Tod ihres Mannes nur Schulden erbt. Da ihr Mann auch versäumt hat, sie in der Preußischen Witwenkasse einzukaufen (das heißt versichern zu lassen), schlägt sie, Hitzigs klugem Rat folgend, die Erbschaft aus. Am 25. Juni 1822 stirbt Hoffmann, am 28. wird er in aller Stille begraben, am 1. Juli unterschreibt die Witwe die Verzichtserklärung, hilft bei der Inventarisierung des zur Versteigerung kommenden Besitzes und reist so schnell sie kann, ohne jedes Gepäck, völlig mittellos, nach Posen zu ihrer alten Mutter ab. Eine einmalige Unterstützung für sie weist der Polizei- und Innenminister Schuckmann, der Hoffmann über den Tod hinaus noch mit Haß verfolgt und ihn einen Aussätzigen, einen Wüstling, einen Beschützer der Demagogen nennt, entschieden ab. Hitzig läßt der Witwe die Einkünfte aus seiner Hoffmann-Biographie und aus Nachdrucken Hoffmannscher Werke zukommen, und die Dankbriefe, die sie schreibt, zeugen nicht nur von ihrer Ungeübtheit beim Schreiben des Deutschen, sondern auch von ihrer Sprachlosigkeit. Unter armseligsten Umständen lebt sie noch 37 Jahre bei armen Verwandten, bis sie 1859 im schlesischen Warmbrunn stirbt.

Was sie, die Polin unter Deutschen, die Katholikin unter Protestanten, die Ungebildete unter Studierten gelitten und an Demütigungen erfahren haben mag, ist nur zu ahnen. Ihr polnisches Monologisieren wird nicht nur, wie Hoffmann schreibt, Übung gewesen sein, um die Sprache nicht zu verlernen, und in ihrer Freude, in Bamberg polnische Lanzenreiter zu sehen, drückt sich doch sicher schreckliches Heimweh aus. Ihre Eifersucht auf die von Hoffmann so unglücklich geliebte Julia wird mehr als das, nämlich Existenzangst gewesen sein, und ihre sofortige Flucht aus Berlin nach dem Tode ihres Mannes zeigt doch, daß sie nur über ihn gelebt hat und eine Fremde in nationalen und sozialen Sinne geblieben ist. Da wir immer nur von den Leiden derer, die sie ausdrücken können, also der Künstler vor allem, erfahren, sehen wir leicht über die der Verschlossenen, die vielleicht grausamer sein können, hinweg.

Bibliographie

Hoffmanns wichtigste literarische Werke
(Genannt sind nur die ersten Buchausgaben)

Fantasiestücke in Callots Manier, Blätter aus dem Tagebuche eines reisenden Enthusiasten. Mit einer Vorrede von JEAN PAUL. Band 1–3 Bamberg 1814. Band 4 Bamberg 1815

Die Elixiere des Teufels. Nachgelassene Papiere des Bruders Medardus, eines Kapuziners. Herausgegeben von dem Verfasser der Fantasiestücke in Callots Manier. 1. Teil Berlin 1815. 2. Teil Berlin 1816

Nachtstücke. Herausgegeben von dem Verfasser der Fantasiestücke in Callots Manier. Teil 1–2 Berlin 1817

Seltsame Leiden eines Theater-Direktors. Aus mündlicher Tradition mitgeteilt vom Verfasser der Fantasiestücke in Callots Manier. Berlin 1819

Klein Zaches, genannt Zinnober. Ein Märchen. Herausgegeben von E. T. A. HOFFMANN. Berlin 1819

Die Serapionsbrüder. Gesammelte Erzählungen und Märchen. Herausgegeben von E. T. A. HOFFMANN. Band 1–2 Berlin 1819. Band 3 Berlin 1820. Band 4 Berlin 1821

Lebens-Ansichten des Katers Murr, mit fragmentarischer Biographie des Kapellmeisters Johannes Kreisler in zufälligen Makulaturblättern. Herausgegeben von E. T. A. HOFFMANN. Band 1 Berlin 1820. Band 2 Berlin 1822

Prinzessin Brambilla. Ein Capriccio nach Jakob Callot von E. T. A. HOFFMANN. Breslau 1821

Meister Floh. Ein Märchen in sieben Abenteuern zweier Freunde. Von E. T. A. HOFFMANN. Frankfurt am Main 1822

JULIUS EDUARD HITZIG: *Aus Hoffmanns Leben und Nachlaß.* Berlin 1823

Die letzten Erzählungen von E. T. A. Hoffmann. Herausgegeben von JULIUS EDUARD HITZIG. Berlin 1825

Wichtige Gesamtausgaben

Ausgewählte Schriften. Band 1–10 Berlin 1827. Band 11–15 Stuttgart 1839

Sämtliche Werke in 15 Bänden. Herausgegeben mit einer biographischen Einleitung von EDUARD GRISEBACH. Leipzig 1900

Sämtliche Werke. Historisch-kritische Ausgabe mit Einleitungen, Anmerkungen und Lesarten von CARL GEORG VON MAASSEN. Band 1–4, 6–10 München 1908–1928. (Mehr nicht erschienen)

Werke in 15 Teilen. Auf Grund der Hempelschen Ausgabe neu herausgegeben mit Einleitung und Anmerkungen versehen von GEORG ELLINGER. Berlin, Leipzig 1912. (2. Auflage mit Register 1927)

Sämtliche Werke. Serapions-Ausgabe in 14 Bänden. Herausg. von LEOPOLD HIRSCHBERG. Berlin 1922

Dichtungen und Schriften sowie Briefe und Tagebücher. Gesamtausgabe in 15 Bänden. Herausgegeben und mit Nachworten von WALTER HARICH. Weimar 1924

Poetische Werke. Herausgegeben von KLAUS KANZOG. Band 1–12 Berlin 1957– 1962

(Sämtliche Werke in 5 Einzelbänden.) Nach dem Text der Erstausgaben unter Heranziehung der Ausgaben von C.C. VON MAASSEN und G. ELLINGER. München 1960–1965

Gesammelte Werke in Einzelausgaben. Textrevision und Anmerkungen: HANS-JOACHIM KRUSE. Redaktion: RUDOLF MINGAU. Band 1–8 Berlin und Weimar 1976–1983

Briefwechsel. Gesammelt und erläutert von HANS VON MÜLLER und FRIEDRICH SCHNAPP. Band 1–3 München 1967–1969

Tagebücher. Nach der Ausgabe HANS VON MÜLLERS mit Erläuterungen herausgegeben von FRIEDRICH SCHNAPP. München 1971

Juristische Arbeiten. Herausgegeben und erläutert von FRIEDRICH SCHNAPP. München 1973

Zu Hoffmanns Leben und Werk

Hitzig, Julius Eduard: *Aus Hoffmanns Leben und Nachlaß.* Band 1–2. Berlin 1823. (Vermehrte und verbesserte 3. Auflage als Band 13–15 von Hoffmanns Ausgewählten Schriften. Teil 1–3 Stuttgart 1839)

Ellinger, Georg: *E. T. A. Hoffmann.* Sein Leben und sein Werk. Hamburg, Leipzig 1894

Harich ,Walther: *E. T. A. Hoffmann.* Das Leben eines Künstlers. Band 1–2 Berlin 1920

Schaukal, Richard von: *E. T. A. Hoffmann.* Sein Werk aus seinem Leben dargestellt. Zürich, Leipzig 1923. (Amalthea-Bücherei 36/37)

Heilborn, Ernst: *E. T. A. Hoffmann.* Der Künstler und die Kunst. Berlin 1926

Werner, Hans-Georg: *E. T. A. Hoffmann.* Darstellung und Deutung der Wirklichkeit im dichterischen Werk. Weimar 1962. (2. verbesserte Auflage 1971)

Wittkop-Menardeau, Gabrielle: *E. T. A. Hoffmann in Selbstzeugnissen und Bilddokumenten.* Reinbek 1966. (Rowohlts Monographien)

Schnapp, Friedrich (Herausgeber): *E. T. A. Hoffmann in Aufzeichnungen seiner Freunde und Bekannten.* Eine Sammlung. München 1974

Müller, Hans von: *Gesammelte Aufsätze über E. T. A. Hoffmann.* Herausgegeben von Friedrich Schnapp. Hildesheim 1974

Prang, Helmut (Herausgeber): *E. T. A. Hoffmann.* Darmstadt 1976 (Wege der Forschung. Band 486)

Günzel, Klaus (Herausgeber): *E. T. A. Hoffmann.* Leben und Werk in Briefen, Selbstzeugnissen und Zeitdokumenten. Berlin 1976

Safranski, Rüdiger: *E. T. A. Hoffmann.* Das Leben eines skeptischen Phantasten. München 1984

GUBITZ, FRIEDRICH WILHELM: *Erlebnisse.* Nach Erinnerungen und Aufzeichnungen. Band 1–2 Berlin 1868–1869

RODENBERG, JULIUS: *Bilder aus dem Berliner Leben.* Band 1–3 Berlin 1888

GEIGER, LUDWIG: *Berlin 1688–1840.* Geschichte des geistigen Lebens der preußischen Hauptstadt. Band 1–2 Berlin 1892–1895

MÜLLER, HANS VON: *Neues von und über E. T. A. Hoffmann.* Sein Berliner Verkehr... Berlin 1901

MÜLLER, HANS VON: *Aus den Materialien zu einer Biographie E. T. A. Hoffmanns.* München 1907

PNIOWER, OTTO: *E. T. A. Hoffmanns Berlinische Erzählungen.* In: OTTO PNIOWER: *Dichtungen und Dichter.* Berlin 1912, Seite 238–269. (Auch in: Archiv der Brandenburgia, 1907, Band 12, Teil 2, Seite 6–25)

MÜLLER, HANS VON (Herausgeber): *Zwölf Berlinische Geschichten aus den Jahren 1551–1816,* erzählt von E. T. A. HOFFMANN. München 1921

MADER, KLAUS P.: *E. T. A. Hoffmann.* Erinnerungen an einen Bürger Berlins. In: *Mitteilungen des Vereins für die Geschichte Berlins.* 68. Jahrgang (1972), Seite 171–176 und 206–211

KANZOG, KLAUS: *Berlin-Code, Kommunikation und Erzählstruktur.* Zu E. T. A. HOFFMANNS *Das öde Haus.* In: *Zeitschrift für deutsche Philologie.* 95. Band, 1976. Sonderheft E. T. A. Hoffmann

PONERT, DIETMAR JÜRGEN (Herausgeber): *E. T. A. Hoffmann – ein Preuße?* Eine Ausstellung... vom 22. August bis 15. November 1981. Berlin-Museum. (Ausstellungskatalog)

NIKOLAI, FRIEDRICH: *Beschreibung der Königlichen Residenzstädte Berlin und Potsdam, aller daselbst befindlichen Merkwürdigkeiten und der umliegenden Gegend.* 3. völlig umgearbeitete Auflage. Berlin 1786 (Reprint Berlin 1980)

RUMPF, G. D. F.: *Berlin und Potsdam.* Eine vollständige Darstellung der merkwürdigsten Gegenstände. Berlin 1804

GAEDICKE, JOHANN CHRISTIAN: *Lexikon von Berlin und der umliegenden Gegend*... Ein Handbuch für Einheimische und Fremde. Berlin 1806

Wegweiser für Fremde und Einheimische durch Berlin und Potsdam und die umliegende Gegend... 6. umgearbeitete Auflage. Berlin 1833 (Reprint Berlin 1980)

ZEDLITZ, LEOPOLD VON: *Neuestes Conversations-Handbuch für Berlin und Potsdam.* Berlin 1834 (Reprint Leipzig 1979)

VOLK, WALTRAUD: *Historische Straßen und Plätze heute.* Berlin, Hauptstadt der DDR. 7. bearbeitete Auflage. Berlin 1980

HOLTZE, FRIEDICH: *500 Jahre Geschichte des Kammergerichts.* Berlin 1913. (Schriften des Vereins für die Geschichte Berlins)

Zum Text

Von einer Ausnahme abgesehen, werden die Erzählungen hier in der letzten Fassung Hoffmanns wiedergegeben. Rechtschreibung und Zeichensetzung wurden dabei den heutigen Gepflogenheiten angepaßt; der Lautstand wurde aber nicht verändert. In dem »Fragment aus dem Leben dreier Freunde« wurden Absätze eingefügt, um das Lesen dieses dialogreichen Textes zu erleichtern.

Die Ausnahme bildet »Die Brautwahl«, die in der 1., im »Berliner Taschenbuch« auf das Jahr 1820 erschienenen Fassung gebracht wird. Denn in der Bearbeitung für die Buchausgabe der »Serapionsbrüder« hat Hoffmann dann manche lokale und aktuelle Anspielung herausgestrichen– auf die es bei unserer Sammlung *Berliner* Erzählungen ankam. Als Textgrundlage wurde dabei Hans von Müllers Zweitdruck der 1. Fassung (1910) verwendet.

Für die Anmerkungen und die Lebensdaten wurden verschiedene Quellen, darunter die Arbeiten Hans von Müllers, Carl Georg von Maassens, Friedrich Schnapps, Klaus Günzels und Hans-Joachim Kruses dankbar benutzt.

Das Hoffmann-Porträt auf dem Frontispiz zeigt einen Stich nach einer Bleistiftzeichnung Wilhelm Hensels, die im Sommer 1821 entstand. Für seine Überlassung danken wir der Handschriftenabteilung der Deutschen Staatsbibliothek Berlin/DDR.

Die Vorlagen für Hoffmanns Selbstbildnisse entnahmen wir älteren Ausgaben.

Lebensdaten

1776 24. Januar: Ernst Theodor Wilhelm Hoffmann in Königsberg in Preußen geboren

1778 Hoffmanns Eltern werden geschieden. Seine Mutter zieht mit ihm in das Haus ihrer Mutter Louise Sophie Doerffer

1782–1792 Schulzeit in der reformierten Burgschule in Königsberg

1786 Hoffmann lernt Theodor Gottlieb von Hippel kennen

1790 Hoffmann erhält Musik- und Zeichenunterricht

1792–1795 Jura-Studium an der Universität Königsberg

1795 1. juristisches Examen. Anstellung bei der Regierung in Königsberg

1796 Tod der Mutter. Hoffmann zieht zu seinem Patenonkel J. L. Doerffer nach Glogau

1798 Verlobung mit der Cousine Minna Doerffer. 2. juristisches Examen. Versetzung an das Berliner Kammergericht. Am 29. August trifft er in Berlin ein

1800 3. juristisches Examen. Anstellung bei der Regierung in Posen. Ende März verläßt er Berlin

1802 Aufhebung des Verlöbnisses mit Minna Doerffer. Heirat mit Michelina Rorer-Trzcinska. Strafversetzung nach Plock

1804 Versetzung nach Warschau. Beginn der Freundschaft mit Julius Eduard Hitzig

1806 Durch den Sieg der Franzosen und die Auflösung der preußischen Regierung in Warschau wird Hoffmann stellungslos

1807 Januar: Übersiedlung nach Posen
Juli: Übersiedlung nach Berlin. Bis August 1808 bewohnt Hoffmann eine Stube im Hause Friedrichstraße 179

1808 Übersiedlung nach Bamberg, wo Hoffmann Musikdirektor wird. »Ritter Gluck« entsteht

1809 »Ritter Gluck« erscheint in der »Allgemeinen Musikalischen Zeitung«

1811–1812 Leidenschaftliche Zuneigung zu seiner Gesangsschülerin Julie Mark

1813 Als Musikdirektor in Dresden und Leipzig

1814 Die ersten beiden Bände der »Fantasiestücke in Callots Manier« erscheinen. Ab 27. September wieder in Berlin, wo er Mitarbeiter am Kammergericht wird, Verbindung mit Hitzig, Fouqué, Chamisso, Tieck, Bernhardi im »Seraphinenorden«

1815 1.–6. Januar: Niederschrift der »Abenteuer der Silvesternacht«. Beginn der Freundschaft mit Devrient

1. Juli: Hoffmann bezieht die Wohnung am Gendarmenmarkt, Taubenstraße 31

1816 Ernennung zum Kammergerichtsrat. Uraufführung der Oper »Undine«. Die »Nachtstücke« erscheinen (2. Band 1817)

1817 Brand des Schauspielhauses. Hoffmann wird Stammgast bei Lutter und Wegner

1818 Gründung der Serapionsrunde, zu der Hoffmann, Hitzig, Contessa, Koreff u.a. gehören

1819 1.–2. Band der »Serapionsbrüder« erscheinen. Hoffmann wird Mitglied der »Immediat-Untersuchungs-Kommission zur Ermittlung hochverräterischer Verbindungen und anderer gefährlicher Umtriebe«

1820 3. Band der »Serapionsbrüder« erscheint

1822 18. Januar: Beginn der Krankheit zum Tode

22. Februar: Vernehmung

Anfang April: Diktat von »Des Vetters Eckfenster«

25. Juni: vormittags 10 Uhr 30 stirbt Hoffmann

28. Juni: Beerdigung auf dem Jerusalemer Kirchhof vor dem Halleschen Tor

Anmerkungen

Ritter Gluck

Diese erste erhaltene literarische Arbeit Hoffmanns, die etwa 1808 entstand, erschien zuerst 1809 in der »Allgemeinen Musikalischen Zeitung« und wurde dann in die »Fantasiestücke in Callots Manier« aufgenommen, die 1814 erschienen.

5 *Eine Erinnerung aus dem Jahre 1809:* Die Erzählung spielt nicht 1809, sondern bei Hoffmanns zweitem Berlin-Aufenthalt 1807–1808. Die erwähnten Opernaufführungen fanden tatsächlich zu dieser Zeit in Berlin statt. Christoph Willibald Ritter von Gluck, geb. 1714, starb bereits 1787 in Wien.

Klaus und Weber: Kaffeegarten am nördlichen Rand des Tiergartens, eins der vier »Zelte« (oder »Zelten«), die erst (ab 1760) wirkliche Zelte waren, die im Winter abgebaut wurden; zu Hoffmanns Zeiten waren längst massive Gebäude daraus geworden.

Mohrrüben-Kaffee: Der teure und meist hochversteuerte Kaffee wurde, besonders in Notzeiten wie die von 1806–1813, oft durch Surrogate ersetzt. Neben gerösteten Eicheln, Zichorie, Gerste, Mais, Bohnen, Erbsen, Lupinen, Nüssen wurde Kaffeeersatz auch aus Rüben hergestellt.

Schuhe der Mad. Bethmann: Friederike Bethmann, geb. Flittner, in erster Ehe Unzelmann (1769 bis 1815), eine der beliebtesten Schauspielerinnen Berlins; ihre Garderobe, für die die Schauspielerinnen damals selbst aufkommen mußten, zeichnete sich oft durch Extravaganz aus.

Der geschlossene Handelsstaat: ein Werk Johann Gottlieb Fichtes (1762–1814), das 1800 erschienen war und vielfach Widerspruch erregte.

böse Groschen: gemeint sind wohl wertgeminderte

Scheidemünzen, im Gegensatz zu den »guten«, meist »schlechte« Groschen genannt.

5 *»Fanchon,* das Leiermädchen«, beliebtes Singspiel, Text von August von Kotzebue (1761–1819), Musik von Friedrich Heinrich Himmel (1765 bis 1814), Uraufführung 1799. Madame Bethmann hatte mit dieser Rolle großen Erfolg.

spasmatisch: an Krämpfen leidend.

Heerstraße: kein Straßenname; gemeint ist wohl die Straße (später »In den Zelten«), in der das Heer der Spaziergänger flaniert.

7 *»Iphigenia in Aulis«:* Oper von Gluck (1774).

9 *»Iphigenia in Tauris«:* Oper von Gluck (1779).

10 *Alzinens Burg:* Im 6. Gesang des Epos »L'Orlando furioso« (»Der rasende Roland«, 1516) des italienischen Dichters Lodovico Ariosto (1474–1533) wird der Held vor der Burg der Zauberin Alzine von vielen Ungeheuern empfangen.

12 *Euphon:* von Euphonie: Wohlklang; gemeint ist wohl: Intuition, schöpferische Kraft des Musikers.

14 *Mozarts Meisterwerke:* Die Kritik in diesem Dialog richtet sich gegen die schlechten Mozart- und Gluck-Aufführungen am Königlichen Nationaltheater am Gendarmenmarkt, für die der Musikdirektor Anselm Weber (1766–1821) verantwortlich war. Die Verwechslung der Ouvertüren von »Iphigenia in Aulis« und »Iphigenia in Tauris« ist tatsächlich vorgekommen.

Wohnung in der Friedrichstraße: Während seines Berlin-Aufenthalts 1807–1808 wohnte Hoffmann kurze Zeit in der Charlottenstraße 42, Ecke Dorotheenstraße (heute Clara-Zetkin-Straße), dann in der Friedrichstraße 179. Da die Zählung dort sich nicht verändert hat, muß es sich dabei um das Eckhaus an der Taubenstraße (heute Johannes-Dieckmann-Straße) gehandelt haben.

bei dem Theater vorbei: dem Königlichen Nationaltheater am Gendarmenmarkt, einem erst 1802 fertiggestellten Bau von Langhans, der dann 1817 abbrannte, worauf der heute wieder hergestellte Schinkel-Bau entstand.

16 *rastriertes Papier:* Papier mit Notenlinien.

17 *Melismen:* melodische Verzierungen.

Die Abenteuer der Silvesternacht

Die Erzählung entstand in den ersten sechs Januartagen 1815 und erschien im gleichen Jahr im 4. Band der »Fantasiestücke in Callots Manier«.

21 *Sie war es:* Hoffmanns unglückliche Liebe in Bamberg, Julia Mark.

22 *Basilisk:* sagenhafte Eidechse, die durch Blicke töten kann.

Jabot: Hemdkrause.

Berger, Ludwig (1777–1839), Komponist und Klaviervirtuose, der zu Hoffmanns Bekanntenkreis gehörte; er war Lehrer von Felix Mendelssohn-Bartholdy.

Eh bien: Nun gut!

23 *Mieris,* Frans van, der Ältere (1635–1681), holländischer Maler.

24 *Clemens im »Oktavian«:* In Ludwig Tiecks (1773–1853) »Kaiser Oktavian« (1804), 2. Teil, 4. Akt, übt ein Clemens, der sich als Pilger verkleidet, das Hinken.

25 *menagieren:* sich mäßigen.

Codille: Verloren! (beim Kartenspiel).

L'Hombre: französisches Kartenspiel.

Opernbrücke: Damit muß die Schloßbrücke (heute Marx-Engels-Brücke) gemeint sein.

Schleusenbrücke: zwischen Schloßplatz (heute Marx-Engels-Platz) und Friedrichwerderschem Markt, wo sich auch die *Münze* befand.

am Thiermannschen Laden: Adam G. Thiermann hatte seine »Wein- und Italienerwarenhandlung«

in der Jägerstraße 56 (heute Otto-Nuschke-Straße), östlich des Gendarmenmarkts.

25 *Eilferwein:* Wein vom Jahrgang 1811, der für seine Qualität berühmt war.

Mainz ... 1794 ... Eilfer: Es muß sich hier um ein Wortspiel handeln, das an eine damals bekannte Anekdote aus dem Krieg zwischen Österreich und Frankreich anknüpft.

26 *der Shakespearesche Heinrich:* In Shakespeares »König Heinrich der Vierte«, 2. Teil, 2. Akt, 2. Szene, sagt Prinz Heinrich: »Vielleicht war dann mein Appetit nicht prinzlich erzeugt, denn fürwahr, jetzt kommt mir nur die arme Kreatur Dünnbier in den Sinn.« (Übersetzung von A. W. Schlegel)

27 *Kurtka:* Waffenrock russischer Truppen. Dieses Kleidungsstück, das Äußere des Mannes und sein botanisches Interesse verweisen deutlich auf Adelbert von Chamissos (1781–1838) literarische Figur »Peter Schlemihl« (1814), die Hoffmann sehr bewunderte.

Botanischer Garten: in Schöneberg bei Berlin; aus dem seit dem 16. Jahrhundert hier vorhandenen Hopfen- und Kräutergarten der Kurfürsten entstand im 18. Jahrhundert ein reichhaltiger botanischer Garten mit Treib- und Gewächshäusern, zu dessen Bestandsvermehrung auch Chamisso durch seine Weltreise beigetragen hat.

General Suwarow, Alexander Graf (1729–1800), russischer Feldherr, hatte nach Anekdoten angeblich einen Abscheu vor Spiegeln.

28 *Enslersche Phantasmagorien:* J. C. Enslen (nicht Ensler) hatte im nördlichen Tiergarten, an der Spree, eine »Optisch-kosmoranische Anstalt«, in der er mit einer Laterna magica sogenannte Nebelbilder (Phantasmagorien) vorführte.

Kalt ... Italia: Bezieht sich auf Suwarow, der 1799 in Italien die russisch-österreichischen Truppen gegen Napoleon befehligte.

29 *Philipp … Prinzessin:* Hoffmann denkt hier an den Maler Philipp Veit (1793–1877), den Sohn Dorothea Veits, später Schlegel, geb. Mendelssohn, der 1814 die Prinzessin Maria Anna (genannt Marianne) von Preußen, geb. Prinzessin von Hessen-Homburg, Frau des Prinzen Wilhelm, also Schwägerin Friedrich Wilhelms III., gemalt hatte. (Das Bild befand sich später im Schloß Darmstadt. Das Porträt der Prinzessin mit ihren Söhnen, das im Schinkel-Pavillon in Charlottenburg hängt, ist erst 1820 von Wilhelm Schadow gemalt.)

30 *Schlagschatten:* Chamissos Peter Schlemihl hat bekanntlich seinen Schatten dem Teufel verkauft.

31 *Gensdarmesturm:* Gemeint ist wohl der nahe Turm des Französischen Doms auf dem Gendarmenmarkt.

Mathieu, Peter, Wirt des großen Gasthauses »Zum goldenen Adler« am Dönhoffplatz (auf den Grundstücken Jerusalemer Straße 36, 37 und Leipziger Straße 50), wo Hoffmann bei seiner zweiten und dritten Ankunft in Berlin (1807 und 1814) abgestiegen war, ehe er eine Wohnung gefunden hatte.

34 *Fuchs, Weide, Schoch:* Drei von fast hundert damals in Berlin befindlichen Konditoreien, die zu Reklamezwecken *Weihnachtsausstellungen* mit figürlichem Marzipan und Zuckerwerk veranstalteten. (Die Fuchssche Konditorei, Unter den Linden 8, kommt auch in der Erzählung »Das öde Haus« vor).

Tragant: Geruchloser, hart werdender Saft exotischer Gehölze, der als Bindemittel für Konditorwaren Verwendung fand. Besonders beliebt waren Tragantblumen und -figuren, die aus Tragant, Weizenmehl und Zucker hergestellt und mit Saftfarben bemalt wurden.

35 *Mina … Raskal:* Im »Peter Schlemihl« verläßt der

Diener Raskal seinen Herrn und betrügt ihn um seine Braut Mina.

36 *Buffonerien:* Possen, Schwänke, Streiche.

40 *schnakisch:* wunderlich, seltsam, drollig.

Dapertutto: Überall.

41 *Ciarlatano:* Scharlatan.

44 *alteriert:* erschreckt, bestürzt.

45 *inklinieren:* neigen zu.

Amoroso: Liebhaber.

sympathetisch: geheimkräftig.

47 *mauvais sujet:* übler Kerl.

homo nefas: frevelhafter Mensch.

50 *Horns »Archiv«:* Herausgeber dieser Zeitschrift war der Arzt Ernst Horn (1774–1848). Der von Hoffmann gemeinte Artikel heißt: »Merkwürdiger Fall einer schnell tödlich gewordenen Selbstvergiftung durch Blausäure«.

Ein Fragment aus dem Leben dreier Freunde

Diese Erzählung wurde 1816 geschrieben, erschien zuerst 1817 in Frankfurt am Main in Stefan Schützes »Wintergarten« Band 2 (für 1818) und wurde dann in den 1. Band der 1819 erschienenen »Serapionsbrüder« aufgenommen.

55 *Webersche Zelt:* Eins der vier »Zelte« (oder »Zelten«) im Tiergarten an der Spree. Diese Ausflugs-Gaststätten für die Berliner waren ursprünglich wirkliche Zelte gewesen. Zu der Zeit, in der diese Erzählung spielt (1814 und 1816), waren aber längst massive Gebäude daraus geworden. Heute steht auf dem Gelände der Zelten die Kongreßhalle.

56 *Bettelweib von Locarno:* Novelle von Heinrich von Kleist (1810), die Hoffmann sehr bewunderte.

Mastix: Wohlriechendes Harz, das aus Pistazienbäumen gewonnen wird und zur Herstellung von Salben und Zahnpulvern diente.

Merlin: Zauberer der altenglischen Artussage.

57 *Arndts »Wahres Christentum«:* Erbauungsbuch von Johann Arndt (1555–1621), das 1605 zuerst erschien und später häufig aufgelegt wurde.

60 *Gurli:* Gestalt aus dem Lustspiel »Die Indianer in England« (1790) von August von Kotzebue (1761 bis 1819), ein naives, unschuldiges Naturkind.

61 *Alräunchen:* Puppenähnliche Wurzel, die als Zaubermittel oder Amulett diente.

Sanktuarium: Der heilige Ort in der Kirche, wo der Altar steht; auch Behältnis zur Aufbewahrung von Heiligtümern.

62 *Mummel:* Vermummte Gestalt, Schreckgestalt, Popanz.

64 *beinahe mit Wallensteins Worten:* In Schillers „Wallensteins Tod", 5. Aufzug, 5. Szene, sagt Wallenstein:

»Ich denke einen langen Schlaf zu tun,
Denn dieser letzten Tage Qual war groß,
Sorgt, daß sie nicht zu zeitig mich erwecken.«

67 *Kreuzeserfindungstag:* Der 3. Mai; der Legende nach soll das Kreuz Jesu im 4. Jahrhundert gefunden worden sein.

68 *Edukation:* Erziehung.

membra disjecta: Fragmente; wörtlich: abgetrennte Glieder:

72 *Wagners ›Gespensterbuch‹:* Gemeint ist: Samuel Christoph Wagener: »Die Gespenster. Kurze Erzählungen aus dem Reiche der Wahrheit« und »Neue Gespenstererzählungen«, insgesamt 6 Bände, Berlin 1798–1802. Der Aufklärungstheologe Wagener wollte damit dem Gespensterglauben entgegenwirken.

73 *Amboina:* Malaiische Insel, damals Kolonie der Niederlande (seit 1605).

74 *Hofjäger:* Kaffeegarten im Tiergarten, auf dem später bebauten Gelände, das südlich der Tiergartenstraße liegt.

79 *Bellevue:* 1785 erbautes Sommer-Schloß im westlichen Teil des Tiergartens, das zu dieser Zeit dem Prinzen August Ferdinand gehörte.

Pulverhäuser: Pulvermagazine auf der anderen, also rechten Spreeseite; sie waren 1778 mit (1750 von Benjamin Franklin erfundenen) Blitzableitern versehen worden.

82 *wie Falstaff vom Friedensrichter Schaal:* In Shakespeares »Heinrich IV.« 2. Teil, 3. Aufzug, 2. Szene, sagt Falstaff: »Denn man hätte ihn und seine ganze Bescherung in eine Aalhaut packen können.« (Übersetzung A. W. Schlegel)

85 *Toupet:* Der Haarschopf am Stirnrand, der der Mode gemäß gekräuselt war.

86 *glau:* Im Niederdeutschen: sauber, nett, frisch.

88 *Neue Grünstraße:* Verlängerung der in Alt-Kölln gelegenen Grünstraße über die Friedrichsgracht hinweg in die Köllnische (oder Köpenicker) Vorstadt. Die Neue Grünstraße gibt es noch heute, während die Grünstraße durch die Neugestaltung der Fischerinsel verschwand.

90 *debouchieren:* hervorrücken.

93 *Adoration:* Anbetung, Verehrung.

95 *Bramigkschen Laden:* Befand sich in der Brüderstraße 12, also neben Nicolais Haus.

96 *Hauptmann Tellheim:* Wohl Anspielung auf den preußischen Major von Tellheim in Lessings Lustspiel »Minna von Barnhelm« (1767).

97 *Paterfamilias:* Familienvater.

schnakisch: wunderlich, seltsam, drollig.

99 *Schloß:* Das im 2. Weltkrieg zerstörte und 1950 abgetragene Schloß stand etwa da, wo sich heute der Palast der Republik befindet. Die Familie Asling war also durch das Brandenburger Tor bis zum Schloß gegangen, während Severin die Breite Straße über die Leipziger Straße erreicht hatte.

105 *Bouché:* Bekannter Berliner Blumengärtner; der »Kunstgarten« der Familie Bouché in der Blumenstraße 11 (früher Lehmgasse) im Stralauer Viertel existierte schon seit 1704; 1781 wurden die ersten Treibhäuser erbaut, seit 1790 wurde den Besuchern auch Kaffee und Tee gereicht.

Das öde Haus

Diese Erzählung erschien zuerst 1817 im 2. Band der »Nachtstücke«.

110 *Spalanzani,* Lazzaro (1729–1799), italienischer Naturforscher, der mit Tierversuchen Aufsehen erregte; er hatte entdeckt, daß geblendete Fledermäuse wie sehende reagieren, und hatte diese Tatsache einem unbekannten sechsten Sinn zugeschrieben.
Courbetten: Bogensprünge (des Pferdes).
111 *Eberhards Synonymik:* Gemeint ist: Johann August Eberhard (1708–1809): »Versuch einer allgemeinen deutschen Synonymik in einem kritisch-philosophischen Wörterbuche der sinnverwandten Wörter der hochdeutschen Mundart«. 6 Bände. Halle 1795–1802. Das von Hoffmann Angeführte steht im 6. Band.
in + + + n: in Berlin.
112 *Allee:* Unter den Linden.
+ + + ger Tor: Brandenburger Tor.
ein Haus ... das ... von allen übrigen abstach: Dieses Haus gab es tatsächlich. Es stand auf der südlichen Seite der Straße Unter den Linden und trug (nach alter Zählung, die auf der Südseite am Pariser Platz begann) die Nummer 9. Es wurde im Zug der Umgestaltung der Linden durch Schinkel 1824 abgerissen und durch ein größeres, das einen Durchgang zur Kleinen Mauerstraße hatte, ersetzt. Heute befindet sich dort der Ostflügel der Sowjetischen Botschaft.

113 *Graf P.:* Gemeint ist Hermann Graf (seit 1822: Fürst) Pückler-Muskau (1785–1871), bekannt als Parkgestalter und Schriftsteller; er hielt sich damals häufig in Berlin auf, wo er mit Hoffmann bekannt wurde.

114 *des Konditors, dessen ... Laden dicht anstieß:* Es handelt sich hier um die Konditorei Fuchs, Unter den Linden 8, deren prächtige Inneneinrichtung teilweise von Schinkel stammte; sie existierte noch bis 1875. Heinrich Heine schildert sie im zweiten seiner »Berlin – Briefe« so: »Das große Haus links ist die Konditorei von Fuchs. Wunderschön ist dort alles dekoriert, überall Spiegel, Blumen, Marzipanfiguren, Vergoldungen, kurz, die ausgezeichnetste Eleganz. Aber alles, was man dort genießt, ist am schlechtesten und teuersten in Berlin. Unter den Konditorwaren ist wenig Auswahl, und das meiste ist alt. Ein paar alte verschimmelte Zeitschriften liegen auf dem Tische. Und das aufwartende Fräulein ist nicht mal hübsch. Laßt uns nicht zu Fuchs gehen. Ich esse keine Spiegel und seidene Gardinen, und wenn ich etwas für die Augen haben will, gehe ich in Spontinis Kortez oder Olympia.«

116 *o. s.:* oder sonst.

117 *Gräfin von S.:* Tatsächlich gehörte das Haus einer Karoline Wilhelmine von Arnim, geb. Wegely, die zeitweilig allein dort lebte.

als noch keins der Prachtgebäude existierte: Der Ausbau der Linden zur Prachtstraße hatte erst unter Friedrich II. begonnen; am Anfang des 18. Jahrhunderts waren besonders im westlichen Straßenabschnitt, zwischen Friedrichstraße und Brandenburger Tor, viele schlichte, zweigeschossige Bürgerbauten entstanden, die später prächtigeren Gebäuden weichen mußten.

121 *Murki:* Murmelstück: Tonstück (vor allem für Klavier) mit murmelnder Baßbegleitung.

123 *fiel mir die Bank ins Auge:* Hans von Müller gibt in seiner Ausgabe von Hoffmanns »Zwölf Berlinischen Geschichten« einen Ausschnitt aus einer um 1820 in Stein gezeichneten Gesamtdarstellung der Straße Unter den Linden wieder, auf dem in der Mittelpromenade vor den Häusern 8 und 9 tatsächlich die Bank zu sehen ist, die ihre Lehne dem »öden Haus« zukehrt.

124 *Tabulettkrämer:* Händler, der seine Waren in einem Kasten umherträgt.

129 *Reils Buch:* Johann Christian Reil (1759–1813), bekannter Arzt, war seit 1810 in Berlin; sein hier gemeintes Buch: »Rhapsodien über die Anwendung der psychischen Kurmethode auf Geisteszerrüttungen«, erschien in Halle 1803, die 2. Auflage 1818.

Doktor K.: Gemeint ist hier Hoffmanns Freund Johann Ferdinand Koreff (1783–1831), seit 1816 Professor an der Medizinischen Fakultät in Berlin.

132 *Kluge, Schubert, Bartels:* Romantisch-naturwissenschaftliche Schriftsteller, von denen der bekannteste Gotthilf Heinrich Schubert (1780–1860) war, dessen »Ansichten von der Nachtseite der Naturwissenschaften« (Dresden 1808, 4. Auflage 1840) viel gelesen wurde. Ernst Bartels (1774–1838), Professor der Medizin in Breslau, verfaßte unter anderem die »Grundzüge einer Physiologie und Physik des animalischen Magnetismus« (Frankfurt am Main 1812).

134 *Gesetzbuch eines sehr aufgeklärten Staats:* das heißt Preußens, wo seit 1794 das Allgemeine Landrecht galt, das die Anwendung von Liebestränken mit hohen Strafen belegte, wenn sie Krankheit oder Tod zur Folge hatten.

Die Brautwahl

Diese Erzählung entstand 1818–1819; sie wurde zuerst im »Berlinischen Taschen-Kalender auf das Schalt-Jahr 1820« (erschienen 1819) gedruckt und 1820, um viele lokale Anspielungen gekürzt, in den 3. Band der »Serapionsbrüder« aufgenommen. Unsere Fassung folgt dem Erstdruck; sie wurde der von Hans von Müller 1910 herausgegebenen Einzelausgabe der Erzählung entnommen.

149 *Äquinoktium:* Tagundnachtgleiche; die Tage im Jahr, an denen Tag und Nacht gleichermaßen 12 Stunden haben: der 21. März (Frühlingsäquinoktium) und der 23. September (Herbstäquinoktium).

Spandauer Straße: Ihr Verlauf entsprach etwa dem der heutigen Straße dieses Namens, nur war sie viel schmaler.

Marien- und Nikolai-Kirche: Die wichtigsten mittelalterlichen Kirchen Berlins. Da Tusmann aus der Königsstraße kommt, befindet er sich zwischen beiden.

Königsstraße: Die Hauptstraße des alten Berlin (heute Rathausstraße), zwischen Langer Brücke (heute Rathausbrücke) und Alexanderplatz.

Rathaus: Das Berlinische Rathaus stand an der Ecke der Königs- und der Spandauer Straße, also da, wo seit 1870 das Rote Rathaus steht. Der alte, 1584 erbaute Turm wurde 1819 (als diese Erzählung geschrieben wurde) abgerissen.

Reverberen: Reflektoren (der Straßenlaternen), Straßenbeleuchtung mit Öllampen gab es in Berlin seit 1684. 1803 wurde begonnen, die Öllampen durch zweiflammige größere zu ersetzen, die mit Reflektoren (Reverberen) versehen waren. Die Gasbeleuchtung wurde 1826 eingeführt.

150 *Kaufmann Warnatz:* Tusmann hat mit der folgenden Behauptung, daß hier niemand wohne,

recht; denn der Eisenwarenhändler M. Warnatz, der im Rathausturm einen Laden gemietet hatte, wohnte am Holzmarkt 12.

die Braut schauen: Hoffmann bezieht sich hier auf den häufig bezeugten Aberglauben, nach dem es möglich sein sollte, an einem bestimmten Tag des Jahres (auch Silvester oder zur Weihnachtsnacht) die Zukünftige zu sehen.

152 *Weinstübchen:* Die Zahl 97 ist sicher spaßig übertrieben, aber daß die Weinstuben (in denen auch Bier getrunken werden konnte) in dieser Zeit sich stark vermehrten, ist vielfach bezeugt. Hoffmann war ja einer ihrer eifrigsten Besucher.

Alexanderplatz: Der außerhalb der Stadtbefestigung gelegene Platz, auf dem Viehmärkte abgehalten wurden, hieß ursprünglich Ochsenplatz. Erst 1805, anläßlich des Besuchs des Zaren Alexander I., wurde er umgetauft.

Fredersdorfer Bier: Nicht der Ort hatte diesem Bier seinen Namen gegeben, sondern der »Königliche Geheime Kämmerer Fredersdorf, welcher dieses sehr schöne Bier erfunden und dazu eine Brauerei in Spandau« angelegt hatte. (Nicolai, Seite 486). Später wurde es auch in der Brauerei eines Herrn Blumenberg in der Jüdenstraße gebraut.

Hippelscher Keller: Er befand sich in der Jägerstraße (der heutigen Otto-Nuschke-Straße).

154 *Franzwein:* Französischer Wein.

deprezieren: Um Verzeihung bitten.

157 *Kurzer Entwurf ... des Herrn Thomasii:* Christian Thomasius (1655–1728) war Philosoph und Jurist, Rektor der Universität in Halle, bedeutsam für die deutsche Frühaufklärung. Er hielt als erster Hochschullehrer Vorlesungen in deutscher Sprache und wandte sich gegen die Hexenverfolgungen. Sein von Tusmann zitiertes Buch über Lebensklugheit erschien in mehreren Auflagen.

157 *Hochzeit auf dem Rathause:* Für große Festlichkeiten, zu denen die Wohnungen nicht ausreichten, wurden die Rathaussäle an Bürger vermietet.

160 *Da gabs Feste:* Die folgende Schilderung entnahm Hoffmann der »Microchronicon Marchicum« des Peter Hafftiz (etwa 1525–1602).

Okuli: Der 3. Fastensonntag: der 4. Sonntag vor Ostern.

Köpenicker Tor: Es wurde später auch Schlesisches Tor genannt: der Zugang zum alten Kölln von Südosten.

Bernhard Pasquino Grosso: Italienischer Sänger, der 1616 beim Kurfürsten in Diensten stand.

161 *Madame Milder*, Anna (1785–1838), war von 1812 bis 1829 gefeierte Opernsängerin in Berlin.

Madame Seidler, Karoline (um 1790–1872), war von 1816 bis 1838 Opernsängerin in Berlin.

Zindel: Eine Art leichter, glatter Seide.

162 *Neumarkt* oder Neuer Markt: Platz vor der Marienkirche.

Münzjude Lippold: Hoffmann erzählt hier auch nach der Chronik des Peter Hafftiz.

mit der silbernen Büchse geschossen: Bestochen.

164 *Laterna magica:* Der vermutlich von dem Jesuiten Athanasius Kircher (1608–1680) erfundene Projektionsapparat, der oft zum Erzeugen von Spukbildern benutzt wurde.

166 *Edmund Lehsen:* Der Name Lehsen enthält die vertauschten Buchstaben (Anagramm) des Namens Hensel, was neben anderen Einzelheiten darauf hindeutet, daß Hoffmann die Anregung zu dieser Figur (wie Friedrich Holtze und Hans von Müller nachgewiesen haben) der Begegnung mit dem Maler und Zeichner Wilhelm Hensel (1794–1861) verdankt.

168 *Müncheberg:* Städtchen östlich von Berlin; in Wirklichkeit war das südlich von Berlin gelegene Trebbin Wilhelm Hensels Geburtsort.

169 *Ahasverus:* nach der mittelalterlichen Sage ein Jude, der für ein Vergehen an Jesus dadurch bestraft wird, daß er nicht sterben darf.

Rattenfänger von Hameln: Volkssage, die auch in den »Deutschen Sagen« der Brüder Grimm (1816–1818) enthalten ist.

»Der alte Überall und Nirgends«: Geistergeschichte von Christian Heinrich Spieß (1755–1799), die 1792 in 2 Bänden erschien. Sie handelt von einem Ritter, der nach seiner Enthauptung solange auf Erden wandeln muß, bis gute Taten ihm die Gnade des Todes bringen.

»Das Petermännchen«: Diese »Geistergeschichte aus dem 13. Jahrhundert«, die 1791 in 2 Bänden erschien, ist ebenfalls von Spieß. Das Petermännchen ist ein böser Geist, der einen Ritter zu Verbrechen verführt, bis dieser vom Teufel geholt wird.

Sottise: Frechheit, Unhöflichkeit.

altdeutschen Rock: Hoffmann macht sich hier über die deutschtümelnden Patrioten lustig, die zu altdeutschen Kleidern das Haar lang trugen und keine Fremdwörter benutzten. Der »Professor der Turnkunst« ist natürlich Jahn, den Hoffmann nicht leiden konnte. Dieser ganze Absatz (der von Hoffmann für die Buchausgabe gestrichen wurde) bezieht sich sehr direkt auf Wilhelm Hensel: auf seine Mitgliedschaft in der puristischen Gesellschaft für deutsche Sprache, auf seine allegorischen Bilder dieser Zeit, auf schlechte Gedichte.

171 *Einfachheit der alten deutschen Maler:* Hoffmann denkt hier wohl an die romantische Schule der Nazarener, die mit der altdeutschen Manier eine Hinwendung zum Religiösen vollzogen.

173 *Leonhard Turnhäuser zum Thurm:* Der Arzt, Goldschmied, Buchdrucker und Alchimist aus Basel, meist, wohl richtiger, Thurneysser zum Thurn

genannt (1530 – etwa 1595), wird in den Chroniken der Zeit sehr widersprüchlich charakterisiert.

174 *Hofjäger:* Kaffeegarten im südlichen, später bebauten Teil des Tiergartens, etwa zwischen Lützowplatz und Tiergartenstraße.

178 *Stobwasserschen Laden:* Im „Wegweiser für Fremde und Einheimische« Seite 87, heißt es unter dem Stichwort Lackierfabriken: »Stobwasser, Wilhelmstraße Nr. 98, welche ihre Fabrikate zu einer solchen Vollkommenheit gebracht haben, daß man in der Niederlage dieser Fabrik, Unter den Linden Nr. 32, schöne Gemälde auf großen Kaminschirmen, elegante Kaffeebretter, Dosen und auch allerlei Gegenstände zum gewöhnlichen Gebrauch aufgestellt findet«.

Sala Tarone: Gaststätte (und Wein- und Italienerwarenhandlung) Unter den Linden 32, Ecke Charlottenstraße, also im gleichen Haus wie der Stobwassersche Laden.

Zeltersche Akademie: Die Singakademie, die damals unter der Leitung Karl Friedrich Zelters (1758–1832) stand; da ihr eigenes Gebäude erst 1825 errichtet wurde, tagte sie damals im Akademie-Gebäude, Unter den Linden 38.

Herrn Lauska, Franz Seraphinus (1764–1825), seit 1798 Klavierlehrer der vornehmen Berliner Gesellschaft. Zu seinen Schülern gehörte auch Meyerbeer.

Mademoiselle Lemière: Tänzerin aus Paris, seit 1817 in Berlin.

179 *Maroquin:* Feines, gefärbtes (marokkanisches) Ziegenleder.

aus Fouqués Gedichten: Friedrich Baron de la Motte Fouqué (1777–1843), romantischer Dichter. Zitiert wird die 1. und 3. Strophe des Gedichts »Waldessprache«.

180 *Die Polizei will nicht erlauben:* »Das Tabakrauchen auf den Straßen und Promenaden in Berlin,

Charlottenburg und in dem Tiergarten ist verboten«. (»Wegweiser«, Seite 180)
Shakespeares »Wie es euch gefällt«: Rosalinde charakterisiert dort (3. Aufzug, 2. Szene) einen Verliebten so: »Eingefallene Wangen ... Augen mit blauen Rändern ... ein gleichgültiger Sinn ... ein verwilderter Bart«, dazu lose Kniegürtel, ungebundene Mütze, aufgeknöpfte Ärmel, ungeschnürte Schuhe, eine nachlässige Trostlosigkeit. (Übersetzung A. W. Schlegel)

181 *Paroxismus:* Anfall (einer Krankheit).
Sternbald: Die Anspielung bezieht sich auf den Roman von Ludwig Tieck »Franz Sternbalds Wanderungen« (1798), 1. Band, 2. Buch, 5. Kapitel.

182 *Gillet:* Weste.

183 *Cicero:* Das Buch ist von Johann Ernst Philippi und heißt richtig: »Cicero, ein großer Wind-Beutel, Rabulist und Charletan ...«. Halle 1735.

184 *Schule im Grauen Kloster:* Berlinisches Gymnasium zum Grauen Kloster, in der Klosterstraße; das älteste Gymnasium Berlins, 1574 gegründet.
Bouché: Bekannte Berliner Blumengärtner. Die Gärtnerei der Familie Bouché in der Blumenstraße 11 (früher Lehmgasse) im Stralauer Viertel existierte schon seit 1704. Vergleiche auch Anmerkung zu Seite 105.

186 *Nudows Theorie des Schlafes:* Heinrich Nudow: Versuch einer Theorie des Schlafs. Königsberg 1791.
Prinz Hamlet: Shakespeares »Hamlet«, 3. Aufzug, 1. Szene, im Monolog »Sein oder Nichtsein ...«.
»Somnium Scipionis«: Ein Werk Ciceros aus dem Jahre 54 v. d. Z.
Artemidori berühmtes Werk vom Träumen: Artemidorus, ein griechischer Autor des 2. Jahrhunderts, verfaßte ein Traumbuch, das im 17. Jahrhundert mehrmals auf Deutsch erschien.
Janitscharen ... Jentscherik: Der Begriff für türki-

sche Militärmusik ist abgeleitet vom Türkischen jeni tscheri: neue Miliz.

189 *vor dem Großen Kurfürsten:* Das Reiterdenkmal des Großen Kurfürsten (Friedrich Wilhelm IV.) von Andreas Schlüter, das heute vor dem Charlottenburger Schloß steht, befand sich bis 1945 auf der Langen (später Kurfürsten-, heute Rathaus-) Brücke, also neben dem Schloß, vor dem die von Hoffmann erwähnte Schildwache stand.

191 *Leander:* Anspielung auf Schillers Ballade »Hero und Leander« (1801).

Troilus: Anspielung auf Shakespeares »Troilus und Cressida«, 3. Aufzug, 2. Szene und 4. Aufzug, 4. Szene.

196 *Thiermann:* Gaststätte und Weinhandlung in der Jägerstraße 56 (heute Otto-Nuschke-Straße); sie kommt auch in »Die Abenteuer der Silvesternacht« vor.

copiös: begierig.

198 *Humanitäts-Gesellschaft:* Gesellschaft der Freunde der Humanität, gegründet 1796, traf sich wöchentlich im Gebäude der Freimaurerloge Royale York in der Dorotheenstraße 24 (heute Clara-Zetkin-Straße).

200 *Katalepsie:* Starrsucht.

201 *wie ein der Charité Entsprungener:* Die Berliner Charité hatte damals schon »eine Anstalt zur Verpflegung rasender, wahnwitziger und trübsinniger Personen«. (»Wegweiser«, Seite 123)

203 *Inklination:* Zuneigung.

204 *Ballentrepreneur:* Ball-Unternehmer.

206 *Belke,* Friedrich August (1795 – etwa 1860), Posaunist, seit 1816 in Berlin.

209 *nach dem Ort, wo der Pfeffer wächst:* Cayenne im damaligen Französisch-Guayana, wo während der Französischen Revolution (und auch später) die Verbannten hingeschickt wurden.

212 *Celia in »Wie es euch gefällt«* von Shakespeare,

3. Aufzug, 2. Szene: »Ich fand ihn unter einem Baum, wie eine abgefallene Eichel ... Da lag er, hingestreckt wie ein verwundeter Ritter.« (Deutsch von A. W. Schlegel)

intendieren: beabsichtigen, auf etwas zielen.

Politikus ... Rechtsgelehrter ... Cleobulus: Tusmann zitiert hier Weisheiten aus dem Buch des Thomasius.

Salvator Rosa (1615–1673), italienischer Maler, besonders durch wild-romantische, phantastische Bilder bekannt.

Streccius: Berliner Farbenfabrikant in der Kommandantenstraße 9.

213 *Desperation:* Verzweiflung.

214 *Bassin:* »Links vom Brandenburger Tore hat der Park reizende Alleen, geschlängelte Gänge, Salons von Birken und Weißbuchen ..., das Große oder Venus-Bassin und das Kleine Bassin. Weiter hinauf ist eine 1791 gemachte Anlage, wo sich um einen Teich verschiedene sich schlängelnde anmutige Gänge befinden.« (»Wegweiser«, Seite 159).

Hufeland, Christoph Wilhelm (1726–1836), berühmter Berliner Arzt, dessen Werk »Die Kunst, das menschliche Leben zu verlängern« 1797 erschienen war.

218 *Schlemihls ... Siebenmeilenstiefel:* Die Siebenmeilenstiefel aus Chamissos (1781–1838) »Peter Schlemihls wundersame Geschichte« (1813).

Falliment: Zahlungsunfähigkeit.

220 *Bankgebäude:* Die Königliche Bank, Jägerstraße 34 (heute Otto-Nuschke-Straße). Der erwähnte Bilderhändler war wohl A. Philipson, Jägerstraße 42.

con amore: Mit Liebe, mit Vergnügen.

Breite Straße: Zwischen Schloß und Köllnischem Fischmarkt, wurde vornehmlich von wohlhabenden Leuten bewohnt.

221 *Holzapfel:* Café in der Behrenstraße 44.
Zimmermann: Café in der Charlottenstraße 41.
223 *»Kaufmann von Venedig«* von Shakespeare.
Devrient, Ludwig (1784–1832), berühmter Schauspieler, enger Freund Hoffmanns.
224 *die Prinzen von Marokko und Aragon:* In Shakespeares »Kaufmann von Venedig«, 2. Aufzug, 7. und 9. Szene.
225 *indolent:* unempfindlich, träge.
227 *Schillers »Geisterseher«* erschien 1789.
228 *Herr Mattausch,* Franz (1767–1833), Schauspieler, seit 1789 in Berlin.
Deus ex machina: Gott aus der Maschine (des Theaters); die unerwartete Person, die die nicht vorbereitete Lösung bringt.
Wieglebs »Natürliche Magie«: Ein Lieblingsbuch des jungen Hoffmann, dessen genauer Titel lautet: »Johann Nikolaus Martius: Unterricht in der natürlichen Magie oder zu allerhand belustigenden und natürlichen Kunststücken, völlig umgearbeitet von Johann Christian Wiegleb.« 2., vermehrte Auflage. Berlin, Stettin 1782, in 20 Bänden.
Philidor: Zauberer und Geisterbeschwörer, der 1789 in Berlin auftrat und danach ausgewiesen wurde.
Philadelphia, Jacob (1735–?), Zauberkünstler und Taschenspieler.
Cagliostro, Graf Alexander, eigentlich: Giuseppe Balsamo (1734–1795), abenteuernder Betrüger, dessen Zaubereien 1787 durch Elisa von der Recke entlarvt wurden.
230 *Antwort Shylocks:* Hoffmann zitiert hier aus Shakespeares »Kaufmann von Venedig«, 1. Aufzug, 3. Szene, nach der Schlegelschen Übersetzung.
232 *Ignorantiam:* Unwissenheit.
Sapientiam: Weisheit.
Conduite: Feine Lebensart.

233 *Johannes Beers* (1652–1700) von Hoffmann zitierter Titel erschien in Nürnberg 1719, eine frühere Ausgabe als »Bellum musicum« 1701.

236 *dem Bassanio gleich:* In Shakespeares »Kaufmann von Venedig«, 3. Aufzug, 2. Szene, heißen die gemeinten Zeilen: »Müßt ihr eurer Liebsten nahn / Und sprecht mit holdem Kuß sie an.« (Übersetzung von A. W. Schlegel)

238 *Börsenhalle:* Im Börsenhaus am Lustgarten, das 1802 erbaut wurde und später den Museumsbauten weichen mußte.

Herr Wolf, Ludwig (1772–1832), Berliner Zeichner, der die (von F. Meyer gestochenen) Kupfer zum Erstdruck der »Brautwahl« im »Berlinischen Taschenkalender« entworfen hat.

Des Vetters Eckfenster

Diese Erzählung wurde Anfang 1822, wenige Monate vor Hoffmanns Tod, geschrieben und erschien im gleichen Jahr in der Berliner Zeitschrift »Der Zuschauer«.

239 *Scarron,* Paul (1610–1660), französischer Schriftsteller, schrieb Lustspiele und Novellen, wurde aber besonders durch seinen »Roman comique« (»Komödiantenroman«) berühmt. Er war vom 28. Lebensjahr an gelähmt.

schroten: Fortschieben, Lasten bewegen.

Asa fötida: Teufelsdreck; stinkendes Harz einer asiatischen Pflanze; hier wohl Bezeichnung für Unappetitlichkeiten und Zoten.

241 *auf dem großen Markte:* Dem Gensdarmes-Markt (später Gendarmenmarkt, heute Platz der Akademie), nach dem Elite-Regiment Gensdarm, das bis 1773 hier seine Pferdeställe, bis 1782 seine Hauptwache hatte. Wochenmarkt wurde hier seit 1729 gehalten; zu Hoffmanns Zeiten fand er mittwochs und sonnabends statt.

241 *von Prachtgebäuden umschlossen:* Neben dem Französischen und dem Deutschen Dom und dem Schauspielhaus waren das zum Beispiel: die »Seehandlung« (Königliche Bank), das Französische Waisenhaus, das Hotel de Brandenbourg.

Theatergebäude: Das Königliche Schauspielhaus von Schinkel; es war 1820 erst fertig geworden.

es ist ein Eckhaus: Tauben- (heute Johannes-Dieckmann-) Ecke Charlottenstraße; Adresse: Taubenstraße 31, Hoffmanns letzte Wohnung (seit 1815).

das ganze Panorama des grandiosen Platzes: Das ist etwas übertrieben; denn vom Eckfenster aus hat man nur *den* Teil des Platzes sehen können, der zwischen Schauspielhaus und Deutschem Dom liegt.

rote Mützchen: Mit dem roten Mützchen, dem Warschauer Schlafrock und der türkischen Pfeife hat Hoffmann sich mehrmals selbst porträtiert.

Et si male ...: Wenn es jetzt auch schlecht steht, wird es einmal nicht mehr so sein. (Nach Horaz)

242 *amüsable:* Leicht zu unterhalten.

Tabouret: Lehnenloser Stuhl, Hocker.

243 *Callot,* Jaques (1592–1635), französischer Kupferstecher und Radierer, dessen Arbeiten Hoffmann sehr schätzte; nannte er doch schon seinen ersten Erzählungsband »Fantasiestücke in Callots Manier« (1814–1815).

Chodowiecki, Daniel (1726–1801), Berliner Kupferstecher und Maler, der besonders durch viele Buchillustrationen bekannt geworden ist.

Primizien: Anfangsgründe.

Domestika: Häusliche, familiäre Angelegenheiten.

Restantin: Zurückgebliebene.

244 *annexis:* Zubehör, Mitgift.

245 *Sapienti sat:* Dem Weisen genügt das (als Erklärung).

Crayon: Zeichenstift.

Hogarth, William (1697–1764), englischer Kupferstecher, dessen sozialkritisch-satirische Arbeiten Hoffmann sehr schätzte.

247 *Orbis pictus:* Gemalte Welt, Lehrbuch in Bildern, nach dem ersten Werk dieser Art des tschechischen Pädagogen Amos Comenius, eigentlich Komensky (1592–1670).

auf jenem Hogarthischen Blatt: Gemeint ist ein Kupferstich Hogarths, der den Titel »Leichtgläubigkeit, Aberglaube und Fanatismus« trägt.

Fallissement: Zahlungsunfähigkeit, Bankrott.

248 *modest:* Maßvoll, sittsam.

Schwänzelpfennige: So wurde das vom Gesinde beim Einkauf unterschlagene Kleingeld genannt.

250 *Servante:* Dienerin.

Kordialität: Herzlichkeit.

Ballchaussure: Ballschuhe.

vor dem Hotel: Das Hotel de Brandenbourg; es befand sich an der Ecke Charlotten- und Mohrenstraße.

252 *zur großen Kralowskischen Hauptarmee:* Soll heißen: zur Leihbibliothek von A. W. Kralowski, die sich in der Jägerstraße 47 befand; dessen Vater, Friedrich Kralowski (1765–1821) hatte sie 1796 gegründet; mit 14 000 Bänden gehörte sie zu den größten Bibliotheken dieser Art in Berlin.

253 *Honig von Hybla:* Im griechischen Megara Hybla soll es in der Antike besonders guten Honig gegeben haben.

254 *ja, ja, und nein, nein:* In Matthäus 5, 37 heißt es: »Eure Rede aber sei: Ja, ja, nein, nein; was darüber ist, das ist vom Übel.«

255 *Kleesalz:* übersaures Kaliumoxalat, wurde als Fleckenreiniger benutzt.

256 *Kokarde eines Haarbeutels:* Die Bandschleife des Haarbeutels, in das im 18. Jahrhundert die gepuderten Haare im Nacken gebunden wurden, um den Rockkragen zu schützen.

256 *Tabulettkrämer:* Umherziehender Händler, der seine Ware in einem Kasten mit sich trug.

Toupet en cœur: Haarmode, bei der die Stirnhaare gekräuselt wurden.

258 *aptiert:* Geeignet gemacht, angepaßt.

Es muß auch solche Käuze geben, sagt ein welterfahrener Mann: nämlich Goethe, im »Faust«, 1. Teil, Marthens Garten, worauf Gretchen entgegnet: »Wollte nicht mit seinesgleichen leben!«

Diligence: Reisekutsche.

Quatuors: Geviert, Viererschaft.

259 *deren Sprache die Akademie gebilligt hat:* Anspielung auf die sprachreinigenden Bemühungen der Akademie francaise.

Orphelins français: Französische Waisenkinder, das heißt Kinder aus dem Französischen Waisenhaus am Gendarmenmarkt.

Dejeuner: Frühstück.

263 *glau:* Im Niederdeutschen: glatt, frisch, hübsch.

Parturiunt montes: Zu ergänzen ist: et nascitur ridiculus mus: Es kreißen die Berge und geboren wird eine lächerliche Maus. (Horaz: Ars poetica)

schlechter Groschen: Scheidemünze mit geringem Silbergehalt; »gute Groschen« waren in Preußen das Vierundzwanzigste eines Talers, »schlechte« von geringerem Wert.

264 *bella molinara:* Schöne Müllerin, Titelfigur einer Oper von Giovanni Paisiello (1740–1816).

265 *Pagliasso:* Hanswurst, Spaßmacher.

266 *Meum und Tuum:* Mein und Dein.

268 *Rede vom rauhen Pyrrhus:* Aus Shakespeares »Hamlet«, 2. Aufzug, 2. Szene.

Unglücksperiode: Besetzung Preußens durch napoleonische Truppen nach der Schlacht von Jena und Auerstedt 1806.

Zelten: Ausflugslokale am nördlichen Rand des Tiergartens, an der Spree, auf derem anderen Ufer Moabit liegt.

Courtoisie: Artigkeit, feines Benehmen.
Nil admirari: Nichts anstaunen, sich von nichts beeindrucken lassen.

269 *fidelen Hamburger avec du feu:* Billige Zigarrensorte »mit Feuer dazu«.
Spandau oder Strausberg: Im westlich von Berlin gelegenen Spandau befand sich eine Strafanstalt, im östlich gelegenen Strausberg ein Erziehungsheim für verwahrloste Jugendliche.
Point d'honneur: Ehrenpunkt, Ehrgefühl.
Depravation: Verdorbenheit.

270 *Gesindel, welches damals in den Regimentern steckte:* Gemeint sind die vor Einführung der Allgemeinen Wehrpflicht auch außerhalb Preußens angeworbenen Soldaten, unter denen sich viele Kriminelle und Asoziale befanden – oder auch beim Militär zu solchen wurden.
hyperpatriotische Aszentiker: Eine Anspielung auf die deutschtümelnden Patrioten in der Art des Turnvaters Jahn.
schismatisch: Von den Vorschriften abweichend.
Beringstraße: Der erst im 17. Jahrhundert entdeckte nördliche Seeweg zwischen Amerika und Asien.

271 *deutsche Kirche:* Deutscher Dom.

Inhaltsverzeichnis

Anhang

KÖPFE DES 20. JAHRHUNDERTS